野呂邦暢

文遊社

野呂邦暢 小説集成 1

棕櫚の葉を

風にそよがせよ

目次

野呂邦暢 小説集成 1

監修

豊田健次

棕櫚の葉を風にそよがせよ

鳩や蜜蜂が鋭い方向感覚をもつように、人も〝土地感覚〟と名づけていいある種の本能をそなえているらしい。

太陽の高度、日射しの傾き具合で飛行の行方を定めるそれではない。空間的な感覚というより平面的な、たとえば人がいつか自分のシャツに馴染んでいる感じに近い。

アクセルを踏む。車がわずかに浮きあがる。道路の目に見えない微妙な起伏も、角をまがるときの躰のかしぎ加減も田代浩一には親しいものだ。彼はアクセルを通じて脚に伝わる街路の勾配をそらんじている。

一つの角をおれる前に次にひらける光景は予想できる。河畔道路へ出ると、この土地に多い楠の木立が夏の午後のおびただしい光を葉末にあつめ、車をさえぎるかのように倒れかかるかと見えながら、車が接近するとおもむろに身をもたげて左右に開き、やがて後方へ川のように流れ去る。

歩くときとくらべて目の位置が一段低くなるからか、ふだん見なれた街並も別な顔を見せる。とりわけ日没の光線が斜めに射し、屋根瓦に窓枠に中世の銅版画めいた鋭い陰翳を帯びさせる時刻を浩一は好んだ。ハンドルに置いた手首に目をおとす。六時十五分。夏至をすぎて日没は日ごとに早まっている。

この街を貫流する川にさしかかる。

ある予感が、期待ともいえるものが浩一の中に生れている。車が橋を渡り右岸に移って、かるく傾いた躰も元へかえった。暑さはそれほどでもないが、今まで車の正面にあって顔をあぶっていた夕日が後ろへかわる。窓から流れ入る空気は埃の味がうせ、車は草と水の甘い芳香でいっぱいになった。

夾竹桃の生垣をめぐらした川端公園が見えたとき、浩一はバックミラーに目をやる。

予定の時刻、予定のところ。

期待はむくわれた。バックミラーは夕日をとらえて今しも燦然と輝いている。浩一の内部に満ちたりたものが湧く。(自分は今、夏の夕日を小さな円い鏡で受けとめて走っている)

彼は車を樫の木陰にとめた。川端公園の入口である。夾竹桃に沿って走っていたとき、ちらと目にとめた男の姿が気にかかっている。初めは黒人かと思った。その男は赤縞のシャツを脱いでベンチに置き、上半身裸体になって躰をぬぐっている。水道は漏れ水のようにしかしたたらない。タオルを湿らせて念入りに拭いている男の肌は黒紫色の艶を帯びている。浩一は車の運転に疲れた男がしばらく手足をくつろげる場所を公園に見出したというふうに、ぶらぶらと近づく。〝火夫〟という感じがまず来た。次に男の背中にしるされた白い刺青めいた傷痕を認めて、〝蛮人〟という印象がそれにかわった。男は蛇口に口を寄せて水を飲んでいる。砂漠のオアシスに辿りついた旅人といった具合だ。長い時がたったように思えた。やおら半身を起し、水道の栓をかたくしめつけている男の胸一面に水滴が銀の粒のように光っている。

ベンチに戻ると男は浩一と向いあう位置になった。埃まみれのナップザックから取りだした紙包みを膝に拡げながら、その男は初めから彼が前のベンチで自分を注視していたのを知っていたのだといわんばかりに平然と顔をあげて浩一をみつめた。魅入られたように彼も男の血走った目をのぞきこんだ。ぶ厚い唇が開き、尖った歯の間にちらちらと桃色の舌が動いて手のトマトを食べている。今初めて浩一は男を公園の一角に見たときから自分の中で動いた感情が何であったかを知ることができた。

毎晩、彼の部屋へとどく夜汽車の汽笛は浩一の奥深い所で反響し、「もう一度都会へ」と誘う声に変るのだった。それがいつのまにか汽笛は余分の蒸気を排出する音にしか聞えなくなっている。彼は唇をトマトの種子まじりの果汁で濡らしている男のひややかな視線を受けとめた。半年ほど前だったら、この男は浩一に異郷への刺すような誘惑を感じさせたことだろう。それは強い酒のように彼を酔わせただろう。

この徒歩旅行者を前に浩一がさとったのはその異様な風体に心をかき乱されながらも昔のようにす

ぐ古い手紙を焼き、都会へ出て行こうとはしないだろうということだった。浩一にとって東京は未知の都会ではない。そこから帰ってすでに五、六年たっている。

彼は車に戻った。公園を後にしたとき男のことはもう念頭になかった。かわりに今夜の約束を思い出した。(きょうこそあの女に会える)会社のガレージ前に車をとめるまで、その期待が一つの鐘のように彼の中で鳴り響いた。

車をそろそろとバックさせていると後部に衝撃を感じた。何かがけたたましく崩れ落ちる音を聞いた。「またやった」浩一は舌打ちして車を降り、後ろへまわる。ガレージとは名ばかりの、倉庫の余地を利用している所にすぎないから、そこに障害があればぶつかることもあるわけだが、飲みすてたビールの空壜は壁ぎわに寄せておくように会社の者にはいつもいいつけていたのだ。

ビール壜の破片をかき集めて車に戻る。彼はバックさせるとき、首を後ろにひねった窮屈な姿勢はわざととらない。とくに理由もなくそうしている。ヘッドライトの光線がガレージ前の塀をなめる角度とハンドルの切り加減、それに後輪が入口の溝にかるく弾む間合をはかり、一気にアクセルを踏みこむ。斜めに入ったり、壁に衝突したり、こうしてビール壜とぶつかることも多く、なめらかにすべりこんだためしはあまりないけれど、そのうち上達するだろうと思っている。しかし、ガレージに車を手ぎわよくおさめることができたあとは、それからは何に熱中したらいいだろう。そう思うとかすかに胸が悪くなり吐き気のようなものまでこみあげる。人は繰りかえすうちにいつかは何であれ上達する。浩一は勢い良くドアをしめ、その事を考えないことにした。

「さようなら」といって浩一が手を伸ばしかけると、明子の手から火がほとばしった。むせかえるような煙硝の匂いがたちこめる。

「びっくりした?」

「何もいわずにやるんだから」

「ためしてみたの、つい癖になって……外箱がふくれるほどつまっているのでなければ駄目。この店のなら出来るわよ」

今あとにした酒場のマッチを取りだし明子の指のかたちを真似てみる。

「そうじゃない。軸薬だけ外に出して、そう、指できつく押えるの、駄目、わたしにちょうだい」

浩一はマッチを手渡す。明子はマッチを彼に見えるように指で押えて軽くはじいた。

「ほうらね」

再びオレンジ色の焔がひらめく。去年は雨が多く空気が湿っていたからうまく発火しなかった、と明子はいう。

「今年の夏は日照り続きでしょう。雨が降らなくなってから何日になるかしら」

浩一はそれに答えず、シャツの胸をつまんではがす。汗ばんだ肌に布地が気味わるくはりついている。「じゃあ、また」と女はいった。明子が通りを横切り向う側の歩道に背を見せて歩き去っても、浩一はその姿を目で追っている。闇に流れた橙色の光。初めはだしぬけの閃光なので目がたじろいだのだろう。まばゆいまでに白く、二度目は目をこらしていたせいか蜜色に輝いた焔の色を、自分はこの夏の異常な暑さと共に忘れないだろうと思った。


次の日、浩一は社長室に呼ばれた。部屋の主人は旅行中であった。来客は社長の兄である。有明市のカントリー・クラブ幹事と商工会の会長を兼ねている。浩一が這入ると客はテーブルに会社の帳簿をうず高く積みあげて読みふけっているところだった。浩一にうなずいて見せて目で椅子を指し、額にたてじわを寄せてページを繰っている。

「田代君、この帳簿をつけているのは確か徳川さんだったな」

「徳川は七月いっぱいでやめました。永井が目を通していますが」

「なぜ君がやらんのだ」

「僕は配達専門の運転手ですから帳簿まではどうも」

客は帳簿のミスを指摘した。浩一は黙々と客の叱責を傾聴した。仕訳帳と棚卸表の区別もろくに出来ない老事務員をどうして雇っているのか。こうした乱脈な帳簿を見すごしている社長の目は節穴同然だ。しかし弟の会社に出資している自分にも経理責任の一半はあるので……。浩一はそんな愚痴をこぼすために社長の兄が自分を呼びつけたのではないと考えている。帳簿の不備を指摘するだけなら担当の永井老人を呼べばいいのだ。

「単刀直入にいうとだね、田代君」

客はそこで扇風機の中心をのぞきこんだ。そこに故障の箇所を発見したかのように目を寄せてみつめながら、弟の健康状態を気にしているのだと早口でいった。

「これは君にしか訊けないことだし、それに君ならばわかる立場でもあるからな」

「社長は回復が早くて僕より先に退院されたんですよ」

客はそんなことくらい知っていると答えて人さし指と親指で輪をつくり唇にもって行ってぱっと離した。

「あれはまだ飲んでるかね、入院以前のようにアルコールに溺れているのをわたしに隠しているのではないだろうか」

「このごろ少しはやっておられるようですが、以前ほどじゃないでしょう、僕から申しあげるのもなんですが」

「そうかね、最近のあれを見ているとどうも……」

「ご心配には及びません」

「入院中あれと親しかったのは君だけだからこうして内密の話も出来るわけだ。ところで腑に落ちないことがあるんだがね」

浩一は気持の上で身構えた姿勢になる。

「君は帳簿が読めるのだったな。宗平からきいてる。隠すことはないよ、事務の方を手伝うこともあるのは知っていた」

成功者にはほぼ共通の型があるようだ。商工会の会長は年齢に似ず艶のある桃色の皮膚を持っていた。ハンケチを取り出した指は爪先もよく手入れされている。そのハンケチで太い首のまわりに滲み出た汗を拭った。

「君は車の運転が出来て簿記にも堪能だ。躰も今は申し分なく健康のようだ。どうして宗平の会社でうだつの上らない仕事に甘んじているのかわたしにはわからない」

「別に特別なわけがあるのでもないんです。あらたまってそう訊かれても……」

会長の声がやや荒くなったがそれも計算のうちかも知れない。浩一の返事は自分の疑問に答えたことにならない、と不満そうにつぶやいた。

「答えたくないわけでもあるのかね。もちろんわたしは君が宗平の会社で働いてくれるのを心強く思ってるんだが」

「社長は僕が入院中となりのベッドに居られましてね」

浩一は窓の外に目をやって話した。鉢植えのつるバラが枯死寸前だ。

「中毒は社長より僕の方が重症のようでした。全治退院という日を予想することも出来なかった。しかし社長が退院されて毎日のように病院の僕を見舞いにやって来られるうちに、自分もいつかは清潔なシャツを着て日盛りの街を歩けるのではないかと考えるようになりました。そう考えたときはもう回復していたんです」

「ふうん、つまり同病相憐れむというわけか」

「そんなきまり文句であらわせられる気持じゃないんですが……」

「じゃあ何だね」

さすがに友情であるとはいいかねた。浩一にしても自分と社長をつないでいるものが何かはっきりとはつかんでいないのだ。つきつめて考えると自然に一つの情景が目に浮んでくる。ある日、社長は配達の帰りだといって病院に寄った。病人を健康な人間が見舞うといった素振りを社長は全く示さなかった。それはいつもの通りだ。友人宅でくつろぐ気楽な朋友という感じだ。「これはひどい」社長は眉をひそめた。病室の隅を這っている一列の家ダニを発見して、「これはひどい」と驚き、ＤＤＴが効かないとわかると病院から塩素ガス噴霧機を借りだしてダニの駆除に半日を費したのだった。

「これはひどい」と眉をひそめた社長の表情は忘れられないものになっている。病める者を憐れむ健康人の傲慢さはなくて、浩一のためというより社長自身のためにダニを憎んだようだった。まだガスの匂いの残る病室で社長は入院中に自分はどうしてダニのことを何とも思わなかったのだろうといぶかった。浩一にしてもそれは同じ思いだったのである。半月後、彼は退院して有明建材有限会社の運転手として働くようになった。かつてのルームメイトがこの会社の社長なのである。

客は帳簿を平手で叩きながら、

「あれは君を頼りにしている。困ったことなんだよ」

どうしてですか、とたずねてしまい、これは愚問だと浩一はさとった。意外に客は肚をたてない。

「手形をおとせないときはわたしをあてにする。体面上わたしは銀行に駆けつけないわけにはゆかん。営業一般は君にまかせたきりだ。自分は椅子にふんぞりかえって愚にもつかん本ばかりを読んでいる。これが一人前の実業家といえるだろうか。仕事の何たるかを思い知らせてやるためにわたしはこの際、手を引こうと思う」

「すると僕は失業するわけで?」

「失業というのは他の仕事がない場合のことであってね。新聞の求人欄を見なさい。有明建材よりわりの良い口がごまんところがってる。なんならわたしが紹介してもいいと思っているよ」

「有明建材をやめるつもりはありません」

「宗平には思い切った治療が必要なんだ」

それは出来ない相談だ、と浩一は思う。同じ病室で半年間、起居を共にした間柄として、彼は社長のことをよく知っている。会長が金を出さなくなるとしたらなおさら浩一はやめられなくなる。時計を見た。駅へ社長の出迎えに行かなければ、と断わって立ちあがった。自分は今後、有明建材の経理に接触しないと念を押したあと、カントリー・クラブの幹事は急に語調を変えてたずねた。

「ちょっと君、〝ランチェスターの二次法則〟というのは何だい。百科事典にものっておらんぞ」

「さあ何ですか、存じませんが」


浩一は駅が好きだ。駅でしばらくぼんやりと時をすごすのが好きだ。田舎の駅の森閑としたたたずまいもいいし、都会の駅の喧騒もすてがたいと思っている。

会社を早目に出たので列車が着くまでにいくらか時間があった。社長の兄が愚痴をくり返すのにうんざりしたから、出迎えを口実にさっさと会社をとび出したのが良かった。円形の駅前広場があり、駅舎はつま先あがりの勾配をおびたその広場の高みに位置している。浩一は有明駅に途中下車した旅行者に自分を見立てて、待合室入口の壁によりかかり自分の街を見渡した。八月の光が屋根瓦に照り映え、陽炎をゆらめかせている。太陽は空に高く街路にはほとんど人影は絶えた。車の往来もまばらだ。浩一はこのとき不意に時間が水の流れのように自分の皮膚をかすめて過ぎるのを意識した。こうして午さがりの駅でのんびりと社長の帰りを待っている今、時が刻々と経過するのを肌で感じとった。浩一はタバコをくゆらし、その煙が目にしみるので目を細くして駅前広場の銀杏並木を見ている。青葉がかすかな風に煽られて慄えている。陽光に浸った一枚一枚の葉のそよぎも時の流れを告げ知らせているかのようだ。「時」とは有明市の時でも列車の時でもなく田代浩一自身の人生における「時」である。彼はまばたきし、タバコを捨てた。ふたたび目をあげて銀杏並木を見たときは風も絶えたか並木の葉群はそよとも動かずひっそりと静まりかえっているように見えた。それと同時に皮膚に走った戦慄のような〝時の流れ〟の感覚も消えた。ベルが鳴り、列車の到着を告げるアナウンスが聞えてきた。

社長は改札口から最後に現れた。両手に重そうな旅行鞄を下げている。それを受取って浩一は意外な重量に足をふらつかせた。聞けばG市の古本屋でまとめて買った書籍だという。「また例のやつですか」「ああ」

「チッキにすれば良かったのに」

「きょう持って帰りたかったのさ。車中で読む愉しみもある。チッキだと一日おくれるし紛失のおそれもあるだろう」

浩一は車を駐車場から出して駅前広場の外へ注意深く進めながら、「あの件どうなりました」と訊いた。

「二百万の約手かい、大丈夫おとしたよ。あんなものいずれどうにかなるものさ。気に病むことはない」

声がそれでも疲れをおびる。浩一は社長の耳ぎわに増えた白髪に気づいている。手形をおとすごとに老けこむ感じだ。社長は陽気に話しかけた。

「留守中に何か変ったことは」

「女の子がやめたいといった他はべつに」

「杉本のことだろう、弱ったな、爺さんがやめるといってくれたら助かるんだが」

「あの子の代りは僕がつとめますよ」

「そうしてくれるか」

「少し忙しくなるけれど」

「大津工材が例のセメントを一貨車、金曜日までに発送すると約束したから、やはりわたしが出向いた甲斐はあったわけだ」

「よかった。しかしそのセメントですが会長さんが今度の手形の保証をしてくれなかったらどうなりますか」

「兄がしないといったのか」

「かりにとして下さい」

「別途に対策を考えなければならんだろうな。そんなことより収穫を見てくれ、あちらのペイパー・バックをキロで買いこんだから、すごい掘出し物だよ」

社長宅は会社の隣である。浩一は社長が応接間の床にあけた鞄の中身を指図されるままに並べかえた。

「見てくれ、まず『THE FAR SHORE』」

社長はうず高くつみあげた本の山から一冊を抜きだした。ノルマンディー上陸作戦を補給の面から詳述した記録という。

「汽車の中でざっと目を通してみたがね。百万の兵員の輸送方法に始って人工港の設計もドイツ軍の地雷原もイラスト入りで説明してある。こんな珍本をだれが古本屋に売り払ったんだろう」

「社長にかかっては珍しくない戦記はなさそうですね」

「合衆国海軍人事局指導マニュアル一九四五ときた、これはキャビネットわきの米国海軍作戦年誌の上に置いてくれ。うん、その青い表紙のかかった本だ」

有明建材の経営者は一冊ずつ手にとって英語の表題を読み、裏表紙の解説を調べて分類する。

「BEHIND THE BURMA ROAD、これはその THE MARAUDERS といっしょにして。ミイトキナ戦の得がたい記録だよ。そういやあマンダレー戦のドキュメントもあったっけ。それぞれ THE ROAD PAST MANDALAY、こっちには BEYOND THE CHINDWIN がある。さて今夜は忙しいぞ」

このまま部屋を抜けだしても社長は気づかないだろう。いつものことながら浩一は外国の戦記本に対する社長の熱狂に驚くほかはない。――イギリス人は戦争をピクニックのように描写する。戦闘を語るのに生活感があるのは伝統というものだろう、という社長の独り言を耳にしたとき、浩一は思い出したことがあって訊いた。

「ランカシャーの二次法則って何のことですか」

「ランチェスターのだろ」

社長はすばやく身をおこして黒板の日程表をさっと消し、チョークで a＞b と書いた。大小二つの軍隊が戦闘をまじえた場合、残る兵力は多い方が$\sqrt{a^2-b^2}$人という定式がなりたつのだそうだ。ランチェスターというイギリス人が過去の戦史をもとにわりだした法則として職業軍人には常識の一つだという。

「これを誰からきいた？ 兄から。ふん、この程度の知識もわきまえないで困ったもんだ。しかし実はもはやこの法則も現代では意味をなさないんだよ。たとえばスターリングラードの戦いには三十六万四千人が投入され、ドイツ軍だけでね、二十二万が戦死し、十二万三千が捕虜となり、そのうちシベリアから本国へ帰ることが出来たのはわずかに五千八人、いいかね、五千と八人」

「まったく考えさせられますね」

「そうだろう」

社長はチョークの粉を手ではたいて続けた。

「現代の戦争においては古典的な戦訓は通用しなくなったのさ。ランチェスターの二次法則もおおかた陸軍大学で暇をもてあました老いぼれ大佐の気慰みだろうよ。さてお次はええと、WHEELS OF TERROR か。これこそまたとない掘出し物の逸品なんで、ドイツ第二七機甲師団に属した兵士の手記と解説にある。東部戦線の状況がだね、パンの配給量、マーガリンの質に至るまで詳しいよ。PANZER LEADER を書いたグデリアン将軍の報告とは違った面白さがあるな」

床に並べた数十冊のポケットブックを立って見おろすと、床は極彩色の絨毯を敷きつめたようだ。浩一は掌を嗅ぐ。外国書特有の匂いがしみついている。パルプの処理か印刷インクの種類が日本とは違っているらしい。社長はふと本から目をあげてきいた。

「田代、きょうは帰ってから何をするつもりなんだ」

「そうですね、とくに予定はないけれど、映画でも見ようかなと思ってるところです」

「いいのがかかってるかい」

「戦争ものじゃないようですよ」

「戦争ものは嫌いか」

「特殊撮影というのが厭なんです。よくあるでしょう、海戦シーンなんかゼラチンのプールにおもちゃの軍艦を並べて」

「実写フィルムの迫力にはかてないということだ。君は戦争中いくつだった」

「敗戦の年には小学校の二年でした。これでも本当の空中戦を見たことがあるんです。グラマンとゼロ戦、それから紫電改。頭の上から機関砲の薬莢がバラバラ降ってきたっけ」

「うちできょう食事して帰らないか」

「スーパーで友達と会って飯を喰う約束をしています。せっかくですが」

スーパーで食事をするのも友達と会うのも本当だったが、いっしょに食事をするのではなかった。浩一は四階食堂の窓ぎわテーブルにかけて一人ですませた。六時といっても夏の日はまだ高い。一人で食事をすませるのは彼の身についた習慣だった。時間をかけてゆっくり食べた。

フォークを置く。卓上メニュに立てかけた夕刊を手にとり、スポーツ欄だけ読み直してウェイトレスに水を頼んだ。「おひやはきょうからお一人様一杯だけということになっています」という。日照り続きで水道はきまった時刻しか水を出さない。浩一は夕刊をたたみ、〝商業簿記必携〟と〝計算実務一般〟をこわきにかかえて三階へおりた。そこはスーパー・シマダの事務室になっている。残業中の職員に声をかけて、窓に面した机を片づけた。椅子に腰をおろしていつものように文案作製にとりかかる。週に一度の安売りデーを宣伝する客寄せのチラシである。スーパーの店長は高校時代の同級生なのであった。頼まれて三日に一度立寄っては新聞折りこみの広告文案をこしらえるのが浩一の仕事だ。今年に入って有明市にも関西系の大手スーパーのチェーンが開業したから客寄せの競争は激しくなっていた。

「田代さん、これ」

仕入係長が目玉商品のリストを持ってきた、それに目をそそぎながら鉛筆をシャープナーで削る。

帰り支度をしている仕入係長に、

「変り栄えしないなあ、また卵と即席ラーメンかい」

「変り栄えのない所で苦労してるんですよ、われわれは。いかに低く単価を押えるか、じゃあお先に」

といだ鉛筆を一列に並べて文案用の紙にむかった。目の下に有明高校のグラウンドがひろがっている。黄と黒の縞シャツを着た少年が紡錘形の毬をつかんで力走する。一団の仲間がそれを追う。彼らの切迫した叫び声の合間に響くホイッスル。鉛筆を握って白紙にむかいあっていると、十七歳の記憶が甦ってくる。ちょうどきょうのように澄みきった夕日がグラウンドに溢れる時刻だった。杉の木立が長い影を倒していた。誰もいないラグビー部室の机にむかい、ノートを開いてしるしをつけておいた箇所から翻訳の続きにとりかかった。そのときの情景を思い出した。あれからもう十年以上たっている。グラウンドの方からは切れぎれにホイッスルの音が響く。乱れた足音が視野の彼方で縦横に駆けめぐっている。

「われは……」と訳した句を「われこそ……」にかえ、それを消して「余は……」と書き、口の中で訳文をつぶやいてみて初めの通り「わが名は……」と直して満足した。

「わが名はオジマンデイアズ、王の中の王なり」

眉根を寄せ鉛筆をかみながらその一行をみつめる。末尾をただ「王の王なり」に変える。My name

is Ozymandias, King of Kings. Look on my works, ye Mighty, and despair!

ドアが叩かれた。すばやく詩集をとじてノートの下に隠し、かけがねをはずした。「なんだ、田代だったのか」と不意の闖入者はいい、浩一の切れたアキレス腱について訊く。二人は窓ぎわにたたずんで、穏やかな夕べの光が漂うグラウンドを眺める。ボールを抱いて追う者をついにふりきった走者がコーナーにそれをつと置くとゆとりのある身ぶりでこちらに向き直り両手をあげた。それを指して島田は、「あの一年生は秋の高体連に使える」という。夕暮の空にのぼる彼らの叫び声とその合間を縫うホイッスルの音はいつのまにか浩一のものではなくなっている。興味ありげにスクラムの動きをみつめてはいるもののノートの下に隠した詩集を見つけられはしまいかという懸念しか今は持っていない。

……………………

「やあご苦労さま」

と這入って来るなりスーパー・シマダの店長はいった。浩一は我に返った。

「さっき有明建材に電話をいれたら、きょうは定時にひけたというから珍しいこともあるもんだと思ったよ」

「毎日残業させられたら体がもたない」

かつてのフルバックは年齢相応の分別くさい顔つきで浩一の書いたチラシ用文案を読み返した。事務室で帰り支度をしている店員に原稿を印刷所へ届けるようにいいつけ、その男がドアを出るまで待ってから島田はここだけの話だがね、とあらたまった口調できりだした。

「銀行にいる知合いの話だと、有明建材は不渡りを出しかけたんだって。いいのかね、そんな状態で。まあ社長さんは土地の名家だからいざとなったら兄さんが助けてくれることになっているのだろうが」

「経営は楽じゃない、はっきりいってしまえば」

「噂では給料もちゃんと出ていないらしい」

「出たよ、ボーナスがなかっただけだ」

「あんな所は見かぎってよそにつとめたらどうだい。その気になればいくらでも口はあると思うよ」

「そういってくれる人はわりとあるんだ」

「そんなことでいいのか」

「ああ」

浩一はそのとき漠然とした憎しみを社長に覚えている自分に気づく。

――さっき会社に電話を入れたら、という言葉、今度の土曜日はあいているか、という質問、じゃあまた、という別れの挨拶は東京で何年か前まで働いていた浩一が願ったものだ。満員電車で片道一時間半かかって職場へ通い、残業につぐ残業で日曜日は精根つきはてて眠りをむさぼるだけだった。自分の時間というものは無いにひとしかった。職場では人の交代がひんぱんだった。同僚に友人はいなかった。そうした生活を余儀なくされていると、あたり前の生活が、たとえばこの夕刻の帰宅のように、道すがら知人に挨拶し、次に会う日を約束したりする日常のとりたてて目新しくもない些事がしきりに空想された。

歯医者の予約をとった帰りに週刊誌を買い、街角で「やあ、しばらく会わないうちにふとったな」とか「やあ、久しぶりだ、一杯やらないか」とか、こうしたやりとりをいつか自分の生活として実現できるかもしれないというのが浩一の支えだった。しかし今かつて夢みたくさぐさの言葉を実際に使ってはいるものの、もう想像していたほどの歓びは得られない。それらは別にどうということもない生活の一部にすぎない。

まっすぐ帰ってもこの時刻はアパートに西日が直射して我慢できるものではない。日が沈んでから帰ることに決めた。

坂道を登る浩一の前を一人の女学生が歩いている。夕日は二人の前にあり、少女のまとっている薄いワンピースを透かしてその太腿が見える。浩一は汗をかかないように歩幅を開いてゆっくりと歩いた。女学生は裾を蹴上げるような勢いで坂道を登っており次第に間隔がひろがってゆく。二人は坂を登りつめた。夕日を全身に浴びるとき、きまって訪れる軽いめまい。

少女はいま夕日の光耀にすっぽりと没している。一瞬の幻覚が建材会社の勤め人をとらえる。少女の肉体を包んでいる服が蟬の翅の透明さをおび、するりと足もとに脱け落ちるのを見ても自分は驚かないだろうと思う。夕日が沈む時刻は何がおころうと不思議ではないような気がする。少女も足もとにすべり落ちた服を脱殻のように地面に横たえ、裸体のまま素知らぬ顔で坂道をおりて行く。

浩一は川端公園で休んだ。芝生が夕日を斜めに浴びて濃い影を獲得し、一本ずつ草の葉も数えられるようである。楠の下蔭はすでにたそがれの爽かな涼気が溜りかけていた。

浩一はベンチにもたれ、芝生を這う木の影を目で追っている。黒い投網をひろげたような具合に梢の倒影が伸び芝生の翡翠色の輝きを奪ってゆく。草野球の一団がいる。有明市の青年会議所に属する顔見知りの連中である。キャッチャーの後ろにいる人影が浩一を認めて手をふった。洋品店マルタの長男だ。足もとにボールがころがって来た。ひろって投げ返したとき洋品店の息子が手招きした。打者を代ってくれという。

「よかった、いいところに来てくれた」

と息をはずませて頼む。「負けがこんでいるんだよ。今のチャンスをのがしたらおしまいなんだ」

得点は八対二で試合は六回の裏、二死満塁七番のバッターと代って慎重に浩一は球をえらんだ。目の前で浮んだ五球目に渾身の力をこめる。一塁めざして駆けながら首をひねってボールの行方を追う。青磁色の空にぐんぐんのぼる白い球がうつり、次の瞬間、何かですくい取ったように消えた。夕日の中にとびこんだのだ。ピッチャーもショートも手を額にかざして空を探している。マルタ青年を見ると彼だけはボールの行方を知ってか右腕を水車のようにまわして浩一に走れとうながしている。レフトが空を見あげてうろうろと駆けている。その頼りなげな足つきから彼もボールを見失っているのがわかる。ある恍惚感が浩一の躰を貫く。


今夜は必ず明子に会えるといういわれのない予感があったので、郵便局前の電話ボックスに彼女を発見したときはさして意外に感じなかった。局前広場で涼んでいた青年たちがボックスの明子へ意味ありげな視線をそそいでいる。明子は浩一に横顔を見せ、何かしきりに話しこんでいた。目はボックスの外を向いてはいるが心は話に集中して何もみつめてはいない。

ふだんの表情とはちがい怒ったように眉をひそめている様子はただごとではない。明子が誰と話しているか気になった。ボックスを出た明子は立ちふさがっている彼に気づくと当惑気に目をみはった。こんなはずではなかったので彼もすくなからずとまどってしまう。昨夜も明子と会えたのだが、酒場で話をかわしたのは半時間たらずだった。それから物たりない気持が尾を引いている。

酒場に誘ったところで応じるようには見えなかった。自分がボックスの外からぬすみ見ていたのを怒っているのだろうか、と考えた。光線のかげんかボックスの中では急に年をとったように見えた。化粧していない顔を見られた女の立腹を思い出した。彼は川沿いの道を歩きながら、何かに肚を立てているのかとたずねてみた。

「肚を立てているように見えますか」

こんな調子ではまったく仕様がないのだ。浩一は自分の経験を話してみたかった。

(四、五日前こんなことがあった。川の胸壁と呼ぶのだろうか、胸の高さほどある堤防のコンクリートにもたれて向う岸をぼんやり眺めていると、山吹色の花粉みたいなまるい点が一列になって動いてる。よく見ると何のことはない、幼稚園児が引率されて帰るところなんだ。黄色い帽子をかぶっているだろう、頭だけ胸壁の上にのぞいてたわけ。背がまちまちだし歩き方もちがう。それで鳥が餌をついばむみたいに帽子が出たり入ったり、一人が立ちどまると後ろの列がつかえて黄色い塊りが出来た

りして。初めは正体がつかめずにそれがはっとするほど新鮮だったけれど、幼稚園児とわかってからは興醒めしてしまった）

明子は無言である。肩を並べて東小路町の踏切まで歩いた。

「じゃあここいらで」

と浩一がいうと、女はあっさりうなずく。そのまま振りかえりもせずに坂道の暗がりへさっさと消えて行った。自分とかかわりあいのない世界で明子が生きているということを、今夜はまざまざと見せつけられたと彼は思った。どだい明子の生活については知らないことが多すぎるのだ。なんとなく不安定な気持になり、そうなった自分をいまいましく思った。坂井の酒場に寄った。カウンターの端にわりこんで三杯目のビールをあけるとようやく彼は平静になった。不機嫌な女と歩いて宙ぶらりんな気持になったのが少量のアルコールで落着いたようだ。

「あついな」

カウンターの中にいる顔見知りの女になんとなく声をかけた。

「すみません、クーラーが壊れてしまって、この日照りでしょう、七十年ぶりの旱魃というわよ」

とたんに彼は女がとめどなく世間話を始めそうな気がして、話しかけたことを後悔した。アパートに帰るのが億劫になっている自分も辛抱づよくそれにつきあうだろう。

「――が駄目になってるんだよ」

それまで壁のクーラーにとりついていじっていた若い修理工が部品のある名前をあげて坂井に首を振ってみせた。坂井はグラスを磨きながら、「今すぐ直せないのか、困ったなあ」

「これを取りかえてみたところで水が出ないことにはどうしようもないね」

暑さは耐え難いほどになっていた。銭湯は三日前から休業している。水道も断水つづきである。夜に入って何度目かのサイレンがまがまがしく鳴り始めた。消防車が澄んだ鉦を響かせて通りかかったとき、客はみな外へ出て火事を見物するために去った。酒場がからになると熱気もいくらかやわらいだようだ。

「さっき見たよ」

グラスを水に沈めてバーの主人は話しかけた。「何を?」と浩一は訊きかえす。「あ、今夜はもう帰っていいよ」と坂井はカウンターの中にいたアルバイトの女にいい、女が姿を消してから話した。

「女房がきょう美容院に行ったら三輪さんの噂でもちきりなんだそうだ。田舎町の女どもは退屈しきっているからな。歯科医と離婚した女性と独身の勤め人の交際というのは奴らにはひまつぶしの話題にもってこいなんだろう」

「まだ何もないんだよ」

「結婚前はどうといって目立たなかった素人画家だったよ、あの人は」

「そんなに以前から絵を描いてたとは知らなかった。離婚してから描き始めたとばかり思っていた」

「ちょくちょく見えるよ、うちにも。そのつど別の男といっしょでね」

浩一は黙ってビールを飲んだ。

「珍しい気性の人だよ、蛇の話知ってるかい」

「どうせ美容院の噂なんだろう」

「いや女房が傍で見ていた事件なんだから、あれは学生時代同じクラスだったんだ。グラウンドを這っている蛇をつかまえていきなりあの人は首に巻きつけたことがあったんだそうだ。並の人間には真似の出来ない芸当だな」

坂井は新しく登場した客の注文をきいている。三軒おいた隣のキャバレーでベースを弾いている初老の男である。

「コーヒーですね」

「そう、濃くだよ」

男はもの問いたげな視線を浩一にむけた。彼は自分のグラスに目をおとした。見てくれ、と新しい客は手のひらを突きだした。

「見てくれ、とうとうこんなになっちまった」

浩一は血の滲んだ男の指をみつめた。

「この指では調子をとるのがやっとなんだよ。弦が痛くてなあ、わたしは指の皮が弱いもんだからすぐにすりむけてしまう。それでコーヒーを飲む。痛みを忘れるためにね、ところが指の痛みはとれても今度は目が冴えて眠れなくなる。指はあんた大事にしなければ」

「大事にしますよ、いい話きいた」

と坂井はそつのないところを見せる。男は空のカップを置くと、赤いハンケチで洟をかんだ。白いものをまじえた無精髭に水洟が光った。「今夜の勘定つけにしといてくれるかね」「よろしいですよ」

「すまないね」

二人は黙ってベース弾きが立ち去るのを見送った。坂井は新しいタバコに火をつけて、浩一の考えていることをあててみようかという。「三十年たてば自分もあんな爺さんになって田舎町のキャバレーで鼻をくすんくすん鳴らして調子はずれのベースを弾いているかもしれない、と考えてたろう」

「どうしてわかった？　実はその通りなんだ」浩一が苦笑して訊き返すと、坂井は自分も同じことを考えていたからだ、と答えた。酔いがやや醒めたところで浩一は酒場を出た。夜は更けていたが蒸し暑い寝床をもてあましてか川辺の胸壁に寄りかかっている人影が多い。この川は有明市を貫流して海へ注いでいる。川の下流に浩一のアパートはあった。長い川に沿って歩くと彼の心はなごんだ。

東京で暮していた頃はたまの休日に山手の住宅街を散歩した。躰の片側が堅固な塀でまもられているという妙な安心感があった。森閑とした路地に浩一の靴音が高く鳴った。彼は頭をからっぽにして何も考えずに塀に反響する自分の靴音に耳を傾け、もの憂い解放感を味わっている。そうして気の向くままに右に折れ左に折れしていると一週間の労働ですさんだ気持が慰められた。けれども今、仕事のあとのけだるい解放感は、涸れかかった川に沿って歩いても訪れはしない。

流れているというより黒っぽく澱んでいるだけの河床を川と呼べるかどうか。これから先一週間、日照りが続けば川はすっかり干あがってしまって、乾いた泥の上に魚たちの白い死骸が日にあぶられることになるだろう。そんな光景はたまらないと思う。自分の街では豊かな水量をもつ川が満まんと漲り溢れて流れるのを見たいものだ。流れのほとりにたたずめば浩一も自分の内部に水のたっぷりとしたゆらめきを感じるはずだ。

彼は〝テアトル有明〟の前にさしかかって時ならぬ人だかりに気づいた。ストリップの夜間興行を待っている若者たちである。よその町に踏みこんだのかと思った。有明市もごたぶんに洩れず青年たちは都会へ去って、昼間街路で見かけるのは老人と女子供、中年の男女である。それに馴れてしまっていたので汗臭い体臭を発散させる二十歳前後の男たちを見ると何事が起ったのかと立ちどまってしまう。これだけの青年たちがふだんはどこにひそんでいるのだろうと考えた。おそらく近郊の農村で働いている農家の後継者たちであろう。劇場斜め前にある銀行の柱廊にも夥しい青年たちがしのび笑いを洩らしながら黒々とひしめいていた。

浩一は看板に描かれた「金髪グラマーの白人美女」を眺め、そこに添えられた「うめき、のたうち……」という文句を読んだ。貸本屋むきの雑誌にのべつ供給される言葉である。アパートで寝しなに雑誌をひろげると、抱きあった男女の挿絵が目につく。うめき、のたうち、という言葉もきまって使われている。

あるとき、そうして雑誌をめくっていて彼はページの余白に書きこまれた一見、暗号のようなアラビア数字に気づき、それ以来、雑誌の余白に注意するようになった。ボーナスの計算だろうか、質屋の利子を気にしているのだろうか、それとも残業手当のわりだしなのだろうか。たどたどしい字体もあれば達筆もある。いずれも別の読者が、「うめき、のたうち」を読みふける途中、ふと思いついて鉛筆で計算にかかったのだろう。

浩一はそれを記した人物たちを想像してみた。相互銀行のN、肉屋のT、市役所のK、中学教師のA、バー経営の坂井もその一人でありうる。だから浩一には意味のとれない数字もこのように推測をほしいままにすると小説より興が尽きないのだった。数字の間には静かな小都市で営まれる生活の暗い息吹きがあった。雑誌小説の新奇なストーリイとは別の世界がここにはあり、熱っぽいひそやかな生活の喘ぎがページの余白からもれてくるのだった。

アパートに戻ってまず窓を全部あけた。よどんだ空気が夜の新鮮な外気と入れかわるようである。肌にこびりついたシャツを剝ぎとるように脱いで洗濯機にほうりこむ。テレビをつける。「きょう最後のニュース」をきき流しながら汲みおきの水に顔を浸す。しばらくその姿勢をくずさない。酔いが生ぬるい水に溶けこむように感じられる。

「シュクリ・イラク国防相とグレチコ・ソ連国防相が会談……ルナ・オービタ五号による月の裏側写真は良好な画面を引続き……」というニュースは躰を水でぬぐいながらきいた。ニュースはローカルにかわり「……旱魃に悩む有明地方に県は劇甚災害法を適用します。特別診療班は伝染病発生地域の巡回に際して地元医師の協力を要望……」

旗が映り国歌が演奏されるのは覚えていた。いつ放送が終ったのか彼は知らない。寝ころんでいる自分の顔が蒼白い光に染っているのがわかる。テレビ画面には銀色の鏃《やじり》模様がひしめいている。夜半めざめてつけ放しのテレビにアルミ箔色の縞がまたたくのを見るのはいやなものだ。立ってスイッチを切ったとき、遠くにサイレンが鳴った。断続して鳴った。暗い家並の一角が火事の焰でうっすらと赤くなっている。あと何日、日照りが続くのだろうと浩一は思った。

公衆電話がある角のタバコ屋から有明建材の建物が見える。出勤の途中、かならずタバコ屋の前を通るから自然に赤電話が目に入る。それが気にならなくなったのはいつからだろう。

ある朝、浩一は角をまがって自分の会社を見たとき、ほとんど反射的にふりむき赤電話に手をかけていた。「田代ですが」「うん」社長の声が返ってきた。深呼吸しておいて、頭痛がするから休みたいと一語ずつ区切って告げた。電話を切ったとき解放感が訪れた。予想できなかったほど強い安息感を彼は目のくらむ思いで受けとめた。(今たっぷり眠れるものならどうとでもなれ)という内心のつぶやきに耳を傾けた。朝の街を自分のアパートの方へ引返した。通りは変に閑散としていた。バス停でスポーツ新聞と週刊誌を二冊買い、それを枕もとに置いて午すぎまで打ちのめされたように眠った。目醒めると二時前でまぶしい光が部屋に満ち、鏡をのぞいて一度あたった顔にもう一度、剃刀を使おうかどうかと思案した。しかし仮病を理由に欠勤した日はむさくるしく装うのがふさわしく思われて、妙にざらざらする頬を撫でながら浮かない気分で新聞をひろげた。それ以来、タバコ屋の赤電話を見ては何度か発作的に会社へ欠勤を告げたくなり、実際に休みもした。その誘惑を感じなくなったのは最近のことだ。有明建材有限会社と金文字でしるしたガラス戸を見て、くるりと後もどりしたくなる気持とたたかう必要はもうない。仕事に生き甲斐を覚えているわけではないが、五時半の退社時刻がかつてのように待ち遠しいことはないのである。

午後、タイルを配達して帰ると来客があった。「どなた」と女子事務員に訊くと、「銀行の人」という。顔を見合せて溜息をついた。いつもの二人組らしい。貸付課長とその部下である。浩一は考える。会社社長たる者は泰然自若として、商売の見通しが明るいことを具体的に説明すれば、銀行員たちは貸した金を今すぐ返せとはいわないものだ。有明建材はまとまった金額を銀行から借りて、月賦で返済していた。それが何回かとどこおっている。社長はまるで他人の経営する会社のように窮状を洗いざらい打ちあけ、滞納分はおろか来月の支払いも確約できかねる口ぶりである。薄い仕切りの向う側から会話はつつ抜けだ。社長は率直すぎた。浩一はただ憮然として出がらしの番茶をすするだけだ。

肩を叩かれた。ふりむくと会計の永井老人が立っている。耳の遠い会計係は応接間のやりとりを聴いていない。短冊に清書した自作の俳句をさし出している。いつかこの男の「朝顔や……」という句に感心したことがあった。それから一句ひねるごとに読まされるはめになり、ついに短冊の進呈ということになったわけだ。社長も社長ならこんな事態で出社してもせっせと俳句をこしらえるだけが能の部下も部下だ、といささか浩一は穏やかでない。風流も結構だがこの際ミスの少い帳簿に精を出してもらいたい、とはさすがに面と向って永井老人にいいかねる。

「永井さんには閉口しますよ、自分の俳句はほめてくれるものと決めこんでいるからなぁ」

銀行員が引きあげたあとで社長にこぼすと、社長は読みふけっている洋書から顔もあげずにだるそうな声音で、

「あれでひょっとしたら君を内心ばかにしてるのかもしれないぜ。あの若造はどんなにつまらない俳句を見せても感心するって」

浩一にこの批評はこたえた。依然として社長はS. W. ROSKILL著「THE WAR AT SEA」に没頭している。そんなところに彼は社長の年齢を感じないわけにはゆかない。

倉庫からセメントを出して一人で軽トラックに積みこんだ。おくれていたセメントがきのう着いたのだ。この配達をすませたらきょうの勤めが終る。バックミラーに映る物のかげは、輪郭がナイフで刻んだようにくっきりときわだち、色彩も鮮かになるようである。フロントグラスごしに眺める風景はひたすら平凡なのに凸面鏡に反射した世界は浩一の目をみはらせる。また何気なく車の上から振りむくとき、ありふれた街路のたたずまいがはっとするほど彫りの深い翳りを帯びる。無関心に通過した街並が彼の背後にうつるとたちまち異様に華やかな別世界に変貌してしまうようである。

それは罠にかかっていた獣がばねをはずされた瞬間、満身の力をこめて躍りあがる姿態に似てい

る。浩一をやりすごすまでは何喰わぬ顔で仮面をかぶっていた世界が、いったん彼の後ろにまわると息をのむばかりに光彩陸離とした世界に変る。だから気づかれないようにすばやく振りかえることが肝腎なのだ。彼をやりすごしたと安心していっせいに身慄いし灰色の埃を払いおとす瞬間をねらって敏捷に首をひねらなければこの世界の本当の顔はのぞけない。しかし振りかえっても一、二秒後には見られたと悟った背後のものどもが正面の世界と同じうす汚れた砂埃に早くもおおわれて、かすかな胸の悪さをもよおさせ始める。もう目に映るのは白っぽい砂塵にまみれた合歓《ねむ》の木の並木がさあらぬていで夏の午後の生ぬるい風に揺れている光景ばかりだ。

配達をすませてから病院に寄った。金曜日の午後は父を訪問するのが習慣になっている。土曜日の午後をあてないのは自分の冷たさだと自覚している。その時間は別の予定がなくてもまるまるとっておきたいのだ。父もあるいは金曜日をえらんだ自分の底意を見ぬいているかもしれない、と浩一は考える。父は眠っていた。

スーパーの紙袋からタオル、歯みがき、剃刀の替刃をとりだして棚に並べ、灰皿の横にタバコの箱を重ねる。紙幣を数枚、封筒に入れてテーブルにのせる。かつてややまとまった小づかいを渡したら一晩で飲んでしまった。病院は自由に抜けだせるのだ。すぐ裏手に飲み屋の町がある。その程度の酒で前後不覚になる父ではなかったが、躰が衰えているのだろう。ベッドの下によごれたシャツがある

のを見つけ空の紙袋につめた。帰りしな入口に立って室内をもう一度見まわしていると、

「帰るのか」と父がいった。

「せっかく眠っているのを起すのはどうかと思って」

「夢を見ていた。年をとると眠りが浅くていつも夢を見る」

浩一は窓に腰をかけ、これで何度目かになる父の夢をきく準備をした。父は語った。涼しい墓地に横たわっていると、只今といってあれがやってくる。ここは自分だけの部屋だからよそに行ってくれといっても、お前の母親は構わずに風呂敷を解きはじめる。だから、と父はくりかえした。

「出て行ったあれがどこかでなくなってもわたしの墓に埋葬しないでくれ。あれはお前の母親だとしてもわたしには他人だ」

ストレプトマイシンの副作用で耳が遠くなった父の声は不必要に高い。定年に達したら一切の仕事から手を引き、本だけを読んで暮すのが父の理想であったそうだ。そのための財産もたくわえていた。ある年の八月、まばゆく輝いた一箇の爆弾が、人生に静かな読書生活というつつましい野心しか持たない男の晩年を病室にとじこめてしまった。戦争で財産を灰にしなかったら父は理想の半分くらいは実現できたかもしれない。

窓から街路が見える。プラタナスの並木から女子高校生の一団が湧き、ひとしきり華やかな笑顔を

残して通りすぎた。夏の光が少女たちのまわりで泡立つかと見えた。父は一枚の写真を持っていた。二十歳当時、兵役に服したときのものだ。桜の木の下で父は両手を後ろに組み、右足をかるく前に出して立っていた。肩章に星がひとつ、濃い眉の下で怖れを知らない青年の目が涼しくカメラをみつめている。（そうしているところはお父さん、自信満々という構えじゃないですか）と浩一は写真の父に語りかけた。このときの父は写真を見ている息子よりずっと若いことになる。頭上にいただいた桜の花びらと同じほどにみずみずしい色艶をおびていた皮膚も今は褪せた。かつての若い兵士がベッドに横たわって死を待っている。浩一はバーテンダーの坂井やスーパーの島田が、いつ彼等自身と父親とのつながりについて心の深い所でじっくりと考えたことがあるだろうかと思った。彼らと父親の顔の酷似をのっぴきならない思いでいつか確認したことがあるはずだ。しかしそれを彼らに話してみたところでおたがい挨拶に困る問題なのである。

一枚の絵を通じて浩一は明子と知りあった。今年五月のことだ。ある画材店にルーフィングを届けて時間があったので二階の画廊をのぞいてみた。この町の画家たちの描いた絵がふだんかけつらねてあるのを知っていたからだ。バラや人形を描いたありきたりの絵にまじって一点の抽象画がすみっこにかけてあった。それに惹きつけられた。サインを見ると聞いたことのない名前である。

熱帯の海のように濃く暗い青が八号の画面いっぱいにひろがっている。絵をみつめていると青い燐光のような輝きが漿液のように滲みでてくるようだった。茫洋とした恍惚感がその青い光に感じられた。三輪明子の絵はその一点きりだ。浩一は画材店主人に作者の住所をたずねた。

「さあ、あの人はどこにおすまいなのか」

「絵具を届けるとか、絵に買手がついたら知らせるとかそんなときにはどうするのですか」

「絵の道具はうちへ買いに見えるし、絵についてはこういっちゃあなんですがあまり売れませんよ。買い手が万に一つあったとしても週に一度のわりで寄るときに話せばいいんでしてね」声をややおとして画材店の主人はつけ加えた。「抽象画はどうもねえ」

「三輪さんという人はいつもあんな傾向の絵ばかり？」

「だいぶ上手になられたんですよ、あれで、去年から抽象に転向して、それはおやめなさいと忠告したんですがね、きかれません、抽象はひところと違って流行らないんですよ、昔はこじんまりとまとまった静物画が得意で銀行関係にときどき売れたこともありましたな」

浩一は青い絵の値段をきいた。

「三万円ということになっていますがねえ」という主人の薄笑いは、売れにくい絵につけた値段がおかしいのか、買えそうにない浩一をばかにしたのか彼にはわからない。

「連絡をとってもらえないだろうか、その三輪さんという人に」

「絵がお気に入りましたか」

「なるべく早い方がいい」

「そりゃあしますとも」

会社の電話番号を告げ、絵の作者が立寄ったらしらせてくれるように頼んだ。二日たって店主の声をきいたとき、彼は後悔していた。あてにしていた金が手に入らなかったのだ。それも理由の一つだったが絵を見た日の夜から彼の気持は変っている。あの青い絵が自分の部屋に這入るのは気分的にうっとうしいのである。灰色の壁にはアメリカ雑誌から切り抜いた漫画とヌード写真が一枚ずつ、それで充分な気がする。平凡な静物画なら気にさわらないだろうが、あの異様な藍青色の輝きに満ちた絵を六畳一間のこれという家具もない部屋にもちこんでみたところでどうしようもない。どのように断わろうかと彼は思案した。重い足を画材店に運んだ。

「僕は謝らなくちゃいけない。せっかく買うといったのにこちらの都合で買えなくなりました。三万円が一万円だとしても」

相手は浩一の言葉に失望した様子もなく黙って彼を見ている。不思議な女だと思った。年齢の見当がとっさにつかない。二十代の半ばとも三十代の初めとも見えた。それが初対面の印象だった。

「人から頼まれたのではなくてあなたご自身がわたしの絵を欲しいと思ったの」

「そうです、しかし……」

「この絵を気に入って下さったのは嬉しいわ、買う買わないはどうでもいいことよ」

「下塗りにつかっている砂はどこで手に入れました」

と建材店の社員らしい質問をした。きめの細かい砂は今不足しているのだ。女流画家は答えなかった。やや目をあげて天井のあたりを眺めている。放心しているのではなくてつかのま自分だけの思いに耽っている様子だった。彼は絵の表面を指でなぞって、

「砂粒が少し粗いからこの絵は永くたてば表面が剝げはしないだろうか。接着剤がまぜてあれば別だけれど、うちにはもっときめの細かい砂がありますよ」

と話しかけてみた。三輪明子は我に返ってぎくりとしたように身を慄わせた。「え？　今なにかおっしゃった？」

「いや別に何も」

この日から彼は一人の女のことが忘れられなくなった。目醒めてから夜やすむまで明子の顔がつきまとって離れなかった。

指にすっぽりはまる金色の環がある。まだ錆びない銀色のボルト、ナット。大小のコイルから獣の耳に似ている革製品の断片など、昼間、アスファルトの路上には得体の知れない物のかけらが落ちているものだ。

浩一は近頃それに気づくようになった。事故現場に散らばっているガラスの破片を手にのせると、それらは羽毛のように重量を感じさせず八月の光を虹色にはじいている。この多彩な煌きと病院のベッドで血をしたたらせている運転手とは彼の内部で決してつながらない。

路上に落ちている物が見すごすのに惜しいほど魅力のある形であれば拾ってポケットに入れる。彼の作業服のポケットはだから一週間もたたないうちに一杯になる。きのうは製材工場へ配達に行ったおり、杉の鉋屑を手に入れた。見事に削られた一様の薄さ。日に透かすと滲む琥珀色の光もくるくると巻きあがった形も魅惑的だった。ことにその鉋屑に感じられるある種の脆さが彼の気に入った。しかし六日か七日ごとに浩一はポケットを裏返す。足もとにくつがえしたかつての収穫が何の変哲もないがらくたに変っている。それでいて道を歩くときは目がひとりでに片隅でひっそりと輝く物のかけらを探している。道ばたにはまったくさまざまな断片がころがっているものなのだ。

ある午後、砂利の配達をすませても五時半までには時間があった。河口へ行ってみる気になった。

きょうの注文はこれで終りのはずである。机の上にし残した仕事もあるにはあったけれど、今帰ってとりかかってみたところで四、五時間かかるしろものである。帰るのは億劫だった。

多良岳は有明市の北を城壁のように囲んでいる。その山ふところに源を発する本明川は有明市を貫流して不知火湾へそそぐ。町はずれの水田とその下流にひろがる葦原はいくつにも分岐した本明川の支流でうるおされることになる。町の尽きる所で川の蛇行はゆるやかになり、下流では流域のところどころに浅い沼をよどませている。

空から見おろすと、ふるい沖積平野は無数の沼沢と川の支流によって葉脈状におおわれているはずである。下流へ浩一は車を走らせた。町から二キロ離れると青い稲穂の上に不知火橋がくつがえった白い船のようにうかんでいるのが見えてくる。湿地と川から立ちのぼる陽炎で橋はゆらめいて紙細工のように頼りない。しかし近づくにつれて陽炎はうすれ橋は堅固な輪郭をおびる。橋のたもとで車をとめて降りた。先客があった。

長距離運送のトラックが二台、川岸の空地にとめてあって、運転席からドライヴァーの脚がのどかに突きでている。別に二人が橋の手すりにもたれて話をかわしている。運転台でつけっぱなしのラジオが鳴っていた。浩一はトラックの運転手たちが話すのを自然に耳に入れた。――さんはいい人だ。あれで苦労した人だから。――そうかな、おれはひどい目にあったよ。せんの月曜日に……。

街に空気が重苦しくよどむときも橋の上では風の流れにうたれることができる。河口から風は干潟と満ちてくる潮の匂いを運んできた。上流は町のありかもわからないほどに深い葦のしげみがひろがっている。橋からの眺めは下流のひっそりとした河口と上流の葦原だけなので、ここは見すてられた荒野に似ている。それを期待して彼は車をのりつけるのだ。

浩一は町の眺めより河口と海が接する原初的な空間が好きだ。目の下、灰褐色の軟泥をシギがかすめた。干潟は黒人の皮膚さながらなめらかな艶をおびて河口一帯にひろがり、そこから沖へつづいている。彼は手すりにもたれ楽な姿勢で風に身をまかせた。海は船ひとつ過ぎるでなく鉛色の水に静かな空を映している。干潟の水際はさだかでないが、風にさざ波立つのは水の面ばかりだ。

散弾をまいたように葦の底からシギの群がまいあがった。鳥は入り乱れて干潟の上を旋回し海の方へ去った。

次の日、午までにたまっていた伝票を片づけ、午後は有明建材の工場にまわってコンクリート・ブロックの製造を急がせた。

春から夏にかけここでもやめる青年がふえて残りは三分の一に満たない。浩一に対しても社長は、よそにいい口があればいつでもやめていいといったことがあるけれど、それは明らかに社長の本心ではない。覚えておきますと彼は答えておいた。ミキサーから流れてくるセメントを型枠に流しこみ、コンベア・ベルトにのせて乾燥場へ送りこむ。すでに固まったブロックは型枠をはずして倉庫に積む。老人や中年女が多い作業場では仕事はかっきり三日分おくれていた。浩一はここに顔を見せないことにしているがあまりの非能率に現場の仕事ぶりを見とどけたくなった。おくれの原因がどこにあるか知りたかったのである。

調べてみれば単純な原因だった。古くなったモーターがひんぱんに故障するのだ。それというのも担当の老人が油をくれるのをさぼって一度焼きつかせたのが事の起りなのだった。こまめに潤滑油をたやさないでおれば古いモーターも焼けつくことはないはずである。作業員は機械の停止をよいことに物かげで昼寝をしていたことになる。乾燥場にいた連中のなかで一番若い女をモーター室につれて来た。四十歳ばかりの実直そうな女である。モーターの仕組を説明しかけるとわかっているとさえぎった。田の草取りの合間に働きにくる農婦である。モーターなら毎日扱っていると答えた。それまで担当であった老人を乾燥場に移しこの女とかえた。一週間フルに操業すれば遅れはとり戻すことができるだろう。浩一は作業場と乾燥場の間をせっせと往復した。機械のかげに冷たい視線がある。彼らのある者は浩一が現場に現れたために作業を速めなければならないのが不満なのだ。

浩一は働いた。なめらかな関節が思うままに動くのは快いことだ。意識の一部が麻痺したような感じがしてくる。何時間も重い物を動かしているとそうなる。醒めていながら眠っているような状態だ。あるとき夏休みに帰省した友人が工場に訪れてブロック製造中の浩一を冷笑したことがあった。

「お前のやっていることは単純同形反復作業というのだよ」

「ふうん」と答えて額の汗をぬぐった。この男に自分のふりかえる世界や、自分がそこから歓びと慰安を汲みとっている河口の漠として神話的な深みを語りたいと思った。自分の見たものを自分だけの経験にとどめておいてはならないと考える。そして結局浩一はどもりながらバックミラーの中に夕日がとか、川の対岸に子供たちの黄色い帽子が、と熱心に説明しかけたあげく、相手の当惑した目と汗にぬれた顔を見ることにしかならなかった。ブロック造りが軌道にのったところで会社へ戻った。S建設に配達する八千個分の納品書を用意しなければならない。

このごろはコンクリート・ブロックにロスが沢山まざって困る、製造工程のどこかに欠陥があるのだから早急に手を打たなければ、と社長に愚痴をこぼすと、「面白い」といって膝を叩いた。

「何ですって」

社長はこの前買ったアメリカのペイパー・バックに熱中している。スターリングラードにおいてだね、と話しだした。

「昭和十七年の冬といえばわが軍がガダルカナル島で苦戦していた頃だが、スターリングラード郊外でロコソフスキー軍団が大反抗を開始したとき、ドイツ軍がなすすべもなく退却したのは戦車が動かなかったからだよ。なぜかといえば原因はネズミで、つまり戦車のエンジンを氷点下の気温から守るためにつめこんだわらの中にネズミが巣くってね、それがエンジン部の電気回路を喰いちぎっていた。火砲にしてもだね、マイナス三十八度にもなれば駐退機を作動させるグリセリンが凍結して固くなっていた、とこうなんだなあ」

「昭和十七年といえばかれこれ今から二十五年前になりますね」

「敗北の原因がネズミだったとは意外だったよ。ねえ田代、面白いと思わないか、戦争というものは勝利も敗北もつねにこうした具体的な原因があるものなんだよ、戦記をひもとく楽しみはここに尽きるのであってね」

入院中、問わず語りにこの元海軍予備学生は同期の連中がどこでどんなふうに戦って死んだか知りたいと思って戦記を読みふけるようになったと説明した。対象が初めは大日本帝国連合艦隊の戦記だけであったのがいつのまにか拡大してアメリカ、イギリス、ドイツの陸や海で戦われた戦いの記録に及んでいる。

社長は生き残ったことをうしろめたいと語ったことがある。敗戦の年の六月、沖縄海域のアメリカ機動部隊に突入の命をうけて知覧を飛び立った社長の艦爆は航法を誤って沖縄より遥か東の海上に流され無人島に不時着してしまった。迎えの漁船が来たのが八月十六日である。一緒に基地を出た同僚はそのとき沖縄に突入して戦死していた。それは社長が若かっただけに心の深い傷となって残っただろうということは浩一にもわかる。しかしその事件以外にも社長が戦記に我を忘れる理由はありそうな気がする。

ちょうどある時期、浩一が過度のアルコールによって現実世界の恐怖からのがれようとしたように、社長も戦記に没頭することで直面している何かから目をそむけようとしているのだ。面白い読物ならスターリングラード戦記の他にも山ほどある。銀行の決算報告書だってめざましい読物だと考えるのだがそれは社長に黙っていることにした。

五時に納品を終り、会社のロッカー室で作業服を着かえた。帰り支度をすませて自分の机にかけ、タバコに火をつけたとき五時半のサイレンが鳴った。ちょうど間に合ったと思う。けれど何に間に合ったのかよく考えてみるとわからない。

ペイパー・バックから顔をあげた社長が壁の時計を見て、「おや、もうこんな時間かあ」とけげんそうな表情になった。自分の腕時計は違った時刻をさしていたと見え、手首をやたらに振って耳にあてたりしている。四分の一世紀前の南ロシア平原における独ソ両軍の激闘を読みふけるうち社長は時のたつのを知らないでいたのだ。

「飯を喰って行けよ」と社長はいった。

約束があるので、と断わる。うずくまって靴紐を結び直している自分の背に社長の視線を感じる。

「いつも約束があるんだな」と社長。「せっかくですが今夜の約束だけは反古に出来ないので」というと、

「この前も君はそういった」という。

しかし今夜に限って約束は本当だった。明子の家を訪ねることになっていたのだ。


午後八時、浩一は三輪明子の家にいた。そこはアトリエで画架にのっている描きかけの絵は抽象画ばかりである。「よくいらっしゃいました」とあらたまった挨拶をうけて彼はうろたえた。この前の夜とはうって変った晴れやかさだ。お茶を淹れてくるといって明子はアトリエを出て行った。彼はうず高く積み重ねられたデッサン帳の一冊を開いてみた。

どのページにも人間の手が描いてある。輪郭だけざっと描いた手があるかと思えば、皮膚のしわと爪の艶まで精密に写した手がある。デッサン帳の終りに近づくと、手はそれだけ切りとられた物体ではなくて人体の一部というより人そのものであるようなあやしい生気をおびてくる。握りしめた手があり、垂れさがった手があった。ある手は何ものかにつかみかかろうとするかのように指をまげてお

り、ある手はしおれた花のように力無く指を開いていた。

最後のページはくりかえし線が引かれては消されたために紙がけば立っている。あらあらしくこすった痕が手のかたちをぼやけさせていたが、こぼれる水でも受けるように差し出された手が鮮明な印象を与えた。お茶をすすりながら、絵の感想をいわなくてはいけないだろうか、と彼が訊くと、それほどききたいとは思わない、と明子は答えた。

「それはありがたい」

といって勢い良くデッサン帳をぱたんと閉じる。

どうして手の絵ばかり描いたのかと訊いてみた。「正規の美術学校でデッサンを勉強したことがないの、人間の手はデッサンの練習に一番ぴったりだわ」

それだけの理由ではないようだと浩一はいった。石こうのヴィーナス像も画学生はよく使うのだ。左手を右手で写せばただですものね、ヴィーナス像は買うにしても高いし、と明子はいう。話題を別のことに変えて、たずねたいことがある、と彼は切りだした。「困った」と明子は眉をひそめる。本当に思い出したくないらしい。

「するとやはり蛇の話はつくり話じゃなかったわけだ」

「わたしが蛇なんかを好きだなんてとんでもない、今だって嫌いだし学生時代はもっといやだった。

ありのまま話すわね」

三輪明子が高校生であった頃、大学を出たばかりの英語教師がいて、たいていの女子生徒がそうであったように彼女もその男を好きだった。「それがわたしだけは他の子より特別に目をかけられていて授業中それとなく視線がまじわるとき、こっそり気持が伝わっていると思いこんでいたの」

「よくあることだな」

「今思うと彼は知っていたのね、自分の魅力というか、女の子にうけがいい感じの良さを。卒業式がもうすぐというある日、中庭でその先生を囲んでお話をうけたまわっていたの。彼は社会に出てからも読書の習慣は大切だとか、女というものはとかく、とかく何、といったかしら、もっともらしくしゃべってたわ。まだ二十四、五のくせに女を知りつくしたみたいに、でもこれは今の感じ、当時はただどうして先生は誰かれとなく愛想よくふるまうのだろう、やたらニコニコして、と不思議だったわ、まるで婦人雑誌の身の上相談解答者のように上機嫌で。みんなうっとりして先生をみつめてそのうやうやしい拝聴ぶりといったら。そのとき誰かが草の中に蛇をみつけて、ふだんは蛇を怖がらない人まで大げさに騒ぎたてて先生にすがりつくやら気を失うやら、それを見たとたんわたしかっとなって、いやだいやだと思いながらいつのまにか蛇をつかまえて首に巻きつけてしまったの」

「どうして首になんか」

「どうしてだか。つまらないことをしかつめらしくお説教する先生にあてつけたのか、皆の大げさな騒ぎように肚をたてたのか、とにかく前後の見さかいもつかなくなって」

「…………」

「それから妙なことに先生のことなんかどうでもよくなったの、憑きものが落ちたみたいに。でもそんな噂が今も残っているなんていやだわ」

テーブルにマッチがのっていた。ラベルは東京のバーである。

「上京したのは五月、いや四月だったかしら。絵をまとめて買ってくれる人がいて」

「どういう人が？　画商それとも……」

「お友達」

女がお友達と呼ぶ対象はさまざまであるようだ。彼はわかったというようにうなずいてみせたが実は何もわかったわけではない。いつか郵便局前の電話ボックスで話していた明子の表情を思い出した。未知の話し相手に鋭い憎しみを覚えたことを思い出した。その相手が誰か知らないでいて男と決めてしまっていた。彼はテーブルに両手をついて明子の方に顔を寄せた。何の反応もなかった。壁に接吻したようなものだった。

明子はつと椅子を立って窓の外を眺めた。庭木の多い戸外は暗い。浮き名を流すという表現を坂井はつかった。（N町のクラブではつい先頃まで夜な夜な男と連れだって現れて……）と明子のことを語ったのだ。自分がその噂をきき知っていることを明子は知っているだろうかと考えた。何かいったらどうだ、と彼はいった。声が変にかすれている。明子を訪ねたことを後悔し、後悔している自分にもすぐ肚を立てた。明子はふりむいていった。

「何もわからない女の子が結婚に失敗して別れて一人で絵を描いている。日曜画家の道楽だと思う？　財産があって遊んで暮せる身分じゃないの。絵を売って生活しているのよ。ちゃんとした美術学校で修業した腕ではないから、わたしの絵を買ってくれる人には有難いと思うわ。画商や絵の紹介をしてくれた人とお酒を飲みにあちこち出かけたこともあるわ。それについていろいろいう人のいることも知っています」

「僕はあなたの絵を買わなかった」

「それはどうでもいいことなのよ。いかがわしいゴシップを面白がっている人の多いのは承知よ。そうではなくてあなたはあたり前の世間話ができるお友達になれるかもしれないとさっきまで思っていたの」

「もういい、わかった」

「わかってやしないわ」

女の目の強い光は意外だった。彼は黙って相手を見ている。男にもせよ女にもせよそのようにまじまじとみつめられたことはかつてなかった。わかった、というとき、口の中で舌がねばつくような感じだった。明子がとどめを刺すようにつぶやいた。

「すこしはましな人かと思ったら……」

その先は聞かずに部屋を出た。まっすぐアパートへ帰る気にはなれなかった。しめきった部屋にこもった熱気を思うだけでうんざりする。坂道の途中で足をとめた。柿村がこの近くに住んでいることを思い出した。かつての同級生が東京から帰っている。この春まで柿村は証券会社の優秀な社員であった。ふとした事故がもとで会社をやめたとは聞いているが、事故の詳しい内容は知らない。なんとなく訪ねてみる気になった。いつか柿村の弟から遊びに来てくれるようにと兄の伝言を伝えられたこともあった。

柿村はベッドに横たわっていた。水を飲んで一日じゅう寝ているのが一番らくだという。「酒じゃなかったのかい」と浩一がいうと、「酒なら別に毎日一升あけているよ」と答えた。母親が現れてテーブルに燻製鮭の盆を置いた。「時には散歩でもしてみるようにすすめるのですが家で寝てばかりなんですよ」と息子を批判する。柿村は訊いた。

「先週、不二家で氷を食べてたろ、俺たち奥にいたから二杯もおかわりするのが見えたよ」

「俺たち?」

「家内だよ、東京からつれてきた」

「ひとりかと思った」

「あれはノイローゼになりましてね、家内のおっかさんが二、三日前に東京からやって来て実家に引きとるのだといってきかないんだ、ま、それもいいでしょう、というわけで出て行った、さばさばしたよ」

「それは」といって浩一は絶句した。返事の仕様がない。一年前の自分を柿村のうえに見るような思いだ。ベッドの男はタバコの火をつけようとマッチをする。指が慄えていっかな火がつかない。浩一は自分のマッチでつけてやった。ふっと煙を吐いて柿村はやらないか、とグラスをすすめる。浩一は一口飲んでグラスを置いた。ウィスキーの味はまずかった。柿村の家に寄ったことをたちどころにくやんだ。今夜はどこへ行っても落着けそうにないと思った。五尺の身の置きどころがないのだ。柿村は話し相手を得て上機嫌になっていた。

「みんなひとかどの職についてまじめにやってるようだなあ。俺はベッドにひっくりかえって酒びたりだが、ときどきこんなはずではなかったと思うこともあるよ、どうしたはずみでこうなったのかなって三秒間ばかり考えることがある。夕方、窓の外が青っぽくなるとき、ひょいとそうしたことを考えるな。しかし、ま、それもちょっとの時間であってね、あとはまた酒を飲んでうつらうつらするだけだ」

「いつまでもそんな状態じゃ仕方がないだろう。病気の一種だから治療をうけたら」

「そうなんだ。自分でも病気だと思うよ。だからこうしてベッドに寝そべって治るのを待ってるんだ。病人なんだから」

とつぜんドアがあき、若い男がとびこんで来てベッドの柿村に白い鞭のようなものをふるった。皮膚の裂ける音がした。柿村は両腕で顔をかばって躰をちぢめるだけだ。浩一はうしろから弟を抱きすくめ軽金属の棒をもぎとった。

「もっともらしい御託を並べやがって」

と弟は彼の腕の中で身悶えした。「兄さんなんか死んじまえばいいんだ。おふくろの血圧をあげたのもヤス子を死なせたのも兄さんのせいだよ。自殺の真似だけは何回もするくせにからきしうまく行かないじゃないか。手っとり早く死んじまえばいいんだ。おい、きこえてんのかよ」

「まあ君、あまり昂奮しないで」

「こんな奴は人と話をする資格なんかないんだ。放してくれ」

柿村家を辞して暗い坂道をおりるとき、浩一はまだ手に弟からもぎとった自動車のアンテナを持っていた。両端に力を加えるとアンテナはしなやかにたわむ。道ばたの竹やぶにほうりこんだ。銀色の棒は家の明りを一瞬、肌にきらめかせて闇の奥へ消えた。浩一は柿村と自分との違いを考えた。折れたアンテナで打たれないのがまだましというものだ。柿村と自分の異るところは何ひとつ考えつかないのだった。

今になって柿村の部屋で一口飲んだウィスキーが懐しくなった。坂井の酒場に寄った。ドアをあけた浩一を見て坂井は救われたような声をあげた。店は満員である。クーラーは直っていた。

「さっきからアパートに五回は電話したよ、スーパーにもかけてみたけれど、きょうは寄る日じゃないというんで弱ってたんだ」

今夜は何もしたくない、と浩一はいった。明子とのことといい、柿村の醜態といい気持は滅入るばかりだ。「そういわずに」と坂井は頼んだ。浩一は調理室でシャツを着かえた。いつものことながら仕事用の服はそれが何であれひとまず彼を落着かせた。カウンターに入る前に壜をとってつぎ、一息で飲みほした。週に一度はこうして坂井のバーを手伝っていたのである。一杯のウィスキーが胃にすべりこむと、何となく新しい力が湧いてきた。胸のつかえもとれたようである。新しい客に蒸しタオルを配った。

(お客の注文をきくときは両手の指をカウンターにかけて、相手の目をまともに見るもんだ)と昔、東京でバーテンダーをつとめていたころ、主人に教えられた。しかし今は格式ばったホテルのバーならまだしも普通の酒場では誰もバーテンダーにそんな姿勢を求めない。蒸しタオルを顔から離した客の前にかるく片手の指をかけ、「何にします」とたずねた。

「よくそれで手のひらを突かないものだな」「これですか」と浩一はアイスピックを持ちあげた。見ててごらんなさい、といって左手に氷をのせ、右手で氷かきの尖端を握って砕いてみせた。「こうすれば怪我しないでしょう」「うまいものだ」客は素直に感心した。午前二時にさいごの客を追いだすまでほとんど休みなく彼はグラスを洗い、氷を割っていた。

結果的に坂井の提供した今夜のアルバイトは救いになった。予定通り二、三杯飲んでアパートに戻っても気持が片づくはずはなかった。カウンターをしみひとつ無いほどに磨きあげてから浩一はバーコートを脱いだ。

「おつかれさま」と坂井がいう。グラスを二つカウンターに並べてウィスキーをついだ。客が消えたバーは急に広くなったように見えた。室内の温度がさがりクーラーの音だけが耳につく。夜も更けたのがわかった。浩一は坂井がくれた紙幣を折ってポケットにおさめた。「助かったよ、よければ明日も来てくれないか」と坂井はいう。明日は駄目だ、と浩一はいった。

「ちかく北九州に出張しなければならないんで。メーカーを説得する書類やら何やらの準備をしなきゃ。それで明日から当分は忙しい」

「このごろ会社の景気はどうだい」

「相変らずだ」

街は寝しずまっていた。遠くでサイレンが鳴った。消防自動車の疾走する音が伝わってきた。二人は黙って不吉な鉦の音に耳を傾けた。「これで七十日になる」と坂井はいった。すぐに何のことをいってるのか浩一にはわかった。雨が降らなくなって七十日というのである。地上の何もかも乾ききっているように感じられた。彼は坂井がこしらえたサンドイッチを一つつまんで自分がすっかり食欲を失っているのに気づいた。柿村のところに寄ってみた、と浩一はいった。

「それであいつはどうしてた」

「上機嫌だったよ、飲んでベッドに横になっていて、しばらくそうやって世の中を見ているんだといった」

「それが出来る身分だからな」

「躰をどこか悪くしてるみたいだった」

「あいつの弟の話じゃ肝臓がはれているということだが、飲みすぎなんだろう」

「どうして柿村の奴、ああなっちまったんだろうな、東京の大きな会社で順調に出世するものとばかり思ってたのに」

「どうしてだろうな」

サイレンが鳴った。「またか」と浩一がいうと、鎮火の合図だと坂井はいった。それをしおに酒場を出た。夜気は乾草の匂いがした。坂井はウィスキーを一壜くれた。アパートに帰るといつものように炊事場のラジオをひねった。深夜放送の流れだすのをきき、すぐに切った。何か過剰なものが身内に充満していて、甘い旋律を生理的にうけつけることができない。

新しいシーツにとりかえて布団の上に横たわった。部屋のどこかに古靴下が匂っている。明りをつけ四つん這いになって探しまわった。ようやく新聞紙の下になっているはきふるしの靴下をみつけた。つまみあげて廊下のバケツに入れて蓋をした。まだどこからか汗臭い匂いが漂ってくる。窓を開放しておくと匂わないが、そうすると蚊の大群が侵入する。彼は不機嫌な表情で窓をあけたりしめたりした。そのうち眠りこんだ。

あけがた、無性にのどがかわいて目醒めた。水道の栓をひねった。坂井のバーからはウィスキーのかわりに水を持ってくれば良かった。水道は栓をいっぱいにゆるめても一滴の水さえしたたらせないのだった。布団の上にあぐらをかき水のかわりになるものを考えた。ジュースの罐はストックがなかった。果物の罐詰も無い。冷蔵庫をぼんやり眺めるうちにあることを思いついた。製氷器の中に氷がある。

かたく凍りついた氷を果物ナイフでグラスにあけた。一箇ずつしゃぶった。氷はすぐに溶けた。埃をなめているような味がした。二度目の眠りにおちるとき、彼は遠くに乾いた葉ずれの音を聞いた。硬い葉質の熱帯樹が夏の暗い空の下でそよいでいる。眠りの淵で彼は棕櫚の音に聞き入った。鋭い緑の短剣をうえつけたようなその葉身は家並の上にそそりたっている。朝の街で動いているものは棕櫚の葉ばかりのようだ。

あけがたのゆるやかな風が鞘状の葉をかき鳴らした。窓ガラスが朝の光にうるおう時刻になっても熱気は去らなかった。酔いざめの変に沈んだ気持で浩一が灰色の空に目をひらいたとき、風を孕んだカーテンが白い乳房のようにふくれあがった。部屋の中に水の匂いのする空気が流れこんだ。


「すぐに失業保険金はもらえるようにしといたからね」と浩一は女子事務員にいった。

これで事務室から若い女がひとり残らず消えることになる。帳簿の仕事をするのは老人ばかりだ。それだけ浩一の負担も増す理屈である。

「安定所に行ったら結婚するまで家事手伝いのつもりだなんていわない方がいい。給付がうけられなくなるから」

「わかってるわよ」

前の三人にも同じ忠告をしたから傍でこの女も聞いていたわけだ。社長室をのぞきこんでいる女に、「社長はいないよ」と教えた。

「どちらに?」

「銀行に出かけて帰りは遅いようだ。挨拶はこの次にでもいいじゃないか」

「それもそうね、じゃあ帰らしていただくわ」

「土曜日に退職手当をとりに来てくれ。それまでにあんたの給与を清算しとくよ。未払分は社長が何とかするって」

「そう、社長さんがそうおっしゃったの」

給料の話になると子供じみた女が急に大人っぽくなる。事務用の上っぱりを脱ぐとき反った胸が挑むようにふくらんだ。きちんと片づけられた彼女の机に目を移す。気のせいかさっきぬぐったばかりの机にうっすらと埃がたまっている。

老人たちはいっせいに首をもたげて女子事務員の退場を見送った。浩一は自分が引受けることになった帳簿の照合を二時までにすませた。そのあと十日おくれて着いたセメントの荷おろしに立会うために倉庫へ行った。午後三時、注文のあった〝能率ガス風呂〟を洋品店マルタに運んだ。古い浴槽とりかえるのに長男を手伝わせる。

「ほら、こないだ聞いたサッシおたくにありますか、クーラー入れた部屋おもいきって洋間に改造しなきゃ」

草野球のコーチは手のひらで浴槽の縁をなでた。商工会の会長がね、と長男は話題をかえて、

「きのう僕に怒ったのなんのって、近頃の若い者は半旗のあげ方も知らないって。僕が先っちょに黒い葬章を忘れただけで大東亜戦争百五十万の死者がうかばれないというのはいいすぎじゃありませんか」

「そんなに怒ったの」

「昭和十九年うまれですよ僕なんか、戦争といってもベトナムのことしか知らないんでどうもぴんと来ないんだなあ、そういえばベトナムにはこれからアメリカが本格的に介入するんですってね」

さっき配達の途中、街の様子がいつもと違っていると思ったわけがわかった。軒なみかかげられた半旗が気になっていたのだ。そういわれてみればきょうは終戦記念日である。浩一は〝終戦〟という表現を好まない。これは断じて敗戦でなければならない。かたくなにそう信じている。敗戦を終戦とごまかすのは死者たちを冒瀆することのように思われてならない。きょうの街路には風がなかった。黒い布を結んだ旗が力無くたれさがっていたようだ。浩一は二十三歳の青年に話した。

「僕は戦争にまけた年の夏に八つだった。少しはあの時代の雰囲気がわかるつもりだよ。戦争にまけ

たことがわかってからの混乱はそれはひどいものでね、まけると思っていなかったから。おかしなことだよ、フィリッピンでまけ、沖縄をとられ、毎日、B29とグラマンで日本の都市が灰にされて行くのにいつか土たんばで形勢逆転して大勝利に至るのだと思いこんでいたようだ。日本は神国だし正義の戦いを挑んでいる。物量の乏しい所は大和魂で補ってというふうに。大半の民衆はそう信じていたと思うよ。だから敗戦のショックは大きかった。蒙古襲来の二の舞いもいいとこだ。日本人は手に針金を通されてじゅずつなぎに海へ沈められるという噂さえ本気で信じたほどさ。有明の町はずれ、ほら今自動車学校になっているあたりは海軍飛行場で特攻隊が駐屯していたんだ」

「馬鹿な戦争をしたもんだ」

「二十年前の新聞もそういったよ、醜敵撃滅だの鬼畜米英だのと連日わめきたてた新聞が一夜あければマッカーサー将軍をたたえ、片道分のガソリンをつんで死にに行った青年たちの行為を無意味な狂気だときめつけた。〝われわれ無知な国民は一握りの軍部にだまされて無謀ないくさに駆りたてられた〟といった、新聞記者は気楽だ」

「つまりそれが本当のことじゃなかったの」

「今となって何をいっても仕様がないけれど、自分だけは手をよごさないで歴史の高みから時代を見下してものをいう連中にはついて行けない気がするんだ」

「田代さんが戦争について話すときは、まるできのうのことのように昂奮するからなあ」と洋品店の息子はいった。二人は店の前でアーケード街に並んだ旗の列を眺めた。商工会の会長は有明市における旧軍人同士会の世話役もつとめている。会長は戦争中ジャカルタで威張っていて何もしなかったんだとマルタの長男は指摘し、「ほら、あの」と斜め前の靴屋を指さして、

「ワシントンシューズのおっさんはニューギニア帰りだそうだけれど、戦争の話となると貝みたいに口をつぐんで同士会にも加入していないんだって。あれで陸軍の将校なんですよ。勲章なんかも子供の玩具にくれちまって一体何を考えてるんだか」

昨夜のことを思い出した。浩一は会社に残ってバランスシートの計算に没頭していた。その傍で社長はモリソンの太平洋戦史を読んでいたが、ハワイ奇襲の戦略的得失から説きおこし、ミッドウェイ作戦における帝国連合艦隊の慎重さを欠いた情報活動をなげいた。

「〝利根〟の水偵が五分早く、君たったの五分だよ、五分早く米空母を発見していたらだな、この戦争の局面は……」

「そういう仮定は」と浩一は答えた。「実際は〝利根〟の水偵が米空母を発見しなかったのだから意味ないじゃありませんか」

「しかしだね」

社長はモリソンを閉じておもむろに反論にかかった。浩一は書きちがえた数字に朱線を引き、吸取紙をあてた。

「しかしもくそもあるもんですか社長、われわれは叩きのめされたんですよ、何を仮定しても後の祭でしょう」

「われわれだなんて君がいうのはどうかな、君はあのころ小学生のはずだったろ」

「みそぎにも熱心で万葉調の歌をつくって神風を祈願していた学校の先生がいましたけれどね、その人が戦後、有明の町に進駐してきた米軍兵士に日章旗を売りつけているのを見たことがありますよ。〝ジャパンシルクOK〟なんていってやたらぺこぺこして」

「なるほど、それが君の戦後だったのだな」

「いや、それが僕たちの戦争だったんです、社長の無害な道楽にけちをつけるつもりはありませんよ。ただ僕が目を血走らせていんちき帳簿のつじつまを合せようと必死に頑張っている傍で、〝栗田艦隊がレイテ沖で反転しなかったら〟などとなげくのはやめて下さい」

「すべての仮定には何かしら意味があるとドイツの歴史家がいってた。ええと誰だったっけ」

「誰だったって構うもんですか。社長がいわれるように、もしも昭和十七年五月に珊瑚海で一航戦の索敵機が……」

「五航戦のだよ」

「ええ、五航戦の索敵機が正確なアメリカ機動部隊の位置を発見して、わが海軍が全力攻撃をかけていたら向うの空母をやっつけられたはずだから、レキシントンとそれから……」

「エンタプライズとね」

「だから一ヵ月後にミッドウェイでわが四隻の空母が沈没する悲劇もおこらなかったろうし、それから何でしたっけ、まだもしがあったでしょう」

「そうだ、その結果モレスビーを占領できたはずだから東部ニューギニアと珊瑚海が日本の制空権下に入って、ガダルカナルが地獄になることも避けられたろうと思うわけさ」

「ですからね社長、それだけのもしに対応するアメリカ側のもしだってあるということをどうして考えてみないんですか。それに何といっても結局、五航戦の索敵機は敵の給油船と駆逐艦を機動部隊と誤認したのだし、栗田艦隊はレイテ沖で反転したのだし、それですべての仮定は意味がなくなってしまう」

「そう怒るなよ。困ったな、悪気はなかったんだから」

　見るからに意気銷沈した社長を今度は浩一の方がもてあましてしまう。ペンを投げだして、「行きましょう」と誘う。

「どこへ」

「飲みにですよ、決ってるじゃありませんか」

「飲む？　わたしが、か」

「大丈夫って。月に一度くらいは酔っ払う権利があるんだ」

「権利ねえ、ボーナスも出せなかったなあ、今年は」

「なに、ビール代くらいは日の射さない所でがっちり稼いでいますよ、さあ」

大急ぎで車を出し、沈み顔の社長を引立てて坂井のバーでなく、彼らがある種の意味をこめてあの家と呼んでいる飲み屋へ走らせた。うちの奴にまずいから、と社長は程なくタクシーで帰ってしまった。それからは女たちが酒を飲みながら調子はずれの歌謡曲を合唱するのに閉口した記憶しかない。どこからか低い声で、〃いやな奴だ、お前は〃としつこく囁きかけるのを酒の力で聞くまいとしていた。払っても払ってもそれは耳につきまとった。社長の声であった。


…………………………

洋品店マルタからの帰りに浩一は肉を買った。スーパーの食堂で晩飯を食べるのもこのごろ飽いてきたのだ。アパートに帰って甲斐がいしくエプロンをつけ肉料理にとりかかりはしたが、戸棚をのぞいてみると塩がきれている。醤油は底の方に白いカビをうかべたのが一センチばかり。フライパンは錆びついている。近所の八百屋で玉葱とバレイショを買い、ついでに塩やコショウ類も手に入れた。フライパンの錆を紙やすりで落とした。光沢をおびるまで磨きあげた。炊事場の棚にはトランジスタ・ラジオを置いている。彼がフライパンの底をこすっているときも玉葱をむいているときも音量を低くしたラジオから「永遠のスクリーン・ミュージック」が流れ出し、西日にあかあかと照らしだされた部屋に溢れている。

一人でいると心が苛立つこともない、他人の気を悪くすることもない、と浩一は思った。熱くなったフライパンにバターを溶かした。どうして人間は一人で生きられないのか。肉の焼ける煙が部屋にたちこめた。彼はまだあけ放していなかった残りの窓を全部開放した。鮮紅色をした肉がたちまち淡い茶色に変り、縮んだ。煙に目を細くしながら焦げつかないように裏返した。一人で生きることを選んだ明子のことを考えた。不幸な歯科医、いや本当に明子と別れた男は不幸になったのだろうか。明子の幸福というものがあるとすれば（あるはずだ）それは何か。絵を描くこと。それだけか。肉から滲みだした液体と溶けたバターがフライパンにたまっている。小麦粉を加えてよくかきまぜ塩とコショウをふりかけた。皿に移しておいた肉にグレービーをかけ、手早く玉葱を刻んでいためた。歯科医は別れた妻のことをどう思っているだろう。浩一は涙をぬぐった。泣いている男、女のことを考えながら玉葱を刻んでいる男は自分だ、と思った。

夕食後、窓に椅子を寄せて沈む日を眺めた。絶え間なく花火のはぜる音がし、子供の叫び声が続いた。空気はかすかに硫黄の味がする。アパートの住人たちが帰ってきた。一日の労働で自分自身をつかい果してだれも申し合せたように黙りこくり悲しげな表情をしている。あちこちの部屋でテレビの音量がけたたましく高まりすぐに低められる。

空の濃い青は古びたシーツの灰色に変ろうとしていた。夕日に眩惑された目には、闇に沈みかかった屋根や木々がぼんやりとした暈をかむっているように映る。ひそかな笑い声が車庫のかげから聞えた。しばらく目をこらして庭を眺めた。再び圧し殺したようなしのび笑いが起り、車庫に接した無花果の木かげにもつれあう人影を認めた。日は市街地の西につらなる山の端に沈みつつあった。浩一は全身が夕日の澄みきった光に浸るのを意識した。青紫色の尾根が雲のないきょうはくっきりと見える。彼は夕日をみつめた。椅子にもたれたままの姿勢で想像の中で見えない指を伸ばし、沈みゆく夕日にさらさらと砂金の粒をつまんでふりかける。夕日が山の稜線にすっかり没してしまうまで間断なくそうしている。

ずいぶん長く椅子にかけていたようだった。我に返ってみると日の沈んだあとの街はうす青い夕闇が漂い始めている。浩一はシャツを着がえた。焼肉と汗の匂いがしみついているような気がした。何日ぶりかで手に入れた自分一人の夜もその時になると格別することもない。坂井のバーに出かけるつもりでドアに鍵をかけていると、入り口に落ちた二通の葉書に気づいた。差出人は同一人である。都会の高校で教師をしているこの友人と彼はここ数年会っていなかった。葉書の文字はもう空の明りで読めないほどあたりは暗かった。

二通を折ってシャツのポケットにおさめ、坂井のバーに歩いて行ってカウンターで読んだ。浩一の所へ便りが配達されることはめったにないことなのだ。ビールを飲みながら読んだ。

上野にて、炎天下。電車の中にステレオ二枚忘れ物してせっかくの彫刻も平静に見えないのでクサル気持よ。美術館を出づれば正装せる少年二人つかつかと寄り来りて、不忍の池はどこですかときく。さればあの巨大なる看板のもと、坂道をダラダラ下るべし。兄弟は深く頭を垂れて彼方へ去りぬ。二人は東北弁にて用を足したり。小生うなずきて微笑むことしばし……。

もう一枚の消印は次の日付になっていた。

昨日、上野を一巡して葉書を書いたつもりが、ビヤホールを出るときはポケットになかった。彫刻展に限らず国際的な規模の美術展は新聞社の企画することの中で優れたものの一つ、いや唯一のものと思う。『私はベトコンに捕われていた』やれ『私はそのときすぐ傍で見ていた』式の表題が流行、片方ではこれらを総合的に歴史的背景から深く掘りさげて考察する人々も列をつくって登場している。子供がテレビや新聞をさして、「あれナニ」ときくと、「あれはウンコ」「これはオナラ」と答える。子供はよく理解して喜ぶ。女房は立腹する。

浩一は二通の葉書を二回ずつ読みかえした。ビールを飲みほして上唇についた泡を指先でぬぐった。誰かが這入ってくる気配がした。ドアの方をふりむいた。明子だった。その後ろから中年の男が現れた。浩一の傍に明りがあって明子の位置からは彼の姿が逆光に沈み、気づかれていない。二人は奥のテーブルについた。男は筋肉質の引きしまった体格で鋭い目付をしている。無駄のない身ごなしで椅子を引きよせてかけ、その前に明子の椅子を引いてかけさせた。男はこちらに背をむけ明子の顔がカウンターの方を向いた。

「友達かね」と坂井が話しかけた。「え?・」浩一はぎくりと身をこわばらせた。坂井のきいたのが葉書のことだとわかるまでしばらくかかった。バーテンダーは水を持って客の注文をききに行った。浩一の場所はゴムの鉢植に隠れていて、立ちあがらない限り明子には見てとれない。その場にじっとしているのも厭だった。ドアをあけて出て行くのも気づまりである。彼は戻ってきた坂井に目で棚をさしてウィスキーを頼んだ。

二人のテーブルから低い話し声が聞えた。男が自信たっぷりの笑声をあげた。浩一は躰をかたくしてそれを聞いた。バーの音楽で話の内容までは聞きとれない。明子が何かいって笑った。そのように愉快そうに笑う明子を知らなかった。坂井がグラスをのせて二人のテーブルに近づいたとき、浩一は素早くドアをあけて外へすべり出た。坂井の躰にさえぎられて見えなかったはずだ。百メートルほど離れたバーで時間をかけて飲んだ。何度も時計を見た。とまっているのかと思った。時針の進み方がいつもより遅く感じられた。店の男が時間を気にしている彼に、誰かを待っているのか、とたずねた。誰も待っているのではない、と彼は答えてその店を出た。一時間たった。坂井のバーをのぞいた。バーテンダーは黙って首を振る。二人のテーブルは空になっていた。何もないテーブルをはさんで向いあった二つの椅子がなまなましく彼を刺戟した。

橋の上に立って半時間あまり川を見ていた。なまぬるい風が吹いていた。川に水はなく白い泥が闇の底に横たわっている。誰もいないテーブルと二つの椅子が見えた。その情景が彼を苦しめた。賑やかな町を歩くとき、すれちがう一組の男女がみな明子とあの中年男ではないかと思われた。五軒の酒場をのぞいた。いずれの酒場にも二人は見当らない。明子の家へ行った。坂道の勾配はゆるやかだったが登るにつれて胸が速く搏ち、息苦しさが増した。明子の住居は生垣に囲まれた広い庭を持っていた。土地の旧家が昔から住んでいる家の離れを明子は借りていた。生垣の手前で伸びあがって見た。離れ家は暗い。

町へ引き返した。どこか遠くでしきりに犬が吠えた。その甲高い声が耳につきまとって離れない。彼は汗をかいていた。シャツが濡れて肌に気味悪くこびりついている。指でつまんではがした。街路では人通りもまばらになっていた。酒場の多い町を歩いた。風の無い路地に油の煮える匂いがよどんだ。壁に両手をつき躰を折りまげて熱心に吐いている人影があった。そいつの背後を通るとき甘くすえたへどの匂いが鼻をついた。空気は堪えがたいほどに熱くまつわりついた。

彼はそれから二度、明子の家へ行った。最後に行った時刻は午前二時を過ぎていた。家は依然として暗くひっそりとして人の気配はなかった。「お前はそこで何をしているのだ」生垣の外にぼんやりとたたずみながら浩一は胸の中でつぶやいた。何をしているのだ、と自分自身にたずねた。女が留守にした暗い空家を見ているのは自分だ、とそれに答えた。坂道をゆっくりと歩いてくだった。

アパートに帰ると足が埃で白っぽく汚れていた。水を汲んでいたのが良かった。タオルをかたく絞って躰を拭いた。最後に足を洗った。静かに布団をしいて横になった。

有明の街に棕櫚はまばらだ。

アパートの庭に立ち枯れている一本と、川端公園の五本を除けば、森は楠や椎の木ばかりだから、今、夜の黒い風にはためいているのは棕櫚であるはずがない。にもかかわらず浩一はアパートにいて身じろぎもせず、颯々とすぎる風のうちに棕櫚のどよめきを聴きとっている。ようやく、と彼はつぶやく。この音は死に、二度と耳にすることはあるまいと思っていた。浩一の中でざわめく葉ずれは十年前のある夏、南の海浜で合宿したとき初めて聴いたものである。人生は無限で自分は不死だと錯覚していた。少年の熱情がそう思わせた。月給をもらうようになってからは、あっけなく消滅した情熱。

眠らなければ、と浩一は思った。目が冴えて眠りがいつまでもやって来ない。シーツが汗を吸ってじっとりとあたたかくなっている。起きてシーツを替えた。もう一度、顔を洗い水を一杯飲んだ。アルコールでも飲むようにゆっくりと飲んだ。飲む片方から水は汗にかわり肌に滲み出るように感じられた。

蠱惑的なまでに暗い緑の葉身がぶつかりあう音に包まれていると、浩一の内部でも荒々しく裂けるものがあり、それは今、空中に漲っている棕櫚の葉の乾いた軋りに和すようになる。深く割れた硬質の葉片が無数の鞘をかき鳴らす音さながら風にさからう響きは楠の葉がそよぐ気配と比べて全く異質のものだ。風がしばらく勢いを衰えさせた。彼もそれに合せて息をついた。やがてまた風が起り木々をゆすぶり始めると彼も目に見えない棕櫚の葉の強くかち合う響きに聴きいっている。

次の日、建設会社に予定をくりあげてセメントを納入しなければならなくなって配達をすませたのは午後五時ちかかった。この日はスーパー・シマダに広告文案を書きに行く日でもある。前日、充分眠っていなかったのでシマダの内職を休もうと思えば休めたのだが、浩一は目薬をさしながら大売出しのちらしを書きあげた。シマダにも以前は宣伝担当の係が三、四人居て浩一のする仕事の他に看板や店内の展示を受持っていた。人件費を浮かすために彼らはくびになり、文案は浩一の内職に、看板や各種の掲示は町のデザイン工房にまかせることになった。

シマダの帰りに坂井のバーで飲み、アパートに戻ったのが十時だった。眠りはすぐに来た。次の日も同じ建設会社に内装用のタイルを運んだ。有明建材の従業員は工場でも事務室でも浩一を除けば老人ばかりといっていい。セメントやタイルの積みこみには勢い彼だけがあたることになる。ベルト・コンベアがあるからいいようなものの、それがなければ注文があっても配達はおぼつかない。社長は銀行へ行き、建材メーカーへ行き、町の金融業者宅へ行きして、社長室にいることはめったになかった。たまに帰って来ても机の上に鞄をほうり出し、ソファにひっくりかえって、ああ、疲れた、を連発する。五分後にはもうソファに坐り直して抽出しから取りだしたイギリスのペイパー・バックを開いている。The War against Japan と題した分厚い本である。帰って来たときの疲労困ぱいした表情はどこへやら目は四分の一世紀前の戦争をたどって生き生きと輝いている。

「社長、不知火建設の資材課長がさっき見えましたよ」

「うん、……」

「砂と砂利を十トン至急用立ててくれというんですがね、それから石材も」

「不知火建設はいつも肥前建材から砂を買ってるだろう、どうしてうちにいってきたんだ」

「肥前建材から買っても足りないんでしょう。買うというんだから売っていいじゃありませんか」

「しかしうちの倉庫にも砂は空だろう、無いものをどうする」

「うちの工場を川の方に出て五十メートルほど下ったあたりの河川敷からはふんだんにいい砂利がとれますよ。今、川には水がないから乾いたいい砂も採取できます」

「しかし河川敷からの砂利採取は条令で禁止されたはずだ」

「それは去年のことですよ、今年八月解禁になったんです、僕はさっき市の土木課に行って確認してきました」

「砂の採取は出来るとしても砂利を採掘する機械がないだろう」

「不知火建設が自分のダンプとショベルをつかって採取するというんです。ついてはその現場へ往復するのにうちの工場敷地を通らなければならないからその許可をもらいたい、そして有明建材の採取した砂はこちらの言い値で引取ろう、というんです」

「砂利のことはわかった。条件に応じることにしよう。しかし砂はうちの誰が掘るのだ、人手が今でも足りないんじゃないのか」

「ブロック製造を一時やめさせましょう、在庫もあるし当分大口の注文もなさそうですからね。砂掘りくらい工場の人で何とかなるでしょう」

不知火建設は郊外に二万人を収容する団地造成事業にたずさわっていた。一ダース以上の建設会社が資材の購入に血眼になっている。その影響が有明建材のような小さな会社にも及んで来たのだ。

「石材もいるとかいったな」と社長はきいた。本明川の上流に会長の持ち山である石切場がある。質の良い安山岩であったが安価な天草石が出まわるようになり、石切人夫も去って閉山してからかなり経っている。資材課長はこの山のことを憶えていた。今は強力な機械もあることだからそれに道路も山の傍を通っているから石材搬出に支障はない。石山の権利は法律的には会長とその弟のものであることが調べてみてわかった。会長はオランダの干拓事業を視察に外遊中である。石材切出しの許可さえもらえば直ちに作業にかかりたいと先方はいうのである。

「天草石もそろそろ後がつきかけたかな」

と社長はいった。

「で、どうします、返事は。きょうじゅうに是非をうかがいたいといってました」

「わたしから返事をしよう。明日、山へ行ってみるか。そのつもりでいてくれ」と社長はいった。団地造成が救いの神ですね、と浩一がいうと、「不知火建設が倒産しないことを祈るのみだな」というのが社長の返事だった。ペイパー・バックに顔をつっこんだ社長に明日は何時ごろ山へ出かける予定かとたずねた。社長は〃対日戦争〃から目をあけずに、

「そうだな、午前中は銀行の専務に用があるから午後ということにしよう、道はわかってるな」

わかっている、と浩一は答えた。三週間ほど前のある朝、目が醒めたとき急にこの川の水源へ行ってみたくなり、朝食もそこそこにアパートを出たことがある。新しく出来た道は川から離れていたので川沿いの小道を選んだ。水源を見たからといって何か役に立つということはなかった。ただ長い川の始る源をつきとめたいという衝動にすぎなかった。

川沿いの小道はやがて草に没した。彼は上流にさしかかってからは屈曲の多い川原を歩いた。太陽は頭上にあり川原の照りかえしが目にまぶしかった。数時間後、浩一は谷間の浅い流れに足を浸していた。川は細く深い谷間になってそこからは傾斜の急な岩をよじ登らなければ上流へ進めなかった。

浩一が足指を動かすと、ふくらはぎをつついていた鮎が散った。水の底には赤白とりどりの砂粒が光っている。両岸におおいかぶさった樹木のすき間から光の矢が水に射しこみ砂粒をきらめかせた。水が岩にあたって渦を巻くと砂もかすかに揺らぐ。彼は指先で砂に触れた。木洩れ日がおちた水底

で珊瑚色の砂が軽やかに浮きあがって下流へ流れた。歩行に汗ばんだ足が水で冷やされるのは快かった。あの日から二十日あまり経っている。上流の水も日照り続きでかなりへったことだろうと浩一は思った。

仕事がたまって一人でぼんやりタバコをのむゆとりも生じないのが気持の上では有難かった。明子のことを考えないですむのが良かった。そう自分にいいきかせてみても明子の顔が念頭から去らないのは同じだったが、会社の仕事や自分の内職に没頭していると苦痛がいくらかやわらぐようである。「今夜は良く眠れそうだ」と夕食を食べながら思った。睡眠不足が続いていた。眠っている間は女のことを考えないですむのが救いになった。

寝る前に新しいシーツがクリーニング店から届いていることを思い出した。同時に出しておいたシャツ類もビニールの袋に入れてシーツの上に重ねてある。ポケットに入れたままであった二通の葉書が安全ピンでシャツの布地に留めてあった。布団に糊の利いたシーツをかけてから机に向い、便箋を開いた。

葉書二通とも受取った。最初の葉書は誰かが拾ってポストに入れてくれたのだろう。返事、遅くなって失礼。急いで果さなければと考えているときに限って、突然、金のやりくりや会社の仕事にかまけ（週に四日は九時まで居残り、帳簿を見ている。その合間には一度習って忘れた簿記の復習も必要なわけ）受取りの返事は後まわしになり、阿呆のようにそればかり忘れられないのに、機会は去年のように遠くへ去ったように見えてくる。誰かがきょうは水曜日だろうかときけば水曜日だと暦を見て答える。気がつくと同じ水曜日でも一週間たっている水曜日だったりする。こんな生活を切りあげたがっているのにこうなのだ。会社はあまり儲からないのに毎日忙しい。近日、仕入れ先のメーカーに社用で出張することになっている。三、四時間の汽車旅行でも息抜きには違いない。それはさておき新聞が書きたてるころには人並に紅葉狩をし、酒を飲むだろう。ではまた……。

翌日、浩一は社長を乗せた車を運転して石山へ行った。本明川の上流一時間ばかりの道のりである。午後であった。石山の切出現場は垂直の崖になっている。搬出道路は深い草の下に隠れていた。車をおりて崖ぎわまで歩いた。「別に問題はないようだな、道路を少し拡げる必要があるようだが」と社長はいう。「それは不知火建設がやるでしょう」と浩一はいった。石材売渡しの具体的細目については今夜、社長と不知火建設の当事者とが会って話しあうことになっている。有明建材の経営がよろしくないことは知れ渡っているのだから足もとにつけこまれないでくれ、と浩一は遠まわしに注意した。

「石材はどこでも不足してるんですからね、社長、不知火が買わなくても別に買手は沢山いるんです」

「そうだな」

社長は崖の下を見まわしていたが、あそこにと指をさし、「洞穴がある、行ってみようか」といった。石を切りだしたあとの凹地である。五、六メートルの深さしかないが日かげになっていて涼しかった。風があった。

「君は女の人とつきあっているそうだな」

「つきあってるなんて、そんな……」

「結婚したらどうだ」

「………」

「いろいろと不自由だろう」

「そのことを考えないでもないのだけれど、アル中だった男に来てくれるかどうか」

「君は問題をむずかしく考えすぎる。好きだったら一緒になればいいじゃないか。独身が気楽だということはわたしにもわかる。しかし女と生活を共にしなければ見えてこないものも世の中にはあるものでね。好きな女がいないならこんなことはいい出しはしないのだが」

「結婚している自分というのを想像できないんです」

「そうかなあ」

「ええ、それに僕が向うに申しこんだとしてもうんというかどうか」

そこで初めて社長は笑った。ずいぶんその女性に参ってるんだな、といって笑った。蝉がないていた。石切場をとり囲む林の中からそれは聞えた。秋の近いことが感じられた。九月の決算期を会社がのりきれるかどうかと浩一は考えていた。社長を自宅へ送り届け、近くのガソリン・スタンドへ車をもって行った。きょうは午後五時から水道の水が出る日である。ながい間、洗っていないので車体は土埃で白っぽく汚れている。ホースを借りて洗った。

はだしになり、ズボンを膝までまくりあげた。水の勢いが弱いのでゴムホースの先端を指で押えた。フロントグラスに水があたりその飛沫が浩一の顔にはねかえった。素足の裏を流れる水がくすぐったく、快かった。ブラシを使ってホイール・キャップを洗い、タイヤの泥を落す。左手で握ったホースの水を右手に注ぎかけながら洗った。車はなめらかに濡れて光った。石切場の洞穴で浩一は社長にいった。「結婚する前に考えてみなければならないことがあるような気がする」というと、「何を考えることがあるのだ」とけげんそうな表情であった。

夏の夕方、がらんとした注油場で車を洗うのは何物にもかえ難い愉しみだ。いろいろと不自由だろう、と社長はいう。不自由でないとはいわないが、一人でこうして車を洗うことと女との生活は両立しないような予感がする。かといって明子を諦められるかといえばそうもゆかない。

水道を止めて車の水気を拭きとった。時計を見る。ちょうど半時間かかっていた。彼の幸福はたっぷり三十分持続したわけだった。

二日後の早朝、浩一は有明駅で始発列車に乗った。街はまだ朝もやの底に沈んでいる。網棚にのせた鞄には社長の委任状がはいっていた。北九州市のメーカーが延払いに応じさえすれば用が済む旅行である。彼には会社の経理状態と商品の売行きを具体的に述べて相手を説得できる自信があった。その自信から生じる気楽さと、久々の旅行がもたらす解放感をやや弛緩した気持で味わっている。

通路から立ちのぼる熟れた果実やタバコの匂いも浩一にとっては既に旅行の一部だ。座席の振動に身をまかせていると、八月の森と街が躰の中を通過して行くように感じられる。彼は一つの櫛となった自分を想像した。そうして沿線に持ちあがった丘の草をくしけずった。

北九州市の建材製造元では初めに辛抱づよく相手の苦情に耳を傾けた。先方の不満といってもこちらの金払いが悪いだけのことだ。しゃべるだけしゃべらせてしまうとやおら有明建材の現状を説明にかかった。うちはメーカーの不安がるように八方塞がりではない。そう見えるのはいたし方ないとしてもそれはこれまでの状態がそうなのであって、この先、取引銀行の配慮が期待されて手形は早急に落ちることになる。現在未払いの分は手持ちの石山に買い手がついたから二週間以内に清算できる。

彼はそのようなことを相手の目をみつめてゆっくりと話した。あらかじめ用意していた誓約書を相手に示し、社長がかき集めたいくばくかの現金を誠意の裏づけとして受取ってもらいたいと懇願した。それは受取られた。ついてはトラック一車分のスレートを一両日中にまわしてもらえまいか。その代金は小切手で用意している。相手は有明建材の「誠意」を認めてスレートの他に〝完全乾燥高圧プレス瓦〟と新製品の〝E型外装タイル〟を三日以内に発送すると約束した。先方はお茶をすすめながら試作品である釉薬瓦をテーブルにとりだした。有明ではこの種の瓦の需要はいかがなものだろう、ときくのである。これでうまくいった、浩一は内心凱歌をあげた。

博多で西部鉄道に乗りかえた。柳川を通って有明へ帰るつもりである。北九州のメーカーを説得することは出来たが銀行との交渉は社長の任であった。借入金の返済が一時的にでも延期されなければ浩一の約束は逆効果になる。彼はしかしこのことを旅行の間は考えないことにした。自分が気に病んだところで仕方のないことだと思ったのだ。

柳川は有明よりも楠の老樹が多く、造りのふるい家も目立つ。日射しも森の中では絵巻物の剝落した金泥色に似ている。道みち人に訊いて公園へたどりついた。川は公園の中を流れている。舟着場は公園の一角にあって、午後の日ざしが櫛の歯状に繋みの底へ落ちていた。ここから小舟に乗って川下へ一時間下るのである。有明駅の待合室にはられた観光ポスターで浩一は柳川の〝川下り〟を知った。舟の出る時刻はポスターに書いてあった。待つほどもなく、水面すれすれに垂れた柳の幕から平底舟のとがった舳が現れ、金箔を浮べたような水を乱して舟着場にとまった。

四、五人の客があった。船頭は老人である。小舟にはまだ数人分の席があった。老人はしばらく客を待っていたが、「もう来んやろう」とつぶやいて、吸いさしのタバコを耳の後ろにはさんだ。これがきょう最後の川下りらしい。水は澄んでいた。緑色の水藻がゆらめき、その間に散らばる瀬戸物の破片が光った。浩一は船尾ちかくに座を占め右手を舟べりの外に垂らした。指先で水に触れた。水は夏の日を吸って充分に暖かく、それが指の間をかすめて過ぎるのは官能的な快さである。

川の両岸は苔生した石垣である。やがて道路を離れ幾度か屈曲してふるい屋敷町へ這入った。舟が崩れかけた土塀に沿い、軒の傾いた武家屋敷の裏庭へさしかかったとき、水ぎわで洗濯していた老婆が洗い物をかかえてつと立ちあがった。小舟の通過するとき波が高くあがり、老婆の足元に打寄せた。朽ちかけた水門をいくつかくぐったようだ。醤油工場の裏で、水面をかすめた鳥があった。黒い翼を持ち腹だけが白い。浩一は老人にたずねた。

「あの鳥は何?」

「高麗カラス」

川下りの終点にはバスが待っていた。大牟田港までバスで行き、フェリイで有明海を渡って島原に着けばそこからディーゼルカーで自分の町へ戻れる。港へ続く海岸道路にはおびただしい棕櫚の並木があった。埃と煤煙にまみれた葉は重たげに垂れ下っていて海からの風にかさとも動かない。海が青黒く暮れかかるころ、連絡船は港を離れた。すしづめの船室は人いきれが息苦しいほどだ。上甲板は風があった。ときどき躰にかかる波しぶきが気にならなければここの方が良かった。空は星を散りばめた巨大な円蓋に見えた。航海の途中で船は同じ形の僚船とすれちがった。黒い海の上であかあかと灯をともした船はまばゆく感じられた。接近して離れるとき船はお互いに長い汽笛を鳴らした。

午後十時、彼は有明駅のプラットフォームを歩いていた。彼の汽車と入れちがいに貨物列車が出て行くと駅は沈黙に包まれた。浩一は旅客の最後になって改札口を出た。背後でふいに甲高い金属音がした。ふりかえってみると角燈を下げた駅員がハンマーのようなもので停車している機関車の動輪を叩いているのだった。有明の街は寝静まっていた。車輪を叩く音は駅をかなり離れてからも耳に届いた。ただ一日、この土地を留守にしていたのに長い間不在にしたような懐しさを自分の町に覚えた。会いたい人間がいた。駅をおりた足で明子の家へ向った。今夜なら自然に会えそうな気がした。

明子はまだおきていた。髪形を変えていたので別人のように見えた。そのことを指摘すると右手で髪にさわった。軽く頭を傾けてそうした。髪が多いと暑苦しいから切ろうと思う、といった。明子は予期していたかのように扉をあけた。浩一は柳川の話をした。明子は熱心に耳を傾けているように見えた。

「あの絵は？」

画架にかけた白一色の絵を彼はさした。何かの抽象画かと思ったのだ。下塗りを乾かしている、と明子は答え、キャンバスが乾くのを待つのも絵を描くことのうちに入るのだ、とつけ加えた。そういいながらときどき右手をあげて気がかりそうに髪を直した。

……………………

明りを消した部屋でも女の表情はぼんやりと見分けることが出来た。ある瞬間それは美しかった。ある瞬間は十歳も年上の生活に疲れた女の顔になった。醜く見えさえした。これはずいぶん奇妙な発見であった。とはいえ彼を不快にする醜さでなく、今までこの女の上にうかがうことも想像することもできなかった表情だった。顔かたちに限らずその乳房や太腿も彼には初めて見る女の躰のように思われた。寄りそっていると明子の重さが自分の躰に溶けこむように感じられてくる。

彼は柳川の豊かに水をたたえた流れを思い出した。そこを揺れることもなくすべって行った午後の川下りを思い出した。あの時から長い時間がたったような感じだだが、まだほんの数刻以前のことだ。

それが信じられないほど奇妙だった。いつ明子が起きあがったか知らない。台所の方で冷蔵庫を開閉する音が聞えた。水の音に硬く爽やかな物の砕ける響きが続いた。戻ってくる気配をそれと察することもできないうちに、明子の髪が彼の顔におおいかぶさった。乾いた毛髪が皮膚には痛いほどだ。不意に唇が冷たい角形の塊を受取っている。口うつしに与えられた氷のうち幾つかは含みきれずにそのまま喉の奥へ滑りおちて行った。

社長室のテーブルには銀行員が手をつけなかった茶がひえている。それを熱い茶にかえ両手でかかえこむように持って浩一は社長の切りだすのを待っている。客が帰ってから社長に呼ばれたのだ。

「知っての通り」と社長は浩一を見ないようにして口を開いた。

「君も知っての通りうちの経営は思わしくない。銀行がさっき取引停止を通告してきたし、兄もこれ以上、金を貸せないといってる。仕方がないからこの際思い切って一切を整理することにした」

「整理とおっしゃると?」

「商売をやめるのさ、世間の人は倒産と呼ぶだろう」

そら来た、浩一は内心そう叫んで残りの茶を飲みほす。茶碗を置いて話しかけた。

「世間の人は倒産と呼ぶだろうなんて、のんびりいうもんじゃありませんよ」

「それじゃあ何というのだね、別に適当ないい方を思いつかないけれど」

「これまでどうにか切りぬけて来たでしょう、だからこれからもうまくやれますよ。手形なんかどうにかなるものさ、といつかいわれたのは社長です。お忘れですか」

「わたしには目算がない。いろいろ頑張ってはみたけれど。君にも負担をかけたなあ」

「メーカーは品物をまわしてくれると約束をしています」

「そうだった、しかし代金支払いはどうする。今のわたしはライン河を連合軍に突破されたヒトラーの心境だよ、東部戦線ではジューコフの猛攻をうけて総崩れというところだ」

「問題は銀行だけでしょう」

「その銀行が融通きかなくてね」

「さっき来た人たち最終的通告を伝えに来たのではないでしょう」

そのために二名の行員が訪問する必要はないのである。最終的通告ではないがそれに等しいものだ、と社長はいった。「月末までにいくらかまとまった金を工面しないとシャットアウトというわけだ」

「会社をつぶしても損をするのは銀行の方でしょう」

「君も良く働いてくれたな」

「月末といってももうすぐじゃありませんか。あと少し猶予をくれないものですかねえ」浩一は卓上カレンダーを見て思案した。

「残りの給与も近いうちに支払うつもりだ。わたしに出来るのは今のところそのくらいだ」

「本当に会社をつぶしたいのですか」

「わたしは疲れたよ。毎日、手形の書換えに明け暮れているようでは何のために仕事をしているのかわからない」

「手形の書換え以外にもしたことがあったでしょう」

「そりゃああったさ。町のごろつき金融業者に法外な利子を払って手形を割引かせたり、メーカーにあてのない約束をしたり、銀行に嘘をついたりさ。まだある、君のいないとき衛生陶器の配達をした。あれは見かけよりうんと重い物なんだなあ」

社長は気づかわしそうに窓の外を眺めた。日がかげり遠くで重苦しい雷鳴がとどろいている。デスクの端に乗っていた「キング元帥報告書」に伸びた手がそれをつかみ膝の上で開いてページをめくった。浩一の視線に気づき、はっとしてその本を元の場所に戻す。

「社長はまだ本当のことをいわれない」

「金がない。この一語に尽きるのだ」

「いつだってそうじゃありませんか。今に始ったことでもあるまいし。それだって今は持ち直しているんです。売上げは先週から増えているし、それが減るとは当分考えられません。うちみたいにちっぽけな会社が仮りに取引停止にあったところでたちまち倒産することもない。いや、停止にならないようにさしあたっては努力してみるべきだとは思いますよ」

「どうすればいいと思う」

「僕の案はこうです。口はばったいようだけれど、ささやかな会社再建の思いつきです。整理したいとおっしゃりながら社長は少しも無駄な出費を切りつめていない。事務の永井さん、清水さんたちは出社しても爪をみがいているだけだからやめてもらいましょう。あの人たちの仕事は僕だけで充分です。忙しいときは奥さんに手伝ってもらいます。車も小型を残して売払っていい。日誌を見たら三台を同時に使ったのは一度もなかった。大口の注文は運送屋を利用しましょう。四つある倉庫のうち三棟は遊んでいるようなもんだから債権者に渡しても一向に構わない。そして取引に関しては売れた分だけ現金決済にすればメーカーも喜ぶでしょう。洗いざらい事情を打明けて協力を求めれば厭とはいわないメーカーの一つや二つはまだあるはずです」

「そうかね、そう都合よく行くものだろうか」

「大きく儲けようと思わなければ社長と奥さんと僕とで何とか切りまわしてゆけます」

「結構な案だが……」

社長は肩をおとして指先でデスクを叩きつづける。

「うちの工場が差押えられてもどうせコストがかさむばっかりだったのだし、作業員の人件費だけこれから赤字の心配をせずにすみます。工場は諦めなければなりませんね」

「工場は兄のものだ」

「すべてが失敗しても社長が失うのは多少の財産の他に何もないのです」

「おいおい、他人のことだと思って気安くいわないでくれ」

ここで社長は初めて笑った。浩一としても冗談のつもりだった。少しばかり経営不振だからといって意気銷沈していてはこれから先何をやるにしてもうまく行くはずがないと彼はいい、

「倒産の一回や二回が何ですか。そのくらいの覚悟がなければ会社ひとつをどうして経営するつもりになったのか僕にはわかりませんね」

「で、君はわたしに何をやれというのだ」

「思いきって規模を縮小すれば社長の気苦労も小さくてすむし、兄さんがやる気を認めて下されば債権者をさしあたってなだめる分の金も融通してもらえるでしょう」

「どうしてこんなつぶれかかった会社に君がいるのか不思議だよ、うちより高い給料を払う会社は他にも沢山あるだろうに」

「そのようですね」

雷鳴が近づく。空はますます暗くなった。

今度駅前通りにできたボーリング・センターのスナックに、と社長が話しだした。

「スナックでマネージャーを探している。兄からきいたんだが、どこにでもいるやくざなバーテンではなくてちゃんとした経営感覚のある男をだ。実をいえばセンターのスナックと隣りのスケート・リンクのスナックの経営権を持主から買ってるんだよ、兄がね」

「その持主というのはアメリカの退役軍人でしょう、もっぱらの噂です、佐世保の海軍基地にいた」

「噂ではない、本当だ。そのアメリカ人からスナックの権利を買って、商売をまかせられる男を探してる。兄は君が適任だというのだがどうだろう」

浩一は空の茶碗をテーブルに置く。静かに置いたつもりなのが叩きつけるように響いた。窓の外でないていた蟬がにわかに黙りこむ。みぞおちに固い物がつかえる。喉が渇いた感じである。

「厭かね」と社長が訊いた。

「何もかも御破算にしてのんびりしたい社長の気持はわかるんです。けれど仕事をしてきたのは僕でしょう、ずっとここで働くつもりだった」

「君のためになる話だと思った」

「仕事を紹介して下さったのは有りがたいと思ってます」

「そうだな、まあいい、ひとつ君のいう通りやってみるか。今夜も兄の所に金の話をしに行かねばなるまいな」

二人は申しあわせたように戸外を眺めた。いつのまにか室内の影が淡くなっている。蒸し暑い空気が澱んで汗を生じさせる。子供たちが意味のない叫び声をあげて外の通りを走りすぎる。雷鳴がいっそう間近に迫った。浩一は社長の顔が稲妻の蒼白い閃光で隈取られるのを見た。カーテンがはためいた。大粒の雨滴が地を打った。

雨は溝から溢れ、みるみる道路を川のようになめらかにした。窓の外に置いた鉢植えのツルバラも雨の重さに耐え、弓なりにしなっている。子供たちの叫び声はやんでいた。街路は雨の音ばかりだ。浩一は暗くしぶいている戸外を見ていた。そうしていると社長といい争った心の昂ぶりが鎮まるようである。

「閉めますか」と社長に訊いた。室内に雨滴が吹きこんでいる。「いいだろう」ともの憂そうに社長は答える。それを閉めないでいいだろう、という意味に浩一はとった。窓枠が雨の粒をはじき、その飛沫が彼の腕にかかった。肌が冷たい水のしずくを浴びて爽やかな蘇生感を覚える。涸れかけた川底でいっせいに水藻が伸びあがるように、浩一の中でも立ちさわぐものがある。雨もまた彼が永らく待ちうけていたものだ。

「うんというかな」

依然として雨に向いあったまま社長がつぶやいた。兄が融資を承諾するだろうかと考えているのだ。日暮れどき、ドラムのばちを静かに置くように雷鳴がやんだ。雨もあがり大気は透明になった。浩一は高台の家へ歩いた。一本の木をくぐるごとに、一つの角を曲がるごとに水気を含んだ風が肌に触れた。


彼はこの夜の明子がいつもと違うのを感じた。感じていながら問いただすのはためらわれる。

「庭の夾竹桃とさるすべりのかげから」と明子はいう。浩一は庭に目をこらして、暗すぎて見えやしない、といった。

「おひるのことよ、中食のあとでぼんやり庭を見てたら植込みのあたりから白い綿毛みたいなものがひっきりなしに舞いあがるの、きらきら光りながら、まるで口に含んでふわあっと吹きだすように。タンポポの冠毛なんだわ」

「それが落ちたところで芽を出すわけだ」

「こうしてはいられないと思った」

「あなたには絵があるじゃないか」

「一ヵ所にじっと暮すのに飽いたといえばいいかしら」

「…………」

「わたしの絵を継続的に買ってくれる人が東京にいるといったわね。その人が出てこいというの。この前、上京したとき雑誌社の人から画商に紹介されて、その人はまだ若い人だけれど独立して小さな画廊も持ってるの」

「もう帰って来ないのかい」

「さあ」

「東京で夜おそく街を歩いていると高架線を走る国電の音がたまらなかった」

「人それぞれに思い出があるでしょうね、でもそんなことをいちいち気にしていたら何も出来やしないわ」

浩一は若い野心的な画商と美術雑誌を出版する実業家の顔を想像しようとつとめた。顔はついに目に浮かばない。「生活の見通しがたったから上京するのではなくて、田舎が厭になったから東京へ行こうと思った。そして絵を買う男を見つけたという順序だろう」

結局同じことではないかと明子はいう。壁に完成した絵があった。いつか下塗りをして乾くのを待っていたキャンバスにうずくまった女が描いてある。抽象画を描けなくなったと明子は説明した。形のあるものを描きたくなった、とつけ加える。

「このごろしきりにそう思うの」

この重い肉のぬくもりが自分のものではなくなるという思いがつかのま浩一を耐え難くした。明子は苦しそうに顔をそむけ、両手で浩一を押し返した。

「ここで暮せないというのではないわ、だから東京でも暮せないはずがないと思うの、こんな理屈おかしい?」

「いや」

明子が上京するというのは、胸に溢れている乳房が上京することであり、暗い腹やつめたい肩がなくなるということだ。行かないでくれ、と浩一はいった。そして彼には信じられないことだったが、そう訴えたとき明子の立ちさるのがきわめて自然に思われ、そうなれば自分をおさえつけている胸苦しさから解放される気がした。いつか夕方のガソリン・スタンドで車を洗っているとき覚えた幸福感がよみがえった。また一人になると思った。口に出して行かないでくれ、と頼んだことが心の奥の思いがけない考えを明るみにさらしたことになる。そのことに浩一は軽い驚きを覚えた。

「すぐに慣れるわ、そのうちわたしという女がいたことも忘れてしまうわ、何にでも人間は慣れるものだといったのはあなただったじゃない」

浩一はおきあがって台所で水を飲んだ。窓に寄って夾竹桃のあたりに目をこらす。タンポポの冠毛は夜でも飛ぶのだろうか。彼としてもこんな関係が永く続くとは思っていなかった。明子との関係に限らず世界のすべての出来事がそうである。〃いつまでもこんな状態は続かない〃呪詛のようにこの予感が彼にとりついて離れない。この前一冊の週刊誌を見た。そこにのっていた報道写真が忘れられない。灰色の空には豆の鞘のようなものが浮んでいた。大型ヘリコプターが墜ちる寸前の写真である。シャッターをあと二、三秒おくれて押せば地面にぶつかった光景がとれただろう。明子は胸の上までタオルを引き上げた。脚をちぢめて躰をタオルにくるみこむようにする。浩一は鳥肌立った自分の腕をさすった。

空気がひえているのがわかる。昼は、昼といっても既に昨日の昼になるが、雨が降ったのだ、と彼は思った。鳥の短いさえずりが聞えた。生存者はなかった、と写真の説明に読めた。メコンデルタの一角、D……の北八キロの地点で解放戦線の地上砲火をうけた兵員輸送ヘリコプターである。その中で機体に衝撃を感じた兵士の一人は自分ではないだろうか、と浩一は考えた。現代の状況は墜落寸前、空中に静止しているヘリコプターのようなものだ。われわれは皆その中で怯えている乗組員とかわりがない。

二、三秒後には地上で砕け、ガソリンの焔に包まれるのを予想している兵士は自分だ、と思った。どんなにあがいたところでヘリコプターの落下をとめることは出来ない。パラシュートでとびだせもしない。そんな物はないのだから。パイロットは計器を読み、レバーを（そんなものがあるとしてだが）押し引きして必死に墜落をまぬがれようとするだろうが確実な死は本人がよく知っている。

ヘリコプターの中で怯えている兵士はまたなんにでも慣れるものだという明子であり、行かないでくれという浩一であり、つけにしてくれというベース弾きの老人であり、仮定には何かしら意味があるという社長でもある。機体が大地に激突して引きさかれるのを眠りこんでいて知らなかった男もいるだろう。気がつくとあたりは一面の煙と火で何も見えず、当人は黒焦げの肉塊にすぎなくなっている。

天窓には乳を垂らしたようにあけがたの仄白い光が滲んでいる。空気はさらに冷気を含んだようだ。眠りに引きこまれるとき、彼の閉じた目蓋の裏に植物の白い冠毛が庭の暗い繁みから輝きながら舞いあがるのが映った。

……………………

窓ガラスがそれほど明るくなっていない所を見ると短い眠りだったのだろう。浩一は明子を目醒めさせないように躰を離し、シャツに腕を通した。庭は濃い草の葉の匂いがした。坂道に人影はなかった。パンを焼く匂いが通りに漂っている。工場が近くにあるのだ。ひっそりと垂れている木の葉をそよがせる風はない。アスファルトは黒く濡れていた。所どころに水溜りが光っている。それをよけて歩いた。パン工場の塀ちかくに壊れた水道栓がある。そこに立ちどまって澄んだ水があとからあとから盛りあがるように溢れ出るのを見おろした。ゆっくりと膝まずいて口を近づける。

絶えず湧きあがる水の面が彼の暗い顔を不確かに崩している。二度と自分はあの葉ずれを聴くことはないだろう、と四つん這いの姿勢で考える。自分の中で時としてそよいでいた棕櫚の葉が風にこたえてからからと鳴ることはもうあるまい。何かが決定的に終ったと思う。それを正確に名ざすことはできないけれども、あるいは一つの青春と呼べば呼べるものが終ったことは確かだ。風の夜、耳を傾けて自分の内に聴きいっていた棕櫚の葉は、いわば浩一自身の青春の音といって良かった。


老人たちの机とさしあたり不要のキャビネットを古物商に引取らせると、事務室は広くなった。社長は街の中心地にある会社の建物を貸すなり売るかして、郊外の倉庫を事務室にあててはどうかと浩一にいう。洋品店やスーパーではないのだから、それで売上げが減ることもあるまい。

昼間は老人たちの残務整理に立会った。古物商との交渉があり、退職者に渡す一時金の計算があった。それで気が紛れた。しかしある事を忘れようとすればするほどそれは気になるものだ。あの晩、明子の上京を知って瞬間的に救われたように感じたが、数日会わないでいるとそのような心の動きも自分のことながら理解できなくなる。けれど高台の家へ行って扉を叩き、上京を思いとどまれというつもりはない。

自分から出かけないでも街路でそれとなく明子を見送るという期待があった。きょうは東京へ発つ日なのだ。夕刻を待ちかねて車を出し駅付近の街路をうろうろした。見送りには来てもらいたくない、とあの晩明子はいった。浩一としても駅の構内へ入ろうとは考えていない。踏切りをこえにかかった。ちょうどその中央で車がとまった。踏切番が駆けて来るのが見える。エンジンがかからない。汽笛が聞えた。とりあえず外に出て車を踏切の外へ押し出そうという思案がどうしたことか彼の頭にうかばない。

汽笛がすぐ耳の近くで鋭くはためき始める。彼は額に汗を滲ませ、喘ぎながらやたらアクセルを強く踏むばかりだ。

「出ろ、出ろったら」

外から窓を叩かれて彼は我に返った。踏切番のけわしい顔がのぞいている。「出ろというのにこの野郎」

浩一は車の後ろにまわり、二人してそれを押しだした。駅前広場を斜めに突っきり、会社裏の細い路地に入る。恐怖がまだ燠のように身内でくすぶっている。背を火であぶられるような感覚を味わっていたあの一刻は明子のことなど全く意識にのぼらなかった。踏切の外でかかったエンジンをたのみに、わき目もふらず引きかえしてきたのだ。

バックにしてそろそろと車を入れる。

後輪が溝にはまって軽くバウンドする。ハンドルをわずかに切ってまだアクセルは踏みこまない。彼は塀を照らしたライトとバックミラーを等分に見ている。明りの中心が塀の白い線に重なったとき、一気に車を後退させる。あらかじめ塀の一箇所に白墨でしるしをつけておいたのだ。そのしるしとライトの中心が一致したときに思いきってバックさせればうまく行くのを確かめていたのである。ショックはなかった。車はきちんとガレージにおさまっている。後部バンパーは売れ残りの古机と正確に指一本ほどのすき間をおいていた。

浩一はライトのスイッチを消す。塀の白線も闇に消える。ハンドルに置いた両腕に顔を伏せる。さっき駅の方から上り特急の汽笛が響いて来たようだ。あの古机はもっと壁ぎわに寄せておこうと思う。

或る男の故郷

一

一つの職業を変えることと、住み慣れた街を去ることとは、黒木武夫の場合、同じ意味を持っていた。しかし、病院の看護夫見習をやめようと思ってから既に数か月たっていたのだが、今度ばかりはふんぎりがなかなかつきかねていた。

〝わたしは三十前だ、まだ若い〟というのは、チェーホフ劇に登場する男のせりふであるが、二十八歳になった今、失業証明書を持って夜行に乗る試みは、古いシャツを着かえるような具合にやすやすとできないのである。

黒木にとって生活は、あえて挑むに足る冒険であった。新しい仕事と未知の土地は、その意味で離れ難い関係にある。何よりも不愉快なことは、習慣にそれとは知らぬ間に、馴染んでしまうことであった。

バス停に定刻につくこと、日曜日にはきっかり一時間だけ朝寝をすること、散歩の道順、職場の窓が切りとって見せる風景、その仕事に特有の奇妙な用語。

破れた靴をぬぎ棄てる気やすさで黒木は、職業と町々の蛙飛びを続けてきた。祖母が生れた土地、北九州の終着駅に近い入江の奥の田舎町にある夜、鞄を下げておりてから四年になる、黒木の職業の中では、最も永続きした部類である。それというのも、精神病院の看護夫見習としての仕事が、かつて都会の板金工場で、金属と油の焼ける匂いを嗅いだり、印刷工として活字をひろったりするより数倍、内心に緊張を強いられるからであった。黒木がしかし、これら精神科の救われ難い患者達に斬新な関心を寄せていたといえば嘘になる。彼は、特にひどい分裂症の患者を見ると、しばしば、胃の中のものが咽にこみあげてくる感じがして目をそむけたくなるのである。なんとなく黒木は、髪をふり乱した狂女や、自分の糞便にまみれている老人に、自己の分身を見る思いがするのだった。彼には、おぼろげながら、一歩足を踏みはずしたら自分もあの狂女さながら厚い扉の内側で髪をふり乱してあらぬことを口走るかもしれない自分を感じた。この職業が比較的続いたのは、それ相当な理由があるわけで、仕事の対象が人間である以上、狂気の濃い闇の奥を、茫然と目を見開いて見入っているほかすべの無い患者の世話をして、熔接工や印刷工が得る職業の歓びとは別種の満足を得ていたのだった。しかし、病院をやめようと思ったのは、黒木が自分の満足を苛立たしく感じはじめたからである。〃この居心地の良さ、これは罠だ〃黒木はつぶやいた。〃今、やめなければ機会は永久に来ない。このまま仕事を続けるのは易しい。あと十年の歳月は過去の一年より速く経つだろう。精神病院の看護夫見習という職業は自分にとって似つかわしい役割といえるかもしれないが、坂道をすべり下るよ

うにこの役にはまってしまうのはまっぴらだ。もう一回だけよその町で、新しい仕事を試してみても良いはずだ……〃

黒木は自分を、飛込台の踏板の端に立ってためらっている男だと思った。やめるきっかけがつかめないのである。ところが決心は、ある夏の朝、意外なかたちでやってきた。

朝食の目玉焼きをこしらえるために、フライパンのふちに軽く卵をぶつける、それがその朝に限って割れないのである。つい眠りすぎたので出勤時刻が迫っていた。黒木は卵を掌の中で持ち変えて気ぜわしく叩きつづけた。強くぶつけすぎると卵は手の中で割れてしまう。慎重すぎるとこのありさまである。以前は卵を割るための程良い手ごたえを体得していたものであった。黒木は腹立たしくなって、卵を打ちつける手にやにわに力をこめた。

その瞬間、卵の殻は石でなくなり、紙のように薄くなったようであった。黒木の掌でそれはつぶれ、滑らかな黄色い液状のものが、指の間をもれて床にしたたった。殻はこなごなに砕けて掌の上にはりついていた。黒木は大きく息を吐きだした。〃自分は卵も割れないほど、臆病になってしまった〃

驚きの次にきたのは怒りであった。黒木は水道の水を激しくほとばしらせて、入念に掌にこびりついている卵の殻の破片を洗い流し、蛇口の栓をかたくしめつけた。その時、黒木の視界を覆っていた深い霧がにわかにはれたようであった。

病院は入江に面した赤土の丘にあった。バスをおりた所から坂道が丘をのぼって病院に走っている。大股に歩いて今朝はきっかり百三十五歩あった。歩数が奇数ならやめることを看護夫長を通じて病院長に申出る、偶数であったら見あわせると数日前決めたこともあったが、今となってはどうでもよいことである。黒木は看護夫の詰めている二病棟の西にまわらずに、まっすぐ正面玄関わきの事務室にはいっていった。

副院長の才木博士は、看護夫長と並んで立っている黒木を見上げて当惑気に眉を寄せた。

「君がやめたがっているらしいことは、内々金田夫長からきいてはいたんだが、後任の問題もあるし」

「後任は一週間前に来たはずです。それに六号室の患者は僕の担当でしたが、昨日退院しています。庶務主任は六号室があくまではつとめてくれとおっしゃっていましたが」

「いや、それでも看護夫の定員はまだまだ不足なんだ。理由は一身上の都合ということだが、僕には納得できないね。今すぐやめてもらっては困る。院長はちょうど昨日の急行で東京の学会にたったところだ。早くて三週間になるだろう。待つことだね」

一礼して黒木が引き下ろうとすると、副院長のさりげない声が彼を立ちどまらせた。

「君、妹に最近会って話したかね」

副院長の目が度の強い近眼鏡の奥から瞬きもせずに黒木を見つめていた。

「今夜は僕の当直ですから、みつ子さんにはあす会うことにします」

看護夫の室にはいって、白衣に着がえながら壁に貼ってある当直表を見てみると、その夜の勤務割に黒木は副院長の名を発見した。そして、あの男が、かつぎこまれたのは彼が副院長と当直を共にしたその夜であったことが、その後長い間黒木の記憶に残ることになった。

男は三日前、深夜、国道で警察のジープにはねられたのである。頭部の打撲傷の他には、これといった外傷は無かったのだが、警察の説明では、男は全く過去の記憶を喪失しているという。

「どうして昼に連れて来なかったのだね。困るねえ、今時分。巡査さんはこれだからな」

言葉とは反対に、警察の説明をきいた副院長は浮々と黒木に合図した。

「空部屋は何号室かね」

「六号室、きのう退院したばかりです。あの部屋に入れておきますか」

「そうしてくれたまえ。診断はあすということにしよう。それから」

副院長はつけ加えた。

「たしか、六号室の患者は君の担当になるしきたりだったな」

黒木はあいまいにうなずいて、移動寝台に寝かせられている痩せた男のからだをぼんやり見下して立っていた。男は眠っていた。

二

翌日、男の診断には、彼をジープではねた当人とその上司である二人の警察官が立ちあった。ひとおり診断がすむと、車を運転していた方の警察官が看護夫の詰所にやって来た。

「なにしろ避けようが無かったんだ。あの晩は二本松の交通事故に急ぐ途中、火見の関のカーヴを曲がったとたんに道のまん中にふらふらと泳ぎだして来たんだ。あんた達、弁解はよせと言いたいだろうがね。それにしてもどういうつもりだったんだろう。こう、手を前に出してひいて下さいと言わんばかりなのだ」

看護夫達に囲まれて巡査はしきりに愚痴をこぼした。黒木が彼から聞いたところでは、程近い二本松の事故現場に居あわせた医師が、すぐ男の頭の応急手当をし、警察の隣の病院に運んだそうである。まる二十四時間、昏睡状態をつづけたあと、ようやく意識を回復した男を、医師と警察官が身許を知るために訊問したところ、男がまず発した言葉は、自分が誰で、ここはどこなのかという問いであった。

男は三十分と長く質問をうけつけなかった。醒めている短い時間に男はもつれる舌で、はげしい頭痛を訴え、とったばかりの食事をほとんどはいてしまった。男が身につけていた洗い晒しの粗末な茶色の作業ズボンとデニムのシャツには、クリーニング店のかがり糸も、製造会社の商標すら無いのであった。

「ポケットの中には、身分証明書も無し、運転免許証も無し、定期券、労働者手帳、失業保険給付票、請求書、領収書、いや紙切れ一つ無かった」

警察官はタオルほどの大きさのハンケチで、顔をこすりながら、呆れ果てたというふうな身ぶりを示した。

「今どき、身分を明らかにするなんらかの書きつけを所持しない人物というのは、これはいかがわしいといわなくちゃならんね。ひょっとするとやましい過去があるんじゃないかと思うよ。われわれは全県下の署をまわって家出人の届出と保護願を、あの男の過去をつきとめるためにあたってみたが駄目だった。地元に古い刑事の面通しもしたが、この辺では見た顔では無いという始末さ。そのうち、行方不明の届出があるかとあてにしていたのだがそれも無し。未だに、勤め人だか百姓だか商売をしているのか、それさえわからない。一日の大半は眠りこけているが、あれも、ど忘れと関係があるのかねえ」

身分証明書を持たないで警察の車にひかれた男を非難するような口ぶりを黒木は不愉快に感じたの

で、警察官が暗に同意を求めるように黒木を見た時、彼は顔をそむけた。警察官はわざとらしく時計を見て立ちあがり、改まった口調で言った。

「あの患者についてわかったことがあったら知らせて下さい。わたしも折をみて寄ってみます」

ドアを開いていったん姿を消したのち警察官はあたふたと廊下を踏み鳴らして戻り、ドアのきわに立って看護夫達にきちんと挙手の敬礼をし、まわれ右をして再び立ち去った。

黒木は六号室の寝台に戻った男の傍に立って、微細な汗の粒を裸の上半身に浮かべて、不規則な寝息をたてている〈患者〉をながめた。男は五尺七、八寸の、これで尋常に肉がついておればさぞ逞しいからだに見えるだろうが、今は異常に痩せていて、発達した骨格だけがかつての体格を思わせた。屋内作業よりは日光の直射する場所の仕事に慣れた、浅黒いなめしがわのような皮膚は全体にたるんでいて、胸の肋骨をとげとげしくうきあがらせている。左腕の上膊部に皮膚が引きつった部分、火傷の痕のような箇所があるが、昨夜、巡査部長が渡したこの男に関する報告書では、それを刺青を消した痕であると断定しており、同じ腕の小指が根元から無いのは、やくざの習慣と比較してあった。

男の栄養状態は、警察側も病院側も等しく認めたように、良くなかった。脂肪が洗い落したように失われ、皮膚は艶を全く帯びないで砂のように粗いのである。医師の一人は、ため息まじりに、男を診察しながら、太平洋漂流四十日といったところだなあ、と黒木に洩らした。男は肋骨といわず下半身の骨盤といわず露わに浮いて見える程《ほど》極端に痩せていた。黒木は、男を診察室に運ぶ前に、医師と脱がせた男のズボンとシャツが寝台のわきに落ちたままになっているのを見て、ひろいあげた。薄茶色の半袖シャツの襟にそって、指で撫でてみて、彼はそこに垢が全然付着していないのに気がついた。かすかな大蒜《にんにく》の匂いのほかは、洗い晒したシャツからは男の汗の匂いさえ発散しないのである。

黒木は寝台に背を向けて、シャツとズボンのポケットを手でさぐってみた。警察の報告通り何も無かった。今度は、ポケットを裏返してその底にたまっている屑を手の上にふるいだしてみると、灰色の微小な糸屑と黒っぽい煤のような粉末の中に、茶色の煙草の葉屑が混っていた。注意深く掌の上から煙草の葉を残して他の粉末を吹き飛ばし、その茶色の葉に鼻を寄せて嗅いでみた。

その瞬間、彼の意識の小暗いかた隅で何かが動いた。はじめに訪れたのは或る痛切な懐しさ、子供の時、泊りがけであそびにいった従姉の家からの帰りに感じたものであった。この匂いは、はじめて嗅ぐものではない、どこかで、ずっと以前にこの煙草と似た匂いを嗅いだことがあった気がする、思いださなくては。

黒木は自然に眼を閉じていた。どのくらい時間がたったか、ある気配を察して、黒木はとっさに背後をふり向いた。自分の背を這っている鋭い視線を感じたのである。まともに彼は男と向いあった。

寝台に横になったまま男は薄目を開いて、黒木の手がつかんでいる自分の服をみつめていた。そして黒木がふりむくと大儀そうに、ゆっくりと壁の方に寝返りをうち、こばむような尖った肩を黒木に見せて、再びせわしい苦しげな寝息をたて始めた。

昨夜の短い仮睡のせいか、疲労がだしぬけに黒木を捕えた。彼は得体のしれない漠然とした憎しみを男に感じて、手のごみを叩き落し、六号室を出た。

バスの座席で半ば眠りながら下宿に帰ると、食事もそこそこに黒木は横になった。太陽は沈んだばかりで、戸外は八月の宵の薄明りが漂っている。昼の日光に灼かれた土の火照りを空気が孕んでいて、身動きすることすらもの憂かった。黒木は東京に居た頃、古本屋の二十円均一の棚から選んで買った表紙の無い文庫本を開いた。葡萄酒色の多島海を貞淑な妻が待つ故郷へ帆走する英雄の物語である。彼は毎晩、睡眠剤代りに数ページずつ、この物語を読むことにしていた。ページを伏せて眠りに入る直前、彼は六号室の男の顔を思いだそうとした。面長で整った鼻筋と二重瞼の男の表情は、思いだそうとすると、奇妙にとりとめがなく、印象に残っていないのである。今となっては極端に痩せていた体軀だけしか記憶にかえらない。

黒木はそれを、疲労のせいにした。

次の朝、才木みつ子は、病院の坂道で黒木のうしろからかけて来て肩を並べた。

「兄から聞いたのだけれど、あなたやめると申出たそうね。わたし達の事どうするつもり」

「やめるといっても今すぐというわけじゃない」

「でも、そのうちやめるのでしょう」

黒木は立ちどまって、みつ子を見た。彼女は、弱々しく怯えていて、眼が少し充血していた。

「どうしてわたしをそんなに睨むの」

みつ子の不意の叫び声に、坂道を歩いていた医師や看護婦が二人の方をふりむいた。

病院にはきのうの警察官が先に来ていて、庶務主任と入院手続をすませていた。巡査は男のために、洗面器、タオル、チリ紙、歯ブラシ、運動靴、スリッパ、パジャマ等を買いととのえて来た。親指ほどの大きさがある自分の印鑑に念入りに息を吹きかけて、巡査は身許引受人の欄に、観念した表情で押しつけた。

「これで良し、と」

巡査は広いハンカチで、はや吹きだした頸筋の汗を拭った。すると庶務主任が顔をあげて、

「いや、これで良し、と思ってもらっては困りますな、当病院は一応県立ということになっていますが、独立採算制がたてまえでして、施療機関ではありませんから、あの患者が精神障害者であることが証明されなければ、本来なら入院を許可するわけにはゆきませんのです。ま、署長も連名で保護義務を認めておられるし、うちの副院長も珍しいケースだからというのでお預りする事になったのです

がね、院長が学会から帰った時、何と言われるか、ただのけが人だったら、精神病院が食べさせる義務は無いんだし」

「そこのところをよろしく、なんとか」

巡査は庶務主任の饒舌で、にわかに落着きを失い、身のまわりの品を包んだ風呂敷包をちょうど居あわせた黒木に押しつけると、庶務主任と彼の方にあいまいにたてつづけに頭を下げて、病院の玄関から坂道をいっさんに駆け下って行った。

看護夫の詰所では、六号室の男が専らの噂であった。

「喰うの喰わないのって、まるで餓鬼だね、敗戦直後を思いだすなあ、飯と鯨肉のてり焼を一人分、貪り喰って、ろくに嚙みもしないのだ。まだくれというじゃないか、あいにく昨夜に限って残飯は早々に豚小屋に運んで始末していたから弱ったね、俺達の夜食をわけてやってもまだひもじそうな様子なんだ」

〈六号〉は暴力をふるったのだった。午後十時頃、窓の鉄格子をはずして部屋を抜けだし、調理室の廊下をうろついていた〈六号〉の腕を、当直の看護夫が部屋に連れもどそうとしてとろうとした時、猛然となぐりかかって来たという。犬飼看護夫は〈六号〉につきとばされて調理室の窓を破り、破片で額を三針縫った。

「われわれは商売柄、ばかぢからに馴れておるがねえ、あれが頭に穴をあけた男の力だろうか。夜勤の連中を呼び集めて部屋に閉じこめておいた。犬飼さんをつきとばしたあとは急におとなしくなったようだった。しかし、あのぶんでは食堂で大勢と一緒にさせられないな。黒木君、あんたが担当だろ、朝食をまだやってないんだ」

黒木は調理室に用意してあった麦飯と味噌汁の食器をアルミニウムの盆にそれぞれ二人分のせ、六号室の扉を開けた。

男は朝食をずっと前から待ちかねていたようであった。寝台の上に、上半身を起し、黒木の手から食事の盆をひったくるように受けとり、舌を鳴らして味噌汁をすすりはじめた。一人分の朝食をみるまに食べつくすと、次は二つ目の味噌汁を食器の麦飯にかけて、一分とかからずに食べてしまった。

黒木は白衣のポケットから半熟卵と牛乳の壜をとりだして、男に渡した。どこに隠していたのか、男はポケットから一本の茶匙をだして、馴れた手ぎわで卵の端を砕き、中身を丁寧にすくいあげて口に運んだ。最後に牛乳を息もつかずに飲みほすと〈六号〉の朝食は終ったわけである。

男は人さし指と中指を唇の上にあてがってみせ、少し吃りながらきいた。

「煙草、あるかね」

黒木は、そそくさとハイライトを一本くわえさせて火をつけてやった。病院内では禁煙の規則をその時、黒木は男の観察に熱中したあまり、すっかり忘れていたのである。男は眼を閉じ、大きく呼吸して煙草の煙を深々と胸の奥に吸いこんだ。やがて呼吸がだんだん緩慢になり、寝台にもたれていた上半身が左右にゆらゆらと傾くのを見て、黒木は、男の指を焦がしそうになる程短くなった煙草をもぎとった。それを合図のように、男は寝台の上にあお向けに横たわった。

「君は一体誰だ」

質問が思わず黒木の口をついて出た。しかしそれに答えたのは、男の軽い安らかな鼾だけであった。彼は、空になった食器を調理室に戻す途中、吸い残しの煙草を他の患者にひろわれないように、巻紙をほぐして溝にすてた。

一病棟の脳波測定室では、副院長が数人の医師を相手に、男の症状を検討していた。暴れたのは、病院だけではないらしい。警察でも、意識を回復した直後、椅子を投げたり、灰皿を割ったりしたそうである。

「過去の生活がわからないから、われわれは、患者の現在によって判断するほかはないが、そのため、決定的な診断は下せないことを認めなくてはならない。まず、脊髄液の検査では異状が無かった。麻薬、アルコールその他薬物中毒の症状は見られない。栄養失調気味だが、内臓に疾病の徴候は無い。後頭部のレントゲン写真をとってみたが、骨折はしていなかった。ただ」

副院長は机の上をかきまわして、男のカルテをさがした。

「ただ、脳波の状態なんだが、どうも正常に近いようで睡眠時にスパイク（棘波）が生じる」

「しかし」

古参の医師が副院長をさえぎった。

「この波をスパイクだと断定する程、これは明瞭なウェイヴでしょうか。わたしは以前、これよりもっとスパイクらしいスパイクを見ましたがね、精密測定をくりかえしたら異常はありませんでした」

「わたしもこれをスパイクと断定するのじゃない。それらしいということにしておいても良い。第二に軽い言語障害、第三に逆行性健忘症の疑い」

そこで副院長は黒木に気がついた。

「聞いていたと思うが、あの患者は、警察で意識をとり戻して以来、過去の事は何一つ覚えていないとここでも言い張っている。新聞記者がきのう、写真をとりに来たから、案外早く身許がわかるかもしれない。しかし逆行性健忘症というのは、わたしにとって、医学上興味のあるケースなんだ。そこで、君があの患者を観察していて気がついた事は逐一報告してくれないか」

「そうしましょう」

黒木は答えた。

三

黒木が六号室に戻ると、外科医が才木みつ子と頭の傷の繃帯をとり換えていた。

「奇蹟だなあ、自動車にはねられて骨が折れていないというのは、お前さんの頭はスティール製かね」

〈六号〉は神妙に目を伏せて沈黙している。医師と看護婦が出てゆくと、〈六号〉はたずねた。

「今、何時だろう」

「昼食まで一時間、どう、まだ思い出さないかね」

「煙草くれ」

「さっきは言い忘れたが、患者は禁煙というきまりなんだ」

男の眼に瞬間、ある兇暴なものが閃いたように見えた。黒木は扉ののぞき窓をしめておいて、ハイライトを男に渡した。空になった袋を手の中で握り潰そうとすると、

「ちょっと見せてくれ」

男は丁寧にハイライトの袋の皺を伸ばし、しげしげと珍しいものを見る表情でみつめた。黒木は昨日の疑問が不意によみがえってきた。

「あんた、どんな煙草をのんでいたの、それならそれを都合してきてやってもいいんだ」

男は首をまわして黒木を見上げた。煙がしみるのか、目を細くして考え深そうにしきりに瞬きした。

「あたしの煙草、知らない、覚えていない、みんな、なくした」

「なくした」

「わたしのこと、みんな忘れた、この煙草、おいしいよ、前にのんでいたかもしれないね」

そうではなかった。黒木がきのう、男のポケットの底からかき集めた煙草の屑は、ハイライトとは似ても似つかぬ強い異国風の芳香を持っていた。男の年齢については、五人の医師がめいめい違った推測をした。三十五歳、四十歳以上、五十歳前後、三十歳前後、四十五歳。つまり三十歳から五十歳までの間という途方もなくつかみどころの無い見たてしかできなかったのである。男のからだは、青年のようでも中年のようでも老人のようでもあった。極度の栄養失調におちいった男の体軀が、年齢の判定をむずかしくしている。男は、たどたどしく吃りながら話しはじめた。

「じっと目をつぶったら、以前のこと、思いだしかけて、風景が夢を見ているようにちらちらする」

「どんな風景」

勢いこんで黒木はたずねた。目の前に漂っている煙草の煙をうるさそうに手で払って、

「夢の風景、といったろ、黒と灰色の靄に包まれた海に船が碇泊していて、あ、映画みたいだ、すみ

からすみまで知りつくしている風景なんだけど、それが何処だか思いだせそうで思いだせない、もどかしいといったらないんだ」

「ところで、ここは何処だと思う」

「病院じゃないのか」

「精神病院なのさ」

男の表情には何の反応もあらわれなかった。昼食を運んだ後、黒木は廊下で副院長と出会った。

「患者の話を聞いてみたんですがね、東京弁の訛りがあるように思うのです」

「それは僕も気がついていた。根っからの田舎者の発音じゃないな。しかし、ああ吃りがひどくては見当がつきにくい。そういえば、君はあちこちで暮したことがあるそうだから、言葉の訛りにも敏感なわけだね」

しかし、かりに〈六号〉が東京の出身であるとわかったとしても、身許がすぐに明らかになるはずがなかった。

「そのうちしだいに思いだして来るはずだよ、頭の傷は特にひどいショックを与えるほどつよいものじゃなかったから。一時的な現象だと思うんだ。気長に待つさ」

「気長に待ってもおれませんよ。金庫を預るのはわたしですからね。近いうちに県の監査もあることだし」

いつの間にあらわれたか庶務主任が、唇の両端に泡をためて不服をとなえた。

「あたしは、住民の三分の一が生活保護をうけている町の病院に居たことがありましたがね、仮病をつかって入院してくるのがいましたよ。そんな不届者を、まじめな市民の税金で食べさせるわけにはゆかんと、かたっぱしから追いだしました。あの男が精神障害者であると、断定されたのでもないし、きけば、二人分の飯をたいらげるという話じゃありませんか、ただの栄養失調はよその病院で扱ってもらいたいですな」

「障害者でないという診断を、かれが正常だとあんたがするのかね」

不機嫌そうに副院長は、庶務主任を睨んだ。

「さっき、警察から送って来たこれは、署長と、あの男をひいた巡査が連名で保護義務を確認した入院申請書、市長の許可書、この町にあの男の知人も戸籍も無さそうだから、警察で市の方にうまく頼みこんだのだろうよ、そして僕と赤松博士の診断書、この際、あんたに渡しておくよ、赤松博士のロールシャッハテストでは明らかに異常だった。これだけあれば、措置入院の手続に不足はないだろう」

庶務主任は、副院長がポケットからつかみだした書類の束を、偽造紙幣を検査する銀行員の目でためつすがめつしたあげく、書式がどうの、字体がなってないのと、小声で悪態をつぶやきながらわきに抱えた。

「なにしろうちの会計は赤字ですからねえ、せんせいがたは、患者さえおればくらしがたつけれど、当節、監査に来る県のおえら方はなにかといえば病院経営が放漫だの、冗費がかさむのとあたしを責めるので、いや、悪く思わんで下さいよ」

はじめの剣幕とはうってかわったように庶務主任は、弱々しくひしがれた様子で去った。副院長は黒木に、赤松医師への伝言を頼んだ。二病棟の回診を終えたら、六号室にまわるようにというのである。

黒木が赤松医師と共に六号室へはいると、副院長は男と向かいあって寝台のわきに腰かけていた。

「昨夜は大分、暴れたそうだね」

「暴れたというほどのこともありません。わたしはただ、おどかされただけです」

赤松医師が黒木のわき腹をこづいて、耳の近くで囁いた。

「昨夜のことは覚えているんだ」

「どうして病院の者に乱暴をはたらいたのだね」

「暗闇でだしぬけに腕をつかまえられりゃ、誰だって逃げようとしますよ」

「それにしても、窓の格子をこわすというのは穏かじゃない」

「いや、あの鉄の棒はすっかり錆びて、がたがたになっていたのです、何気なく触れてみたら、すっぽり、外れたので、ぬけでてみる気になったんで、腹もすいていたし、何か、食べるものが残っていないかと考えて」

退院した六号室の患者はその兇暴な発作のために、特に頑丈な鉄格子の部屋に入れられていたのだった。副院長は続けた。

「看護夫は顔の傷を三針縫った」

「そうですか」

ちら、と男の目が黒木に走った。黒木は黙って見返した。

「その人にあとで君は会うだろうが、あやまるつもりはないかね」

「どうしてあやまらなくちゃならないのです」

男は、突然、敵意をみなぎらせ、副院長と黒木を交互に睨みながら反撥した。

「わたしは何もしなかった。あの人が先に殴った。わたし、力出せない。けがしています。逃げかけたらあの人、何かにつまずいてころんだのでしょう。暗かったからね。あの人のけがのこと、わたしのせいじゃない」

副院長は話題を変えた。

「君の住所、出身地、職業、家族、年齢、姓名について今のところいっさい思いだせないそうだから、ここに君がひかれた日付の新聞を持って来たんだ」

男は副院長の手から気がなさそうに、一部の新聞を受けとって、片手で振って開いた。全部のページにざっと目を通すと、もと通り、片手で畳んでそれは、副院長の膝の上にほうりかえされた。

「わたしのこと、新聞に書いてない」

その新聞をまた男の寝台の上にかえして、副院長は大儀そうに立ちあがった。

「あの日の出来事で、君に関係のある記事がありはしないかと思うわけさ。この新聞をとっておきなさい。どうせひまだから、すみからすみまで読むといい。われわれは君の過去を思いださせてやりたいのだ」

「御期待にそうように、協力しますよ」

「ありがとう」

三人が廊下に出ると、赤松医師が不思議そうにつぶやいた。

「きのうの診察では、ひどく吃ったのに、きょうのように昂奮した会話であの男は全然、吃らなかった」

「奇妙なアクセントだね」

副院長が応じた。

「そう、あれは東京弁に似ているが、あの抑揚は東京人のものじゃない。新劇の翻訳ものを東北出身の俳優が演ずるような具合だった」

「あるいは九州出身の、あるいは関西出身の」

「僕に言わせてもらえば」

黒木がわりこんだ。

「〈六号〉は、東京弁のガ行をうまく鼻声で発音できます。気がつきませんでしたか、あの人、をあのしとと訛ったし、それに東京弁独特のサ行の発音も田舎の人間が言える音じゃない」

「練習すればできないことは無い」

東京出身の副院長が言った。

「では、才木さん、あなたは男の出身をどこだと思います」

「どこ、というより、ここでは何者かということが重要なのだが、ありていに白状すれば、わかりかねるね。しいていえば宇宙人かな」

「茶化さないで下さいよ」

「黒木君。〈六号〉がひかれたのは今月の十三日だった。病院でとっている新聞は一部しかないから、その日付の新聞を町へ行って全部、買ってきてくれ、販売所へ行けば残っていると思う。全国紙はみんなと、できれば十三日以前の日付のものも少し欲しい。この地方のN新報はぜひ忘れないで」

四

〈六号〉の食欲は相変らず旺盛であった。頭の傷は入院後、一週間足らずで塞がってしまった。あの夜の騒ぎ以来、〈六号〉が腕力をふるうことは無かったので、昼食後の一時間と午後の二時間は、病院の中庭で運動を許されることになった。軽い神経症の患者には、病院のまわりの畑を耕したり、病院の鶏舎や豚小舎の掃除を課するのだが、〈六号〉は一度だけその仕事を志願して、すぐに飽いたようであった。室外に出された時は、自分の運動時間を中庭で過す以外の事はしなくなった。やや、うつむき加減に両手を後に組んで、コの字形に病棟が囲んでいる赤土の庭を一定の歩幅で同じ方向に歩きまわるのである。〈六号〉の足元から赤土色の埃がかすかに舞いあがり、かれの足の移動する方向へ、煙のようになびいていった。

〈六号〉の回復は、肉体に限っていえば、めざましいものであった。庶務主任と調理室長の抗議で、〈六号〉が一度に二人分の食事を与えられることはなくなったが、残飯がでた時には、その中からもう一人分だけ、食べても良いことになっていた。

事実は、患者達が食べ残さない食事はなかったから、〈六号〉が二人分食べることに変りはなかった。かれは、はじめに与えられる一人分を、時間をかけてよく嚙んだ。黒木は、〈六号〉が焼肉を一心不乱に歯で咀嚼しているのを見ると、飢えた犬が動物の骨を憑かれたようにしゃぶっている表情を連想したものである。食事の時ほど、〈六号〉の表情が考え深そうになることはなかった。しばらくして黒木が気がついたことだが、〈六号〉は、食事の順序に彼独特の方式らしいものを、守っているのだった。

寝台の上にじかに、盆を置くのは、食事がシチュウ類である場合、中身をこぼすおそれもあるし、見るからに食べにくそうだったので、黒木は調理室の外に積んであった木箱をこわして、小さいテーブルを作ってやった。〈六号〉は、寝台のふちに腰をかけ、テーブルの上に並べた食器にかがみこんで、わき目もふらず、顎を動かすのである。

彼は人がするように、飯と菜とをかわるがわる食べるということをしなかった。飯だけをはじめに食べてしまって、それから、野菜や焼肉にとりかかる。〈六号〉のアルミニウムの食器は、食事の終りには、拭ったように曇りがなくなるのであった。とりわけ、食事がパン食の場合はそうである。

彼は、食物が残り少くなると、ちぎっておいた最後の一切のパンをつまんで、皿の上にたまっている肉汁を丁寧に拭い取って口に入れた。〈六号〉の好物は、大蒜を生で齧ることだった。献立にカレーライスがのっている日は、黒木は〈六号〉にせがまれて、調理室の料理人から生大蒜を数箇、分けてもらうのだった。大蒜さえ食べれば、昔のことを思いだすというのが〈六号〉の言いぶんであった。一人分の食事がすんで、他の患者の残飯を待つ半時間を黒木は、〈六号〉と過した。そうする事は副院長の指示でもあったのだが、この頃は黒木も、病院に出勤するとまっさきに六号室をのぞいてみなければ気がおさまらないようになっていた。

〈六号〉は寝台の下の私物箱から、大蒜をとりだして生のまま齧りはじめた。たちまち部屋に大蒜のむせかえるような芳香が充満した。〈六号〉は寝台の背にもたれ、休みなく口を動かしながら、語りつづけた。

「海が見えていて、そこは港のようだった。肩に重い袋をのせた男達が、岸壁から踏板を伝って船の中に、しきりに行き来している。踏板は一尺くらいの幅で、男が袋をかついで渡りかけると、だんだんしなってゆき、ちょうど真中あたりで弓のようにたわむのさ。わたしは傍に立って男が今落ちるか、今すべるかと見つめているけれど、真中をすぎるとまた、元通りに踏板は伸びてしまう。男達は日焼けして、皆骨組は頑丈で、無口だったな。踏板の上を、足ではずみをつけておどるように歩くのだ」

「男達がかついでいたのは、どんな荷物だったのだろう」

「思いだせそうな気がするから、せかさないでくれよ。……おどるような歩き方で踏板を歩いて、作業が終ると男達は、一列に並ぶようだった。飯はまだかね」

黒木は黙っていた。〈六号〉は、再び目を閉じると話し始めた。

「一列に並ぶと広い波止場で男達はどこまでもつながっているように見えた。わたしもその中にいたのか、外側に立っていたのか、思いだせない。この大蒜は固すぎる。ぞろぞろ、歩いていく方向に白いペンキ塗りの小屋があって、男達は紙きれを見せると、それとひきかえに金をもらっていた」

男は、眼を開いて黒木を促すようにみつめた。調理室の方角から、アルミニウムの食器を一時に洗滌するけたたましい響きが始まったのである。黒木は部屋を出て、調理室に集められた鰺のから揚げと玉葱のサラダを、盆にのせて戻ってきた。〈六号〉は私物の匙と箸を両手に持ち、鰺の皿を前に、器用に小骨をとりはずしてソースに浸した。

「前から聞こうと思っていたのだが、その匙はどこで手に入れたのかい。教えてくれてもとり上げはしないよ」

〈六号〉は答えなかった。それは、〈六号〉の特技の一つで、気がむかなければ、他人の声が耳にはいらないふりをするのである。また始まった、黒木は、内心、舌打ちして、男の食事を見まもった。〈六号〉は、鮮かな手つきで鰺の肉を注意深く骨から離し、口に運んでいた。上半身をおこし、両手で匙と箸を、ナイフとフォークのようにあやつって魚を食べているかっこうは、どことなく西洋人の食事の姿勢に似ていた。

依然として、〈六号〉の身許について新しい事実は何一つわからなかった。黒木が町で買いととのえてきた新聞を、〈六号〉は熱心に読んで、黒木がのぞき窓から眺めていると、小声でひとりごとをつぶやいて、頭をふったり、うれしそうに掌をこすりあわせたりしていた。日に一回、副院長は男と、治療室でとりとめのない話をかわし、黒木は傍に立ってかれらを、見つめているのだが、副院長の片手は机のメモ帳の上に無意味な数字の羅列や、唐草模様を果てしなく描きつづけるだけである。〈六号〉は、毎日、何かを思いだし、詳細にそれを副院長に告げていた。かれの過去について、手がかりがつかめないのは、このように、男自身、思いだす事柄が多すぎるせいもあった。男が、きょう思いだしたつもりの過去は、あすはもう変るのである。

ある朝、〈六号〉は、意気揚々と診察室に姿をあらわした。

「せんせい、喜んで下さい。わたし、昨夜、何もかも思いだしました。早くせんせいに知らせようと思ったのですが、夜はもうお帰りだし、部屋には錠おりていますからね、朝まで我慢したわけです。そのかわり、細かい点まで念入りに思いだしておきましたよ」

「わたしの名は、たなかひであき、英明と書いてひであきと読みます。N市の水産物関係の会社に勤めています。N市、M町七の七七番地、丸洋水産加工KK」

彼の表情はますます晴れやかになり、眼は潤んで幸福そうに輝いた。

「わたしはもう健康、せんせい様をはじめ、みなみな様のお世話になりました。退院させて下さい」

すぐに三十数キロ離れたN市に、〈六号〉が告げた住所と会社名が照会された。結果は、いつもの通り、それに該当する人物も住所も会社も一切、存在しないのである。

「僕は、あてにはしなかったさ。しかし、念のためということもあるしね」

副院長はあとで黒木に言った。

「〈六号〉は、今までどれくらい思いだしたかね」

「ほとんど全国。かれの言うことをきけば、函館にも横浜にも、神戸、下関、博多、鹿児島、長崎にも住んだことになります。職業も、銀行員あり、百姓あり、セールスマン、教師、電話帳が一冊できるくらいです。それも全部、〈六号〉の名前で」

「記憶の脱落というより、一種の躁鬱病に見える。病気は思ったより、進んでいるようだよ」

「庶務主任は、仮病だと言いはっています」

「仮病なものかね。あの男の肉づきの良いからだを見るがいい。健康な欲望を持った男が、錠のおりたせまい部屋でくらして、それを自分で異常だと思わないのが異常じゃないか。正気の人間には、労働とパンは、同義語なんだ。狂人のふりをするのも、狂人だという通説は、一面の真理をついているのだ」

「回復はいつごろになるでしょう」

「十年か、十か月か、それともきょうか、今のところわからない」

ある日の昼食後、〈六号〉を外に出してやって、黒木は中庭に面した廊下の窓から彼を見つめていた。患者の一団が夏の日射しを避けて、病棟の陰で、輪投げをして興じている傍をふりむきもせず通過すると、〈六号〉は、湧きかえるようなはげしい日光の中に、足早にはいっていった。陽炎をすかして見る時のように、黒い影の世界から一気に明るい広場にとびこんだ〈六号〉の姿は、不確かな輪郭を帯びて、ぼやけた。

黒木が目をこすっていると、クレゾール液の匂いがするみつ子が傍に立った。

「新しい仕事はもうきまったの」

「まだだが、ここととは別の土地に出て行きたいだけのことだ」

「わたしを置きざりにして。二病棟の青山さんは、赤ちゃんを産む決心をしたそうよ。来年の春ですって」

〈六号〉は光のあたっている場所から再び影の中に踏みこんだようであった。入江の方から吹いて来る風にあたるために、患者達が日陰にたむろしているので、その中から〈六号〉のいかつい肩を見分けようと黒木は苛々しながら見まわした。

「あなたが、どこかよその土地で、はじめからやり直すとしても、またそこが厭にならないとどうしていえるかわからない」

ついに〈六号〉の姿は黒木の視界から消えてしまった。黒木は、みつ子の肩をつかんで、中庭と反対側の窓にふりむかせた。

「あの海に水平線が見えるかい。入りくんだ入江、まるで湖か沼のような、波一つたちはしない。どんな嵐の日でも、僕は毎日見て来た。板のように平らだ。Nの港もそうだ。この病院の丘のどこに立っても水平線は見えやしない。ただの水たまりだ、たまらなくなる」

「痛いわ、手を離してよ」

黒木は、みつ子の肩をつかんでいた手に力をこめていたのに気づいて、あわててみつ子を離した。

「御免よ」

「狭い入江がどうしたの。波が静かなのは、いいことじゃない。ボートを漕いで遊べるわ。わたし、きのう、青山さんと貸ボート屋のボートで……」

「わかっているさ。青山さんが赤ん坊を産む決心をしたんだろ。広い海が見えないのが、どんなにたまらないか言おうか。行き詰まりって感じなんだ。お前はここから先どこへも行けやしない。仕方がないから坐って根が生えるのを待っていろと言っている。両手を広げてストップ、一歩も動いてはならんと命令しているのだ」

「なぜ動きたいの。なぜ、よそに行かなくてはならないの」

「なぜって、ここは僕の土地だと、僕の故郷だという気がしないのだ」

「あなたは大連うまれだと言ってたわね」

黒木は息をついた。聞き慣れた古い音楽のレコードを、長い時間をおいて再び聞く時のように、他人の口から、自分の故郷の名を聞くのは快かった。

「そう、僕は大連でうまれたのだった。きみは大連といってもどんな街かさっぱり見当がつかないだろう。アカシアの並木がどんなぐあいに夏はしげるものか耳できくだけではわからないよ。ちょうど子供の僕が日本ときいてもその国の様子を想像できなかったように。僕は大連の埠頭を小さい時分よく歩いたものだった。蜃気楼がもしかしたら母の国日本をうかべて見せるかもしれないと思ったりしてね」

「少し興奮しているようよ」

「いま思うと、白系ロシア人とおとなしい満人の街であった大連では、日本人も威厳があったような気がする。大連をロシア読みではたしかダルニイというのだがね、広場の多い街だ、あの都会は。それに公園、四つか五つの大きい公園があったよ。ロシア人がニコライスカヤ広場と呼んでいた街の中央の大広場がことによかった。その広場に通じる並木道を歩くと、夏の初めなんかアカシアの黄と白の花粉が肩にふりかかるのだよ」

「でも、あなたの大連は、二十年前にもう地上には存在しなくなったのよ。亡命ロシア人も、おとなしい満人も、どこかに行ってしまったわ。わたし市立図書館の地名事典で調べてみたの。大連はターリエンという名で、東北人民政府の旅大行政公署の管轄だというわ。あなたの大連は、げんえいなのよ」

「幻影でけっこうですよ。子供の僕は日本に引きあげてきたとき、この国のあまりのみすぼらしさにびっくりした。考えても見ろよ。植民地よりも貧しい本国というものがあるだろうか。おかしなことじゃないか。植民地を搾取していたはずの本国が植民地よりも惨めにうすよごれた顔をしていたとはね。いつか僕は決心していた。きっと死ぬまでに一度は大連へ帰ってみよう。そうだ、行くのではなくてまさしく大連へ帰るのだよ、僕の場合は」

「あなたは中国に行くの、共産主義者なの」

「僕は何主義者でもないさ。いまさら中国へ行けるものか。さっき、帰る、といったけれど、あれはもののたとえであってね、つまり僕はここここそ自分の大連だ、と思えるような土地を探していたということなんだ。あの都会からこの都会へ移り住んで、そうして二十代ももう少しで終りということになってしまったよ。四年前ここにやってきたときは、ひょっとしたら落着けそうだという予感があったみたいだ。しかし今は……」

「まるであなたは、特権を持った人のような口をきくわ。大連の広場とかアカシア並木の話をするあなたは楽しそうみたい。だからわたしも楽しそうな顔をしなくちゃいけないの。此処でわたしは生まれたし、多分此処で死ぬつもりよ。此処でなくてもいいわ、どこでもいいわ。だって、わたしが生きている限り、どこに居ようと、わたしの居る場所はわたしの故郷じゃないかしら。さがし求めないでも、そこにあるのよ。背中の皮のように。あなたはすいぶん甘えん坊なのね。水平線が見えないのがどうしたというの。船にのって港を出てごらんなさい。玄海灘はいつもお望み通り荒れているわ。わたし船酔いは嫌い、波の穏かな入江の奥でボート遊びをするのが楽しいわ、わたし……」

みつ子は両手で顔を覆った。

「泣かないでくれ」

「泣いていると思ったの」

即座に顔をあげてみつ子は、光る目で黒木を正面から見すえた。

「あなたが出ていったら、何をして暮そうかと考えていたの。ボートを漕ぐのもいいわね。さっきは、あなたの行く所にどこまでも、ついて行くつもりだった。今は違うわ。多分あなたが居なくなると、しばらくは淋しいでしょうけれど、そのうち慣れると思う。わたし意志薄弱だから、あなたみたいに転々と引越しできませんものね」

あの感覚、他人の視線が自分にそそがれているのを知ったこそばゆさ、を感じて、黒木は、あわただしく中庭を見まわした。既に患者達は一人残らず病室に引いていて、赤土の広場は静まりかえっている。

数歩、離れている廊下の角から、大蒜の匂いがうっすらと漂って来た。駆け寄って見まわすと、そこから廊下の向こうの端まで誰も居ない。黒木は半ば走るように、〈六号〉室のドアに来た。のぞき窓の蓋を指でおし上げると、そこから、鋭い大蒜の匂いが、夏の午後の澱んだ空気の中に溢れでた。汗の細かな粒を皮膚に浮かべて、〈六号〉は、安らかに眠っているように見える。散歩に飽きて、自分で病室に戻ったのだろうか、しかし、これまで〈六号〉は、自発的に病室に戻るということは無かった。黒木は、自分自身、背中からわき腹を伝って流れ落ちてゆく汗を感じた。

入院した当時、見るかげもなく痩せ衰えていた〈六号〉は、三週間経ったいま、看護夫の誰よりも、逞しくなっていた。看護夫といえば、発作時の患者をとりおさえるために、人並以上の上背があるものである。〈六号〉が寝返りをうつと、重々しく寝台が軋んだ。肩の骨は当時のように尖ってはいなかった。若々しく締まった筋肉の艶を見て、誰も彼を三十歳以上だと考えないだろう。〈六号〉は普通の人間とは逆に、老人から青年へ変貌してきたのだった。黒木は漠然とした憎しみの目でのぞき窓から〈六号〉を見まもっていた。〈六号〉のなめらかに脂が滲んだ皮膚の上に、夏の濃い光線が、窓の鉄格子の影をくっきりと落していた。

五

翌朝、黒木が、六号室をのぞいてみると、寝台は空であった。聞けば、当直の犬飼看護夫に頼んで出してもらい、昨夜のうちに回復した記憶の新事実を語るために、副院長室で、出勤を待っているという。

「警察からきのう刑事が来てね。男の知りあいらしい東京の人間がきょう〈六号〉を見に来るという話だ。そのついでに〈六号〉はどうしていると聞くものだから、午後はたいてい自由にしていると答えたら、たいそうな剣幕でね。以後相成らんとさ。警察はあれだからな。ふん、一体どういうつもりなんだろう」

黒木が副院長室にはいりかけると、廊下の物陰から、窓ガラスごしに室内をぬすみ見ている数人の男たちの物々しい雰囲気に気づいた。副院長は出勤していて、〈六号〉の椅子の前に腰をおろしていた。〈六号〉は、彼がひかれた日付の古新聞を音をたてて振りまわし、唇の端に唾液をためてまくしたてた。

「実は、わたし、あの頃、字が読めなかったんでさ。なにしろ、ものをいうのも億劫で、健忘症はつらいです。新聞見せられたって、字がずらずらっと並んでいるしかわからない。しかし、こう見えても人知れず努力をしましたのです。もともと読めないわけじゃないのだから、わたしの看護夫に傍で読んでもらって、次にわたしが読むといった具合にね。すると蠟が溶けるように、だんだん思いだしまして、せんせい、ここを見て下さい」

〈六号〉は、大発見を誇るかのように、地方紙の片隅を指でさした。

「鍵は、この記事の中にあったのです。字が読めるようになると毎日、すみからすみまで読んだものです。広告まで、そらで言えます。Dミシン外交販売員募集、初任給一万八千円、ほかに手当あり」

黒木は、視界の隅に、廊下の物陰でうごめいている人影が伸びあがって、〈六号〉を注視しているのをそれとなく意識した。

「きっかけは実は、この写真です。木佐志炭坑に働いていたことがわかった途端に、昔のことも全部、思い出したのです。わたしは、どこで生まれたか思いだしたのですよ」

黒木は、副院長と一緒に、〈六号〉が示した記事をのぞきこんだ。……不況……木佐志炭坑閉山、離職者の一部は関西へ、一部はN市の職業訓練所に入所……中高年層の再就職について関係者の談話……という文字が、きれぎれに目に映った。〈六号〉は、次に一枚の写真を指した。N港に碇泊している一隻の外国貨物船である。新聞はちょうど、そこが折り目になっており、船名はほとんど消えかけていた。説明記事によって、かろうじて……ンドル……スキー号、と読めた。

「アレクサンドル　ネフスキー」

〈六号〉は言った。

「ソ連の船です。わたしは船首に白ペンキで書かれたロシア語が読めてびっくりしました。この通り、日本語の記事は消えかけて読めないのにね。これは翌日の新聞、下の方の出船入船の欄を見て下さい。ソ連貨物船アレクサンドルネフスキー号は荷役を終えて午前十時に出港、とありましょう」

「炭坑とソ連の貨物船とどんな関係があるのかね」

「ロシア語がなぜ私に読めたのでしょう、わたしはロシア語が話される街で生まれたのです。わたしの故郷……白系露人と満人の街」

〈六号〉は、椅子をはねのけて立ちあがり、新聞をつかんだ手をふりまわして、叫ぶように語りはじめた。

「アカシアの並木がどんなぐあいに夏はしげるものか耳できくだけではわからないよ」

廊下を通りかかったのは、みつ子だった。

〈六号〉の顔と、真蒼になってつっ立った黒木とを半々に見て、あっけにとられた表情でたちすくんだ。〈六号〉は、天井の一隅を見すえて、酔ったように語りつづけた。

「広場の多い街だ、あの都会は。それに公園、四つか五つの大きい公園があったよ。ロシア人がニコライスカヤ広場と呼んでいた街の中央の大広場がことによかった。な、夏の初めなんかアカシアの……」

「よせっ。よせったら」

黒木は、発作的に、〈六号〉の口を塞ごうとして彼につかみかかった。副院長が黒木を押えた。

「言わせておいていいじゃないか。面白いよ」

「幻影でけっこうですよ」

椅子が倒れた。黒木は副院長をつきとばし、荒々しく〈六号〉にとびかかり、両手で彼の首を締めつけた。〈六号〉が肩をひとふりすると、黒木は、はじかれたように、みつ子の立っている方へよろめいた。

涙をうかべてけたたましく笑いながら、みつ子は、黒木のからだを両手を開いて抱きすくめた。何事もなかったように、〈六号〉はつづけた。

「あの都会からこの都会へと移り住んで、そうして二十代ももう少しで終りということになってしまったよ」

「離せといったら離さないか」

黒木はみつ子の腕の中でもがいた。ただならぬ物音を聞きつけて、犬飼看護夫を先頭に、数人の看護夫があわただしくはいって来た。みつ子が腕を離すと、黒木は、看護夫たちに抱きかかえられて運び出される〈六号〉に再び突進し、彼の頰を殴りつけた。〈六号〉の上体がわずかにゆれた。身震いして看護夫たちを払いのけ、右手をゆっくり振りあげると、怒りくるって睨みつけている黒木の頰を殴りかえした。黒木は短い叫び声を発して壁にぶつかり、気を失って倒れた。

副院長が言った。

「どうやら安静を要するのは、黒木君の方らしいな。犬飼君、〈六号〉を部屋にかえしてくれ。金田さんは廊下で待っている警察の方を入れてくれ」

黒木が正気に返ったのは隣室の長椅子の上だった。傍にみつ子が、青い錠剤と水のコップを持って立っていた。黒木は鎮静剤を水で流しこんで、腫れあがった頰をおさえた。あの時、黒木に殴られてふり向いた〈六号〉の異様に兇暴な眼の輝き、そして、その表情にあらわれていた嘲笑めいた感情、憎悪の次に黒木に訪れたものは、鞭で威嚇される幼児の恐怖であった。反射的に身を引いた時はもう遅かった。〈六号〉の強力な一撃は、したたか黒木の頰にとどいていたのである。

思いだしたようにしのび笑いをもらして、みつ子は言った。

「あの人、きのう立ち聞きしていたんだわ、ああ見えても芝居気たっぷりなんだわね」

「うるさいな、出てゆけ」

「出てゆきますとも。ただひとこと、あなたがふらついて、わたしが抱えてあげた時のことよ」

「うん、君は見かけによらず力があるんだね」

「どういたしまして、実は薪割ひとつできないのよ。あなたは離せ、離せと喚いたわね。わたしを突きとばそうと思ったら、できたはずなのよ。わたしって力が無いのですもの。その気になれば、あなたは、自分でわたしの腕をふりほどく事ができたのに、赤ん坊のようにもがいているだけ」

みつ子はまた、笑いをこらえようとして、苦しそうにからだをよじった。

「その気になりさえすれば、あなたはふりほどくことができたのに」

「出てゆけといったろ」

「漸くわかったわ。あなたは大連の思い出を独占しておきたかったのね。あの男を殴ったのは憎悪というよりは嫉妬なんだわ。それにしても完璧だった。〈六号〉は一筋縄ではゆかない曲者なのね。まだ〈六号〉を憎んでいる？　そうではないでしょう。もうみんな終ったのよ。なぜって、あなたが殴って、〈六号〉が殴りかえして、あいこなんですもの。それにあなたの〝大連〟ターリエン？　それともダルニイ？　どちらでもいいわね、それは秘密にしておけないわ」

「秘密にしていたわけじゃない」

「そんな意味じゃないのよ、わたしが言いたいのは。大連は誰のものでも無いということにあなたがそろそろ気がついてもいいと思うのよ。あなたは〈六号〉を憎んで殴ったわ。しかし、〈六号〉が大連に生まれなかったという証拠でもあるの。いつかあなたは言ってた。〈六号〉が港の話をしていたと。踏板を渡って荷積みをする仲仕の話。そこが大連であってもいいのじゃない。その気になれば、あなたは、大連の呪縛から自由になることができるのに、あなたはいつまでも母親の乳房にすがるように、故郷のイメージにしがみついているのだわ。あなたはたしか、ホメロスを読んでいたわね。オデュッセイのどこが面白いの。わたし十ページ読んで退屈したわ。現代のペネロペイアは気が短いですからね」

みつ子は鎮静剤の残りを黒木に渡し扉の所でふりむいた。

「それしきの打ち傷でまだ寝ているつもり。あなたの勤務時間は終っていないはずよ」

黒木は、おぼつかない足どりで副院長室にはいり、度を失った最前のふるまいを詫びようとしたが、刑事達に囲まれて質問責めにあっている副院長に気づいて、看護夫の控室にまわった。そこでは看護夫達がテーブルの上の一枚の写真をのぞきこんで、似ている、似ていない、と口々に言い争っていた。それは正面を向いた男の顔で、昨年、東京の品川で、一家四人を殺し、金を盗んで逃げた犯人の全国に指名手配されたモンタージュの写真であるという。駅の待合室や、バス停留所の壁に貼ってある〃凶悪犯人総合手配書〃と同じものをひろげて、金田看護夫は黒木に言った。

「黒木君は、〈六号〉の担当だったから、われわれより見分けがつくのではないかな。この手配書は〈六号〉をひいた警官が、今朝届けてきたんだ」

大野高人（自称）当時、自動車修理工、32歳、殺人、窃盗、放火、死体損壊、左右どちらかの腕に刺青あり骨格逞しく筋肉質、身長百七十センチ腕力あり多少東北弁の訛りあり昂奮すると吃る癖……

黒木が黙っていると、犬飼看護夫が口を開いた。

「警察で、〈六号〉をひいた当時、念のため、写真と指紋をとったそうだ。それを、警視庁から別の用件で出張して来た刑事が、偶然、目にとめたわけだな。モンタージュ写真に似ていると思って、指紋を照合したところが、犯人が勤めていた修理工場に残っていた指紋はぼんやりして不完全だし、三週間前に撮った写真は、当人が骸骨さながら痩せ細っていたから、モンタージュ写真とぴったり符合するかどうかきめてにならないのだよ」

モンタージュ写真は、証言に基いてそれらしい男の眼や唇の形を寄せ集めて作りあげたもので、死人よりも一層、死人に近かった。黒木は、記憶にある〈六号〉のイメージをモンタージュ写真の上にだぶらせて、類似点を得ようとしたが、つい先刻、殴りあいまでした男の印象が奇妙に稀薄で、いたずらにモンタージュ写真の方が濃厚な死の匂いに包まれて黒木に迫るのである。自分は、みつ子が言った通り、あの瞬間〈六号〉を憎んだ、と黒木は考えた。みつ子はそれを嫉妬だといったがそうかもしれない。〈六号〉が黒木の言葉を正確に再現してみせた時、黒木は、貴重な財産を突然盗まれたように感じたのだった。あの時、〈六号〉に抱いた熱いタールのような憎悪は今はまったく黒木の内から消え去っていた。黒木はそれを五、六錠の鎮静剤のせいだとは思わなかった。心ひそかにはぐくんでいた故郷のイメージをみじんに砕いてくれた〈六号〉にむしろ感謝しても良いくらいだ。彼が兇悪犯人であろうとあるまいと。自分は孵りもしない卵を抱いて暖めていためんどりだ。〈六号〉に殴られて意識を失う瞬間、自分は闇の夜を切り裂く稲妻のような光を見なかったろうか。ありもしない土地を求めて、なんという長い歳月を自分は空費したことだろう。黒木はあてどのないうろつきもこれで終りだとわかった快い安らぎをおぼえた。なんという俺は阿呆だ。黒木は低い声で、とめどなく自分にむかって悪態をつぶやいた。

黒木は、副院長室に戻って、自分のどたばた騒ぎを詫びた。副院長の話では、刑事達の間でも〈六号〉を手配の犯人とする者としないものに意見が分れたそうであった。結論は、犯人が兇行直前まで働いていた品川の自動車修理工の連中に面通しさせることになった。護送の手続もあるので、明日の朝まで預っておいてもらいたい。室外へは絶対に出さないこと。

〈六号〉の監視に残った巡査は、事故の夜彼をひいた男であった。彼は、〈六号〉が犯人であることを一人ぎめして、大手柄をたてたようにはしゃいでいた。

鉄格子の窓をこわして、〈六号〉が脱走したのは、その夜であったが、二時間毎に見まわりに来て、ドアののぞき窓から〈六号〉の寝姿を確かめていた巡査は、映画で脱走囚人がして見せる毛布の下の人間の姿に似せた布のかたまりにまんまとだまされたわけであった。逃走によって、〈六号〉は自分が手配中の犯人であることを、警察と病院側に決定的に印象づけてしまった。

「追われる者は、勘が鋭いからねえ、あんたと殴りあったのは、廊下に立っていた警察の面々に、きちがいらしいふりを見せたかったのだと思うな」

犬飼看護夫がしたりげに言った。黒木はしかし、〈六号〉が逃げたことが、かならずしも犯人を意味するとは思えなかった。偶然が時には重なることがあるものである。廊下の物陰から、のぞきこんでいた男達を、警察の者だと、どうして判定できたろうか。〈六号〉が、健康が回復しだい、まえまえから脱走を計画していなかったと断定できない。その点では、他の看護夫と違って、黒木は副院長と同じ意見であった。

院長が、東京の学会から帰って来た。事件の一部始終を副院長から聞きとると、その男と同一人物かどうかわからないけれども、と前置きして、学会に集まった医師の一人、静岡のある病院長の話を紹介した。

その男は夜ふけ、国道に倒れていて、トラック運転手に発見され、数日後、病院で意識を回復したものの、ひんぱんにてんかんの発作をおこし、病院の看護婦はおろか医師すら寄せつけないので、その精神病院に送りこまれて来た。その男は、〈六号〉同様、過去の一切について口をつぐみ、二か月後、病院事務室の金庫から金を盗んで逃げたという。

「その男の左手の小指は切れていたでしょうか」

黒木がせかせかと質問すると、

「何もきわだった特徴は無いようだった。常習犯という者は、病院で味をしめると、専ら病院をねらうらしい。現にしばらく経って同じ男に横浜の病院がやられたそうだ。その医師が何かと容貌を説明してくれたが、平凡なもので記憶に残らなかった」

黒木は、静岡の事件の犯人と、〈六号〉とはまったく別人だと院長に言ってもらいたかった。品川の殺人犯と静岡のこそ泥とも、〈六号〉が無関係であったことをなぜか信じたかったのである。

副院長の才木博士は自分の診断による医学的観点から、〈六号〉を一種のパラノイア患者だと解釈していたが、黒木は副院長と立場こそ異れ、〈六号〉の心に病める部分のあったことを信じていた。

故意に記憶喪失を装い、自分の出身地を函館、横浜、神戸と次々に列挙し、その他大連でさえ精通しているかのようにふるまうことこそ、本当に故郷を持たぬ男のしわざではなかったろうか。

「どうする」

副院長が黒木にきいた。

「何の事です」

「院長が帰って来たからには、君が病院を正式にやめるかどうか、はっきりさせることができる」

黒木はすっかり、自分がやめたいと申出ていたことを忘れきっていた。

「看護夫助手の欠員の件ですが」

「補充は、当分あてにできないだろう」

「昨夜、みつ子さんと話しました。病院の近くに空いた部屋があるので、二人で借りようと思うのです」

副院長は、分厚い眼鏡の奥の、少しとびだし加減の眼を瞬きして黒木にたずねた。

「その部屋から海の、水平線が見えるのかね」

見えなくてもいいのです、と黒木は答えた。

狙撃手

昼の訓練に出はらった他の中隊の建物へ、足をふみこむのは勇気がいる。

そこはまず寝台の配置がちがう。掃除具の定位置、武器庫の場所がちがう。床板を塗った油の量のわずかなちがいが、屋内の空気の匂いを完全にかえている。それだけでもここが自分の中隊ではないことを告げるのに十分だが、更に五、六人の訓練に出かけなかった見知らぬ男たちがいる。

KP、事務室勤務、休暇、病気の面々である。彼が寝台列の中央を通るとき、腕の金筋の数にすばやく目を走らせて、自分たちより低い階級の者だとわかると、はじめのけげんそうに怯えた表情を、露骨にうさん臭い顔にかえる。何しに来た、早く出て行け、と言わんばかりである。

日奈高雄は、どこの中隊にもきまってこうした五、六人が、なんらかのもっともらしい口実をこしらえては、だらしなく徘徊しているのを、半ばやりきれなくも思い、半ば感心もした。枕から顔をもたげ、うす目をあけて執拗に彼の行動を見まもっている寝台の男の毛布は、体温と汗でむされてさぞ暑苦しいものだろう。想像するだけでも彼は不快になった。

中隊事務室の扉を叩いて彼は叫んだ。

「第一中隊、日奈一士、競技用ライフル受領に参りました」

自分にそそがれてからみつくような視線を、全身でふりはらう気構えで彼は、室内でもっとも上級らしい三等陸曹の前に立ち、敬礼した。

「お前ひとりで来たのか、先任陸曹か、せめて武器掛陸曹くらい同行してもいいじゃないか。本来なら中隊長同士の立ち会いがいるんだが、まあ仕方がない、銃はこれだ」

日奈は小銃を受取った。左手でそれを支え、右手で槓桿を引いて、鈍い灰色に光っている薬室の内部をのぞき、ふたたびそれをもどして引金を落した。両手で支えた時から全銃身にくまなく手入れのゆき届いた良いライフルであることがわかり、自分はこの小銃にうまく馴染むだろうという予感がした。日奈の一挙一動を注意深く目で追っていた三等陸曹が言った。表情が少しやわらいでいる。

「癖のないライフルだ。零点規正も済んでいる。大事にあつかえよ」そうします、と日奈は答えた。

「さっき、お前は、受領に、と言ったが、あくまでこれは連隊の射撃競技のための一時的な貸与だからな、かんちがいしてはいけない。競技が終ったら前のように手入れして返してもらう」

日奈は三等陸曹の名札を読んで答えた。

「わかりました、郡司三曹」

机についてこれ以上ゆっくりとはやれない速さで日報を綴じていた陸士長が訊ねた。

「ところで、お前どのくらい撃つんだ」

日奈はためらった。彼の中隊長は、たずねられたら答えてもかまわないと言ったが、さすがに三か月前の凡庸な点数を告白するのは、はばかられた。かといって現在の記録は公認のものではない。

「二級」相手の表情が驚きにゆがんだ。執務中の他の三人が笑いだした。

「ざらに居る二級射手の腕で連隊競技に出るとはね。うちの中隊だって一級も居れば特級も居る。この俺だって以前は一級を撃ったもんだ」

「お前、入隊はいつだ」

「今年」

「そうすると、一選抜だな」

その声が聞えないふりをして、小銃を手に扉をひらいた。口調にはねばりつくような響きがあった。この男、士長に昇進するまでに苦労したな、と日奈は考えた。

「どうしてお前みたいな下手な射手が決ったんだ。わが大隊も落ちたもんだな。内務の成績が良けりゃ、ライフルもうまかろうってわけか、いやこれには参ったね」

「少しくどいぞ、花山士長」

郡司三曹が陸士長をたしなめておいて日奈に言った。

「日奈一士、帰ったらお前んとこの江上に小銃は頼んだと伝えろ。そう言えばお前のライフルはいったいどうしたんだ、故障か」

「撃針を折りました」

書類から顔をあげずに、さっきの士長が毒づいた。「へまをしでかしやがって」

「お前のあつかい馴れたライフルでなけりゃ撃ちにくかろうに。競技の日までに一週間しかない。急には他人の小銃を撃ちこなすわけにもゆくまい」

「自分の銃でなければ撃てないということはありません、それに」

日奈は右手で銃把を、左手で銃身を握って郡司三曹の方へ軽くささげて見せた。

「かなり良いライフルらしい。直感でわかります」

「それは結構、だが撃針は折るなよ」


日奈は自分の中隊に戻ると、寝台の上に個人用天幕をひろげ、借りて来た小銃を注意深く分解してならべ、部品をひとつひとつ手にとって眺めた。今のところ塗油の必要はなかった。多からず少からず、すみずみまで手入れの油はゆきわたっていて、どの部品にも砂粒ひとつ、糸屑一本すらなく、持主の性格を表している。まったく小銃というものは、主人の人となりを鏡のように反映するものだ、と日奈は考える。必ずしも部品の細部まで憑かれたように磨きあげるのが、良い手入れとは言えない。

はじめて銃を与えられた男にかぎって、そうしたがるのだが、やがて手入れに念をいれるべき箇所と、いちおう、埃をぬぐって油を軽くぬっておけば良い箇所のくべつがつくようになる。わずかなちがいだが、日がたつにつれて銃床がろう細工のように艶やかに光る小銃があるかと思えば、照星の部分に不精な埃を付着させた小銃もあらわれる。銃腔内の輝きもちがってくるようである。男たちは銃床にきざまれた無数の傷や、黒い銃身の剝げかけた塗料の模様に精通するようになる。銃も人のように、個性を持つらしい。

ある夜、日奈たちは負革に縫いつけた名札を裏返して分隊員のライフルを床にならべ、それぞれ自分の銃を勘でえらんだことがある。六人があて、三人が失敗した。もっとも残りの三人が、はじめから三挺の小銃を前にえらんだら間ちがわなかったろうと、日奈は考えている。

背後に靴音をきいて彼は立ちあがった。

「江上三曹、四中隊の郡司三曹とは知りあいですか、このライフルはまかせたとか」

「郡司敏郎、陸曹教育隊で同期だった奴だ。彼も良い射手だったよ。一級を撃ったこともあったな、この銃は競技用のか」

江上三曹は天幕の上に置きならべた部品の中から遊底をとりあげ、右手でその重さをはかるようにしながら専門家の目で眺めた。

「われわれの大隊で、いちばん命中率の高い銃だ、これは。去年の射撃競技でもこれを使った」

「すると郡司三曹が」

「いや、お前の知らない都築という士長、郡司の親友だったんだ。俺はちょうど射場で弾薬係をしていた。郡司も都築も俺同様、士長だった。おい、構うこたあねえ、分解しちまえ、そこは大隊で俺よりも詳しい奴は居ないんだ。見ててやるよ」

日奈は火器要員の許可がなければ禁じられている精密な引金部分を分解し始めた。

「都築をえらんだのは中隊長なんだ。四中の記録射撃を望楼から眺めていて、都築に目をつけた」

「そんなにうまい射手だったんですか」

「とんでもない、せいぜい二級の上というていどだった。お前なみだな。ただ射撃姿勢と、標的に残った弾痕のばらつき具合から、素質があると認められたんだな。他の一級や特級をさしおいて都築がえらばれたのは、中隊長にそういう発掘趣味があるんじゃないのか。都築だけじゃなくて、二級から中隊長の訓練よろしきを得て特級にあがった射手も二、三人居るという話だ。お前もその口だと思うな」

「事件というのは」

「大隊対抗の競技までに四週間あった。直接指導したのは中隊の先任一曹だが、中隊長も日に一度はつきりで鍛えたもんだ。めきめき上達したよ。えらばれただけのことはあったんだ。彼は競技の一週間前には、三百ヤードの標的に十発全部を撃ちこむことができた。中隊長も都築の奴も、まんざらではない顔だった。競技当日はもっと調子が良かった。強敵と噂された五中隊の特級射手は、さすがに最後まで残ったけれども、都築ときたらおそろしい程の命中率で、黒点をはずれた弾はあっても標的の円の外に出た弾はなかった。人間わざとは思えないくらいだった。ところが最後の一発がいけなかったんだ。俺は弾薬置場に居たから詳しく見たわけじゃないが、郡司は彼の助手だったから知っていると思う。なぜ最後の一発を撃つのをためらったのか、それまでは最高点だった、五中隊長の何とかいうやり手を、優に五十点は引きはなしていた。射線に立つのはとうとう奴一人になり、望楼の幹部も待機線の安全係も準備線の弾薬係長も彼のぶち抜く標的を見あげている監的壕の中の電話手も、連隊一の名射手の誕生を待っていたんだ。

その一発を撃ち終ると、連隊創立以来の優秀な狙撃手になれたはずだったものな。都築の奴、そのとき何と思ったのか、小銃をかまえたまま空をぼんやり見あげたんだ。標的を見、空を見、しばらくそうしているうちに銃口を不意に空へ向けて引金を引こうとした。誰が見ても奴は空を撃とうとしているのだとしか思えなかった」

「どうしてです」

「わかるもんか。誰だってなぜか知らない。今でも。その時、望楼の中隊長が手すりを叩いてどなりつけた。〃都築士長どうした〃郡司の言うには、奴の肩がびくっと動いたそうだ。ちょっとふり返って望楼の上を見あげた都築の顔を見て、郡司はいやな感じがしたと言っている」

日奈は用心金の翼状部の孔を安全子の駐子孔と一致させ、右手で撃鉄止めがはずれるようにした。挿弾子蹴子をはずしたら分解は終る。

「火薬の煙でうすぐろくすすけた皮膚に血の気がまったく無くて、そのくせ目が妙に血走ってつりあがり、銃床をかたく頬におしつけるものだから、変な白っぽい痕が顔にできていたそうだ。中隊長が怒ったの何のって。二度目にはこうはげしく呼びかけた。〃陸士長、都築義人、どうした〃奴は厭々ながらそうするように銃をかまえ直し、撃った。黒点には当らなかったが、外側の円のすれすれの所に弾痕が残った」

「良かったですね」

「良くはなかったんだ。それからがいけなかった。競技の終るまでは外出を、ちょうどお前のように禁止されていたから、その晩は四週間ぶりに町へ出た。ところがバーというバーで酔っぱらって、航《く》空《う》のきざな連中に言いがかりをつけて、なにしろこちら二人だろ、郡司がついていたんだが、相手は五人、バーはフライトとかいう航《く》空《う》の奴ばかし行く気取ったとこよ。巡察に踏みこまれなかったら半殺しにされたろうな。連隊長からさずけられた優勝記念の銀バッジは、〃福松〃のおけいちゃん、知ってるだろう、あれにくれてやったそうだ。〃あら、いいわね〃って。郡司があわ喰って翌日取りかえしに行ったけどな。それから門限をきる、無断外泊、立哨中の居眠り、一選抜で昇進してきた律儀な模範隊員が乱れに乱れてとうとうやめちまった。勤務中ずらかって町で一杯やるなんて懲戒免ものだが、それまでの成績をかわれて依願免職ということだ。中隊長も尽したそうだ。そう、親指を逆鉤にあてて、前へ押すのと一緒に引金を引くんだ。そう、引金ピンの孔をあわせて、左を……」

日奈ははじめて引金室部のむずかしい特別分解と結合に成功した。

「都築士長の気持がわからない。緊張しすぎたのがいけなかったのだろうか。ただの一発じゃありませんか。ぐずぐずせずに撃ちこめば良かったのに」

「誰でもそう言う。俺だって同感だ」

江上三曹は結合した引金室部を手にとって点検し、また天幕の上に戻した。

「誰か来たら、俺は大隊警衛を下番したばかりで昼まで寝ていると言ってくれ。めったなことでは起すなよ。明日から引続いてお前の射撃訓練の仕上げをする。B射場でなくてクシベツのE射場を使って良いという許可がおりたのを知ってるか。中隊長がしっこく運動したらしい」

「ところで都築士長の中隊長は誰だったんです」上衣を脱ぎかけたまま、江上三曹は驚いたように目をみはった。

「知らなかったのか、新田一尉。今はうちの中隊長よ」

かしわと栗の林にかこまれたクシベツE射場は、火山灰が堆積した砂鉄色の台地を切りくずして、その崖ぎわに監的壕を掘ったものである。道路は林の中を幾度も沼地を迂回して続いていた。国道の近くにあったB射場とちがってここには十五榴の牽引車のかまびすしいキャタピラーの響きも、砂まじりの突風にまざった戦車の噪音もなく、心ゆくまで静けさにひたって射撃に専念することができた。銃口からほとばしる銃声が異様に大きく響いた。競技が昨年のようにこの射場で行われるとすると、場慣れするためにも好都合なのである。すでにその日は明日にせまっていた。

北方の短い秋の刺すような光線が充満している射場で、日奈は標的の距離を三百にとり、あるいは四百にとり、確実に連続して命中弾を与えることができた。過去四週間の訓練で一級射手の能力は日奈のものになっていた。しかし、射手たちはほとんど特級か、それに近い腕の者がえらばれるから安心はできない。

午前中は江上三曹と共にE射場の外縁、うす墨色の砂原を走ったり、体操をしたりした。汗はすぐに乾いた。午後はもっぱら、照準と射撃の訓練に費されたが、照準練習具を使う必要はもうなかった。二百ヤードから日奈は標的の予期した箇所に弾を撃ちこむことができた。三百ヤードはなれて三・六インチ直径の黒点に命中させるのは自由だった。

郡司三曹から借りた小銃は、直感通りむらのない弾痕を標的に残した。〝癖のない、いい小銃だ〟と彼が告げたのは事実だったのである。固すぎもせず、柔かすぎもしない引金のしなやかな鞭のような弾力が日奈をよろこばせた。呼吸をとめて、照星が標的の中心に吸いつくように定まったと見える瞬間、力をこめた指に敏感に反応する引金が日奈を昂奮させた。

目をとじて狙っても、この小銃は正確に銃口を標的に指向させて動かないようであった。一度として彼は疲労を感じなかった。午後二時を過ぎると、太陽がにわかに色褪せ、光線がかげった。林のところどころにひろがる泥炭地のたまり水が、この時刻になると霧のようなものに変って、射場の方へ漂ってきた。空気が急速に冷えた。

それをしおに江上三曹は射撃をやめさせ、望楼のかげで銃の手入れを命じた。分厚く重なった射撃記録表をめくりながら、思いだしたように江上三曹がたずねた。

「お前が警衛勤務や不寝番を免除されていることで、他の仲間がぶつぶつ言ってるという噂だが、どんなふうにきり抜けてるんだ。気まずいもんだろう」

「連中の文句にいちいちかかずらわっていては、何にもできやしない。不寝番や歩哨に立つのを苦にしているわけじゃないんですよ。彼等と同じ勤務をしたからといって、腕が落ちるとは思わないが、勤務を免除したのは中隊長でしょう。隠れて連中の言いなりになったら中隊長が怒るにきまってる。面倒を起すのがおっくうなだけです。どうせ競技がすめば、人の二倍は立つつもりだし、中隊長もそう言っていた。いやがらせは我慢して今は競技に優勝するのが大事だと思うんです」

「そうか。なら、いい。俺が連中に口をきこうかと思っていたんだ。しかし、そういやあ、もう明日だな」

日奈は、洗滌ブラシをせっけん水にひたして銃腔の煤を洗った。ていねいな分解手入れは帰隊してすることになっている。

「きのう、四百ヤードで撃った時、修正量をとったのか、右寄りの風が強いと妙に弾着が動揺するようだ。記録で気がついたんだ。今のところ、たいしたぶれじゃないが」

「自分もそうです。はじめは修正なしで三発、次に半量修正で三発、撃ってみました。三時の風でしたね。欠点と言えば言えるでしょうが、別の銃だったらもっとぶれがひどいんじゃないんですか」

江上三曹は記録用紙を紙ばさみにとめて立ちあがった。

「お前の言う通りだ。じゃ、帰るとするか」

二人は射場の表門へ向わずに、標的の背後の急峻な崖をよじ登り、そこから駐屯地の方へゆるやかに起伏している林の中へはいって行った。E射場からの帰路を林の道にえらんだのは日奈の提案である。理由もきかずに江上三曹は許したけれども、若し、なぜときかれたら日奈は説明に窮したろう。道路を歩けば演習場へ往復する大型トラックや装甲車の群があった。車輛の上からそそがれる無数の視線、ときにはおせっかいな運転手がトラックをとめて乗れという。断わるわけにもゆかず後からはいあがると、退屈した兵隊の質問、「お前はどこの部隊だ？　出身地は？　鳥巣って男を知らないか？　今度の機動練習にお前の部隊はどこへ行くんだ。へっ、うめえことしやがって」

　林の中ではそれがなかった。日奈は江上三曹が何かつぶやいているのに気づいた。

「二列に並んで前列が心臓、後列が額の中央つまり……十ヤードくらいの近距離で撃つらしいな」

「いったい何のことです、江上三曹」

「急に思いだしたんだ。この前うちの先任が支那事変の時、八路に寝返った通訳を処刑した話をしたんだ。いやな気分らしい、そんな近くで人を撃つのは。命令といっても」

「酒田、一曹」

「そう、あの人だ。昭和二十年、山西省の何とかいう田舎でのことだ。現役の一等兵だったそうだ。先任は後列に立って、はじめは狙いをはずして撃つつもりだった。十人撃てば一人くらい的をはずしてもかまわないだろうと考えたんだな。撃て、と言われた瞬間、死刑囚の眉間から照準をはずして撃っても、指揮官には悟られないだろうと思ったんだが、その時になったらあっけなく目と目の間を自動的に撃ち抜いたという事だ。兵隊の本能かも知れない。あとできくと他の九人もそう考えていたそうだ。そして失敗した。いや、結局、射殺したのだから、成功したと言うべきかな」

「すると十発、もろに撃ちこまれたってわけですか。痛みを感じる瞬間もなかったろう」

「いや、中には本当にまずい奴がいて、目をとじたまま撃ったために一発はずれていた。それでも九発、心臓と額にうけてみな、考えようによっては楽な死に方だ。もっとも俺はそんなふうに殺されたくはない」

「十ヤードではずれるなんて、よほどどうかしてるんですね」

「度胸をつけるために撃たされたんだろうが、まったくどうかしている」

槲の幹に日奈の肩があたると茶色の枯葉が降った。あつく散りしいた葉や柏の枯葉を、二人の靴が踏みしだいた。それは薄い褐色のガラスのように砕けた。日奈はゆっくりと落ちてくる枯葉を、右手で支えたライフルの銃身で軽く叩いた。葉は一瞬、落下をためらうように銃身をめぐって空に漂い、そして土の上に落ちた。日奈はライフルの銃把を片手で握り、舞いおりる枯葉を鳥に見たてて、狙い撃つ真似をした。

足音に驚いて枯葉の下から、野うさぎが不意に走り出すときがあり、そうすると日奈はやはり右手だけで小銃をかまえて野うさぎの尻を狙った。梢の上を渡り鳥が雁行して飛ぶのを発見すると、日奈はさしあげた小銃の先端でそれを数えた。木洩れ日は林の中を明るくした。紅葉した雑木の葉を透して斜めにさしこむ日光は、空気を炎のようにはなやいだ色に染めた。

日奈は腕が疲れると銃をさかさにかつぎ、大股に風倒木をまたぎながら、低く高く起伏している林の中を歩いた。いつの間にか、うしろに居るはずの江上三曹との間がへだたり一人だけになっていることがあった。日奈は檞の幹によりかかり、風もないのにこやみなく落ちてくる枯葉をあびてたたずんだ。三等陸曹の足音が近づくと、彼は檞の幹から背を離し、ふたたび躍るような大股で、軽く口笛を吹きたい気持をおさえて歩いた。

日奈は自信があった。肩にさかさにかついでいる小銃は彼の血が通っているもう一つの腕だった。誰よりも軽く自在にあやつることのできる腕の延長だった。資格審査の際、ありふれた二級射手の彼にしてみれば、中隊長に射撃能力を高く評価されたのは、意外の一語につきた。素質があると言われてもはじめは半信半疑だったのである。あの時、拾いあげられなかったら、今ごろ、自分は日々の単調な日課を陰気に遂行しているだけの平凡な男になっていただろう。彼は中隊長に感謝しても良いと思った。

木々の間から見え隠れに、低いなまこ型の隊舎が現れるようになった。傾斜の高まった所で林は尽き、目の前に有刺鉄線をめぐらした部隊駐屯地がひろがった。江上三曹はまた背後におくれてしまった。日奈はえぞ松の倒木に腰かけて彼の近づくのを待った。

泥炭の湿原と砂鉄色の平原に、暗褐色の隊舎はちらばっていた。平野の所々に低い灌木が枯れていたが、それは野火がこがした黒い草原の燃え残りに似ていた。地方人、と兵隊が呼んでいる人間たちの町まで、バスですら小一時間はかかるこの地帯の荒涼とした自然が日奈の目を楽しませた。有刺鉄線の近くにアパートとか布団を干した人家の見えないのがありがたかった。殺伐な心の状態では、人間の生活した跡が無い原始的な平原の眺めが慰めになった。

「やけに急ぐんだな、まだ時間はあるじゃないか、何か用でもあるのか」

ようやく追いついた江上三曹が顔の汗を拭いながら訊ねた。

「ふつうの速さで歩いたつもりですがね」

「お前、いくつだ」

「五日前が二十の誕生日でした」

日奈は小銃を持ち直して正規のかつぎ方に変え、上衣のボタンを全部かけて江上三曹の左に並んだ。二人はすべりやすい砂を踏んで丘をおりていった。

その朝、日奈は目醒めて外に出ると、まっさきに空気の匂いを嗅いだ。鼻孔の粘膜に感じられる空気の冷たさ、湿り工合、風の動きとその速さに、彼は獣のように敏感になっていた。前夜、団本部の気象班が雪を予報したのはあたらなかった。雲量は空の半ばを覆うほどだったが、雪を暗示する暗さはなく、太陽は秋の最後の焔のように男たちの頰を染めた。

空気には、日に暖められた枯葉の鋭い香りがあった。気温は低く、上衣の下に薄いシャツ一枚しか着ていない日奈は、しばらく考えた末、そのままで通すことにした。昼になれば気温もあがるだろう。なまじ重ね着をして風邪をひいた苦い経験をふたたび味わいたくはなかった。しかし、靴だけは念入りに油を塗りこんで革を柔かくしたとっておきのものにはき替えた。膝撃ち、坐り撃ちともなれば革の固い靴は姿勢をきゅうくつにするのである。

連隊本部に到着したのは、日奈と江上三曹のチームが最後だった。連隊長は射場に出発する前に叩きつけるような早口で短い演説を試みた。

「多段式大陸間弾道弾ならびに熱核兵器の驚異的発達にかんがみ」日奈はあっけにとられた。何を言いたいのだろう。

「早晩、歩兵の役割は消滅するだろうと軽率に断定する者はわらわれるべきである。世界の軍事専門家は、いかなる兵器の開発を見ても、最終的に戦争を決定するのは歩兵であるという点で意見の一致を得ている。終戦以来ここに十有余年、平和は民族の悲願であるが、現実は苛酷である。世界に局地的紛争のやむことは無く、力の衝突は依然として避け難い事は昨年のスエズ・ハンガリー動乱が証明している。諸氏は歩兵中の歩兵、すなわち普通科の華であるところの優秀なる射手である。日頃、練磨した射撃の腕を本日は遺憾なく発揮してもらいたい。終り」

「連隊長に対し、かしら、中」

長身痩軀の一等陸佐は、優秀な射手たちを射るような目でにらみ返して、答礼にあげた右手を、力強くナイフを投げるようにおろした。彼らはめいめいの小銃をかかえ、トラックに乗りこんでクシベツE射場へ出発した。

射場では、監的壕の上に吹流しが立てられ二マイルほどの（と日奈には感じられた）弱い風に持ちあげられ力無くはためいていた。この程度の風速では、たとえ三時の風、つまり右九十度の風でも弾道に影響を与えない。望楼の射場指揮官が拡声器で命じた。ちょうど十時だった。射手たちは一列にならんだ。

「弾を込め」日奈は八発の挿弾子を薬室に装填した。

「右かた用意」

「左かた用意」

「射線用意」

撃て、の命令の代りに号笛が短く鳴った。さすがにえりすぐった射手たちだけのことはあって、百ヤードの近距離では失格者は居ないようだった。日奈は自分の標的の下から、白い示点桿が命中箇所の中央黒点を指すのを、当然のこととして確かめながら引金を引きつづけた。五点、十点、十五点……日奈は頭の中で集計していたが、すぐにやめた。江上三曹の他に記録係もいるのである。しかし、それは幾分あがり気味であった日奈の気持をしずめるのに役立った。昂奮はしていないつもりだったが、やはり当日ともなるとかたくなっていたのだ。肩に銃床の反動を幾度かうけて彼は我にかえった思いがした。この時、初めて彼は、中隊からえらばれた射手として、射場に立っているという実感を味わった。日奈はやや、落着いて冷静になった自分を意識した。

彼らが二百ヤードの射線に移ってざわめいていた時、列のはずれで叫び声があがった。射手たちはいっせいに声の方を向いた。右手に白い布を巻いた男が支えられて射線からおりた。救護車が走ってきた。熟練した射手でも、あがっているとごく初歩の失敗をするものである。事故をたずねてみないでも日奈には分っていた。槓桿を十分に引かずに親指を遊底でつぶしたのだろう。誰しもあるていど、昂奮しているのだ。「弾を込め」事故に目もくれない仮借のない口調で射場指揮官の声が拡声器を通じて響いた。

「右方用意」

「左方用意」

「射線用意」

号笛が鋭く鳴った。彼らは引金を引いた。吹流しがわずかに揺れ、銃口からふきだす硝煙がさっきより少し早くうすらいでいった。風が起り始めたらしいが、まだこの風力では照準を修正する必要はない、と日奈は判断して立撃ちで九発、伏撃ちで九発、五十秒以内で標的の黒点を撃ちぬいた。命中を知らせる白い棒を見る前に彼は自分の弾があやまつこと無く黒点に孔をあけていることを確信していた。

冷たく湿った空気が服の隙間からしのびこみ、皮膚を刺戟した。彼は朝、シャツを重ね着しないで良かったと思った。二百ヤードの射撃は間もなく終った。三百ヤードの射線にさがって、彼らは監的壕の準備が完了するのをしばらく待った。日奈は自分が起床以来、それは射撃を始めてからますます強くなったが、冷静に構えている自分の心のある領域で意識できる程にはかすかに昂奮しているのを、認めないわけにはゆかなかった。

優勝して銀バッジを獲得できるかどうかという懸念から心がたかぶるのではなく、すでに自分はなみいる射手たちよりぬきんでていて、誰よりも正確に標的を撃ち抜いているのだ、だから優勝はこの小銃のずしりとした重さのように確実に自分のものになっているのを人が知らないだけだ、という快い自負が日奈を酔わせた。あとに控えた四百ヤード、五百ヤードの射撃は、優勝という風景画に、ちょっとした刷毛の一塗りを加えるだけである。日奈には自信があった。

空には次第に雲が乱れ飛び始めたが、風は一向に強くならず、彼はややもの足りなさを覚えた。弾を渡してくれる江上三曹の言うところでは、あきれる程の命中率だそうである。

「電話手が言ったんだが、お前の標的を見て監的長がたまげていたそうだぜ」

教えられないでもそれは分った。射撃が次第にまばらになり、一同が銃をおろして息を入れた頃、最後の一発がものものしく鳴った。誰かが声をたてて笑った。日奈は顔を向けなかったが、彼の左右の数人が惨めにかたくなったその射手を軽蔑するように鼻を鳴らした。

そんな態度も、自分は冷静でいるのだとわざとらしく誇示している風に日奈には思えた。射撃がやむと同時に陽が翳った。夕べの海のように風が凪いだ。僅かに浮きあがっていた吹流しが棒のように垂れ下っているのが見えた。撃つにはますます好都合になったわけである。彼らは四百ヤードの射線にさがった。

拡声器が各中隊の綜合得点と射手の成績を読みあげた。日奈は連隊で二位の地位を得ていた。一位だとしても驚かなかったろう。四百ヤードはほぼ三百七十メートルにあたる。四週間前は自信がなくて、射線を変えるたびに、それまで自分と標的とを結んでいた目に見えない線が断ち切られるように感じたものであった。首尾よく標的を射抜くには、自分の両眼の間と黒点の中心との間に、ひと筋の直線をそこがむずがゆくなるほど意識しないでは不可能だった。しかし、この日は四度、射線を変えても、黒点は百ヤードの時の面積を変えないようである。

かつては、標的に背をむけ、次の射線に移る時、標的はますます縮小し、そのひと筋の線はあっさりと消滅するような不安を感じたし、事実、消えてもいたのである。けれども今は自分と黒点とは離れがたく一本の線で結びついている、と日奈は考えた。雲がいっそう厚くなり、その上でぼんやりと灰白色に光っていた太陽のかげを薄くした。

「右方用意」

「左方用意」

「射線用意」

号笛が鳴る前に、日奈の右に居た射手が引金を引き、つられて一人、二人が撃った。

「落着けよ、なあ」誰かが舌打ちした。拡声器が苛立たしげに命じた。

「十五番、十七番、二十三番、失格、射線より後退せよ、ただちに弾を抜け」

「射線用意」

百ヤードの距離よりもかえって今が冷静に構えている、と日奈は思った。わずかに昂奮しているとしても、この場合、努力してしずめるにはあたらない。号笛が鳴り、彼は自信にあふれたひとしい間隔をおいて、つづけざまに標的を射抜いた。翳った陽が、空気を均質にし陽炎のために標的がゆらめかないのがありがたかった。気温はさがっているはずだが、冷気はさほどでもなかった。ただ、鼻孔の内側に、火薬の甘い匂いと、空気の刺すような湿り気を感じるだけだった。

さすがにこの距離になると、射線に居並ぶ狙撃手たちの数は、まばらになった。失格者たちは準備線までさがって、気楽さといまいましさの混った表情で同僚の射撃を見物した。日奈の記憶にあやまりがなければ、彼は射弾が中央黒点に命中したことを示す白い示点桿しか(それは標的の下に掘った監的壕の男がさしあげて命中箇所を教えるのだが)見たことはない。一度だけ赤の示点桿が黒点から僅かにそれた箇所を指したけれども、一点の差はとるに足りない。

「撃ち方やめ」

「安全装置」

「弾を抜け」

日奈は限られた時間内に、自分に与えられた弾を撃ち尽していた。あとは五百ヤードの射撃をあますのみである。最後の射線にさがった射手たちは、いちように沈黙していた。監的壕と連絡している電話手の声だけが、妙にかん高くうつろに聞えた。電話線は望楼にもつながっている。お偉方も射手たちの成績を逐一聴きおよんでいるだろう。日奈は何気なくふり向いた。意外な近さにそれはあった。もっとも百ヤードの射線から次第にさがってきたのだから望楼に近づくのが当然である。その上の中隊長たちは皆、日奈の方を見つめて、感心したように首を振ったり、手をあげて彼を指さしたりしていた。新田一尉もその中に見分けられた。望楼わきの台地からいつの間にか呼びあげられたのだろう。拡声器が金属性の噪音を前触れに、集計した成績を発表した。

「個人一位　第一中隊　一等陸士　日奈高雄。二位　第四中隊……」

射場の全員がどよめいたようだった。彼らの視線が四方から自分に集中するのを日奈は意識した。江上三曹がうわずった声で叫んだ。

「絶好のコンディションとはこのことだな、信じられない。おそろしいくらいだ。こんなことがあっただろうか」

その唇が紫色になり、顔が鳥肌立っている。「日奈よ、寒くはないか」

彼は寒くないと答えた。寒からず、暑からず、ちょうどいい加減だ。わきの下をくぐり抜ける風が快いくらいだ。五百ヤードにさがっていながら、標的はそれほど遠のいているようには見えず、目を閉じても自分と黒点との間には、一本の強い線が張り渡されているように感じられ、目を開けば吸い寄せられるように黒点が照星に近づいてくる。今、射線に立っているのは、ようやく十名あまりである。

「弾をこめ」日奈は弾をこめた。指を潰した射手の事故から、ずいぶん時がたったと思う。

「右方用意」

「左方用意」

「射線用意」

これらの号令はすべて自分にむけられている、と日奈は考えた。他の射手など、物のかずではなかった。号笛の代りに今度は人間の声が響いた。なんとなくそれは新田一尉の声に似ていた。

「撃て」

日奈は撃った。標的が滑車によって壕の中へ沈み、すぐにあがって白の示点桿が黒点をさした。彼の右に立った射手の標的は、赤の示点桿が黒点の外を指し、左の標的は黒点から三十インチそれた円すれすれの箇所を黒の示点桿が指した。そこは三点だ。命中しなかった射手の標的では弾痕不明を意味する示点桿がむなしく左右にふられた。五百ヤードに時間の制限はない。日奈は狙って撃ち、標的が引きさげられそしてひきあげられ、示点桿が黒点を指すのを見、また狙って撃った。そうするうちに日奈の内部である不安が、ちょうど日光が雲で翳るように、濃くなり始めた。この飽き足りなさと苛立たしさはどこからくるのだろう。誰よりもすぐれた腕前を誇ってもいいはずなのに、よろこびが無い。弾が最後の一発になった時、標的を双眼鏡で眺めていた江上三曹が囁いた。

「落着けよ、少し弾着が乱れ始めたぞ、標的に命中してはいるが、最後の一発がはずれなかったら完璧だ。いいか、今まで全弾命中なんだ。これを無駄にするな、すばらしい腕だ。あと一発で満点だ」

日奈はこのとき、不意に、昨年の事件、都築士長が空を撃とうとした行動を理解した。最後の一発にいたるまで黒点に命中させるほどの技倆を持ち、しかしその一弾を撃つのをためらった心理を彼は納得した。五百ヤードの黒点に命中させる技術を持つ者として、しかもそれを撃たず、空を撃てば、江上三曹は最後の一弾まで的にあてれば素晴しいことだ、と言ったが、別の意味でこれまた素晴しいことではないだろうか。日奈はこの発見に恍惚となった。彼は銃口を黒点からずらし、上へあげようとした。

「日奈一士」

間髪を入れず背後から中隊長の声が落ちた。日奈は驚いた。自分の心の動きを瞬間的に見透かされた、と思った。中隊長は望楼の上に立ち、やや、日奈の方へ身をのりだしていた。その顔には望楼の天蓋が影を落し、表情を暗くしている。目をこらしても、無表情の仮面のように白っぽい皮膚しか見えなかった。日奈は機械的に銃をとり直してふたたび標的を狙った。

しかし、最前の誘惑は依然として執拗に日奈をとらえていた。まず、残った一発は確実に的にあて得るという自信があった。風は無風状態に近いし、日光は目を眩惑させるほど強くは無いし、小銃の性能は申し分無いし、条件はそろっていた。それゆえ、最後の弾を標的に撃ちこむのは、飢えた獣のようになんともあさましい行為ではないか。最後の弾をむだに撃つのは、むだでは無くて、実はすぐれた狙撃手のぜいたくとして、あわよくば褒賞として許されてよいものではないだろうか、いや許されて欲しいものだ。都築士長もきっとそう考えたのだ。

「一等陸士、日奈高雄」

日奈は強情にふり返らなかった。今、あの時の都築士長のようにふり返ると、昨年の事件の退屈なくりかえしになる。中隊長は望楼の手すりをあの時のように叩いているだろうか。彼は黒点に指向している銃口をはずして一気に持ちあげようとした。ためらいは禁物、一呼吸でやっつけることがかんじんなのだ。わきの下を冷たい汗が流れ落ちた。咽がしきりに水を欲し、唇がかわいた。ライフルの重量が肩にこたえた。にわかに銃が重みをました。

どうしたことか、万力ではさんだように銃身が黒点からはずれないのである。腕は他人の腕のように、彼の意志に反してあくまで標的を狙った。こめかみの血管が激しく脈うち、心臓の不規則な動悸が耐え難く感じられた。日奈は思いあたった。狙撃手としては、いや狙撃手でなくてすら、ただの猟師でも、いったん銃を構えて的を狙ったからには、目標に命中させるのが善なのだ。

標的が舞い落ちる枯葉、空とぶ鳥、走るうさぎ、水をくぐる魚、怖れずに言おう、耕す農夫や髪の柔い少女だとしても、照準レンズの十字線にとらえたうえは、命中させるのが道理にかなったことであり、妥当であり、善なのだ。銃手として故意に狙いをはずすことは、言ってみれば悪なのだ。

四週間の訓練が自分の腕を他人の腕にした。そう、すぐれた射手とは、故意に標的から銃口をはずして撃てる者として、最後の一発まで命中させることができなくてはいけないのだ。ところが、自分は全弾、標的にしかもほとんど黒点にあててはいるものの（これも考えようによっては奇妙なことだ。人間らしく標的の外に弾がはずれることは無かったのだから）小銃を自分の思いのままにあやつることすらできない。連隊一の狙撃手、おそるべき優秀な特級射手は、自分の踏みしめていた固い地面が、もろい砂に変ってくずれるのを感じた。

日奈は射撃競技が始まってから、永遠のように永い時間を経験した、と思い、彼の予想もしなかった遠い地点へきてしまった、と考えた。とつぜん、銃口が動いた。彼の腕に小銃の親しみ深い手応えが甦った。今だ、彼は喘ぎながら満身の力を腕にこめて銃を持ちあげかけた。「どうした、日奈、何をするつもりだ」

またもや中隊長の声が聞えた。わかっているくせに、日奈は心の中でつぶやきながら、首をひねって望楼の声の主を仰いだ。木彫りの仮面のような中隊長の顔の前に、その時、何か白い物が流れた。続いてそれより少し大きい白い点が二人の間をかすめた。垢じみた毛布のような雲が天を覆い、湿った雪片が落ちて日奈の構えた小銃の熱した銃身にふりかかり、それに触れたと見るより早く解けた。

射場には一面の雪が降りしきり、あたりには奇妙な明るさが漂った。雪と同時に風が吹きだし、垂れさがっていた吹流しをはためかせた。雪はななめ横から、あるいは背後から、音もなく日奈の体と小銃をうち続けた。

彼は雪の向う側に標的を探した。白い雪片が彼と標的の間を埋め、黒点は吹きつのる雪のために、ともすれば見失いがちになった。雪は銃身を濡らし、彼の指を凍えさせ、額にあたり、目の中にはいった。日奈は自分と黒点を結んでいた線がすっかり断ち切られたと感じた。狙いさえすれば、吸い寄せられるように近寄ってきた標的が、一度に五百ヤードより遠く、千ヤードの彼方へ遠ざかったように見えた。

この不意の雪に対する烈しい怒りが日奈の内に湧きあがった。彼は半ば持ちあげていた小銃をおろし、風速を案じてかじかんだ指で転輪をまわした。照門が八クリック分だけ右に移動した。こんなに大きな修正をして撃ったことはまだなかった。しかも、残弾は一発だけである。彼は銃床をしっかり肩におしつけ銃把を握りしめ、引金に指をかけた。

雪はますますはげしく彼の襟元から首筋にふりかかり、標的の黒点をかすめ、それをちらちらする灰色の汚点に変えた。数十秒前の自信はもう消えていた。たぎるような怒りがそれに代っていた。雪は日奈に対する一つの挑戦と思われた。

彼はゆっくり息を吸いこみ、少し吐き出して止め、雪の幕の向う側に、ほとんど没している黒点に狙いを定めて引金をしぼった。銃声が起った。雪が吸いこんだもののように、手応えはなかった。日奈は茫然として銃をおろし、慄えながら雪の中に立ちつくした。

白桃

店の主人が兄弟の包みをうけとって奥へきえてから時がたっていた。

壁の時計は焼跡でひろったものらしく短針が十一時をさしたままとまっている。

弟は棚にならべられたわずかなグラスを目でかぞえるのに飽きると、二人に背をむけているカウンターの男たちを一人ずつつぶさに点検した。耳のうしろからうなじにかけて、男たちの皮膚にはまだ十分にいえていない褐色の傷痕が点々とのこっている。かれらの一人がどうかしたはずみに腕をあげると、兵隊服の袖がずりおちて、何かにえぐりとられたらしい傷をもつ腕がのぞいた。そのように客を観察していると、さっき女主人が目のまえのテーブルにおいてくれた白桃を見ないですむ。

それは女主人がナイフをそえて兄弟のまえに一個ずつ出してくれたものだ。

弟が兄をうかがうと、兄はつよくかぶりをふった。弟はしぶしぶ手をひっこめた。皿にのっている桃のたっぷり水気をふくんだ果肉の表皮にはうすいにこげのようなものが生えている。みつめているうちに金色に輝く桃の内部にはあたかも一つの光源があって、そこから淡い透明な光が外にひろがり、テーブルを明るくしているような感じさえしてくる。

弟は白桃を見るのが苦痛になり、目をそむけた。女主人がいった。

「あの人たち、どうしたんでしょうね、待たせるわね。坊や、桃でもおあがり」

ほかのことを考えるにはほかのものを見なければならない。せまい酒場にはよごれた木のテーブルが二つ、木のベンチが四脚、女主人と客をへだてるカウンターきり。客は三人で焼酎のグラスをまえにこ声で話している。

「それはもうひどいのなんのって。中隊で生きのこったのは十五名だよ。それでもよその部隊とくらべたらましな方よ。全滅した中隊もあったからなあ」

「どこだい、あんた」

「ニューギニア」

「おれビルマだがね、あのころのことを思えば何だってがまんできるな、生きて帰れるとは思わなかったからな」

「そうでもあるまい」

三人めがからんだ。

「あのころはあのころ、今は今ということだ。戦地と内地はちがわあな。へんにさとるのはよそうじゃないか。おれはもうまったくこのごろは生きるのがいやになったよ」

三人は沈黙した。男たちの向うから女主人がいぶかしげな視線を兄弟にむけた。

「どうしたの、あんたたち、桃はおきらい?」

弟はテーブルにグラスがしるしたまるいしみをかぞえにかかった。どのくらい時間がたったたか、腰かけている尻はさっきからもう十分に痛くなっていた。兄は唇をかたくむすんでベニヤ板の壁を見ている。

もう、いいだろう。弟は皿の桃へ、それは禁じられたものではなく今はじめておいてあるのに気づいたというさりげない表情で手をのばした。間髪をいれず兄がその手をたたいた。

「さわるな」

いったい店の主人は奥で何をしているのだろう。父のいうようにあらかじめ話のついていることなら、さっさと金を払ってくれていいではないか。弟は打たれた手の甲をさすった。しかし父と母の間に秘密めいた、あたりをはばかる雰囲気のあったことが気がかりだ。父が金と引きかえに包みを酒場の主人に渡すようにいったとき、母はうかない顔で父をなじった。

「子供をやらないでも……」

「子供だから巡査にも疑われまい」

と父が答え、母はそれきり黙りこむ。取引は五分たらずのうちにすむはずであった。待たされることは予期していなかった。それでも家へすぐに帰らなくてもいいわけだから、これはちょっとした気晴しだ。父がにがりきって新聞をひろげては、「ダグラスの占領政策」の「マックめの愚民政策」のとかいっているわが家はたのしい場所とはいえない。

父がめずらしく笑顔を見せたある夜、弟は雑誌から仕入れた中国の風習をひろうした。

「あのね、死人の棺にはね、あの世でつかえるようにおかねを入れとくんだって、にせのお札をね、それから泣き女というのがいて」

父はたちまちにがにがしい顔になり息子をたしなめた。

「おまえのいうことにろくなことはない」

少年は口をつぐんでひたすら恐縮した。父の機嫌さえよければ次は、ミイラの復讐とラマ僧の秘法についてうんちくをかたむけるつもりだったのだ。

戦争にまけてから、いや、おやじが出征した日からおやじはこわくなった。なぜなら皆が万歳とさけんだとき、ぼくは万歳をしなかったから。親族知人が父をとりまかずにあちこちかたまって戦況を噂しているとき、彼は駅の洗面所で父に呼びとめられた。

「いいかね、見送りのとき皆より少し早くお父さん万歳、とさけぶのだ。そうすると皆が万歳と声をそろえるだろう、おまえはその音頭をとることになるわけだよ、いいかね、できるだろう」

彼ははいと答えるほかはなかった。

しずまりかえっている大勢の見送人のなかで一人だけ早く、お父さん万歳といえるかどうかはともかく、いわなければならないという気持がつよかった。そうすると不意にのどの奥はゴム栓でふさがれたように息苦しく、彼は水道の蛇口に口をつけてむやみに水をのんだ。

親族代表の激励演説がすみ、父は訣別のあいさつをした。

「……決戦のとき、最後の五分間、重大な戦局、老兵の御奉公……」

というきれぎれの言葉が緊張にふるえている彼の耳にとどいた。もっとながくおやじのあいさつが続けば、そしてそれが終ったとたん見送人たちがいっせいに万歳とさけぶのであれば、どんなにたすかるだろう、と彼は考えた。父の言葉が終り、見送人がわっとどよめくまでの短い一刻がたえがたく感じられた。彼は手に汗をにぎって父の唇をみつめていた。ついに父の口が勇壮な言葉を吐くのをやめ、何かを待ちうける表情に変った。今だ。

彼は両手をあげてさけぼうとした。それを皆が期待していて、彼が万歳といわなければ自分たちもいえないのだとあんに催促しているように思われた。

にわかに沈黙が棘のように鋭いものとなって皮膚を刺すかと感じられた。

「お父さん、万歳」

だしぬけに声を発したのは兄である。次の瞬間、父は万歳の歓呼につつまれて微笑していた。弟はつられてふらふらと両手をさしあげた。大勢の万歳とあわずに、皆が手をおろしたとき彼の腕はびくつきながらたよりなくさしあげられる。いけない、と思うとかえってそろわなくなった。

「万歳」

兄のはりきった声が耳に痛かった。父は満面に笑みをたたえてうなずいていた。その目は兄にそそがれている。弟がためらったとき、父の表情を失望に似たあるかげがかすめたようであった。父はそれから列車にのりこむまで彼を見なかった。兄の頭をなで、肩をたたいて車内へ消えたのだ。弟はすばやく人ごみに隠れて父の視線をさけた。

列車がプラットフォームをはなれると、彼は救われた思いだった。一同はしずしずと動きだした父にむかってその武運長久を祈ってもう一度、盛大に万歳を三唱した。彼も心おきなく声高に万歳をとなえた。柱のかげから父の姿は見えない。おやじはきっと名誉の戦死をとげるだろう……。

戦争にまけて父が帰ってくると、彼はつとめて父と二人きりになるまいとした。父の不機嫌はたくわえた財産を爆弾が灰にしたせいであったが、少年にはあの出征の日、父のいいつけ通り、お父さん万歳とさけばなかったことに今もってこだわっているためと思われた。

父は郊外の荒地を開墾して、帰りにはかつて雇っていた男の経営する酒場によるのが日課になった。男は愛想がよかった。少年の父を「先生」と呼んだ。「社長」と呼ぶときもあった。とくいそうにそう呼びかける口調には、なんとなく嘲るようなひびきがあった。

父は一杯の焼酎をのみほすと、さっさと席をたつ。彼は店のすみの腰掛で足をぶらぶらさせながら父のくれたスルメをかじっている。この男が戦争ちゅうしばしば父のまえに卑屈な表情でかしこまり、〝病気の家内〟に金がいるのだと訴え、父の与える封筒を両手でおしいただいていたのを思いだす。敗戦後、〝病気の家内〟はなくなって、酒場をかまえた今は娘ほども若い女が〝家内〟であるらしい。女は少年に優しかった。主人もつねに上機嫌だった。

「坊や、おじさんのことおぼえてるかね」

彼は男を見あげた。おぼえていることはこの男がいつも父のまえにへりくだって封筒を額までもちあげていたことだけであった。

もしその情景をおぼえている、と告げればこの男はもっと上機嫌になるだろうか。彼が黙りこくっていると、酒場の主人は大声で笑って少年の肩をゆさぶった。

「世が世なら先生がわたしの店でいっぱいおやりになるなんて考えられもしなかったな。それにしても……」

と今度は父にむかい、

「それにしても先生どうして土百姓のまねなんかなさるんで。物がないとはいいながら裏にまわれば軍の隠匿物資をあつかう奴がいたり、占領軍の横流しでたんと儲けている奴がいたりで、今こそ腕の見せどころです。なにだれだってやってることだ。社長ができないはずはないんですがねえ」

父は焼酎をあおると、聞いているのかいないのか、しばらくカウンターのしみを眺め、それから金をおいて立ちあがる。主人が追いかけるようにささやいた。

「いつでもやる気になったら連絡して下さいよ。ご恩返しのつもりで一肌ぬがせてもらいます。社長はそのすじに顔がきくし、それが強みだ。いつまでも田舎にくすぶることはない。わたしも男をあげるのは今をおいてない、と思っていますんで……」

「わたしはもう社長でもないし先生でもない。ただの客だ。ほっといてくれ。ほかにのませる店がないからここに来るまでだ」

「でも社長」

男はあから顔をほころばせて父の方へにじりよった。細められた両眼の白目の部分が黄色くにごっており、父が承諾の返事を与えるのを聞きもらすまいとするかのようにまたたきもせず父をみつめている。

「酒なら社長、いつでもくめんしますよ、払いなんか気にしないで気安くよって下さいな」

その後、開墾地からの帰りに男の酒場へよるのは前よりへったようだった。父が誘いにのらないのをみてとると、男は諦めたようで、同時に少しずつ愛想よくふるまうこともしなくなった。もっともうわべの上機嫌は変らなかったが。「ようこそ社長」とか「おつかれですな先生」というあいさつは少年の耳にも棘をふくんでいるようにきこえた。

父はさあらぬていで黙々と焼酎をすすり、金を払って少年を外へうながす。彼はあたふたと父の後へつづく。

秋であった。

医師は妹の肺炎にペニシリンがいるとつげた。金さえあれば解決することである。兄弟は包みをもたされて、それは九歳と十二歳の子供にもてるくらいの量だったが、店へやって来た。

主人はいつもの上機嫌で心得顔に二人をむかえ、包みをうけとって奥へ消えたまま出てこない。ついさっき、気むずかしい顔つきの男が呼ばれて奥へ去ったのも、包みにかかわりがあると思われて弟は不安だった。

客の出入りは多かった。

「どうしたんでしょうねえ」

わずかな暇をみて女主人が奥へ去り、しばらくしてもどると、二人のまえにおいてあった桃をとりあげて皮をむきはじめた。女主人はなにかいうのだろうかと顔をみつめても少年たちには黙っている。

奥で、なにかのっぴきならないことがおこったのかもしれない、と弟は想像した。女主人の細い指が器用にナイフをあやつって、手の中で桃をあたかも一つの毬のようにくるくるところがしながら皮をむくのを彼は見ていた。皮は細い紐になってテーブルの上におちた。

皮をむかれた桃は、小暗い電燈の照明をやわらかに反射して皿の上にひっそりとのっている。汁液が果肉の表面ににじみ出し、じわじわと微細な光の粒になって皿にしたたった。弟はテーブルから目をそむけた。

しかし、壁を見ても客の姿を見ても、目にうかぶのは輝くばかりの桃である。淡い蜜色の冷たそうな果実は、目をとじてさえも鮮かに彼の視界にひろがる。戦争以来、何年も見たことのない果実であった。

女主人は客のいるカウンターへ去った。

「帰ろうよ」

弟はささやいた。

「お金をもらったら帰る」

兄がおもおもしく宣言した。弟の目には兄がおとなっぽく映った。自分ひとりが乳のみ児のように道理をわきまえない子供だと思われ、それが肚だたしくもあった。いったい兄は皿の桃をどう思っているのだろう。手をのばして触りたくもないのだろうか。大豆滓とともろこしの雑炊を食べていて、どうして平然とおちつきはらっていられるのだろう。

弟はズボンのポケットに握りこぶしを入れ背をまるくしてうなだれた。兄はいう。

「おまえが小さいときは何でもあったのだよ。チョコレートもカステーラも。忘れたのかい、食べきれずにすてるほどだった」

いよいよ弟は背をまるくした。兄が嘘をついているとは思わなかったが、そんなことは一つもおぼえていなかった。たぶん事実だろうが、〝何でもあった昔〟を考えるのはつらかった。〝今は何もない〟のだから。

そのとき大きな手が兄弟のまえのテーブルをたたいた。二人は顔をあげた。酒場の主人がどさりと風呂敷包みを投げだしてせきばらいした。

「見な、わしはやすやすとごまかされるそこいらのちんぴらとは違うんだよ。初めこの米を見たとき、なんとなく色つやが悪いと思ったな。明りのせいかと思って奥の電燈でしらべてみた。念のためこの人に立合ってもらって篩《ふるい》にかけてみた」

「おれ、帰るからな」

立合人は兄弟を等分に見くらべてから店を出ていった。主人はふりむきもしなかった。

「篩にかけてみたらおどろいたよ。屑米と糠がたっぷり混ぜてあるんだ。いいかね、おやじさんに頼んだのは鮨につかう上等の米だよ。これがつかえるかい。あんまりみくびってもらいたくないもんだ。そうとも、昔は社長のお世話になったさ。だけどご恩返しはしたつもりだ。酒代だってだいぶたまっているが、一度も催促なんかしやしない。要するにわたしのいいたいことはだ、社長ともあろう方がこんなけちなペテンをなさるとは残念なんだ。こう申しあげてくれ。鮨につかえる上米ならいつでもしかるべき値段で引取らせてもらいます、とね」

「おっさんよう、いい加減にしねえか、相手は子供だろ」

客の一人がカウンターから声をかけた。

「おっさん、だれだって今は何かしらやらないと生きてゆけないんだよ。ペテンの一つがどうしたんだい、ええ、大損したわけでもないんだろ、それにあんた噂ではメチールでしこたま儲けたそうじゃねえか」

「うるさい、貴様にわしの気持がわかるもんか、うちの酒がまずかったらさっさと出てゆけ」

いきりたった主人のけんまくにおどろいて店じゅうの客が兄弟の方を見た。相手は子供だろ、といった男は口の中でなにかつぶやきながら主人から目をそむけた。弟は兄をふりあおいだ。兄は言葉もなくうなだれている。女主人がテーブルにひろげた米をつつみなおして主人に提案した。

「こちらのふつうの米だけでも引取ってあげたら」

「おまえまでそんなことをいう、いや、この際は断固として……」

女主人は客の方へ去った。

二人は包みを抱きかかえて店を出た。月が空を明るくしていた。白い皿のようなそれは兄弟が店にいる間にのぼったらしい。

「ほら」

弟は兄のシャツを引いた。

「なんだよ」

とげとげしい返事に弟はあわてた。月の光が昼とはまったく異る物の影を地上につくりだしているのに弟はおどろいたのだった。その異様な夜景に兄の注意をひこうとこころみて、彼はそくざに黙りこんだ。今の兄が銀色の月に陶酔できるはずがない。

弟は身ぶるいした。空気はことのほか冷たかった。空腹のあまり胃が痛かった。手の包みが石でもかかえているように重たかった。

「どうしよう」

うって変ったように弱々しい兄の口調にかえって弟はおどろいた。

「どうしようって、仕方がないさ。帰ってお金はもらえなかったというさ」

「がっかりしたな。皆ぼくたちを見てたぜ、まあ何だな、出された桃は食べなかったしさ」

二人は道ばたに腰をおろした。弟は鼻をうごめかせ、いい匂いがする、とつぶやいた。

「木犀だよ、秋になると今ごろ匂うそうだ」

「おまえ、その木を見たのか」

「見ない」

「さがしてみよう」

通りはすでに明りを消した家が多く、木犀の匂いは暗い路地の奥から歌うように流れてきた。兄弟は包みを水タンクのかげに隠して立ちあがった。弟が先に歩いた。まずきのう妹をはこんだ病院をさがし、それはすぐにみつかった、そこから家へもどる道すじを逆にたどって、初めてきのう木犀が匂った角で立ちどまった。

「おまえはむこうをさがせ、ぼくはこっちを行ってみるよ、匂いのいちばん強い所が木犀の生えてるとこだ、花をもって帰ろう」

弟はためらった。兄とはなれるのが今夜にかぎって心細かった。飢えた野犬が多く焼跡をうろついていて、人を襲うこともきいていたからである。

「兄さんといっしょにその道を行って匂いがうすれたら逆もどりしてもいいんじゃない」

「それもそうだな」

弟は空腹を忘れた。月の光のもとで何かをさがすというのは秘密めいた昂奮をおぼえるものであり、店での屈辱を忘れることもでき、夜おそく戸外へ出た経験はなかったから、冒険の一種とも感じられた。

足がひとりでに軽くはずみ、二人はほとんど駆けるように家並を縫って急いだ。匂いはあるときは鼻をうつほど強く、あるときはその場にたたずんで息をつめなければ感じられないほど稀薄になった。二人は立ちどまった。匂いがそこで断ちきられたように消えている。弟は荒い呼吸をととのえ、深々と肺の奥まで夜気をすいこんだ。そうするとやはり木犀の匂いは微かに漂っているのがわかった。二人はあせった。

こうなったからにはどうしても木犀の木を発見しなければならない。家々にともっていた最後の灯が消えた。ずいぶん遠くまで来たように感じられる。

「ここはどこだろう」

兄の語尾がふるえていた。あたりの家並はまったく見おぼえがない。月の光をあびて黒々としずまりかえっている家は、うずくまった獣のかたちに似ていた。弟は夜の光が露わにしたこの異様な世界のたたずまいに酔った。

「え？」

「いや、何でもない」

と弟は口ごもった。目のまえに出現した夜景の珍しさを再び兄に語ろうとしかけて、そのとき自分の見ている物を兄もまた必ずしも見ているとは限らない、ととっさに理解したのである。彼は、え？と応じた兄の口調に不安といらだちしか感じとることができなかった。

兄弟は同時に軒下の暗がりをうかがった。あらあらしい息づかいがそこからきこえてきた。目が闇になれると、数匹の野犬が何かを喰いちぎっているのが見えた。うち一匹が頭をあげて光る目を兄弟にむけた。二人は犬の目をみつめながらそろそろと後ずさり、何気ないふうを装ってまわれ右をし、背が鋭い牙で裂かれるような感覚をおぼえた瞬間、いっさんに走りだした。

曲り角をどう曲ったものかおぼえていない。五、六匹の獰猛な野犬が牙をむきだして背後に迫っていると思われた。夢ではいつもこうして何か兇暴なものに襲われ、ひたすら逃げているのを弟は思いだした。夢ならば空中を飛ぶこともできる。しかしこの重い躰。彼は今が夢でなく、現実に〝何か兇暴なもの〟が襲いかかろうとしていることを痛切に思い知った。もう駄目だ、息がつけなくなって弟はそこに倒れ、手にふれた石をつかんで身がまえた。うしろの犬は思ったよりみすぼらしい痩せ犬で、しかも一匹だけである。

彼が立ちあがって石をふりあげると、犬は尾をたれ、あわれっぽく鼻をならして弟の足をかいだ。

そこはさっき二人が包みをおいた所だった。

「無い」

兄が悲鳴をあげた。それは防火用水槽のかげから消えている。

「別の場所だったかもしれない」

家々の軒下に一個はある水タンクのかげを二人は残らずさがした。それはなかった。

「帰ろう」

弟は兄をうながした。結局こうなるよりほかはなかったのだ。弟は木犀がふたたび闇の奥で搏動をうつように強く匂うのを感じた。月の光が木犀の匂いのために冷たく凝結したようにでなく、さざなみだった水のように見える。兄がふるえながらつぶやいた。

「まっすぐ帰ればよかったんだが」

目のまえに母が現れた。弟が母を認めるまえに兄は母にとりすがってすすり泣きはじめた。そうして酒場でのてんまつを報告した。

母は慰めるように兄の背をさすり、うなずいている。弟はなかばあっけにとられ、泣きだしたい感情がみるみる失せていくのをおぼえた。母を街角に見出したせつな、彼も兄と同じく母に躰を投げかけて泣きたいという衝動にかられたのだが、兄はわずかに早く弟をぬいていたのだった。

弟はちょうど出征の日、父の壮行の挨拶が終るのを巧みに見はからって兄がだれよりも早く、万歳、とさけんだときのことを思いだした。あのときも彼は兄に先をこされてひるんだのだった。

落胆がしかし今は何か別のものに少しずつ変質してゆく。兄とともに母に抱かれていたら、店でのはずかしめも木犀のもたらした昂奮も犬におそわれた恐怖も包みを盗まれた失望も、そのすべてを母の暖いふところで優しくいやされただろう。

兄がにわかに顔をあげ母につげるのをきいた。

「女の人が桃を出してくれたけどね、食べなかったよ」

そのとき弟の内部で落胆は怒りに変った。

――は、と兄は弟の名前をいった。

「手を出して取ろうとしたけれどぼくはやめさせたんだ」

「嘘だ、食べたんだ、食べてやったんだ」

弟はさけんだ。

その瞬間、あれほど食べたいと思っていた桃、店を出てからも彼を無念がらせた一個の白桃が、きゅうに彼のきらいな青臭いリンゴに変ったようだった。彼は激しい解放感をおぼえた。それと同時に怒りがますます強く彼の内でふくれあがった。彼は荒れ狂う怒りの発作にかられて足踏みした。

「食べたとも、兄さんの知らないうちに食べてやったんだ。ふん何だ。あんなもの」

兄はけげんそうに弟を見た。

「嘘をつけ」

「食べてやったんだよ」

このいうにいわれぬ快感は嘘をつくこと以外から来るとは思えない。ふと父の姿がうかんだ。わが家の暗い電燈に新聞をかざして父は今も〝マックめの占領政策〟にぶつぶついっているだろうか。

そこまで考えたとき、弟の怒りはしだいにひえびえとしたものに変るのを意識した。店での一部始終は自分がよく知っている。兄よりも詳しく見ていたのだから、弟はそう考えた。なぜかそう確信できた。

だとすれば父に報告するのは母ではいけなくて、まして兄ではなおさら駄目であり、自分でなければならない。父は失望するであろうが、兄や母がつげるより自分の報告が父の失望をかるくすると信じられた。

父は木犀をさがしてうろついたことも許してくれるだろう。許さないとしてもそれを理解し、叱ることはよもやないだろう。よし、叱られるとしても自分は男らしく罰をうけよう……。兄のすすり泣きはまだ終ることのないようにつづいていた。しらじらしいものを聞く思いで弟は兄の声を耳にしていた。

弟はすでに父が、出征の日、万歳、といわなかった自分を初めから憎んでなどいなかったと考え、母たちを後に家へ走りはじめた。黒い眼帯をかけたような家々の壁に、木の影が網目模様を織った。それはまた道路をまだらにいろどって縞馬の腹のように見せていた。今、彼のまえにひろがっているのは、さっき彼を酔わせた月の光によって変貌した街だった。

彼はなぜ昼の風景と似ても似つかぬ夜の世界が、自分をこれほどまで有頂天にさせるのか理解できかねた。しかし、この異質の美しさを兄に説明しかけてやめたのは正しかったとしても、父が自分の話をきいて自分の感じたように夜の世界を素晴しいと見るかどうかはあやしいものだった。

はたと少年は走るのをやめた。そこはもう母たちからもそしてまだ家からも十分に遠かった。

歩哨

香月忠男は防寒靴の紐をしめ直して立ちあがり、雪の堅さをしらべるようにつまさきで雪面を軽くたたいた。

「これより各自の警戒区分を発表する」

菊池三曹はここで言葉を切って、手帳を顔に近づけた。

「第一直。松浦一士、モーター・プール。吉沢一士、引込線路。今村士長、ライフル丘。串木野一士、えぞ松台地。鳥居二士、ゲイト・スリー。久住二士、七〇一高地」

土地の名には不思議な魅力がある、と香月は考えた。えぞ松台地といい、ライフル丘といっても、二十ヤード程度の、かつてこの地に駐屯していたアメリカ軍がブルドーザーでならした土を寄せ集めて造った堆土にすぎない。それでも地勢の変化に乏しいこの地方では、わずかな土地の高みすら、〝見晴し台〟とか〝ライフル丘〟と呼ぶにあたいした。そう名づけられると、何の変哲もない、どちらかといえば見すぼらしい丘陵が、他にまたとない個性を備えるように見えてくる。

「本日の当直指令は秦二尉、警衛司令は菊池三曹、合言葉は〝石狩〟に〝筑後〟……」

菊池三曹の視線が、整列した歩哨たちの頭ごしに、近づいてくる者の姿をとらえた。「気をつけ」

彼は当直司令の方に向き直って敬礼した。

「第九中隊警衛、菊池三曹以下十八名、集合おわり」

「銃点検」

秦二尉が命じた。一同が小銃をがちゃつかせている間に二等陸尉は手をうしろに組んで列の前を往復した。合言葉をたずねられ、それに答えているのは松浦勝のようだった。

「異状ありません」

秦二尉は去った。班長も歩哨たちも、口をつぐんで厚い胸と広い肩を持つ彼らの中隊長が格納庫の角をまがるまで見つめていた。やがてわれに返ったかのように菊池三曹が言った。

「今のうちに言っておく。今夜はふだん以上の警戒をしておくように。十七日の非常呼集は歩哨をためすために中隊長がわざと外部から柵を越えて駐屯地に侵入したからだ。歩哨は発見できなかった。非常呼集をかけたのは中隊長自身だ。あの幹部はそんなことをする人だ。わが中隊の警衛ではなかったからいいようなものの、柵を抜けられた歩哨はこっぴどくどやされたということだ。当分、昇級は無理だろう、あたりまえだが。雪がひどいからといって油断するな。電話をかけるのでなければ哨所にもぐりこむんじゃないぞ。第一直は出発」

一直の六人は一列縦隊に並んで歩き始めた。「残りの者は控室のストーヴ掃除、佐倉士長は江上二士をつれて中隊本部からもっと石炭をさらって、こら、串木野、何をしている」

串木野は控え室のドアに吊り下げてある温度計から離れて一行に加わり、誰にともなくつぶやいた。

「マイナス八度、あったかい晩だな」

雪明りが香月の前を歩く鳥居二士の防寒外套を浮きあがらせていた。先頭は見えず雪の軋む音だけが聞えてくる。受持のポストにくるとそれぞれ背を向けたまま歩哨たちは手を振って仲間から離れていった。モーター・プールの方へ折れていく松浦一士を見送りながら鳥居が話しかけた。右手に七〇一高地があらわれ、その頂へ白い霧の層が渦巻きつつおし寄せている。七〇一高地だけは駐屯地の外縁にある天然の丘であって、他の人工の台地より三十ヤードは高いのである。

「米軍がここに駐屯していた頃も歩哨線の位置はわれわれと同じだったのだろうか。そして、歩哨を呼ぶときはセントリイなんだろうか、ガードだろうか、それとも」

「どっちだっていいじゃないか」

「ドッグかも知れない」

「番犬ってわけ。ときどき吠えるものな、とまれ、誰だ、って」

「米軍は首からさげる認証票を犬の鑑札と言うそうだ」

「ひがまなくてもいいだろうに。いったいどこからそんな知識を仕入れたんだ」

「通信隊の伍長《コーポラル》から」

鳥居はふりかえって、金網張りの柵と道路をへだてて向い合っている米軍の兵舎の方へ漠然と手を振った。

「あそこのチャーリイと町のバーで飲んだ。そいつが言うには七年前、ここには第一騎兵師団が居たそうだよ、ちきしょう、やっぱり降りだしやがった」

香月はてのひらで雪片をうけとめ、それから蠅でも払うかのようにその手を烈しく左右に振った。

「降るとわかっていても、真夜中からと予想していたんだ。じゃ、あばよ」

鳥居は肩の小銃を軽くゆすりあげ、ゲイトの哨所へ折れて行った。香月はそこで一人になった。七〇一高地は地図の上でそう呼ばれるだけのことで、標高が七百一ヤードあるわけではない。それはゲートを見おろす位置にあり、雪が厚く積った裸の斜面は既に道路との境界をなくしていた。

香月はキャリヤーの車輪が雪に印した刻み目をたどって高地の頂に出た。彼らが犬小屋と呼んでいる哨所はそこにあった。

「七〇一高地、七〇一高地、――」

小銃をたてかけると香月は壁の電話をとりあげて警衛本部を呼びだした。「一七時四分前、七〇一高地到着、異状ありません」「了解」と菊池三曹のぶっきらぼうな声が答えた。「合言葉は」

「石狩……」つかのま、香月はうろたえた。つい先刻、教えられた合言葉の片方が、彼の記憶から脱落している。たしか北海道の川の名に対して九州の川だったように思う。

「〃筑後川〃です、班長」

「〃筑後〃だ、ばか、何をきいていたんだ」

香月は受話器をかけて哨所を出た。風が烈しく吹けば避ける所も無く、警戒正面も広く、警衛本部の建物からは最も遠くて、往復に時間がかかるこのポストは、わりあてられて喜ぶには程とおい地区だったが、香月は他の連中が怖気をふるうまさしくこれらの理由で、この高地を気に入っていた。

彼は防寒手袋をはめないで首に吊し、両手を意味もなく打ちあわせながら頂の平地を一巡した。頂から北の方には、繃帯を解いたようにゆるやかに続く丘陵が眺められ、雪はその原野の尽きる所にひろがっている扁平な町の灯を隠すほどには降っていない。東には広大な敷地になまこ状の隊舎群が散らばり、その果に飛行場の跡があるはずだが今は見えない。足元のまばらなあかりに較べて、隣りあったアメリカ軍の建物のそこだけおびただしい燈火の数はどうだろう。風の方向が変るとその方から賑やかな音楽がきこえてくる。香月は南から西へ、注意深く視線を移した。

高地の麓に張りめぐらした有刺鉄線を過ぎ、百ヤード幅の砂原の向うに葉の落ちた柏や栗の木の林が始まって、それが帯状に泥炭の湿地を囲んでいるのが昼間なら見えることを彼は知っていた。昨夜、香月はポストをわりふる班長に申し出て、この位置を希望したのだった。三人の二等陸士がどうせわりを喰う配置につくのだから、七〇一高地を与えられる確率は三分の一なのだが、ゲート・スリーやえぞ松台地のように見晴しの利かない香月には困った場所につかされる可能性もあるわけだ。——横着なこと言うなよ——菊池三曹は鉛筆で地図の表面を叩きながら答えた。——わりあては一切、上級者がおこなう。希望はことポストに限って許されないんだ。帰れ——

三週間まえ、香月は虫垂炎で入院した佐伯士長に代って、〃引込線路〃のポストに立ったことがある。ボイラー室の巨大な建物と石炭庫のあいだの狭い空間からは目を慰める何物も見えない。風もあたらず、警戒正面も限られ、とりわけボイラー室から捨てられる石炭のあたたかみで、古株の面々にはこたえられない配置らしかったが、その時ほど香月は警衛時間をながく感じたことはなかった。

何も見えないのは退屈を通りこしてむしろ苦痛に近かった。七〇一高地は風あたりこそ厳しいけれども、えぞ松台地や見晴し台、それにライフル丘のうちで最も高いのである。

秦二尉が外部から柵を越えるとすれば、警戒の手薄なこの地域がねらわれるだろう。もっとも、この前は裏をかいて本部に近い引込線路ふきんからはいりこんできたのだが、今度は趣向をかえてやすやすと侵入できるこの七〇一高地を選ぶこともありうる。香月は佐賀出身だといわれる秦二尉の端麗な容貌を思いうかべた。

ある朝、点呼のとき当直幹部として各中隊をまわってきた秦二尉の言葉が香月を驚かせた。——ジイドは、——と二等陸尉は口を開いたのである。人がその日の天候を噂するようなさりげない口調で、ジイドは、と彼は言った。——平凡なことでも実行すれば非凡になる、と言った。——そう言い残して次の中隊へさっさと歩いて行った。

点呼の集りが遅いとか、服装がなっていないとか、どの当直幹部もぶつくさ言うきまり文句を期待していた香月の内部に、そのとき湧いたものは苦いものではなかった。中学校かせいぜい高等学校卒業ていどの隊員の中で、この外国人が何者であるかをわきまえている者は皆無に近いのは、秦二尉自身、知りぬいているはずである。奇をてらうという様子はうかがえなかった。

しかし、その秦二尉が歩哨の虚をついて、柵の外から侵入し、隊内に非常呼集までかけさせた張本人であるとき、香月が裏切られたような気持になったのは事実である。

「この高地をねらうとすれば」香月はいま闇に没しようとしている左手の斜面へ目をこらした。自分の受持地区が終って、隣の高射砲大隊が警備している燃料庫の柵ちかくの境界をえらぶかも知れない。それとも反対側のゲート・スリーと七〇一高地の境をえらぶかも知れない。

もし、この夜がはれていたら月が明るいはずであったから、高地に立つ者は受持地区からかなり遠くまで見渡すことができるのは誰でも知っていた。朝以来、雲が厚かったので、歩哨同士しめしあわせて秦二尉の侵入に対処することはできなくなった。見通しの利きにくい平坦地には必ずやや小高い台地なり丘陵が隣接していたから、おたがいにカヴァーすることもしようと思えばできたのである。しかし、それはあくまで月の夜ならという条件つきの話で、雪が降りしきる暗夜には同僚の柵どころか、自分の柵さえおぼつかない。

気温は急速にさがるらしく、防寒帽で覆われていない顔の皮膚が寒気にこわばり、錐で刺されるような痛みを感じさせた。彼方、ゲート・スリーの方がにわかに騒がしくなり、夜間演習にでかけるらしい百五十五ミリ砲大隊のトラックと、帰隊に遅れた普通科中隊のジープの光の縞があわただしく交錯するのが眺められた。二つの部隊はゲートをはさんでしばらく停止した。先にはいってきたのは普通科部隊で、ヘッドライトの光芒が、小銃を肩にかけスキーをはいた隊員の身軽に滑ってくる姿を照しだした。

——あのゲートからでるとすれば、榴弾砲《ハウザー》の射撃場へは遠まわりになる。——香月は足踏みしながら考えた。今ごろ夜間射撃の訓練をしそうにないから、陣地侵入の演習でもやるんだろう、そうすればわざわざ大口径砲を引いて行くには及ばない。——

普通科のスキー部隊が跡切れると、待ちかねたようにエンジンの響きが高まり、トラックの列が動き始めた。予想した通り百五十五ミリ砲の牽引車は見えず、夜間用ライトにうかびあがったのは覆いをかけた七十五ミリ砲である。

秋の終りごろ、香月は演習場の伐木作業中、隊に一人で帰るよう命ぜられたことがあり、特科大隊のトラックに便乗した事がある。幌を大粒の雨が打っていた。荷台の上で揺られながら香月は幌のかぎ裂きをひろげて外の風景をのぞこうとした。——おお、つめてえ、雨が吹きこむじゃないか。——隣の陸士長が彼をこづいたので、香月は後部の席に移った。砲体鏡や方向盤の間にはさまれて、そこからは後ろへとびすさる森のたたずまいを、心ゆくまで眺めることができた。針葉樹の落葉がさわやかに匂い、木の幹が雨に濡れて光っていた。夏、この森を通ったときに較べて道が明るいのは、ほとんど落葉した樹が多いせいだろう。湿っぽい森の梢を鳥が羽搏いて過ぎた。

夏の野営地で歩哨に立ち、香月は夕陽が砂鉄色の地平線に没するのに見とれていた。日没の速度は思いのほか速い。太陽の下端が地平線に触れたかと思うと、何かに引きこまれるように沈んでゆく。——ある熟れきったものが自身の重さに耐えかねて今おちる、——香月はそう感じた。

地平線に夕陽の上端がわずかに残るころ、彼は心の中で、一、二、と声をあげて夕陽の方へ伸びる自分の腕を想像し、頃合をはかって、三、と叫びながら太陽を一気に地平線の彼方に押しこむのだった。次の瞬間、顔を染めていた陽の色が褪せ、湿った砂の匂いを含む夜の風に包まれ始める。
一、二、三。一、二、三。香月は低く口ずさみながら、まだらに余映が赤らんでいる地平線に背を向けた。野営地の歩哨は当番になっていない夜も志願して立ったものである。そこでは駐屯地で見慣れた風景が新鮮になった。丘は姿をかえ、原野の地平線は別種の灌木で縁どられた。山々のひだが異様な陰翳を帯びた。テントの間から出て行く炊さん車を眺め、その右手に有線班のジープが同じ速度で戻ってくるのを見た。

歩哨の位置からはあらゆる遠近法が可能になる。香月は脳裡に一枚のキャンヴァスを置き、彼自身を透視図法の消失点に仮定して、野営地の天幕、ジープ、丘、沼地、灌木を自在に置きならべた。歩哨につくと距離が得られた。同僚から公然と離れて黙りこむのが許された。見る愉しみはさておき、これは香月にありがたいことなのである。

雪は降り始めたときと同じ密度で、烈しくもならず、弱まりもせず香月の肩に降りつもっていた。二時間の動哨が終ると、控室のストーヴを囲んで二時間の控え、その後、二時間の仮眠をとることになる。本部にあてられた建物はかつて通信班の器材庫だったので、六人の歩哨は二人ずつに分れて狭く仕切られた仮眠室へはいった。香月はさきに眠っていた男の体温がスリーピング・バッグの内側に残っているのにたじろぎながら靴下を脱いだ足からすべりこませ、肩をうまく包むとファスナーを引きあげた。

目を閉じる直前、時計を見ると二一時一〇分である。二三時には哨所に戻って報告をすませておかねばならないから、一五分前に起されるだろう。眠りの正味は一時間半という計算になる。

「おい、眠ったのか」

鳥居が声を殺して話しかけた。

「いや」

「せんの土曜に町の麻雀屋であらいざらいすってしまったんだ。今度のペーデーまで金を貸してくれと頼んでも無駄だろう」

「ああ」

「おれと三輪の二人で町の高利貸から二万ばかり借りるつもりだけど、お前もはいらないか」

「けっこう、間に合っているんでね」

「しかし、困ってるんだろ」

「もう借りたんだ、実を言えば」

「じゃあ、貸してくれよ」

「あいにく、つかってしまったんだ」

「隠蔽と遮蔽とどう違うかって、うちの小隊長がよ、ライフル丘で自動銃手《B・A・R》の松浦に質問したら、まるっきりわかってねえの。隠蔽は上空の、たとえば偵察機から身を隠すこと、遮蔽は前方の敵に対して身を守ること、とおれならこう答えるね」

「おれもそう言うよ」

「ところがあいつ、その区別も知らなかったし、そのうえ何のために普通科は隠蔽や遮蔽をするのかときかれてどう答えたと思う、敵から撃たれないため、要するに安全第一だとさ。班長はおろおろするし、小隊長は頬をひくひくさせるのが見ていてわかった。

いいか松浦一士、よくきけ、攻撃は最良の防御である。隠蔽も遮蔽もひとえに攻撃の際味方の無駄な犠牲をすくなくせんがためだ。攻撃のための手段にすぎないんだ。これを胆に銘じておけ。松浦の野郎、きょとんとしていたからどこまで納得していたやら」

「お前は両方の目的まで知っていたのか」

「白状すると、知らなかったね……それから、こんなこともあった。個人用の偽装網を演習場でなくしちまって、あの阿呆、おれのをかっぱらいやがった。正々堂々と日常茶飯事のことでもするみたいに。つまり昔の軍隊でいう員数をつけるってやつだな、あの男、そんな風に変ったところがあるんだ。〝班長、戦争になったら弾は前からくるとは限らないからね〟って、自分が何を言ってるかまるで思案せずに言う癖があるんだなあ。

班長口をあいて奴の顔を気味悪そうに見てたぜ。ふだんが低能まるだしのそんなこと考えそうにない奴だから余計おかしかった。まかりまちがっても班長を撃つなんてはげしい気持になるわけがない。だから本気に怒るわけにもゆかなかったんだ。低能相手じゃあね。お前知ってるか、あいつだけ入隊早々、班長に〝殿〟をつけたんだ。

〝班長殿、靴をみがかせてもらいたくあります〟〝班長殿、おつかれさまでありました〟笑わせるねえ。種子島を出るとき、おおかた軍隊がえりのおっさんに知恵をつけられたんだろ」

眠りの薄膜がしだいに香月を包み始めた。〝おい、聞いてるのか〟、とくりかえす鳥居の声が壁の向うから呼びかけているかのようにぼやけて聞える。左脇を下に、寝がえりをうって右脇を下に、それから低く呻いて香月は眠りに身をゆだねた。

「入隊して二日目だったかな、宣誓式もすまないうちに真夜中、非常呼集をかけられたのを憶えているだろう。いちばんむずかしい海側の柵から脱走しようとしたのはあいつなんだぜ。まだなんにも始まっていないのに。はやくも兵隊生活に怖気づいたんだ。それとも怖気づいたふりをしたんだ。支那事変帰りの先任陸曹が少しおどしすぎたのもいけなかったんだが、ねむいところを叩きおこされたわれわれもいい迷惑よ。

翌朝、なんでもなかったような顔して朝飯くってたから説得されて思いなおしたんだろう。昔の軍歌をやけにたくさん憶えているのもあいつだよ。——万朶の桜か襟の色、だなんて物干場で靴下かわかしながら上機嫌で歌ってやがんの」

「おれを眠らせてくれないか、松浦がどうしようとほおっておけよ」

「つまり松浦は昔の軍隊にいるつもりなんだ。島のおやじ達からきかされた話で兵隊はこうあるべきだと思いこんでいるんじゃないかな。だから他人の偽装網にしろ半長靴にしろくすねて平気でいられるんだ。帝国陸軍ではそうだったんだから」

「うるさいな、夜っぴて起きてるつもりか」

「まえの戦争で日本軍の突撃が失敗したのは小銃の性能によるのだとおれは思うよ。考えてもみな、三八式はそりゃあ射程は長いさ、だけどボルトアクションでもって撃つ、槓桿を引いて薬莢をはじきだす、エイヤッ、また撃つ、とても米軍のMワンにかないはしない。自動小銃とおなじだから、おれの計算では百ヤードを十五秒で走るとして、受けてたつ米軍はまず一人二十発は撃てるね、小銃と軽迫を入れたら同数の兵力で一人の日本兵がならして五十発以上あびることになる。百ヤード走るうちにどんなに運の良い日本人も確率から二、三発はもろにぶちこまれる計算になる。そうだろう、おかしいかね、眠ったのか、おい、起きろよ」

鳥居は寝台の上に片肘をついて、もう一方の手で香月の肩をこづいた。

「うちの班長が〝白樺〟の女にまいっているのは初耳かい。この前いっしょに行ったから、ほら、高校でたくらいの齢で、口紅だけしか塗らないそばかすが目立つところに何となく良さがあるんだ。お前も見りゃあわかるよ、その班長が中隊長に小言くらってるの事務室で小耳にはさんだのさ。いい齢してバーの女に熱さあげちゃってよ、あの三曹、もう二十五だぜえ。なんでも榴弾砲《ハウザー》大隊のごつい二曹とはりあってるそうだが、まず勝ちめはないね。ものを言うのは給料《ペイ》だからな。……

聞いているんだろう、おい、まあいい、眠ったふりをしていてもこっちにはわかるんだ。そのまま、そのまま。さて、どこまで話したんだっけ、班長の片想いはもう話したし、そう、わが二十万自衛隊員のうちで米軍の制服がいちばん似合うのは誰だか教えてやろう、答えられるかい、黙っているところをみると知らないんだな、これぞ誰あろう、この駐屯地九千名の飯を毎日こしらえるＫＰの総元締め、島松三等陸佐どのだ。いつも、第二厨房の裏に、養豚業者がトラックをのりつけるだろう、残飯あつめに。そこへ行けば六尺ゆたかの大男が立っている。あとにもさきにもあれほど米軍の、といってもわれわれの制服が身についた男は見たことがない。スマートかというとそうでもないんだ。これ以上肥えようがないほどふとったでぶを制服でもってしっくり包んでるんだな。驚いたね、自衛隊一のベスト・ドレッサーだよ、彼は。だいたいおれの観察では大隊長以上の幹部は制服がみな似合う。身銭をきってあつらえるからかな。そうとばかりも言えない気がする、おい、聞いているんだろ」

「おお、黙れったら。眠くてしようがないのに、いつまでしゃべるつもりなんだ」

「やっぱり起きていたのか。思った通りだ。そこでさっきの続きだが、きのう、食堂で、ＫＰの連中にこんなもの喰えるかって突きつけてやったんだ、待てよ、順序を追って話すから。

おれの小隊は訓練がおそく終ったから、食堂じゃいつまでも片づかない。苛々してやがんだ。わざとおくれて来たと思ったんだな。食器を自分のテーブルにもってきたら、いつもはがつがつかぶりつく三輪の野郎が妙な顔をしてシチュウをかきまわしているんだ。どうしたというと、こんなものがって匙で石けんのかけらをすくいあげて見せた。気がついてみるとおれのシチュウにも靴紐がはいっている。松浦のにはじゃがいもの生の皮、今村士長のには出がらしの茶の葉、串木野のには魚の骨、ああ、胸くそが悪かったなあ、ＫＰの班長が一人でしたことだ。奴はおれたちが早く飯をすませないと休めないしな、わざと遅く来たと思ってあくどい厭がらせをしたわけ。他のＫＰは柔道三段が怖くておたおたしてるだけさ。張本人め、文句があるなら言ってみろみたいなおっかない顔してにらんでた。初めからけんかを吹っかける気だったんだ。問題おこしたのは奴が重迫の中隊にいた頃からで、奴はいつもああなんだ。まず懲罰ものだなあ。

仕方なかったから、中隊に戻ってとっておきの携帯口糧をたいらげたよ。ときにあの乾パン、まずいなあ。お前くってみたか。それから聞いてくれ。歩哨に立ってるとき、合言葉を忘れたらどうする。巡察を先に発見してまず〝とまれ、誰か〟と喚くだろう、相手が〝巡察〟と答える。守則どおり〝合言葉は〟とやり返す。〝石狩〟とくる。そこまではいいや、ところがもうひとつの合言葉を忘れていたらどうなる。平時ならいいさ、せいぜいとっちめられるだけ。実戦となればただじゃすむまい。気が立ってるから。

たとえば分隊で偵察に出る。敵に遭遇して仲間がやられ、一人で戻ってくる。夜だ。味方の歩哨線にひっかかって合言葉をきかれるけど、さっきの撃ち合いのショックでもってそれどころじゃない。〝おれだよ、九中隊、第一小隊の鳥居二士だよ〟〝三輪には五百円の貸しがあって、串木野には三百円の借りがある鳥居だよ、認識番号はGの三五二八一〇だ〟と叫んでもとんまな歩哨が信用するかね、したり顔で〝山〟とくる、まあ〝山〟なら〝川〟だろうな。しかし、そんなやさしい合言葉をつかうだろうか、〝宗谷〟には〝大隅〟かも知れない、〝阿寒〟には〝霧島〟かも知れない。〝風〟ときたらどうする、〝雪〟か、それとも、〝雨〟か。ちょっとでも返事につまったら、三輪には五百円の貸しがあり、串木野には三百円の借りがある九中隊の鳥居二士は撃たれるだろう。おれが歩哨だったら撃つもの。ゲートでそんなこと考えていたんだ。

その通り、例の夜間演習にでかける連中でごった返したあとさ、気がついたら合言葉を忘れている。第一直に巡察がまわることはまずないから気は楽だったがね、今夜は、〝石狩〟に〝筑後〟だったろ、おい、聞いているのか」

鳥居はスリーピング・バッグから足を抜きだし、香月の腰を蹴った。香月は寝袋のファスナーをいっぱいに引きあげて、頭を両手でかかえた。ねばり気のある白い糸のようなもので躰がくるまれている感じがする。鳥居の単調な、抑揚を欠いた声が遠くなり近くなり、依然として執拗に彼の耳に響く。それは夜汽車の噪音のように耳にまといつきはするけれども、もはや眠りを妨げるほど彼を刺激しはしない。

「おれは眠い、眠くなったよ。……医務室へ診断うけに行ったことあるかい。二人の医者のうち、齢とった方、制服きていないので札幌からバスで来る奴、やけに愛想のいいじじいがいるだろ、あの病気にかかったら嬉しそうにもみ手をして、〃よくやった、それでこそ男というもんだ〃なあんて顔で注射うってくれる医者、いやそんなこと実際に言わないんだがおれの感じでね。いつもそう言いたそうな風なもんだから。

あいつの本職を聞いて驚くな、札幌の獣医なんだそうだ。あくまで噂にすぎないが、根拠のありそうな話じゃないか。兵隊には獣医で沢山、要は仮病つかいや病気のつもりの男を本物の患者と区別すればいいわけだから。……中隊長は言った。〃これは異例だと思わなければ〃おれはありがたいとは思わなかった。もともとあの晩は外出してよかったんだ。朝、伝令当番の松浦が熱発しておれとかわった。ところが午すぎに元気になって、おれとしてみればそんなこと予想できやしない、てっきり晩の外出はふいになったとあきらめ、連隊本部のがたのきたストーヴを燃しつけにかかってた、涙がしてね、部屋じゅう煙がたちこめてあのお人好しの連隊長まで〝はやく何とかしろ〟なんて怒鳴るしまつ、その頃〝鳥居よ、すまなかった、かわろう〟って松浦の奴、涼しい顔で来るじゃないか。おれは中隊長室へすっとんで行って、こういうわけだからって外出許可を申請したのさ、そのときは締切りをとうにすぎていた。中隊長にもおれをさしおいて松浦を進級させた弱味があるし、この話、もうしたっけ、あとで教えてやるよ、そういうわけでむげに規則をふりかざすこともできなかったのだろう、ただ厭味を言われたな、〝お前の貯金通帳にはびた一文残ってないが、どういうわけだ〟って。大きなお世話だ、まったく。優秀なる隊員は多額の貯金をなす。逆もまた真なりか。

秦二尉は変ってるなあ、おれ、あの人の当番になるよか石炭車の作業員にまわされる方が楽だ。嘘だと思ったら一日つとめてみな、しんどいぜ、ほんとに。部下に対する好き嫌いをはっきり面に出すんじゃない。なんとなくつめたいんだ、おれにいっさい口を利かないしとりつくしまがないのさ。中隊長室の床も掃いたし、屋根の雪もおろしたし、ストーヴもさかんに燃えているし、連隊本部から命令回報のたぐいは受領してきた。そのうえ何をすることがある、中隊長は〝情報月報〟を、いや、なんか戦史みたいなおまえの持ってるのと似ているやつを読んでいる。一時間たつ、何も言わない、土曜日だから本部はおれとあの人の二人っきりよ、がらんとしていて二時間たつ、何も言わない。電話が鳴る、とってわたす、〃秦二尉、は、は、了解〃すっとさし出された受話器をうけとって戻す、ストーヴに石炭をつぎ足す、煙突が鳴っている、温度計を見る、九度だ、充分あたたかいはずなのにおれは毛のシャツを着とけば良かったと後悔する。本部へ書簡受領にでかけるとき罠から解放されたような気分になる。伝令を下番するまでこの状態は変らない。

あの人がわざとおれによそよそしくしているんじゃないのはわかってるんだ、ただ、ここが大事なんだが、あの人にはおれが見えないんだ、秦二尉にかかるとおれは透明人間になってしまう、〃補給中隊から加給食をもらってきました〃とおれが言う、彼はおれを見る、いや、おれの顔のずっとうしろをその目は見ている、受領してきた林檎と甘納豆の袋をデスクにおく、別に欲しかないんだ、あの人は人さし指でピンを抜いた破裂寸前の手榴弾を扱うようにそれをちょっぴりおれの方に押しやる。ほんのちょっとだよ、〃どれ〃と言うつもりだろう、そうすればわかるとでも言う風に。

お前は食物をそんな風にすすめられたことがあったかね。〃ありがとうございます〃とおれは言う。面白くない、どこでこんな御用聞きみたいなせりふをのみこんだのだろう、林檎と甘納豆はそのままデスクの端にのっかってる。秦二尉は回報を読んでいる。仕方がないからおれはあの人の顔を眺める、おれは透明人間だ、そうしたってかまうもんか、見れば見るほど、町のバーで女どもがさわぐわけがわかってくる、スターになってもいいくらい、いやちがう、スターにはなれない、俳優の顔というものはおれの見るところでは他人の手で加工される柔かいものでなければ、粘土のように。しかし、あの人のは石に刻んだ顔のようにこれ以上、手をつけられないほど固くできあがっている、そんな感じだ。

秦二尉と連隊本部のある一尉は、同じ大学を出て、久留米の幹部学校を同期で卒業したのに、かたや防衛庁に派遣されて研修ちゅう、帰ったら次の昇級はまちがいないとして、あの人はひらの中隊長だ。くさってるかも知れないがおれたちには見せないね、それはつまるところおれの知ったことじゃない。もんだいは秦二尉の当番になった日ほど下番が待ちどおしいってこと、気をつけろ、われわれの時間に彼氏まわってくるぞ、来るとすればおれのところかおまえんとこだな、おれの見るところでは。うっかりしていて柵を越えられたら、休暇は削られるし外出はさしとめられるし、考課表にはでかい黒星、そこでおれは考えたんだ。おたがいの協力がこの際必要だと、お前は七〇一高地にいる、あそこからおれの犬小屋を見おろすと、これはさっき動哨中にとっくり確かめておいた、見おろすと給水塔の常夜燈がいやでも目に入るだろう。

おれんとこに近づくには内からでも外からでもあのあかりを横切るしくみになっている、困ったことにはおれのゲートからは、あのあかりは蔭になってよく見えない。そこで何か物があのあかりの中で動いたら電話を鳴らしてくれないか、本部にあてて異状なしを報告するわけよ、規定の時刻じゃあなくたってかまわないさ、それが合図だ。

反対におれんとこは低地にあって雪さえやめば地平線がぼんやり見えるから、もし七〇一高地の斜面にとりついた影があればお前より先に発見しやすいってわけ、今すぐ返事しなくてもいいんだ、聞いておくだけで、そのときになって考えてみてくれ、ただ、おれは電話を鳴らすよ、何か怪しい奴が柵のところでぅろぅろしていたらためらわないね、きめられた時刻ではないのにベルが鳴りだしたら、緊張するこった、誰かが柵を抜けようとしているんだから、あ、ねむくなった、お前は話上手だからついながく起きてしまう、頼むからしばらく黙っててくれ、おれに話しかけないで」

雪と共に風もやんだらしく、重々しい静寂が屋外におりてきたようだ。夜間演習にでかけた部隊が戻ってきたのか、鎖つきの車輪が凍てついた雪表を走るとき、おびただしい鈴をうちあわせるような賑やかな響きを発した。その響きの軽さからみると、車輛は特科大隊のキャリヤーにちがいない。

香月の躰を覆っているスリーピング・バッグの重さは感じられず、獣の腹のようなあたたかみが彼を包んでいた。全身が熱っぽいうえにだるく、寝台にじかに接しているのではなく、実体のない物に支えられて一フィートほど浮きあがっているような感じがする。

香月が腕時計を目に近よせると同時に、控え室から騒々しい靴音がおこり、香月たちの隣室の扉が開かれた。

「おやすみのところをまことに恐縮ですが、みなさん」

「時間だ、おきろ」

「乗車券を拝見」

彼は同僚から躰をゆすぶられる前に起きていた。寝袋のファスナーをおろし、両足を揃えて一挙動で靴に入れ、寝台わきに立ったときは上衣をつかんでいた。部屋をのぞいた歩哨は香月が既に上衣のボタンをかけているのを見ると、鳥居へあごをしゃくっておいて、三号室の扉に消えた。

鳥居は苦しそうに呻きながら上半身を起し、目は半ば閉じたまま、手さぐりで靴をはきにかかった。

「雪がやんだ」

「約束を忘れるな」

屋外に整列した歩哨に、加わったのは鳥居が最後だった。雪がおさまってみると、真夜中とはいえ仄白い微光があたりいちめんに漂っているように見えた。番号をかける声も、雪を踏む靴音も、すれちがうジープのタイヤにまいた鎖の音も、柔かくつもった雪が吸収して、鋭さのないまるみを帯びた音に変り、それらは雪の発する青っぽい光りと共に香月を別世界にでもいるような非現実的な気分におちいらせた。

「何度にさがっている」

「マイナス十八度」

「たいしたことない。まだまださがるよ。あけがたには二十二、三度にはなるだろう」

「素手で銃身をつかむんじゃないぞ、皮膚が吸いついて離れなくなる、無理にはがそうとすると痛いめに会うから」

「おどかすなって」

眠り足りない歩哨たちは無口になっていた。前を歩く同僚の靴に目をおとし、香月はやや うなだれて雪の上を歩いた。彼らは自分のポストにさしかかると、黙って列から離れて行った。二三時二分前、香月は七〇一高地の歩哨と交代した。

「申し送ることはない、雪がやんだのだから今度の警衛は楽だな」

その歩哨はむぞうさにうなずくと高地の斜面を、歩きにくそうにくだっていった。香月は哨所の電話をとって菊池三曹に報告した。

「七〇一高地、交代おわり、異状ありません」

膝から力が失せて、足が空を踏むように頼りなかった。瞼がふくれあがり、こめかみが熱く、胸もふだんよりせわしく搏つのがわかった。防寒外套が鉛で裏うちした物のように重たく感じられた。香月は雪をかためて顔をこすった。しばらくは雪の冷たさが快かった。二時間、我慢すればいいのだ。

仮眠室で始まったものうい熱っぽさはまだ続いていた。雪あかりが視界を広くしていた。第一直のときには見えなかったボイラー室の煙突が無線塔の横にそびえていた。香月は煙突から燃料庫へ、通信隊のレーダー装置から給水塔へ、つとめてその常夜燈の烈しい光りは避けて、ひとわたり目を移した。

柵の内側を点検すると次は柵の外へ目をやった。地上は白紙のように明るく、林は最前より柵に近づいたかのように見えた。香月はおぼつかない足どりで斜面をおりて行き、柵に近い中腹の柵に似た部分を歩いた。そこでは高みから眺められる無線塔や給水塔が空高く伸びあがるように見え、燃料庫は屋根だけ、煙突は上端だけを斜面の縁にのぞかせていた。

巨大なレーダー装置は、ここから見あげると、うちすてられた得体の知れない機械の残骸に見える。

香月は柵の部分をおりて煙突を見あげ、その上端と無線塔のオレンジ色の灯とが重なって見えるまで後ずさった。無線塔の高さは聞いたことがあるし、七〇一高地からボイラー室までは無線塔までの距離と共に地図を見てほぼ見当がついている。あとは簡単な比例式の問題である。煙突の上端はともすれば暗い空に溶けこみ、無線塔のオレンジ色の灯となかなか正確に一致しなかった。

ようやく重ねあわせたところで、彼は煙突の高さを計算し始めた。脳裡に書き記した数字はしばしば消失したり前後を乱したりしたけれども、香月の我慢づよいくり返しで遂に求める高さが得られた。彼はふたたび雪をすくって両手でおしかため、口に入れた。雪は口の中で溶けて埃っぽい味を舌に残した。

「煙突の高さはわかったし、さてと」彼はひとりごとをつぶやくようになった。「次は燃料庫までの距離を計算してみるか、それともレーダー装置にするかな」

香月の目の前にこの地域を写した一枚の地図が、そこに林や湿地帯がすいて見える半透明の幕となって垂れさがり、ゆっくりと裾をはためかせた。彼の目は、蟬の翅のように淡い鱗光を放っている緑色の輝線をたどっていた。波紋状のそれは一目で等高線と知れた。道路は蛍光色の筋になってからみあい、隊舎はその間におびただしい紫色の条痕をつくっていた。

鋭い鮮緑色の鎖線が走っているのはこの部隊全域をとりまく有刺鉄線の柵のはずである。給水塔とレーダー装置は地図の左寄りに、灰青色の斑点となってまたたいていた。幕が引きあげられるように地図はやがて消え、そのあとに高地のなだらかな稜線が残った。雪は高地と空の接する辺を柔かな輪郭に変えていた。彼は不意に烈しい欲望を感じた。

裸の稜線はうつぶせに眠っている女の背を連想させた。丘がいったん低くなり、それからしだいに高まって哨所のある頂へ来るとそこは女の尻にあたるだろう、稜線はふたたびゆるやかに右手へ落ちているからそれを太腿と見てもいい。

香月はそのとき、無線塔のオレンジ色の灯が弱々しく明滅するのに気づいた。目をみはると給水塔も燃料庫も灰色の蔭に没している。いつのまにか、小粒の雪が空から落ちてくるというより煙のようにまわりにたちこめているのだった。オレンジ色の灯は次の瞬間、雪の彼方に消え、高地の稜線さえさだかには見えなくなった。

風がおこり、しだいに強くなって雪の硬い粒を真正面から香月の顔に吹きつけるようになった。彼は唇の麻痺した感覚をよみがえらせるために歯で噛んだ。顔にあたる雪が睫毛を凍らせた。「これは少しひどい」瞼が雪を防ごうとしてひきつるのがわかった。

香月は少しの間でも、見ることをやめたくはなかった。細目にあいた目じりから雪が流れこみ、目に溢れて涙のように頬を伝った。視界は今、奥行きもなければ模様もない一枚の白い幕にすぎなくなった。

「このままでは困ったことになる。上へのぼらなければ」

大声で言ったつもりだったが、風に吹き消されたのか、雪が吸いこんだのか、明瞭に自分の声を聞きとることはできなかった。哨所へ行こう、あの中なら雪も避けられるだろう、電話連絡の時刻でもあるし。一歩、踏みだしたとたん彼は躰の安定を失ってあっけなく雪の上に倒れた。そのとき、小銃が腕からはずれてすべり落ちていった。彼は恐怖を感じた。誰も見ていない雪の中であるとはいえ、小銃を失った自分が外界の暴力に対して無防備のままさらされていると感じた。

　彼はあおむけに倒れたまま両手を伸ばして雪をさぐり、小銃をつかもうと試みた。その位置から初めに自分が倒れた地点まで、腹這いになって少しずつ進み、さぐり残した箇所のないようめんみつに手を動かした。小銃の床尾が手にあたり、安堵感が戻ってきた。

　しかし、香月がそうして雪の中を這いまわった結果、気がついてみると方向感覚がすっかり狂ってしまっていた。小銃を持って立ちあがれば、柵も見えず哨所のある頂も見えず、低地にいることは確かなのだが、どの方角へ歩くと哨所にたどりつけるのかわからないのである。

　落着け、落着け、彼は自分に絶えず言いきかせながら小銃をストックがわりについて、斜面を移動し始めた。スキーをはいてこきざみにあがる要領がこの場合、役に立った。一歩でも哨所へ近づかなければならないのだから斜面の傾きさえわかればいい。まだ視界が広かった頃、おぼろげに記憶している地形を案じながら少しずつ彼は高みへ動いた。

　二度目の転倒は斜面をおよそ三分の二ほど登った所で起った。躰が落着いた所で上半身をもたげると、目のつまったふるいにかけられたような雪がはやくも彼のすべり落ちた痕にふりつもっていた。ふたたび小銃は彼の手から離れた。すべり落ちるとき、またやったと、心の中で叫んだのは憶えている。斜面のどこかに埋もれているだろう。

それは確かなのだがこの雪ではさっきのように自分の倒れた地点まで腹這って行って小銃をさぐりだせるだろうか、この雪さえやめば、せめて風が弱まり、雪がもう少し小やみになれば、発見しやすくなるのだが、と香月は考えた。

「いずれにしろ、小銃は自分で発見しなければ、秦二尉がくるまでに。小銃なしの兵隊なんて無意味もきわまれりというべきだ……あんちきしょう」

この一刻も小やみにならないばかりか、ますます厚く濃くなる一方の雪を、彼は烈しく憎んだ。

「ここからは柵の方が近いはずだから、一応そこまでさがって登りみちを確かめよう、焦らないことだ」

彼は弾帯から銃剣をはずし、自分のすべり落ちてきた方向を指すように横たえた。こうすれば間近の柵と銃剣を結ぶ線の延長上に小銃をさがしあてることができるはずである。雪の上に黒々と横たわった銃剣をしばらく見つめ、ふたたび腰のベルトにとめた。

「柵へ行きつくまでに雪の下になってはかなわない。やりかたはほかにもある」

彼は雪をかき寄せ、頂点が今のすべり痕を指すように厚い三角形状に固めた。簡単に見分けられるように防寒帽をその上にのせた。それから目をそらさないで四つん這いになりうしろむきにさがった。雪の表面に顔を近づけていると、目が青白い微光に眩惑されて目印の雪塊を二個に見てしまう。

ひっきりなしに瞼をぴくぴくさせて、彼は防寒帽を見失うまいとした。「もうこれ以上さがれない、あれが隠れてしまっては元も子もない」これはさっきから続いているひとりごとだった。彼はうしろに足を伸ばし、そこにあるはずの柵に触れようとした。

柵はなかった。彼はふり返った。意外にもそこで尽きていなければならない勾配が、逆にゆるい傾きを見せて後方へ続いている。香月は目から溶けた雪をゆっくりと溢れさせ白い眉の下でまたたいた。

「これはまたどうしたわけだろう。うしろがうしろでなくて、前に哨所が見えないとすると、いや前が斜面であるのは確かなのだから唯一の正しい解釈はまっすぐ柵へ後退しなかったことになる。しかし、あんな方角に丘があるはずがない。問題は自分の方向感覚がすっかり混乱していることだ」

秦二尉を先に発見したとしても、小銃をどのようにしてさがしだすか、地雷探知器を使えばわけはあるまいが、どうして本部に連絡するか、その哨所さえどこにあるのかわからない。

彼は雪の塚へ戻ろうとして向きを変え、それが完全に姿を消しているのに気がついた。絶えず降り続いている雪が、防寒帽の上につもってしまえば、まわりの雪に溶けこむのは当然である。

「その手にはのらないぞ」

彼はまだ薄く残っている自分の手足の痕を頼りに雪の塊にたどりつき、砂糖菓子に似ている防寒帽をとりあげて勢いよくはたいた。立ちあがって腕を前後左右に振り、上体を屈伸させて躰のこわばりを解きほぐそうと無駄な努力を重ねた。

麻痺したような感覚はそれでも元の状態に戻らず、かえってそれまで強く意識しなかったねむけが、一時に襲いかかってきた。目を閉じてしまえば、瞼をひくひくさせて雪の彼方を凝視する必要はない。——いっそ眠りこんでしまおうか——彼は頭を振って誘惑を払いのけた。雪が発する仄白いむらの無い明るさと、あらゆる音を吸い尽すような静寂が、執拗にねむけを感じさせた。

「こうしていたらこの場で死ぬかも知れない。雪に埋もれて——」

この考えを何の驚きもなく香月はうけ入れた。意外だったのは自分の死を不安や驚きなしに想像できたことである。しかし今のところは、自分が死ぬかどうかはともかく、頂の哨所へ急ぎ帰って定時連絡をしなければという思いがしきりに彼を駆りたてた。

躰は思いとうらはらに、熱っぽいものの憂さに支配され、雪の塚にうずくまったままである。ときどき、足どりも軽く小銃を持って斜面を登って行く自分に気がつけば、それは瞬間的におちいる放心状態で見た幻覚であったりする。ある気配をこわばった皮膚に感じて彼は顔をあげた。あたりにすきまなく立ちこめていた雪が、渦巻状のかたちからややまっすぐに落ちはじめたようである。

風が弱くなり、依然として視界は定かではないけれども、雪は薄くなりかけている。香月が目から水を溢れさせながら四囲をうかがっているとき、闇の奥で何かが動いた。またたきするとその影はたちまち雪にへだてられてしまった。

彼はできるだけ顔を雪の表面に近づけ、何かが動いたあたりへ目をこらした。「誰かが居る」まっさきに感じたことは、そいつが香月を発見しているだろうかという危惧だった。彼の方から明瞭に見えないのだから向うからもはっきりとは見わけられない道理である。まったく発見されていないと考えるのも許されない。

それが秦二尉である公算は大きい。秦二尉でないとしても誰何しなければ。「とまれ」香月は大声で叫んだつもりだった。感覚を失った唇が、誰か、という言葉を「ああえあ」という声に変えてしまった。果してこの雪の向う側に、誰かが居るのだろうか、幻覚ではないのか、自分はふりしきる雪に対してむなしく誰何しているのではないだろうか。

「思わせぶりなやりかただ。もしあの影が秦二尉で彼がおれを先に発見しているのなら。雪の夜を選んでこんな場所で見え隠れして見せるとは」

香月は熱っぽいだるさで占められた躰をふるわせて、ぶつぶつ言った。

「自分はためされている。誰が何と言おうとこれは確かなことだ。目をしっかり見開いて定めの地区を警戒しているか、合言葉は憶えているか、小銃は失っていないか、要するに兵士として義務に忠実であるか、ためされようとしている」

考えがそこへ行きつくと、香月は不意に何もかも投げだしたくなった。秦二尉に背を向け、手ぶらで雪の中を立ち去りたくなった。柵の中から外へ、ためされない所であればどこへでも出て行きたくなった。「自分は今なら、とまれ、誰か、と言うこともできるし言わないこともできる。もし言わなかったらどうなるだろう。二十歳になるまで自分の生活は、こんな場合ためらわずに、とまれ、と叫ぶ方に属していた。とまれ、と言えるのに黙って見逃す方を、見逃したために烈しく難詰される方を選んだことは一度もなかった。なぜ黙っているかと言えば、自分はためされたくないからだ」

「どうかしている、自分はいったい何を見ていたのだろう」

香月はしきりに足踏みし、頭をたたいてわれにかえろうとした。やがて新しいノートをめくるように意識が新しくなった。

時計の螢光数字は彼が斜面をすべり落ちてから十分しか経っていないことを示していて、彼を驚かせた。

「雪がいけなかったんだ」

香月は肩の雪を払いおとし、痛みが感じられるまで太腿をたたいた。そうしながらも、雪の向うにぼんやりと動いている影を追っていた。

それはもはや樹や杭や置き忘れられたドラム罐でなく、明らかに一人の人間の姿をとっていた。

その男は柵をのり越えるとき、有刺鉄線にひっかかった外套を引き離すため、不自然に躰をひねっていた。

上体のむきが変ったところを見ると、外套ははずれたらしい。それは防寒帽を目深に引きおろして、歩きにくそうに足を踏みだした。〝とまれ〟

反射的に声がのどもとまで出かかったのを香月はこらえた。あの男はおそらく秦二尉だろうが、香月に認められているのを彼の方はまだ気づいていないとわかったのだ。鉄の棘にひっかかって、かなり永いあいだもがいていたのだろう。だから秦二尉には香月の存在を認める余裕はなかった。

彼の斜め前十四、五ヤードのあたりで、その男は顔をあげ香月のうずくまっている場所とは反対の方向を眺めた。

「今ならまだ間に合う。〝とまれ〟と言えば歩哨として任を果したことになる。しかし」

香月のすぐ近くで注意深く地形を点検している秦二尉の姿にはどことなくこっけいなところが感じられた。

「今、〝とまれ、誰か〟、と言えば、自分は幾千年も昔から、兵士が叫んできた言葉をくり返し叫ぶだけの人間になる。もし、黙ってやりすごせば、自分はあたり前の兵士ではなくなる。こっぴどく罵られて、班長は、〝お前のせいで顔を伏せて歩かなきゃならん、お前は班の面汚しであるばかりか中隊一の阿呆だ。いいや、班長のおれが恥をかくまではいいが、中隊長がどう思われるか……これは我慢のならんことだ〃、と言うだろう。まだ、間にあう」

どちらへ歩いて行こうかと、秦二尉は思案しているようだった。視線は前と同じように香月をとらえず、彼の左手の斜面、今はくっきりとその稜線をきわだたせているあたりへそそがれていた。

「あそこが哨所のある高地だったのだな、秦二尉は方向感覚が狂っているはずはないから正しいだろう。登っていって空の小舎を発見したら、してやったり、とほくそ笑むだろう。その途中、おれの落した小銃を拾おうものならますます上機嫌になるだろう。しかし、まだ、とまれと言うには遅すぎない」

香月の躰がふるえた。「言うな」「言え」という言葉が彼の内部で烈しく交代した。

「ひょっとすると、こんなに重大に考える必要はないのかも知れない。あっさり、〃とまれ〃と言えばすむのを、熱のせいで少し気がふれているので、一大事のように考えているのかも知れない。だとしたら今のうちに大声でどやしつけた方が得策だ。点数かせぎ、けっこうじゃないか、だが、しかし、黙って見送ったら、これは自分の人生で一度も企てなかったことをしでかすことになる。〃とまれ〃と言わなかったら、自分の全生活が変ることになる。ハンマーをふるってショーウィンドーを砕くような」

方向が定まったらしく、秦二尉は歩きだした。それは意外にも今まで見あげていた高みへ向う方向ではなく、そのまま進めば香月の前、三、四ヤードを通ることを、そして、当然、秦二尉がよほど別のことに気をとられていない限り香月に気がつく距離にまで近づくことを意味していた。

「あと十秒」

香月の優越感は消えていた。混乱がそれにかわっていた。雪の上に老人のようなかっこうでうずくまったまま、秦二尉に魅入られたようにその顔、ひたと香月の方を見つめている顔から目をそらすことができなかった。

「まだ、間に合う」

ロバート

約束の六時はとうにすぎているのに、ロバートはなかなかあらわれない。

荻窪駅北口の混雑はいっこうにおさまりそうになかった。わたしは右手に、『ライフ』アジア版を巻いて持っている。それが目じるしである。着ている濃い茶のレインコートもあらかじめ、Tが教えていることになっている。

ひるすぎから落ちはじめた雨が、夜に入ると激しくなった。駅の軒下ふかくたたずんでいるわたしの足もとにも、大粒の雨が風にはこばれてくる。

白帽子に白い雨合羽をつけた警官が、駅前広場の一角に立って、バスの発着を整理している。彼が敏捷に腕を振るごとに、白手袋をはめた指先から透明な水滴が、きらと街の灯をうつして飛びちっている。

その光景は待ちくたびれてすくなからず屈託しているわたしをやや慰めた。

ロバートはそこに立ってわたしをみつめた。亜麻色の髪が頭にはりつき、いちめんに顔をぬらしている雨水が、とがった鼻先からゆっくりしたたりおちる。

この男だろうか？　初対面なのである。わたしたちはおたがいに向いあって相手の目をまじまじとのぞきこんだ。男は手を出した。

「ロバート、ロバート・エヤハート」

「タナカ　マモル」

わたしは、『ライフ』アジア版を持ちかえて、ぎごちなく右手をさしだした。いったいにこの西洋的習慣がなぜか好きになれない。ことに相手がアメリカ人となるとなおさらだ。

案の定、ロバートはその右手にすさまじい力をこめた。わたしは、一瞬、指の骨が砕けたかと思ったほどだ。このたぐいの握手に対抗する手だては一つしかない。前もって自分の手に満身の力をこめておくことである。

長途の汽車旅行で疲れていたせいもあった。うしろからいきなり肩を叩かれて握手するまで、ほとんど五、六秒の出来事ともいえた。とどのつまりわたしの側に充分、心の用意がなかったままでだ。もと陸軍中尉という肩書から、わたしの想像していたロバートは、アメリカ煙草の広告に写っている金髪碧眼の、それも雄牛のようにたくましいタイプだったが、不意にあらわれた実物は、背丈もわたしと変らないくらい、肉づきもあまり良くなくて、当初の予想とかけはなれていることおびただしく、ために意外であったわけだ。わたしは足もとの旅行鞄をとりあげてロバートと肩をならべ、広場を歩きだした。彼は子音を柔らかく鼻にかけた発音でわたしに話しかけた。

「……ハスンダカ」

「チャウ?」

わたしはきき返した。食事のことだ、とロバートは言った。そういえば昼は新幹線のビュッフェで、サンドイッチきりしかとっていない。わたしの返事を待たずにロバートは、アメリカ人特有の膝を曲げず無造作にすいと脚をはこぶ歩きかたで、道路に面したレストランへはいった。

雨は小降りになっていた。レストランの明るい灯の下で、わたしはこの先、一週間、起居を共にするルーム・メイトをつくづく眺めやった。見れば見るほど奇妙な顔である。人の顔だちは左右すこしずつ異るからこそ、そこに彼らしい個性が滲みでるものというが、ロバートのそれは顔のつくりが完全につりあっている。

話にきいていた負傷を顔にうけていたのだとしたら、執刀した整形外科医は腕前を誇っていいだろう。ととのいすぎた顔の与える効果に彼が無関心であればの話だが。よくよく目をこらさなければわからぬ所にメスの痕らしいうすい条があらわれていた。

ロバートは馴れた手つきで蒸しタオルの端をつまみ、軽く左右に振って二つに折り、濡れた首すじと顔におしつけている。もともとわたしは、このアメリカ人と同じ部屋に暮す予定ではなかった。石油のプラント・メーカーにつとめている友人のTが、しばらくホテルにこもりきりの仕事をする。

その間、わたしに自分の空部屋を提供してくれることになった。わたしの上京もTの申しでたこの好機を利用しないでは実現しなかったろう。ロバートとTは台湾で出あったという。軍を満期で除隊しており、そのときはアジア各国を旅行しながら帰国して書く本の材料を仕入れているとのことだった。

会ったとき連れ帰ったのか、あとからTを頼って日本へ来たのか、そこまではあわただしい長距離電話で話しあうゆとりはなかった。ついでに言えばわたしの町から東京へは、急行を利用してほぼ一昼夜かかる。いきおいそう気軽に上京できない道理である。

Tは電話で言った。

「ま、なんだな、毛色の変った野郎としばらく暮してみるのも一興だろうよ。くにへ良い土産話ができるだろ」

わたしは、なんということをしてくれたのだ、と恨み、

「おれの英語がひどいものだってことくらい知ってるくせに」

「問題はないと思うよ。おまえは昼間ずっと部屋をあけて、帰れば寝るだけと言ったろ。ロバートにしても、東京で戦地の垢をおとしたいだけさ。いざこざの起るわけがない」

「そうかい」

「そうさ」

Tは快活に笑った。その朗かな声をきくと、見ず知らずの街で戦争がえりの若い陸軍士官と数日をすごすのも、面白みがありそうに思えてきた。

それになんといってもわたしには、一週間の東京滞在をホテルなり旅館で暮す金がなかった。ホテルなどを利用すれば出歩く交通費もままならない。その宿泊にいる分だけ、仕事の方につかいたい……。

「ただ、ここで言っときたいのは……」

Tはさりげなくつけ加えた。

「さっきも説明したように、あそこで異常な経験、というよりひどい目に逢ってるから、ロバートがすこしばかり変ったことを言ったり、したりしても気にするんじゃないよ」

「わかった」

わたしは答えた。戦争をしてきた男だもの無理もない。Tやわたしが子供のころ、シベリヤやビルマ、はてはニューギニアからずいぶん変った連中が帰って来たものだ。

気がふれたのも、手足がないのもザラにいた。少々のことで驚くものか、そう思って電話をおいたとき、ロバートとかいうアメリカ人も南から帰ってくる男になると気がついた。彼について話すとき、サイゴンという街の名をTはつかったこともあった。

勘定はわたしが払った。

七日間、顔をつきあわせるあいだがらでもあるし、ここで気前の良いところを見せておくのも悪くはない。

それにしても、あの飢えたようなすさまじい食べっぷりはどうだろう。Tが会社のスタッフと共にホテルにこもったのは一昨日ということだが、そのかん何も口にしなかったかのように皿の料理を(それはメニュを見て全部、自分で注文したものだったが)むさぼり食べるのにはわれながら目をみはった。

わたしが馬のような食欲を失ってから久しい。飢えたアメリカ人というのは、わたしには見馴れないしろものである。目がそれを認めても、頭がすぐさま納得しない。

敗戦当時、わたしの町にある海軍病院を接収しに来たロバートの父たちは、これはもう、うんざりするほど肥えふとっていた。彼ら兵士たちのたくましい肉体を包んでいる薄いからし色の制服も今にその縫目がはじけそうに見えたほどだ。

わが日本の痩せほそった大人たちを見馴れた目には驚異でなくて何であったろう。これでも同じ地球上の人間かと同胞をずいぶん情けなく思った。

ところが、このロバートときたら、手足はどこかの関節がはずれでもしたように不つりあいに長く、皮膚はつやを失って目のあたりが異様にくぼんでいる。三十前というのに老人のような猫背をいっそうかがめ、まばらな無精髭におおわれたあごをがくがくさせて、鶏の腿を喰いちぎっているかっこうを見ると、まわりでにぎやかに談笑している日本人にどうしても見劣りがする。

カウンターの方から、ちらちらとロバートをぬすみ見ているウェイトレスたちの表情にも、(呆れた)という気色が感じられる。

清潔で上質な服を着こみ、まるまると太った日本人たち。色あせた海色のシャツに骨ものぞけるほど痩せた躰のアメリカ人、いつの間に世界は、わたしが子供だったころと変ってしまったのだろう。おそらくロバートにしてみれば、あえてこちらからたずねてみるまでもなく、このような変りようはいかにも不本意なことにちがいない。

静かな住宅街の塀に沿ってわたしたちは歩いた。雨はレインコートの生地を通し、えりもとからしみこむ水とあいまって躰は凍えるようだ。途中、何度、角を折れたのか、いくつの路地を抜けたのかおぼえていない。

これではTから所番地を知らされていても、まるっきり方向感覚のにぶいわたし一人では行きつくことはできはしない。わたしはロバートを迎えによこしたTの心くばりに感謝し、わたしを通勤者の人ごみの中から見わけたロバートにも、心あたたまる思いがした。

そこは庭のある古い西洋館だった。持主の老婆は七十あまりであろうか、あいさつをするのにも声をはりあげなければならないほど耳が遠かった。うさん臭げにわたしの姿を見る女主人をようやく納得させると、ロバートに案内されて廊下を進んだ。

彼が壁を手さぐりして明りをつけた。小さいシャンデリアがTの部屋を照しだした。(困った)とわたしは思った。洋間であるとはTからきいていなかった。Tにわたしがきかなかったせいもあるけれど。ベッドは一つきりではないか。

「ワレワレハ濡レタ。オ前ハ疲レテイルト言ウ。入浴シナケレバナラナイ」

とロバートが言った。それもそうだ、よかろう、とわたしは応じた。銭湯はすぐ近くであるそうだ。ロバートは部屋の隅をかきまわしてタオルと石けんをとりだした。

入浴というものは奇妙な儀式で、他人と親密になるにはこれにまさるものはない。わたしは、その構えが威風堂々あたりを払うばかりの、東京の銭湯が好きだ。むかし、東京で会社づとめをしていたころのわたしが、もっとも安あがりに愉しんだのは、いつも満々と浴槽に湯をたたえた銭湯を、町から町へはしごしてまわることだった。

がらにもなくこうした懐旧の情に浸っていると、「お客さん」、呼びとめられてわたしはうろたえつつ銅貨をつかみだし、もうさっさとズボンを脱いでいるロバートの分を払った。Tの留守をしているあいだ、部屋を守っているロバートは、自分が主人でありわたしはその客なのであろう。そうすると彼の部屋へ厄介になるわたしは晩飯代や風呂代くらいは奮発するのは当然と見なされたのかもしれない。主人に対する礼という意味で。

いずれにしても、たかが十円銅貨の六、七枚である。わたしがまだシャツもとらないうちに、ロバートは浴場の湯けむりへ消えていった。なんというすばやい男だろう。これが、アメリカ式入浴法、あるいは米国陸軍士官のたしなみなのだろうか。

東京の銭湯のつねとして、飛びあがるほど熱い湯に、おそるおそる足を浸し、ようやく肩まで湯に沈めきったとき、浴客の頭のあいだ、もうもうたる湯気の奥にロバートが薄青い目でじっとわたしをみつめているのに気づいた。

「ハーイ」

わたしが自分を認めたと知ると、ごく陽気に彼は口を利いた。あまつさえロバートは目と唇をゆるゆると細めにかかった。痩せこけた顔に寄ったしわが、うっすらとほほえんでいる表情らしいとわかるまでにはしばらくかかった。わたしはうなずいてみせた。

湯は充分あたたかく、ロバートの蒼白い黄ばんだような皮膚にも、みるみる鮮紅色の血がのぼってきた。変ったやつ、とTのいうのはもっともだ。それでもこの程度ならそれほどのことはないじゃないか、わたしはそう考えた。

勝手のちがうのは、相手が外国人であるからには、わたしとしても覚悟のうえだったはずである。なにが起ろうとあわてるものか、そのようにわたしはロバートの気持良さそうなあから顔を眺めて自分に言いきかせた。

しかし、湯ぶねから立ちあがったロバートの裸体を見て、わたしはすくなからず衝撃をうけた。太腿の外側からわき腹へかけて、またずっと胸のあたりまでも、砲弾の破片か何か鋭利なものがえぐったらしい大小無数の傷痕が散らばっている。長いもので十センチ、短いのでも四、五センチはあろうか、それが左半身を右半身とすっかりちがったように見せてしまう。

傷は今まったく癒えているのだろう、つややかな桃色の肉がかすかに盛りあがっている。その上にロバートは余念なく石けんを塗りつけはじめた。

Shell Shock（戦争神経症）という術語をたしかTの説明にきいたようだ。わたしはせっせとタオルを動かしているロバートの傍に腰をおろして、自分の石けんをとりだした。

（すこしばかりおかしくなっても、やけにたくさん傷をこさえても、生きて戦争から帰れたのはおめでたいよ。命あっての何とかいう日本のことわざもあるからな、ロバート）

これだけの意味をロバートの言葉で表現することは残念ながらわたしには無理というものだった。

それができたらもっと沢山、ロバートに話しかけて、彼の屈託した心を和ませようとしただろう。

銭湯の帰りにわたしはコーラを一ダース買った。傷痕のいわれをたずねてみてもはじまらない。戦争をしている人間が、怪我をしたからといって、いちいち驚いていては身がもつまい。それでもロバートの傷を見たことで、彼に対する目がいくぶんちがってきたことは否めない。

西洋館の部屋へ戻ると、わたしはくつろいだ気分になった。ロバートの全部を認めようという寛容さもうまれていた。考えてみると、これはひょっとしたら、一風かわった異邦人を知るのにまたとない機会かもしれない。

「オレハ長椅子ニ寝ル。オ前ハ寝台ヲトルガヨイダロー」

わたしは愛想よく宣言してベッドをロバートにゆずった。ゆずったとそれでも言えるのかどうか。その前に彼はベッドに腰をおろし、わたしのコーラを飲んでいたのだから。

「しまった」

わたしは叫んだ。栓抜きを手に入れるのを忘れていた。いつもは付属しているそれをどこかで落してしまったのである。はやばやと寝についた婆さんを起して借りるのは気がとがめる。

しかし、それではロバートはどうやってあけたのだ。彼はまたたくまに一本を空にすると、二本目に手をのばした。ロバートはわたしに軽く片目をつむってみせ、壜の蓋に歯をあてがってあっさりはずした。

わたしも真似をしたけれど、とうていうまくゆくものではない。

「アリガトー」

わたしは呆れながら礼を言った。

「ドーイタシマシテ」

わたしはテレヴィのスイッチをひねった。おどろおどろしい音楽が流れ、画面に白銀色の縞がちらちらしたあと、地平線から湧くようにあらわれた豆の鞘形の群が点々と空にうかび、草原をかすめて飛行した。

情景はめまぐるしく変った。あどけない顔をしたアメリカ人兵士たちが重そうな弾帯を十字にかけ、銃をささげ持って膝まで没する泥沼を渡り、それがときには胸を浸すクリークにもなった。すこぶるなつかしい光景だとでも言おうか。太平洋戦争のさなか、小学生だったわたしたちは、まったく同じニュース・フィルムに見とれたものだ。うっそうと茂るジャングル、その下の沼沢を黙々とかきわける日本軍兵士。たしか『シンガポール陥落』という血湧き肉躍る記録映画。

さて、舞台は似たようなものだが登場人物は交替した。わたしはコーラをさしあげて、心ひそかに彼らのむくい少い労苦をねぎらうのだ。

ロバートはと見れば、飲みさしのコーラ罎を片手に、軽く口をあけて放心したようにテレヴィを眺めている。アナウンサーのせりふはわかるまいが、映っている土地は馴染みのはずである。

それとなく注意したつもりだが、ロバートの表情には何の変化もうかがえず、うつろな無感動だけしか見られない。彼は立ってチャンネルをせわしく切りかえにかかったが、ついには面白くなさそうに鼻を鳴らして消してしまい自分のベッドにもぐりこんだ。

わたしはあわてた。かけ布団の一枚もわけてくれなくては困るのである。

「ロバート、オレハ何モ着ズニ眠レナイ。頼ムカラ上ニカケル物ヲ貸シテクレ」

「オレノ寝袋ヲ使ッテヨロシイ。長椅子ノウシロニアル」

「アリガトー、ロバート」

「ドーイタシマシテ。トコロデオ前ハ静カニ眠ルカネ」

「ソノツモリダ」

わたしの寝言か歯ぎしりを心配するのならそれには及ばない。いびきをかく体質でもない。長椅子のうしろにそれはあった。アメリカ軍の払いさげた品なのだと思う。濃緑色のスリーピング・バッグを、それもところどころ無惨に裂けているのを、長椅子の上にひろげてわたしはその中へ這いこんだ。

これが白人の匂いというものだろうか。何とも耐えがたい異臭である。にんにくと玉ねぎを練りあわせたような、それだけならまだしも、汗と脂が布地にじっとりと染みついていて、息をするのも苦しいほどだ。わたしは心の中でつぶやいた。

(おお、ロバート、これはやりきれない匂いだよ。ホンコンだのバンコックだのうろついてきたという話だが、これがその土地の匂いというものかね)

わたしはパジャマの上にまだ湿っているレインコートを着てしっかりと躰を包み、再びスリーピング・バッグへすべりこんだ。

ロバートはわたしの残したコーラを全部ベッドの下にとりこんで、はやすこやかな寝息をたてている。わたしは柔らかい毛布と糊の利いたシーツにくるまれているロバートをうらやんだ。とかくするうち疲れがわたしの上にもすみやかな眠りをはこんできた。

朝まで夢ひとつ見ずにわたしは眠りこけたと思う。

ロバートにも仕事があるとは知らなかった。朝、わたしが家を出ると、彼も底革のとれかかった靴をはいて国電の駅へ向うのである。明るい陽ざしで見るとロバートのみすぼらしさがひときわ目立った。青いデニムのシャツはまああとして、つぎはぎだらけの寸足らずのズボンは汚れきっている。

かつては小粋に白い生地であったものが、今は得体の知れぬしみをつけて、灰色とも茶色ともつかない色合だ。きのうは夜でもあったので気がつかなかったけれど。道行く連中もふりかえって見るわけだ。わたしはたずねた。

「オ前ハドコへ行コートシテイルノダ」

「知ラナイ」

熟睡したせいでわたしはいつになく爽快だ。陽気な口調でわたしはつづけてたずねてみた。

「スルト、朝飯前ノ散歩トイウワケカネ」

「ソーダ。オレハ腹ガヘッタ。朝食ヲタベラレル」

荻窪駅ちかくの食堂で、わたしは朝の定食を注文した。「二人前ですね」、おかみがロバートにあらわな好奇心を示しながら念をおした。

「ドースル、ロバート、オ前ハ日本人ノ朝食ヲタベルコトガデキルカ」

「デキルト思ウ」

というやりとりのあと、わたしたちの前に朝食がはこばれてきた。豆腐の味噌汁に生玉子と漬物というありきたりの食事を眉ひとつ動かさずにたいらげて、ロバートは外へ出た。「またか」、わたしは内心うんざりしたものの、ようやく彼から解放されたかと思うと心が軽くなった。ロバートの朝飯代なんぞ安いものだ。

このまえ上京したのはオリンピックの翌年だったから、今度は三年ぶりということになる。わずかの歳月にこの都会の変りようはどうだろう。

東京が鉄とガラスと石の無機的な集りとはわたしには信じられない。都会はそれ自体、生きるためのどんよくな意志を持つ巨大な一頭の獣で、建物も高速道路もその獣の数知れぬ触手の一つであるような気さえしてくるのだ。

ターミナルの乗りつぎ。いつのまにか延長された地下鉄。わたしは新宿駅の地下道で迷い、その次は渋谷駅の内部から外へ出られずにまごついた。

デパートのガラス越しに駅前の広場は見えるのである。あがったりおりたりすると、二階と思っていたフロアが三階であり、一階かと思えばわたしたちは地階にいる。

そう、わたしたちなのだ。いまいましいことに。都会で迷うのもいい加減いらいらするのに、あれ以来ロバートはぴたりとわたしに寄りそっている。底革のとれかかった靴をヒタヒタと鳴らしながら、急ぐでもない面白がるでもない顔つきでわたしのあとについて来る。

友人を会社ちかくの喫茶店に誘うと、ロバートは心得顔にわたしの隣りに座を占めてウェイトレスに合図するしまつだ。

「このかたは?」

ときかれて、これが当惑せずにいられれようか。知りあい、と言っても納得しそうにないし、友達と言えば嘘になる。

「ただ、ちょっと……」

あいまいに言葉をにごしたあとわたしは猛烈に腹がたってしまう。友人と話もそこそこに別れてから、わたしは叫んだ。

「行ッテクレ、ロバート。オレニハ用事ガアルノダカラ、オ前ミタイナヒマ人トチガウノダ。仲間ト話シタリ、仕事ニツイテ打チアワセヲシナケレバナラナイ事ガ、ゴマントアルノダ。ツイテキテ、オレノジャマヲシナイデクレ」

「オ前ノジャマハシテイナイ。オレハイツモ黙ッテイル。ソーダロー。オレガイツ、何ヲ話シタカネ」

「オ前ハ何モ話シハシナイサ。タダ、オ前ガイルダケデ落着カナクナルノダ。オ前ハ本当ニジャマダ」

「トックニ中食ノ時間ハスギタト思ウ。飯ニシナイカ」

「ヨロシイ、ロバート、昼飯トシヨウ、シカシオ前ハ自分ノ勘定ヲ払エ」

東京で目立つのは、赤電話と宝くじ売りと大小の食物屋のようだ。わたしたちはレストランのテーブルで向いあった。さすがに彼を別のテーブルへ追いやることはできかねる。

噂にはきいていたが、アメリカ人は奇妙な食事をするものだ。はじめにビフテキを切りきざむと、右手にフォークを左手にコーラのグラスを持ち、肉を食べるそのつどコーラを飲むのである。呆れて眺めるより、もってうまれた好奇心がわたしにも同じやりかたを真似させた。これが案外いけるのだ。コーラとビフテキはよく合う、ということか。何事もこころみてみるにしくはない。

それはともかく、わたしはロバートの絶えずふるえる手が気になった。ナイフとフォークをあやつって肉を切るときから、そのおこり病みめいた手の慄えはわたしの目をひいて放さなかった。アルコールか、ある種の麻薬に中毒した場合、こうした症状があらわれるのをわたしは知っている。無論、わたしはユーウツになった。カウンターの前で、わたしが自分の勘定を払っていると、ロバートは何喰わぬ顔をして外へ抜けだしかけた。

すかさず、その腕をわたしはつかんだ。喰い逃げも度重なれば、こちらとしても用意おこたりなかったまでである。

「金ヲ出セ、ロバート、ソラ、コレハオ前ノ伝票ダヨ」

「金ハナイ」

「約束シタハズダ、ロバート」

「オ前ハ金ガアル。ワレワレハ友人ダロウ。友達ハ助ケアウコトガ必要デハナイカ」

「イッタイ誰ガ友達ト言ッタ、ロバート。オ前ハタダ……」

感情がたかぶって、低声で言い争っていたのがしだいに大声になった。わたしたちを取りまいて成りゆきに注目する見物人まで出てくる模様だ。なんとなくわたしは自分が不利な立場にあるような気がした。

何がそのようにわたしへ語りかけるのか、わたしは明らかにすることができない。心のどこか深い所から、(お前が払え、お前が払え)というしつこい声が囁きかけてやまない。

わたしは自分の中のもう一つの声に愕然とした。この調子では勝ちめは望めない。そう考えればかえって身内からおさまりのつかない怒りがふつふつとたぎってくる。こんな青臭い小僧になめられてたまるか……。

とつぜん早口で喚いたものだから、よく聴きとれなかったが、ロバートは蒼白い顔を紅潮させてわたしにつめよった。わたしの目をまっすぐみつめて、こう言ったようだ。

「Why don't you help me?」

昂奮するとどもるわたしのつねとして、わたしは口をあけたりとじたりしながら言うべき言葉を探した。

「Be, Be, Because……」

さしあたり適切な言葉が浮ばないので、なおさら、どすぐろい怒りがわたしの体内をあれくるう。わたしはロバートの勘定をカウンターに叩きつけ、彼の腕をかかえて外へひきずりだした。よそ目には仲の良い友人同士に見えたろう。日米親善がきいて呆れる。つけあがらせるにも程があるのだ。ちょうど広場の一隅にあった公衆便所へつれこみ、人目もはばからずわたしはロバートのシャツを剝ぎとった。シャツを乱暴に振ってみれば、五、六枚の十円銅貨がわびしくタイルに落ちただけである。シャツの下には何も着ていない。

「ロバート、壁ニムカッテ両手ヲツケ」

何をされても彼はさからわない。まるでクラゲのようにわたしの手にもまれ、ぐにゃぐにゃするばかり。わけても気味悪かったのは、わたしの手がロバートのわきの下でも知らずにくすぐったものか、にわかに、「ひっ」とけいれん的な笑いを発したことだ。わたしは彼のズボンまでくまなくさぐり、中に数本残した〃新生〃の包みしかみつけることができなかった。これはわたしにとって威信の問題である。

「ロバート」とわたしは言った。落ちこぼれた十円銅貨を拾いあつめて彼の手にのせてやり、わたしの財布をとりだした。

「コレハオレノ金、オレノモノナンダヨ、仕事スル、金イル、ワカルダロウ、トコロデ、コノ銅貨ハ誰ガ何ト言ッテモオ前ノモノダ、ソシテ、オレハオ前ノ勘定ヲ引キウケルホド金持デハナイコトヲオ前ハ理解シナケレバ」

ロバートの指はのろのろと動いてわたしの返した海色のシャツのボタンをとめており、淡青色の目はわたしのしまった財布のあたりを見ている。ある思いつきがわたしに閃いた。どうして今まで気づかなかったのだろう。

荻窪行の切符を一枚買い、ロバートの手におしこんで（どうせ読めやしない）国電のプラットフォームへつれだすと、今しも発車寸前の電車へ思いきり突きとばした。自動ドアがロバートの背後でしまった。

ちらとのぞいたところでは、支柱か何かにぶつかって倒れたようだったが、ついにわたしは肩の荷をおろしたことになる。「ざまあみやがれ」快哉を叫ぶとすれば今をおいてはあるまい。

東京でこれという仲間と連絡をつけること、それも一つの戦争だ。電話が小銃なら電話番号は弾丸、番号のメモはわたしの弾薬庫と言えるだろう。会社への電話、アパートへの電報、管理人への伝言、わずか数分の行きちがい、再び電報、それから電話、おたがいに時計の針をあわせる。次の会合場所と時刻を確認する。

いつもならそんな手続きだけで疲れきってしまうのに、ロバートという厄介物を首尾良く追い払った嬉しさのあまり、苦痛と感じられなかった。大学卒業当時、就職した会社を去って広告代理店につとめる者、またコンピューターの販売会社へかわった者も妙に多かった。

結婚した友人がおり、しない友人がいた。みな歓迎してくれるふうに見えはしたけれど、共通の印象として表情にどことなくけわしさがあり、目の光が若い頃より酷薄になっている。おたがいさまと言えるかもしれない。

Tの会社とホテルへ、のべつ電話をかけてようやく午後五時ごろ彼を電話に呼びだすことができた。私はTに尋ねた。

「今、忙しいかい」

「あたりまえだ。忙しくて死にそうだ。つまらないことをきくものじゃない」

「じゃあ、後にしようか」

「電話したのなら話せよ、きいてやる、昼飯だってまだなんだ。きのうから徹夜してる。まだ生きてるのが奇蹟みたいなものさ」

「ロバートの件なんだがな」

「ああ」

Tの声が気のせいか、かすかに緊張したように感じられた。

「やつはいつまで部屋にいるつもりだ」

「おっつけ出ていくだろ。くにから金が着きしだいとか言ってたなあ。くにと言やあ、なんでもフィラデルフィアの名門らしいや」

「名門なんか糞くらえ。おい、やつのせいでおれがどんなに迷惑をこうむっているかわかるかい」

「まあ、そう怒るな。前はもっとひどかったんだから」

前はもっとひどかったとするとTにも身におぼえがあるわけだ。わたしだけではない事になる。Tの声は続いた。

「傷か、あれならおれも見たさ。地雷でやられたらしいよ。痛みどめの麻薬をへぼ軍医がうんとこさ注射したんだな、多分、モルヒネだと思うけれど。命をとりとめてみたら麻薬中毒になっていた、というわけだ。可哀想になあ」

「大使館につきだしたら引きとってくれやしないかね。大国のことだ、名誉の傷痍軍人だもの」

「ロバートはそれを好かないよ。おれもそのことは一度も考えたことがなかった。何はともあれよろしく頼む。じゃ、また」

わたしは要領を得ないまま受話器をおいた。よろしく頼む、か。わたしはロバートを突きとばしているのに……。

その夜、杉並の洋館へ帰ったのは十二時をすぎていた。荻窪駅周辺のバーで、ぐずついて時間をつぶし、何度も別の所へ泊ることを思案したあげく、かなり酔って戻ったようなわけだ。部屋はまっくらだった。不吉な予感がした。荻窪でおりずにとんでもない所へ行ってしまったのではないだろうか。

しかし、ロバートはいた。寝台の呻き声でそれとわかった。明りをつけると、彼は光線を忌むように毛布を顔へ引きあげた。その顔には、わたしが突きとばしたときのしるしであろう、意外に太い瘤がふくらんでいる。

（可哀想なことをした）わたしは水を汲んできてタオルを浸し、ロバートの額をひやした。もうあっけなくわたしは自分の邪慳なふるまいをくやんでいたのである。アジアの南で泥にまみれ、しこたま傷までこしらえたあげく、電車の中へ蹴とばされるなんて、わりにあわない話というものだ。

（ここでは我慢することだな、ロバート。おれの懐が充分ゆたかだったら、お前さんのように困った状況にある外国人の一人や二人、食べさせるのは何でもないのさ……）

わたしは買ってきたウィスキーの壜を半分あまりあけて寝袋にはいこんだ。そうでもしなければ裂け目だらけの寝袋はわたしを暖めないのだった。

真夜中、ロバートは異様な唸り声をあげてわたしを目醒めさせた。彼の叫びをわたしは日本語にうつすことがかなわない。

「シュー、シューテェム、シュー……」

おれのもの《マイン》だ、おれえのもの《マイーン》、とも言うのだが、地雷《マイン》だ、地雷《マイン》だ、と呻いているのかもしれない。彼はてんかん病みのように歯を喰いしばるので、わたしは舌を嚙みきるのではないかとおろおろするばかりだ。戦場の記憶がまがまがしい夢となってロバートをさいなむのであろう。そのきっかけが、もしわたしの与えた額の瘤だとしたら、わたしは安らかに眠ることができない。

ロバートは胎児のように両膝を胸にかかえこんだなり、依然として呻きはするけれどさっきほどではない。わたしは額のタオルをせっせと取りかえた。許せ、ロバート。ここに弱々しく呻いているのは言葉の通じにくいただの異邦人とは思えなかった。ロバートは戦争で傷ついた無一物の人間、わたしの弟にあたる青年なのだ。世が世ならフィラデルフィアで、ありきたりの会社か学校につとめて、平和な生活が愉しめたはずだ。

わたしは彼の気をしずめるためにウィスキーの残りをロバートの口へつぎこんだ。それと気づいたものか、初めはむせてシーツに少量こぼしはしたが、わたしの手から壜をひったくって最後の一滴まで飲みほしてしまった。わたしは自分のほどこしたけち臭いつぐないに心みちたりて寝袋へすべりこんだ。

わたしは理不尽な悪夢におびえるアメリカ青年、このかよわい男を不意に理解し、憐れみを覚えたので、彼をその苦痛と悪魔ともども抱きしめてやりたいような衝動を感じた。

わたしは結局そうしなかった。自分で自分に感動するには年甲斐もないとやっとのことで思いとどまったのだった。


朝の光に照されたロバートの寝台はからだった。手の鳥をにがしたようで、いささか気がかりでもあるが、反面、やれやれという思いがないではない。

今朝、わたしの旅行鞄がかきまわしてあるのが不審だったが、あらためてみたら何も消えていない。おおかたロバートがわたしの洗面具でもつかったのだろう、と気にとめないでいた。こともあろうにわたしの上衣から財布をくすねようとは。

わたしは公衆電話に突進した。

Tの声が返ってくるやいなや、わたしはロバートの悪事を喚きたてた。Tはだるそうに呟いた。

「で、それがどうしたというんだい」

「…………」

「警察へご注進におよぶかね。それとも大使館へ駆けこみ訴えといくかね、え？」

「まじめにきいてくれよ」

「まじめだともさ」

Tは目下、自分の会社のプロジェクトなんとかという会議の進行中で、とても相手になっていられないと言う。わたしの声には哀願の響きがまじった。

「約束がちがう。同じ部屋に寝るだけと言ったろ。かっ払いの常習犯なら前もってそう教えてくれたらいいじゃないか」

「いたわってやることだ。戦争帰りだものなあ」

「戦争なんか知るもんか。やつがどうなろうとおれになんの関係がある。どうしておれがいかれたヤンキーの世話をしなくちゃならないんだい。きょう限りご免だな」

わたしはここを先途とまくしたてた。昨夜、一時的にもロバートに感じた憐れみと友情はどこかへけしとんでしまっていた。

「こうと知っていたら、初めからホテルに泊るんだったよ。言っておくがロバートとはこんりんざい縁を切るつもりだ。おい、きいてるのか」
しばらくして受話器の奥からTのしだいに高まる笑い声がきこえてきた。

竹の宇宙船

片仮名は不吉だ、と光男は思った。

病院から電報を受けとるのはこれが三度目である。文面はこの間と同じだ。「アニウエユクエフメイ、シキユウオイデ　コウ」。

入院患者が脱け出した場合に備えて、医事係は極り文句の電文を用意しているのだろうか。「アニウエ」を時に応じて「チチウエ」か「シソク」に変えさえすれば間に合うように。

「それ何、何があったの」とやす子が訊く。気づかわしそうに眉をひそめて問い糺した。「まただ」といえばやす子には分った。

「また……」

二度目の電報が届けられた日もやす子と一緒だった。

「すぐ見つかるだろう、あれで遠くに行けやしない」と光男はいった。

「これ、どうする」とやす子は旅行鞄を片手で持ち上げて見せる。二人分の切符も買っていた。光男は頭を振った。旅行に出かけるなりで肩を並べてバス停留所まで歩いた。

「あたしも行きましょうか」

「どこに」

「病院へ」

それには及ばない、と光男はいった。「病院へ行ってどうする」「帰ったってすることがないもの」

「それはそうだが……」と言葉を切ってやす子から目をそらした。バスが近づいて来た。

「行ってみなければ」

「なんだか心配だわ」

「ここで別れよう」と乗降口でいった。バスが動きだしてもやす子は立っていた。しばらく走ってから振り返ったとき、やす子は手を振った。それから背中を見せた。

片仮名書き文章にロクなものはない、と光男は思った。どうしたわけか片仮名というしろものは死と破滅を連想させる。ところがポケットから電報を取り出して今一度じっくりと眺めていると、片仮名の角張った字体がいつのまにか本来の意味を失い、地面に散らばった折れ釘のような物に見えて来た。あるいはまた粘土の表面に点々としるされた鳥の蹠にも似てくる。単にそれだけのものに過ぎなくなる。すると初めて安らぎが光男に訪れた。頭を座席にもたせかけて目を閉じた。

目の奥に鈍い痛みがある。瞼を指で押えた。昨夜は五百枚以上、答案を採点した。夏季講座の試験が一昨日終ったところだ。採点さえすませれば二日間の休暇をとっていいのだった。病院は町はずれにある。着くまで一時間はかかる。眠ることにした。

「おたくへ電報を打った直後に」と医事係はいった。兄は病院に戻っているという。この前もそうだった。「兄はどこに行ったんでしょう」「それが分っておれば何もおたくへ電報なんか打ちやしません」

軽症患者は作業に出される。近くの農家で田の畦道を直していた。十数人が散らばるから見張りが行届かないこともある。いつの間にか消えていた。行方を探し始めて五時間目に受付の長椅子で寝そべっているのが発見された。どこに行っていたかは語らない。

「会わせてくれますか」と光男は訊いた。

「昂奮してるようです、さっき病棟の入口で人を殴ったりして」

「怪我は……」「それ程でもないようです、あっという間の出来事で、兄さんは力持ちですな」「すみません」「何もあなたが謝ることはない」「…………」「鎮静剤を打ってもらいました。醒めるまであとしばらくかかります」と医事係はいい、椅子をすすめた。

病院は海に面した丘の上にある。海は深い入り江である。青黒い平らな形で静まり返っている。波音は聞えない。蟬の声だけが耳を圧した。「ま、ゆっくりして下さい」と医事係はいった。光男は彼が淹れてくれた茶をすすった。丘の斜面は密生した萱で覆われている。ぼんやりと外を見ていた。視界で何か光る物が揺れている。それをおぼろに意識していながら焦点の定まらない目で窓の方を向いていた。窓のすぐ近くまで草むらは拡がっており、そこから一本だけぬきんでた萱が揺れている。それに気づいた。

開放した窓から時おり風が吹きこむ。穏かな風である。そのたびに萱が弓なりに反った葉身をゆっくりと持ち上げる。風がやむと萱は元通り重そうに垂れさがり、切っ先を草むらに没する。また風が起る。萱は身をもたげる。今度はさっきよりやや強い風である。上へ上へと葉身はしなやかな弾力を帯びて舞いあがるかと思う程に浮き、銀色の葉裏で日を反射させる。萱はついに立ちあがった。葉の鋭い尖端が天を指す。指したかと思うと力尽きたかのように身を屈し、草むらに沈んだ。

「は、何か」

光男は訊き返した。

「いや、お茶をもう一杯いかがです」

看護助手が事務室に這入って来た。「おやじさんはどこにいるんですか」とその男はいった。「島にいます」光男は島の名前を答えた。船で五時間はかかる離島である。いざという場合、駆けつけることが出来ないので兄の保護義務者は光男になっている。

「おやじさんは炭坑会社につとめているんだったかな」と看護助手。島には炭坑がある。「ええ、まあ……」そろそろ面倒臭くなってきた。炭坑に坑木を搬入する会社と答えれば正確なのだが。この前も看護助手は同じことを訊いた。

「あんた、お仕事は」

「予備校につとめてます」

「学校の先生ねえ、何もかもあんた一人で大変だねえ」

医事係と顔を見合せて屈託なさそうに笑った。予備校につとめているといっても事務職員と採点を兼業しているだけで教師ではない。「おやじさんから送金ありますか」と医事係が訊いた。「ありますす」と嘘をついた。

「入院費が二ヵ月分おくれていますよ」「ええ……」

「いつ入れてくれますか」

「月末まで待って下さい」

「月末にまとめて二ヵ月分と、確かですね」医事係は念を押した。

「そろそろ行ってみるか」腕時計をのぞいた看護助手が立ちあがる。兄が目を醒ます頃だ。「医師《せんせい》と話をしたいんですが」と光男がいうと、「ドクターは学会の準備があるとかで外出中です、もうすぐ帰る予定ですからあとで」といった。

鉄扉で仕切った廊下を通った。看護助手はそのつど開いた扉に錠をおろした。窓には緑色に塗った鉄格子がはまっている。「弟さんが見えたよ」と看護助手はある個室の前に立ちどまって内部に声をかけた。兄は寝台に横たわっていた。うすく目をあけて足もとにたたずんだ二人を見た。大儀そうに寝返りをうつ。「まだ完全に醒めていないようです、わたしはこれで。廊下の端にわれわれの控え室がありますから帰りに寄って下さい」といい残して看護助手は立ち去った。扉に錠をおろす音は聞えなかった。念のため手で押してみた。扉はあいた。パジャマ姿の若い男が通りすがりに室内をのぞきこんだ。紙のように白い顔色である。廊下と個室の出入りは自由であるらしい。

光男は寝台に腰をおろした。兄の呼吸は規則的だ。厚い胸にはうっすらと汗が滲んでいる。さっきお茶を飲んでいたとき、医事係と看護助手が「兄弟でもこんなに違うものだろうか」と感想を洩らしていた。そういうのも無理はない。小柄な光男にくらべ兄は筋骨たくましい。子供の頃はあまり背丈の違わない兄弟だった。大人になってから変った。兄は高校を中退して何年かよその土地で働いた。見違えるようにたくましくなったのは、ある海辺の町で沈没船を引き揚げる仕事にたずさわってからだ。

金物屋の店員、衣類の行商、バーテンダー、クリーニング店の従業員、炭坑夫、消火器のセールスマン、ざっと数えただけでたちどころに五指にあまる。兄の経て来た職業は多彩だった。ある日、玄関に見知らぬ男が立ち、「只今」といって上りこんだ。靴を脱ぐまで兄とわからなかった。二年ぶりで会うのだったし、日に灼けてすっかり黒くなってもいたのでとっさには分りにくかった。「おれだよ」という声まで聞き慣れたそれとは違っていた。戦後、財産を失った一家は兄の働きで生きのびたようなものだ。父の乏しい才覚だけでは暮しがたたなかった。

鉄格子の影が寝台に射し、兄の体にくっきりと濃い縦線をしるした。光男は兄を見おろした。投げだしている兄の腕と自分の腕とをくらべた。優に二倍は兄が太いようだ。節くれだった指が兄の経験した労働の多種多様さを思わせた。光男は寝台に眠っている男がまるで兄とは違う別人であるような気がした。そんなはずはないと思いながらもふとそう考えてしまった。別人であればどんなにいいか。入院費を心配することもない。自分がこれから先おかしくなる可能性についてくよくよと思い悩むこともない。しかし寝台で眠りこけているのは兄以外の男であるはずがなかった。

それにしても自分は兄について何を知っているというのだろう、よく知っているようで実は何も知りはしないのだ。入院した日に担当医師が兄の生活史を訊いた。生年月日と学歴は答えることが出来た。その後がいけなかった。

「昭和二十九年三月から六月まで炭坑に居たわけだ」医師は書類に記入した。「それから」と促す。

「洋服の行商もしました。離島を船でまわって売るんです」「それはいつからいつまで」「それは……」光男は絶句した。「兄さんとあなたは生活を共にしていなかったのですか」「いや、一緒に暮したこともありました」

一緒に暮すかと思えばぶらりと家を出てよその土地で何ヵ月か商売をすることがあった。何ヵ月が何年になることもあった。光男が何不自由なく高校を卒業出来たのは兄のおかげであった。父がつとめる会社はいずれも申し合せたように不景気であった。

「お前、いい兄貴を持ってるな」と級友がいった。高校で授業ちゅうに扉を叩く者があった。扉がきしむ程強く叩いた。教師がとんでいってあけた。兄が立っていた。皮ジャンパーを着こみ、くわえタバコで立っていた。ちょっと、と光男に手招きをする。彼のポケットに紙幣をねじこみ、「とっとけ」というなり立ち去った。あの頃は何をしていたのだろう。光男が高校一年の頃だから兄は十九か二十だ。確かパチンコ屋に日参して派手に稼いでいた時分だと思う。パチンコがうまかった。

「兄さんは何をしに来たんだ」と教師が訊いた。まさか、小遣いをくれに、とは答えかねた。何といってごまかしたものか記憶にない。月謝を届けに来たのだとでもいったようだ。有り難い兄貴だった。級友が羨むのももっともである。……

呻き声がした。兄は目を開いた。「兄さん」と光男はいった。「お前、来てたのか」と兄はいい、寝台に身を起した。顔をしかめて苦しそうに頭を左右に振る。「まだ頭がふらふらする、あいつら寄ってたかって注射をしやがって」とぼやきながら手で首筋をもむ。

「どうして抜け出したりしたの」と光男。

「抜け出しやしないよ、こうしてちゃんといるじゃないか、タバコくれ」

箱ごと渡して、「おとなしくしてないと心配するじゃないか」というと、「おとなしくだと」語気荒く反問した。

「あのなあ光男、ここでは二種類の患者しかいないんだ、おとなしいのと暴れるのと。精神病院でおとなしくしていたら本物の病人だろう、かといって医者に出してくれとかけ合っても相手にしてくれない、患者が暴れたといってすましてる、おれは一体どうしてりゃいいんだい」

「病院を抜け出してどこへ行ったの」

「ちょっと、な」と兄はいい、扉へ寄って廊下の気配に耳をすませた。

「お前、金足りてるのか、無いんだろう」と光男に囁きかけて折り畳んだ千円札を握らせた。

「これは……」光男は驚いた。現金を兄が持っているはずはないのだ。

「いいんだってば、きょう町のパチンコ屋で軽く稼いで来た、小遣いの足しにしろ」そういって笑った。

「病院の人を殴ったそうじゃないか」

「殴ったといったのか、大工が泥靴はいて廊下に上りやがって、おれたちが素足で歩く所を汚すもんだから、靴ぐらい脱いだらどうだ、といったんだ。そしたらうるさい気違いだというだけでとり合わない。脚立にあがったそいつの足元をちょいとゆさぶったら自分で落っこちて道具箱にぶつかったのさ」

「食事はどう」

「食事なんてしろものじゃないよ」

厚いガラスを隔てて物をいってる気になる。ガラスそのものは透明で向うに見える物は鮮明だ。音もよく通る。しかしこちらから手を伸ばして血の通った兄の肉体に触ることは出来ない。光男が言葉を交しているのは兄の姿をした病気なのだった。

「海東さん、おきてるかい」扉からのぞきこんだのはさっきの若い男だ。

「サトル君か、こっち来いよ」。サトル君と呼ばれた青年は音もなく室内にすべりこんだ。空気のように軽い体をしているようだ。兄は仲間にタバコをくわえさせて、光男に「火を」といった。マッチは切れていた。さっき最後の一本を使ったのだった。兄は体のどこからか定期券入れに似たケースを出し、その中にはさんでいた三本のマッチ軸から一本を取ってすった。

「わかってると思うけれどここは禁煙なんだ、お前、扉の所で誰か来ないか気をつけてくれ」と兄はいう。光男は扉によりかかって立った。サトル君はタバコをのんだ。旨そうに目を細めてすった。灰はアルミ箱に落した。「うまいか、サトル君」と兄が訊く。「うまい」サトル君は寝台の脚を背にうずくまり、兄を仰ぎ見てぼんやりとうなずく。

「てっちゃんとよっちゃん、どうしてる」

と兄がいう。「準備してる、あと少しだ」とサトル君は答えた。何の準備だ、と光男がわりこんだ。運動会があるという。仮装行列の準備をしているのだ、と兄はいった。竹と紙で宇宙船をこしらえている。

「じゃあこれで」と光男が腰を浮かしかけると、「もう帰るのか、もう少し居ろよ」と兄はいって、「サトル君、あれを出してくれ」と仲間に頼んだ。サトル君は壁の腰板を撫でまわすようにした。一枚の腰板がはずれて黒い穴が口をあけた。その中に腕をつっこんでピースの罐をとり出した。罐は二つあった。緑と赤の錠剤がぎっしりつまっている。緑が胃の、赤が肝臓の薬だ、と兄は説明した。

「持って帰れよ、調子悪いときにのむといい」

「どうしたの」

「病院がくれたのさ、われわれはのみきれないでこっそり捨ててるよ、捨てるくらいならもらっといた方がいいだろう、お前のめよ、顔色ぱっとしないぞ、体あっての物だねだからな、大事にしなきゃ」

兄は光男がつけていた上衣を脱がせてそれで二つの罐をくるんだ。足音が近づいて扉の前でとまった。兄は光男に目配せした。さっきの看護助手が顔を出した。

「海東さん、ドクターが帰ってますよ、話があるそうです」

光男は気が重かった。何を話したところで仕方がないような気がした。この上は一刻も早くアパートに帰ってぐっすり眠りたかった。兄と小一時間向いあっているうちに数日分の疲労がのしかかって来たように思われた。

「運動会には来てくれ、面白い出し物があるから」と兄はいった。「面白い出し物があるから」とサトル君もくり返し、光男に向ってうっすらと笑いかけた。


「全快するまでまだ永くかかるでしょうか」と光男は医師に訊いた。海の見える部屋である。「さあね」と医師はいって、両手の指を開き、左右からゆるゆると近づけて合掌のかたちに組合せた。「つまりこんなふうになってるんです」「こんなふうといいますと」

「発病してすぐ入院治療を始めていたなら妄想を解くのも簡単です。固定していませんからね。しかし兄さんの場合は異常があらわれて入院するまですくなくとも一年間は何も処置がとられなかった、そうでしょう、その間に妄想が、こうがっちりと組合わされてしまってるからなあ」

「永くかかるわけですね」

「これぱかりは焦らないことですな、まわりの者がやきもきしても始らない」

「一つお聴きしたいことがあります」

「どうぞ」

「兄の病気はノイローゼの昂じたものと受けとっていいのですね」「ええ、まあ」「それは遺伝的なものでしょうか、つまり血の中に……」

「心配しているんですか、自分もそうなるんじゃないかと」「そうです」

「兄さんは分裂症じゃありませんよ、ありふれたノイローゼの一種です、無理をして始めた商売が失敗した、対人関係がうまく行かなくなった、いろんな原因があったわけです、現実と自分との間にいわば裂け目のようなものが生じた結果、病気の中に逃げ込んだのでしょう」

医師は白衣をくつろげて卓上の小さな扇風機を手に取り、風を胸元に送りこんだ。「そりゃあ、あなただってわたしだって生身の人間だもの、おかしくなることはないとはいえませんよ」といい、こともなげに笑う。気持良さそうに目をつぶり、顎を左右に動かして風に当てた。

「兄は治るでしょうか」

「治りますとも」

あっさりと請けあった。そうやすやすといってのけられるとかえって信じられなくなる。光男は海を見ていた。小さな船が入り江を出て行くところだ。扁平な濃紺の水面に航跡は刻みつけたような白い輝きを発した。鋭角をなした水脈の頂点は動くとも見えなかったが、それでも徐々に伸びて入り江の外を目ざした。

病院の外へ出るとき中庭を通った。サトル君が居た。五六人の男と一緒に大きな籠のようなものをこしらえていた。竹で骨組を造り銀紙をはりつけている。彼等は黙りこくって作業に没頭した。てっちゃんとよっちゃんという名の患者もこの中にまじっているに違いない。光男がそのわきを通ったとき、サトル君は〝宇宙船〟にかがみこんで頭を上げなかった。

光男は病院下にあるバス停留所にたたずんでいる。去り際に医師は意外なことをいった。圭介叔父が兄を見舞ったという。母の弟である。十年以上もの間会っていない。圭介叔父に訊けば、と思った。家系の詳しい部分が分るかも知れない。兄の生活史を医師から尋ねられ細かく答えられなかった光男は、祖父母の死因や年齢となるとからきしだった。全くといっていい程なにも知らないのだ。

アパートがある町へ帰るバスはたった今発車したところである。次のバスが来るまで二時間は待たなければならない。しかし十分もたたないうちにS町行きが来る。S町は小さな漁村である。K村行きの連絡船がそこから出ている。圭介叔父はK村に住んでいるのだ。会いたい、と思った。このまま自分のアパートへ帰り、やす子と旅行に出直す気にはなれない。かといってアパートで休暇を過すのも気が進まなかった。洗濯、掃除、予備校から持ち帰った仕事などしなければならないことはまるまる休暇を当てても片付きそうにない程たまっていはしたが、アパートへ帰りたくはなかった。脳裡には白い航跡を曳いて湾口を目ざす船の影像がある。遠くへ行きたいと考えた。圭介叔父に会うことを決心した。ただこれだけのことを決心しただけで、光男はにわかに日射しが明るく感じられた。何にせよ要は自分でどこかへ出かけてみることだ、と思った。

K村へ行くのは初めてではない。戦争ちゅう一冬を一家はそこで過した。父が海軍の基地設営を請け負ったのだった。魚雷艇の格納施設ということだった。コンクリートの防波堤と何やら塔に似た建物を父は造ったようだ。灰色の海と生臭い磯の匂いが幼時の思い出になっている。なぜ一家がK村に居たか、それはいつ頃かということは、こうして光男に納得出来るかたちで記憶の一部にとどまっている。光男が生れてから現在に至るまでの家族の歴史はぼんやりとしてはいても大体は分る。それ以前のこと、父の家系、父の経歴がはっきりしない。父方の祖父が隣県出身ということは誰からか聴いている。海東という姓はそこに多いのである。祖父がいつこの地へ移って来たのか、何をして暮していたのか、わが家の墓地に祖父の墓だけが無いのはどうしてなのか。祖母の墓はあるのだ。父は若いとき何をしていたのだろう。その頃の話をしたがらない。いや、したがらないのではなくてただ億劫がっているだけなのかも知れない。一体に父は自分のことにかけては無口である。そういう性格なのだと光男は見ていた。

バスが来た。乗りこんで席につき、何気なく街路を見おろしたとき、やす子を発見した。やす子ではなかった。歩いている女の後ろ姿が似ていたのに過ぎなかった。同じ空色の旅行鞄を下げていたのでついそう見えた。やす子が帰宅して旅行鞄の中身を取り出している様を想像した。兄の脱出が一日おくれていたら、いや電報が五分おくれて届いたら二人は今時分汽車に乗っていただろう。

自分たちの関係はおしまいかも知れない、なんとなくそう思った。電報を見て、「それ何、何があったの」と叫んだやす子の怯えた表情が気がかりだ。バス停留所で見送ったやす子の姿がありありと目に浮んだ。やや猫背になり両腕で自分自身を抱くように腕組みして足元に目を落していた。やす子はそうやって体で不安を表現していたのだ、と思った。自分のつきあっている男が精神病院に這入っている兄を持っていては内心穏かでないのは当然だろう。

兄のことは初めやす子に黙っていた。「どうして隠してたの」とある日やす子はいった。「隠すつもりはなかった、別に回復不能の障害者じゃないんだし」「そんなら尚更黙っていたのがおかしいわ」「いずれいうつもりだったんだ」「あなたって変よ、あたし、あなたのことで知ってることは何も無いみたい」「自分のことで話すことなんか何もありやしない」「いや、そうじゃないの、話して、何でもいいから、どんなつまらないことでも話して。この町に来るまではどこで何をしていたとか、学校のこととか、お友達のこととか、身内の人のこととか、子供の頃何をして遊ぶのが一番好きだったかとか……」

光男はやす子について何を知っているだろう。両親と妹の顔は見ている。今住んでいる土地で生れてその町の高校を出てから洋裁学校に通い、もっかはそこで事務職員をつとめている。クッキーを焼くこととレース編みが趣味であることは知っている。しかしそれでやす子を知ったことにはならない。つきあうようになって一年と経っていない。二十年以上、生活を共にした兄についてさえ何ひとつわかっていることは無いように思える。ましてやす子という女のどこを自分は理解したつもりでいるんだろう、と光男は思った。

S町に着いた。干魚を並べた莚が海岸堤防の上に続いている。その間を歩いて船着場へ辿りついた。船は海岸沿いに走った。百噸あまりの古い木造船である。漁船を改造した物らしい。構造からそう見えた。乗客はもの慣れた様子で荷物だけを船倉に入れ、甲板のあちこちに膝を抱えてしゃがんだ。海は板のように平らに見えたが、幅広いうねりのあることがわかった。陸地が規則的に上下するのである。水際は切り立った玄武岩質の崖になっている。光男はわきにうずくまっている老人にK村までどのくらいかかるかを訊いた。K村？　とおうむ返しにきき返してあそこにはまだ人が住んでいるのだろうかと連れに尋ねる。一時間弱ということだった。隣の男が光男に、K村にはまだ人が住んでいるがあそこ、と手で海岸の一部を指し、あそこには誰もいない、と教えた。海岸に流木が打寄せたかたちで家が散在しているのが見える。全村あげて都会へ移住したのだそうだ。船着場らしい所に半ば沈んだ漁船が波に洗われている。光男はその村はずれに目をとめた。

海に面して小高い丘があり、丘の上に黒い墓標が立ち並んでいる。墓石のあるものは傾き、あるものは地面に倒れている。村だけを見ればそこに人が住んでいることを信じないでもなかったが、荒れた墓地を見ては村が無人になったことを思い知る他はなかった。

「どうもそうじゃなかかと思うた……」と圭介叔父はいった。K村に着いて最寄りの雑貨店で訊くと家はすぐに分った。海岸沿いに歩いた。磯に引き上げられた小さな漁船がありその傍にかがんで手を動かしているのが叔父であった。光男を認めて手を動かすのを止めじっとうかがっていた。そして立ち上った。家で何か起ったのか、と訊き、ただちょっと寄ってみただけだと光男が答えると、

「すぐ済むけん」

といって刷毛を動かした。船底にタールを塗りつけているのだった。溶けた黒い液体は鋭い揮発性の匂香を放った。光男はタールの匂いに旅先で稀にしか感じないさびしい思いを味わった。何日も旅

行をしたような気がした。圭介叔父は老けたと思った。白毛まじりの頭髪もまばらだ。むかし光男の家で居候をしていた時分は豊かな髪を生やしていた。午近く布団を這い出して縁側で庭にさし伸べた頭をガリガリと掻いていたのを思い出す。

「圭介さん、伸ばしてるからふけが溜るのよ、髪を短く刈りなさいよ」と母がいうと、「よかよか、僕は毎朝こうやってふけを落すとが楽しみたい」といって笑うのだった。その頃の顔が印象に残っているので、目の下にたるみのある初老の男を見ると当人の老けこみようがあからさまに感じられた。

光男は圭介叔父に兄を見舞ってくれた礼をいった。「なにね、ありゃあ全くの偶然たい」タールを塗る手を休めずに叔父はいった。漁業協同組合から短波無線を買い入れる用事で病院のある町へ行った。そこで光男の父と会ったという。

「おやじと」

「病院下のバス停でね、ちょうど用を済ませたところだったからついて行った。ノイローゼって聞いたがどことい ってお かしか所は無かったばい」

「おやじと会ったの」

「会った、会わんぎと入院のこつも俺が知るわけなかろもん」

「僕の所には寄らなかったよ」

「そぎゃんやろう、病院でもバスの時間をしょっちゅう気にしてそわそわしとったたい、だけんゆっくり話すひまがなかったばい」

その日、父が島から帰ることは葉書で通知があった。一緒に病院へ出かけるつもりだった。酒と肴を買って待っていたのだが父は帰らなかった。仕事が忙しくて島を出られなかったのだろうと考えていた。しかし病院までは来ていたのだ。

「今どき珍しか船だろ」といって叔父は刷毛をタール罐に戻した。「もうすぐ廃船にせにゃならんが外海に出るわけじゃなし、わしにはちょうどこれで良かとたい」

磯を離れて海岸堤防を登ればそこが圭介叔父の家である。萱ぶきの古い家に吊放しの蚊帳があった。垂れ下った蚊帳を見たとたん叔父がやもめ暮しをしていることを思い出した。家の主はこまめに台所を動きまわって皿小鉢をとり揃えた。

「山吹丸は揺れんやったか」と訊く。茶碗に焼酎をついですすめた。「山吹丸っていうの」と光男はいった。

「このところいい水揚げがなかもんで」といいながら叔父はアジのたたきを皿に盛って出した。「これな、養殖ハマチの餌にするとばってん、人間様の餌にも良かとたい」

みるまに蠅がたかった。その蠅を片手で払いながら、「うんと喰え、まだあるぞ」と叔父はいう。

「ええ」

「自分で注がんな」と徳利を光男の方に押しやった。それをとって茶碗についだ。ふくらはぎと背中が同時にむずがゆくなった。いったん口もとまで運んだ茶碗を下に置いて、背中を次にふくらはぎを搔いた。かゆみはいっこうにおさまらず腹と肩に拡がった。

「何だろう、これは」

「蚤さ」圭介叔父はしごく当り前という表情でいう。「焼酎を飲めばかゆみがとれるばい」「そんなものかなあ」「ためしてみれば良かたい」

光男はK村くんだりでかゆみ止めに焼酎をがぶ飲みする破目に立ち至ろうとは思わなかった。圭介叔父は立てた両膝を腕で抱きこむようにしている。顎を突き出して海に目をやっていた。この顔だ、と光男は思った。光男が子供のとき、やはり叔父はこれとそっくり同じ顔つきで日向にうずくまっていたのだった。今、目の前でうす目をあけて海を見ているのは、かつて光男の家でさしかけの将棋盤を前にしてつくねんと物思いに耽っていたあの顔だ。

圭介叔父は敗戦の年、海軍に応召してK村近くの山で横穴壕を掘っていた。戦後、土地の娘と所帯を持って村に居つくことになった。「この野郎」光男はくるぶしを這っている蚤を一匹押えつけた。「どぎゃんか、まあだかゆかかね」のんびりと叔父は訊く。いわれてみれば少しかゆみがへったような気がする。「叔父さんが掘った穴はどうなってる」

「うん、あれな、しいたけば栽培しよるたい」

横穴のある山の向う側はS県だが、と光男はいった。「叔父さん、うちの祖父さんの顔、見たことがあるかい、写真は一枚もないんだよ」「わしもよく知らんなあ、一度くらいは会ったごたるがよく憶えとらんし、義兄さんとそっくりのごたった」

祖父の墓が無いのはどうしてだと光男は訊いた。圭介叔父は途切れ途切れに話した。海の方をうす目で見やりながら話した。祖父は父が生れた年、商売に失敗して台湾へ逃げた。妻子を捨てたかたちになった。そこでもうまくゆかずにこっそりと内地へ引き揚げて来た。「そしてちょうどあのあたりたい」といって叔父は指さした。岬が長く突き出している。「あの岬の向う側に半農半漁のことあまり変らんごたる村がある。そこで村の女と一家ば構えて死ぬまで百姓をやっとったげな。だけん墓もそこにあるやろう」

光男は岬のあたりに目を凝らした。海はまぶしかった。銀色に輝く水の上に青い紐を解いたような岬が横たわっている。焼酎をのむとかゆみがとまるのは血を吸った蚤も酔っ払うからだと叔父はいった。

「まさか」

「その証拠に蚤が喰いつかんごとなったろう」と叔父はいう。「祖父さんが商売に失敗したというと」

「よくあるこったい、米相場に手を出したのが運のつきよ」

光男は父とよく似た男が植民地での生活に失敗し、海辺の村で土を耕して暮した晩年を想像しようとした。うまくゆかなかった。視界は傾きかけた九月の日を照り返す海の光で占められた。

「兄貴が入院するとき祖母さんや叔母さんたちの死因を医者から訊かれて弱ったよ」と光男がいうと、「別に変った病気で死んだわけじゃなか、ただ、おイネさんが少うし……」

「少うし?」

「若か時分、苦労したたい、年とってからそれが出たのかも知れん」

「そういう血筋なんだなあ」と光男はいって背中を掻いた。どんな血筋だって? と叔父はきき返し、返事を待たずに手枕をして横になった。

「ところでお前、きょう来たとは何か用事があったとじゃなかかな」

今夜、泊めてもらいたい、と光男はいった。圭介叔父は鼾をかいていた。光男は下駄をつっかけて下に出た。風に吹かれたくなったのだ。村を抜けて背後の丘に登った。酔いのまわった脚にはなだらかな勾配を帯びた坂道さえ苦しかった。一時に汗が吹き出した。夕凪ぎである。風は絶えている。丘の中腹で立ち止って船着場周辺を目で探した。父が請け負った海軍の基地跡がそこいらにあるはずだ。(あった)記憶よりずっと船着場近くにL字形の防波堤があった。爆破でもしたのか不自然に壊れたコンクリート壁が夕刻のとろりとした波に浸っている。付け根に四角い塔のような望楼がある。光男はしばらく海面の残骸を見つめて立っていた。汗は気にならなかった。なんとなく心慰む思いがするのだ。役立たずになりはしても父が建造したものがちゃんと残っているのを眺めやることは。

光男はぶらぶらと海の方へ降りて行った。

何をしに来たのか、と圭介叔父はいった。そうだ、自分はここに来て何をしているのだろう。祖父のことで今まで知らなかったことが十分の一ばかり分った。父のことはまだ分らない。蝿と蚤にたかられに来たようなものだ、と光男は考えた。酔いは少しずつ醒めつつあった。全身がけだるい。

磯におりた。石は角がすりへって皆なめらかだ。寄せて来た波が石と石の間に入りこみそこで泡立ち、しりぞくときに呟くような音をたてる。

（何もかも無意味だ）と光男は思った。叔父の生涯も父のそれも兄の病気も御破算になるかも知れないやす子との関係も無意味だと思った。病院の中庭でこしらえていた竹製の宇宙船が無意味であるようにこれらのことはとるに足りないことだ、と考えた。

光男は下駄を脱いで手に持った。石の上を歩くのは素足がよかった。石は水で磨滅した肌を持っていて足裏に吸いつくようである。

（無意味だとすればそれらの物事のためにどうして苦しむことが出来るだろうか）と考えた。石に腰をおろした。日にあぶられた面は充分に暖かだった。両脚を垂らした。波が寄せて来ると水面がせりあがった。なまぬるい水がズボンを濡らした。裾を膝の上までまくりあげた。水底の石にへばりついた海草が波に煽られてふくれあがり光男の足をくすぐった。思わず知らず足を引っこめた程だ。

波が引くと海草は糊で付けたように元通り水底にこびりついた。波のまにまに海草はふくれたり縮んだりした。病院で窓ごしに見た一本の萱が目に浮んだ。それが身をもたげてゆっくりと天を指した一瞬の光景がたった今見たもののように甦った。やや大きい波が磯で砕けた。しぶきが光男にふりかかった。顔を濡らした飛沫は冷たかった。光男は舌を出して上唇についた一滴をなめた。それは微かに甘かった。

光男は足で水の動きを感じていた。一定の律動を持った海の力を感じていた。波の重々しいざわめきに蝿が甲高い唸りを添えた。光男は空からおりて来る光とそれを反射する水の光に浸っていた。Ｋ村へ来て良かったとも無駄足を踏んだとも考えなかった。ただ全身でけだるく物憂い快感を味わっていた。

村には二日居た。三日目に圭介叔父と別れた。自分の町へ帰りついたのは夜であった。その足でやす子の家を訪れた。何度呼んでも返事がない。光男は玄関に立っていた。障子の向うは居間で、居間には人がいる。話し声で分る。障子にはＴＶの青白い反映があった。「御免下さい……」と光男はいった。いったそのとき、どっと賑かな笑声が聞えた。光男は外に出た。二階を見上げた。やす子の部屋に明りがともっている。名前を呼んだ。しばらくして窓の内側で動くものがあった。小石を拾ってすくい上げるように窓ガラスへほうった。いつもそうやって合図をしていたのだ。

窓があいた。女の頭が下をのぞいた。

「どなた……」妹の声である。

「お姉さんは。ぼくだ」

「…………」

「伝えてくれないか」

「なんの御用かしら」

明りを背にした女の顔は暗い。髪だけが光背を負うたように光った。やす子の家を離れた。五分間あまりあてもなく歩いた。立ちどまってあたりを見まわした。今どこへ行こうとしているのだろう、と思った。アパートとは逆の方に歩いていたのだった。やす子の家へ引き返した。女友達を失うことを想像した。無駄と分っていても面と向ってやす子に遠くへ去らないでくれといってみたかった。一昨日、Ｋ村の磯でやす子とのことも無意味だと思いこんだのが嘘のように感じられた。固い物をのみこんでつかえたようにみぞおちが痛んだ。

光男は二階の窓下に立ちどまった。窓を見上げたまましばらくたたずんだ。家の中で誰かが笑った。TVの噪音が高まりすぐに低められた。陶器のかち合う音がした。光男は声をあげて呼んだ。窓の明りが消えた。

世界の終り

（だれかが来た……）

若い男は緊張した。潮のひいた海岸に一艘の小型ボートが漂着している。おととい、ここを通ったときは見なかったから、それはきのうかきょう、この島に流れついたものだ。

櫂はなかった。

足跡は砂浜にのりあげたボートから波打際にしるされ、まっすぐ島の内陸部へむかい、丘のふもとで消えている。若い男は足跡をたどって丘へ駆けより、息せき切ってなだらかな斜面をのぼった。

「オーイ……」

こだますら返って来なかった。

島の中央には標高二百メートルほどの円錐状をなした山がある。その山の尾根がいくつかのゆるやかな丘となって起伏している。丘はみな亜熱帯性の叢林でおおわれている。

若い男は丘の上に立ち目を細めて山から尾根を見わたした。周囲十キロに満たない島である。ひっそりと静まりかえり、鳥の声だけが鋭くひびく。山の裾あたりでながながと野犬の吠える声がした。

「オーイ」

さらに二度三度、若い男は丘の上から姿の見えない漂着者に呼びかけた。その声に応えるのは風にざわめく林の音だけである。男はその場にうずくまり、なおも島の内陸部をこまかく目で点検しながら額の汗をぬぐった。

およそ半時間、鳥のさえずりだけがかまびすしい林の気配に耳をすましていたが、だるそうに立ちあがって丘をくだった。砂浜のボートに歩みよって今度は考え深い表情になり、ためつすがめつボートの内外を検分しはじめた。七、八人で満員になりそうな小型ボートである。

(これはもう使えない……)

彼はがっかりしたように頭を振った。櫂を支える金具は片方しか残っていない。こぶしで船べりをたたいてみた。にぶい湿った音がする。かなり長い間、漂流していたことは腐蝕しかけた船底の木質でわかった。海藻が外側にこびりついている。この破損した状態ではかりに修理できたとしても外海の波浪に耐えられそうにない。

若い男はボートの内側に目をとめた。よく見るためにしゃがんで顔を近づける。黒いしみのようなものと見えたのは血痕のようである。それもしぶきのようにとび散った斑点だけではなく艇内のそこかしこに塗りつけた痕が見られる。

白いペイントが火災にあって焦げ、船べりには焼けた痕がある。自然な状態で海面にうかべられたのではなく、何か荒々しい暴力的な事件のさなか海へ投げだされたもののようである。ボートの内側には数箇所に強い力で加えられたへこみやひっかき傷があった。たっぷりと水を吸った船材は解体寸前というところである。

ボートの内部に残された物はなかった。

シャツの袖らしい青い木綿地の布きれが船底にこびりついているだけで、これでは遠来の客の国籍すらわからない。若い男は砂浜にうずくまって、そこにくっきりとしるされた未知の人間の足跡を凝視した。

その足跡に自分の足を重ねてみる。ほぼ同じ大きさである。歩幅は小さく、この足の主が疲れていることを示していた。足跡がボートの傍から始っているところをみれば、その男は島に打ちあげられて初めてそうと知ったにちがいない。でなければ海岸ちかくでボートを棄て、陸地に泳いでたどりつくはずだから。

（やっぱりこの男も……）

若い男はボートのあちこちに残った炎の痕をぼんやりと指先で撫でた。（この男もおれと同じ災難にあって漂流することになったのだろうか）

彼は大儀そうにボートを離れ、来たときと同じ方向へ戻り始めた。砂浜から百メートルほど離れたところで、ぎくりとしたように姿勢をこわばらせて立ちどまり耳をすませた。

彼は枯れ枝が踏まれて折れる音を聞いたように思った。そこはまばらな椰子林である。しばらくたたずんで次の物音を待った。

（気のせいか……いや）

彼は不安そうにあたりを見まわした。海から吹く風が椰子の葉をゆすり、からからと鳴らした。

（だれかに見られている……）

聴覚は異常に鋭くなっていた。若い男は自分の動物的な本能ともいえる感覚を信じた。椰子林の視界はおよそ五十メートル、見通しはいい。下生えの密生したあたりに目を配って歩きだした。

背後でまた同じ音がした。

男は敏捷にふりむいて身構えた。人影はない。音の正体はすぐにわかった。椰子の実が落ちてころがっただけである。彼は安堵の溜息をついてふたたび歩きだそうとしたが、にわかに眉をひそめた。足もとにころがっている椰子の実が変に多いのである。

彼は落ちたばかりの実をひろいあげてしらべた。実が木につながっている部分が黒っぽく変色している。実のはしに黒紫色の斑点が生じていて、鼻で嗅ぐと甘い腐敗臭がある。

彼は手ぢかにころがっている椰子の実を全部しらべた。どの実にも黒紫色の斑点があって厭な匂いを放っている。かつてなかったことである。

（そういえば……）

このごろめっきり林の中の見通しがよくなったようだ、と男はつぶやいた。厚く重なった腐葉土の上にこやみなく頭上から枯れ葉がおちてくる。それも自然な落葉ではなく、葉のふちだけが濃い茶色にちぢれてめくれ、葉柄が黒く変色してわずかの風にも落ちてくる。もともと常緑樹ばかりのこの島に自然な落葉などあるはずがなかった。

若い男は林を抜けて岩の多い丘へさしかかった。ときどき立ちどまって耳をすます、相変らず野犬の吠える声がする。どこからかだれかに見られているという、背すじを虫が這うような感じは依然として続いていた。しかし足音は彼だけのもので、彼自身のたてる物音以外に林も丘もしずまりかえっている。

彼は馴れた足どりでゆっくりと丘をのぼり、いただきの岩かげに腰をおろした。眼下、北海岸に漂着したボートが眺められた。彼は手のひらで顔の汗をぬぐい、ボートの横たわっている海岸付近の丘から山裾一帯へかけてじっくりと観察した。

動くものとては風にそよぐ木の葉ばかりのようである。無人島の中央にそびえる山の次に高いのが、男の位置している丘であった。彼が初めてこの島に漂着したとき、水平線上にこの島はうずくまった犀の背のように見えたことを憶いだした。彼はボートに乗って来たのではなかった。ほとんど裸体で一本のラワン材にすがって流れついたのだった。

男は目を南海岸に移した。海に面してやや広い平地がひらけ、島の鉱山がかつて採掘されていたころの事務所と人夫達の住んだ部落の跡がある。建物はこの島を定期的に襲う台風によってほとんどトタン屋根も壁の羽目板も剝ぎとられ骨組だけになっている。

男は見馴れた廃墟の光景から東の方、島の高地へ目を移そうとしてもう一度、部落のたたずまいを点検した。風雨にさらされて白茶けた建物のあたりで何かが動いた。若い男は立ちあがった。

(部落にはいつも野犬がうろついているが、あの影は野犬じゃない、たしかに二本の脚で直立した人間の姿だ……)

南海岸と男の立っている丘との間は直線距離で四百メートルはある。しかもその間にひろがる亜熱帯性の叢林からはたえまなく陽炎が立ちのぼって大気は不透明の膜となって輝きゆらめきつづける。部落の廃墟をさまようものの影はちらちらと慄え、たしかな物のかたちにはなりにくい。ボートの男が南海岸の部落へあらわれるのは自然なことだ、と彼は考えた。人間の住んだ跡というものはたとえ廃墟でも不思議な力で新しい訪問者を招きよせるものなのだ。

（おれが思ったほどにあの男は弱っていない、林を踏破して南海岸まで探検する力があったのだから、食糧を持っていたのだろう）

丘の男は波の彼方にこの島を見たとき根かぎりの力で泳いだのだった。潮流がさいわいした。彼は身を託しているラワン材ともども島の方へ押し流された。島へあがってまっさきにしたのは水を探すことだった。林の中に小川があった。立とうとしても脚に力が入らず獣のように這って小川へにじり寄り顔を水に浸してむさぼり飲んだ。

渇きがいやされたと思った瞬間、意識がうすれた。

（ボートには備えつけの非常用食糧があったのかもしれない。乗員が一人きりならすくなくとも二週間は消耗せずに生きることができる……）

新しい漂着者が椰子の実を採集する必要がないほどに元気であれば、即座に島を探検しようとかかるはずだ。しかし、本当にボートの男は旺盛な体力を持っているのだろうか。以上のことはすべて丘の上の男の推測にすぎなかった。彼は小手をかざして南海岸の部落を注視した。

動くものがある。野犬の影ではなく犬の動き方とはちがった動き方をする物の影が部落の建物の間で見え隠れしている。人影はやがて元鉱山事務所の中から現れた。丘の男はかっきりと焦点のあったレンズをのぞいたときのようにそいつの姿を見てとった。見てとったとはいえ、その男は一度目をそらすとたちまち陽炎の向うにぼやけてしまうような不確かな形である。

そいつは事務所の階段をおり左右を見まわしてぶらぶらと無人部落の建物を一軒ずつのぞきこんでいる。ちょうど丘の男が初めてその部落を発見したときそうしたように。

（何もない、がらんどうのはずさ……）

ガラスの割れた窓と食器の破片と脚の折れた椅子とそんなものばかりが新しい訪問者の目に映ったはずである。

（小屋には食物もない、着る物もない、この島はわれわれがあの災厄にあう前から見棄てられてしまっていたのだ……）

自分自身との対話でわれわれという言葉にぶつかって丘の男は顔をゆがめた。


若い男は甲板員だった。

彼が乗りくんでいた第三永福丸は今、南太平洋の海底に沈んでいる。この年の春、進水したばかりの新造船であった。

（そうなったらどうあがいてみても仕様がない、世界の終りだもんな……）

甲板員は船が漁場を去ればそれほど仕事はなかった。船の仲間と茶飲み話に世界戦争を話題にすることがあった。船長と漁撈長と老いたコックの三人だけが戦争の体験者だった。深夜、寝苦しい船内のベッドから抜けだして後甲板にたたずみ黒い海を眺めながらタバコをのんだ。キャビンのかげに風をさけても強い空気の渦が彼をとらえた。

タバコの火の粉が小さな赤い点となって流れた。北極星の位置は徐々に水平線を離れつつあった。第三永福丸の吃水は深かった。まぐろを満載して船団より二日はやく漁場を離れたのだった。この晩のことは記憶に残った。静かな日々がつづきそれが終る日に彼は北上する漁船の後甲板で、夜ふけ、風に吹かれてタバコをのんだ。それだけのことだが、あとになって甲板員はその夜のことを懐しく何度も記憶の中で反芻した。

翌朝、事件がおこった。J環礁は第三永福丸の航路の東に位置していた。甲板員は船底で排水ポンプの修理を手伝っていた。機関の発する音は鼓膜を圧するほどに大きかった。

(何かおかしい……)

と思ったのは甲板員ばかりではない。ポンプの弁をいじっていた機関士も手を休め顔をあげて上甲板の気配を聴きとる姿勢になった。若い男はハッチから頭を出して水平線上の巨大な火の柱を見た。J環礁の方向である。

乗組員はその場に化石したようにたたずんで次第にふくれあがる傘型の雲をみつめた。船長の姿は見えなかった。無線室にいた。

「実験じゃあねえんだとよ」

漁撈長が無線室から酔っ払いのような足どりで現れて、やれやれ、とつぶやいた。

「事故かな」と機関士がいった。

「とうとう例のものがおっ始ったんだよ」

漁撈長は唾を吐いた。水平線上に太陽をおおい隠す勢いで高く伸びてゆくいまわしい物の影に吐きかけるように。しかし唾は音だけで漁撈長の唇は白く乾いたままである。

無線室から出てきた船長は蒼ざめていた。

甲板員のわきを通るとき、ちぇっ、と舌打ちした。船長が口にしたのはそれだけだ。船は進路を西にとり、災厄の現場からできるだけすみやかに離れるために速度をあげた。

そのときになっても若い甲板員は事態の意味がよく理解できなかった。戦争はいずれ起るだろうとは思っていたが、それは遠い未来に属することで、その前に何回も戦争の予告や前兆に立ちあうことになるだろうと考えていた。条約の締結と破棄、会談の決裂、大使の勧告、一連のそうした情勢によって人は戦争の接近をしだいに肌で感じるようになる。いわば大洪水を、暗い空から降りやまぬ長雨やじわじわと水位をあげる川面によって予知するように。

このように突然、思いがけない状態で、朝、眼がさめたら水平線上に戦いと破滅のしるしを見出すことになろうとは夢にも思わなかった。

爆風と高波が第三永福丸を襲った。船長があらかじめ発していた警告で、乗組員は船内に避難していたから人員に被害はなかった。強い衝撃はキャビンの窓ガラスを割った。爆風によるもっとも大きい被害は無線機が用をなさなくなったことである。船長が通信士にたずねる声が聞えた。

「予備の機械もだめか」

「だめのようです」

無線士の絶望的な声が聞えた。漁船の乗組員全員は、この朝、海上に不吉なきのこ雲を認めたあとになっても、いつものようにめいめいの部署にあって与えられた仕事を熱心に果そうとしていた。例のもの、つまりJ環礁のいまわしい焰が世界の終りを意味するとしても、無線士は機械の修理に、機関士は機関の運転に、甲板員は漁網の整備にいそしもうとしていた。

「これからどうしますか」

甲板員は機関士にたずねた。

「どうするって、おまえ、海の上でどうしようもないだろう」

「もっと先のことだと思ったよ、戦争は」

「どのみちおれの戦争じゃない」

「できた」

甲板員は排水ポンプの弁をとりかえた。

「これより速くスピードが出ねえもんかな」

「ぎりぎりのところだ」

「無線士が予備の機械もいかれたようにいってたのが聞えたな」

「修理しているだろう」

「本当に戦争が始ったのだろうか」

「受信のまちがいだったらとおれも思うよ、環礁の核爆発がただの事故であって……」

漁撈長がハッチをおりてきて、ポンプは使えるかとたずねた。

「上甲板に灰がつもりかけているから手あき全員で流す、ポンプの準備をしてくれ」

船内にひそんでいる乗組員の知らぬあいだに、船は降灰をかぶっていた。波のしぶきとねばっこい潮風の作用で、灰は上甲板のいたるところに糊でつけたようにこびりついていた。

彼らは海水をポンプで汲みあげ、甲板につもった白い物に吹きつけて洗い流しにかかった。その作業中にも細かい糠状の灰はひっきりなしに降ってきて視界を暗くした。海は光を喪い、夕暮に似た薄明が漂っていて、蒼黒い影を帯びたうねりが船をゆすっている。日没にはまだかなりある時刻というのに日が翳った。

夜に入って第三永福丸は右舷東方海上に燃える船を見た。完全に停止したその船は炎の下で黒い輪郭を見せていた。五千トンほどの貨物船である。双眼鏡をのぞいた船長は黙って首を振った。漁船は燃える船のまわりを一周した。生存者はなかった。

九十八トンの第三永福丸がJ環礁のちかくにあって爆発の衝撃に耐えたのに、これほど大きい貨物船が同じ爆発によって燃えだしたとは考えられない。乗組員の一致した意見は、J環礁とは関係のない貨物船自体の爆発か機関の火災か、要するに事故による炎上であるという推定だった。しかし、それもこの貨物船から十海里ほど北方に、停止したタンカーを発見して疑わしくなった。

タンカーは炎上ちゅうではなかった。すでにほとんど燃えるべき物は燃えつくした残骸にすぎなかった。夜空に時おり細い火のすじを吐きながらタンカーは徐々に沈もうとしていた。船首が水に没するとき、灼熱した鉄板が水と接触しておびただしい水蒸気を噴出させた。

環礁のきのこ雲とは別にこの海域でも、これらの船の火災が証明するように、何か不吉な異変が起ったのはもはや疑う余地がない。タンカーにも生存者はなかった。第三永福丸は速度をおとさずに現場を去った。

夜が明けるまでに彼らは他に五隻の沈みかかった船を見た。水平線に日が昇った。空中に濃密にたちこめている塵埃が太陽を赤錆びた鉄板状に見せていた。

(世界の終りにふさわしい日の出だ……)

若い甲板員は思った。

「おい、見ろ」

うわずった声で調理師が包丁の先で海面をさした。乗組員は船べりに立って海をみつめていた。無数の浮遊物が舷側をかすめて過ぎた。重油が朝日をはじいて五彩に輝いた。救命ボート、ブイ、砕かれた甲板の一部、漁網のウキ、罎、折れたマスト、食糧の木箱などがばらばらに不規則な間隔をおいて近づき流れ去り、ある海面では広い範囲にわたって波のうねりに揺られながら密集していたりした。

「――さんを読んでくれ」

船長が漁撈長の名を告げて甲板員に命じた。彼は船室のベッドに横たわっている漁撈長を発見した。もし血の気のないむくんだ顔を見なければ、ただ横になって休息しているとしか思えなかっただろう。

異変は確実にそして急速に乗組員に現れた。漁撈長の次に船長が、その次に無線士が仆れた。つづく二十四時間のうちにほぼ年齢の順に乗組員は息をひきとっていった。髪が抜け、歯ぐきから出血し、全身がむくみ、脱力感と嘔き気を訴えるのが共通の症状だった。

J環礁付近で彼らはのがれようもなく致命的なものに汚染されてしまったに違いない。海はしだいに波が高まりつつあった。舵をとる力のある者は操舵室にこもった。甲板員は機関室におりて、うろおぼえの知識を頼りに機械の調整をした。このいまわしい症状はかつてそうであったようにゆっくりとした速さで人をおかすのではなくて、きわめて迅速に進行して生命を破壊するらしかった。

(苦しむ期間が短くてすむ、それがせめてもの幸せだ……)

と甲板員はつぶやいた。

午後になって船体の揺れは大きくなった。立って動くことのできる者は全員、台風に備えてハッチをとざし、船上の物が流されないようにロープで固縛した。ラジオが壊れた今となっては台風の進路からのがれるように操船することはできず、彼らにできたのは船をかろうじて浮べておくことだけだった。その作業ちゅうも一人二人と乗組員は仆れていった。

高波が漁船にぶつかり荒々しくもてあそぶとき、船体は今にも分解しそうに激しくきしんだ。波浪というよりはもっと重い量感のあるものがたえず船体を外側から圧迫し、おしつぶそうとかかっているようであった。何人かが船上を通過する激流に洗い流された。

甲板員は水浸しの操舵室にたどりついて、空転する舵にとりついた。やがて一つの波が圧倒的な力でキャビンになだれこみ、甲板員の躰をさらって船外へ押し流した。夜明けまでどのようにして浮いていたのか、その後のことは甲板員の記憶にない。気がついてみるとひとかかえもあろうかと思われるラワン材につかまって彼は漂っていた。

流木はそれにすがりついているだけなら充分、彼を支えてくれる力があったが、疲れて上によじのぼり全体の重みを託そうとするとあっけなく一回転して彼を水中にふりおとした。甲板員はあきらめて海中に両脚をたらし、腰のベルトで上半身だけをラワン材に結びつけた。

うねりは大きかったが台風はおさまりつつあった。災厄三日めの太陽がのぼった。塩水に浸った目に朝日の光はまぶしすぎた。きのうのように赤く錆びた鉄板状の日ではなかった。風が吹き払ったものか、塵埃は空中には漂ってはいずに、すがすがしいオレンジ色の光線が海面に漂う彼を照らした。

午後、彼は自分の顔をかすめるかもめの羽搏きをきいた。まぢかに島が見えた。島をめぐる潮流が彼を海岸へ運んだ……。

林の中、小川のほとりで甲板員は眠りから醒めた。鳥の声が聞えた。林の奥に夕日が斜めの影となってさしこんでいた。彼は海の日没を見て生きたいと思い、生きのびる決心をした。

ボートの男は鉱山事務所のポーチにうずくまっている。甲板員は手製の網袋にパンの実と乾燥させた貝の肉をつめて丘をおりた。

（あいつも今となればこの島が見すてられた無人島で、おれも同じ漂着者だということを知ってるだろう……）

甲板員は事務所の屋根が見える距離に近づくと、自分に敵意がないことを知らせるために軽快な曲を口笛で吹いた。ポーチに人影はなかった。若い男は事務所前の砂地にうすくしるされた足跡をしらべた。はだしの痕は空地をつききって部落の背後、小高い丘陵へ向っている。若い男はその足跡に沿って歩きだした。丘には昔、島の鉱山で働いて死んだ人夫を葬った墓地がある。

「オーイ」

彼はパンの実と貝の肉をつめた網袋を手にかざして呼びかけた。

「食べる物を持って来たぞう」

返事はなかった。野犬の咆える声が聞えた。丘の上からは朽ちかけた木の十字架が彼を見おろしているだけである。

「オーイ、腹はへっていないのかあ」

甲板員は崩れやすい砂の斜面をのぼった。

だれもいない。ボートの男の足跡はたしかにここへつづいていたのである。半ば砂に埋もれた墓標が彼を迎えた。

彼は丘のふもとを足早にかけおりる男の後ろ姿に気がついた。そいつは向うの林へにげこもうとしている。その姿かたちは確かに甲板員の呼びかけを聞き、明らかにそれを拒否しようとしている姿勢である。若い男は墓石のかげに力なく腰をおろした。

(せっかく食糧を持って来てやったのに、なんであいつ逃げるんだろう、おれを何だと思ってるんだろう)

逃げた男は林の中へとびこむとそこでやや落ちついたように墓地の方をふり仰いだ。背かっこうは甲板員とほとんど変らない。椰子の木かげに身をひそめ、後ろから追ってこないかと確かめているあんばいだ。

「ユー、フレンド、カム、バック」

甲板員は片ことの単語をならべた。日本語が通じないのかもしれないと考えたのだった。つづけて大声で叫んだ。

「ミイ、フレンド、ユー、オールライト」

敵意を持たない証拠にパンの実と貝の肉入りの網袋をさしあげ、左右に振った。木かげにひそんだ男にこちらの声は充分とどいたと思われた。言葉が理解されたかどうかはわからないが、すくなくとも丘の墓地から叫んでいることの意味は相手におぼろげながら伝わったように思われた。

ところが網袋を高くかざして見せながら甲板員が丘をくだりかけ林へ近づこうとすると、そいつはものに怯えたようにじりじりと後ずさり、やがてくるりと背を向けて林の奥へ姿を没した。

見えなくなっても甲板員はそいつが木のかげで目を光らせて自分をみつめているのを知っていた。見られているという確信があった。甲板員は墓地のいただきに並んでいる杭の一本に網袋をくくりつけた。

「ここに置いとくからな、自分でとって食べてくれ、安心しろ、毒なんか仕こんではいない、まったくおまえも疑い深いやつだ、何をびくびくしてるんだ」

甲板員は林の方へ漠然と手を振り、去りぎわに思いついて自分の住んでいる岩山の方を指した。

「おれは向うの山にいるからな、いつでもやってこいよ、わかってるだろう、この島にはおまえとおれの二人しかいないんだもんな」

甲板員はふりかえりながら丘の基地をおりた。ふたたび部落に戻って鉱山事務所のポーチにあがり、壁ぎわに隠れた。ここから丘の網袋を見張ることができる。

まもなくボートの男は丘の墓地に姿を現わした。部落をうかがいながらためらいがちに網袋に手をのばす。口紐を解くのももどかしげに中へ手をつっこみ、中身をとりだした。口に入れる前にそいつは一瞬ある疑惑を感じたかのように中身をまじまじと眺め、鼻にもっていって匂いをかぎ、こわごわ少しだけかじってみている。

ボートの男は部落の方ばかりではなく甲板員の洞穴がある岩山の方も海岸の方も、中身をしらべるあいだ不安そうに絶えず目を配っていた。二個めを口にするのは早かった。三個め、四個めとそいつは立ったままほおばり忙しく網袋の中身を腹におさめた。

(これでおれが友達だとわかっただろう)

甲板員は丘の上から見えるようにポーチの端へそろそろと移った。乾いた板が彼の体重できしんだ。丘の男は目ざとくポーチの男を認めた。そいつはポーチの人影を見たとたん、からの網袋をほうりだし、じりじりと後ずさりしはじめた。

「オーイ、おりて来いよ、話をしようじゃないか、喰い物ならまだあるぞ、わけてやるよ」

甲板員は手招きをし、それから味方であることを示すために両手をあげて振った。丘の男は姿を消した。

「バカヤロー、おれをいったい何だと思ってるんだ、おまえをとって喰うとでも思ってるのか」

甲板員はポーチの床を踏み鳴らして喚いた。

「きさまなんか、さっさとくたばっちまえ、もう面倒みてやらないからな、せっかく運んでやった喰い物をたいらげておいてまだ信用しないのだな、畜生め、きさまがそんな気持ならおれにだって覚悟がある」

甲板員はポーチから地面にとびおり、大またで自分の岩山へ戻りはじめた。今しがた何かが彼の中に不吉な疑惑を生じさせた。さっき見たボートの船べりに付着した血痕と不自然なまでにおびえきった新米の漂着者とをあわせ考えてみるとある情景が甲板員の目にうかんでくる。

(まさか、あいつが……)

彼は部落のはずれから丘の墓地をふり仰いだ。墓標のかげにそいつの頭がのぞいている。いったん身を隠して物かげから甲板員の立ちさるのを見まもっていたのだ。

ボートの中で五、六人の男がくじを引いている情景を想像した。しるしのついたくじを引きあてた者が、自分の肉体を飢えている仲間に提供しなければならない。老いた船乗りからよくきかされた話である。

(それとも、そんなくじ引きなどという手続きなしで……)

だれかがナイフをふるって仲間に襲いかかる。危険を感じた男はオールをかまえて身を守ろうとする。波の上で揺れ動くボート、悲鳴……不意に静寂がひろがる、あらあらしい息づかい、ボートの底に犠牲者が仆れている、溜り水がみるみる赤く染まる、飢えた男たちはナイフを手に……。

甲板員は背後を警戒しながら自分の岩山へ帰りついた。洞穴は岩山の頂上ちかくにあり開口部を海に向けている。洞穴へ近づくには海ぎわの斜面からのぼってくるほかはない。海上に航行する船を見た場合、すぐ点火できるように洞穴前の空地に枯れ木の山を築いていた。その木をくずして洞穴入り口を半円形に囲むようにばらまいた。

こうしておけば夜間こっそりと接近する者があっても枯れ木の踏みしだかれる音でそれとわかる。洞穴の背後は急峻な崖である。崩れやすい砂岩質の岩肌をよじのぼることはまずできない。だから洞穴の主としては海に面した側だけに気を配っておればいいことになる。

甲板員が島のあちこちを放浪して最終的におちつくことに決めた場所がこの岩山の洞穴であった。はじめ心配したような野獣はこの島にいなかった。野犬がいた。鉱山で働いていた人間が飼っていて置き去りにしたのが、いつか野生化したものらしい。

痩せさらばえて肋骨が露わに浮きだした野犬の群が甲板員につきまとい、すきを見て襲いかかった。石と棍棒で犬とたたかった。手ごわい相手だと知ると犬たちはおそれをなして一定の距離をおき、それ以上、近よろうとはしなくなった。甲板員が叩き伏せた犬にはたちまち他の犬がたかり、われがちに喰いあらしてしまった。あとには骨が残った。

甲板員は墓地のある部分がひどく荒れていたことを思いだした。(もしかするとあいつはそれで誤解しているのかもしれないな)

飢えた犬が墓をあばいて葬られた地中の骨を掘りだし撒きちらしている。犬のしわざだと知っているのは甲板員だが、あの男にしてみれば島の事情に通じない今、甲板員を危険な先住人と見なすかもしれない。墓をあばいたのではなくて、島の中で仲間を殺して傷つけた男と考えることもありうるだろう。そう考えてはじめてあの男が異常にこちらを怖れているわけも納得がゆくというものである。

甲板員は洞穴の上によじのぼった。楯形の岩により添うように腰をおろし、南海岸の部落を眺めた。鉱山事務所付近にも墓地のまわりにも人影はなかった。

動くものといえば荒廃した空家の間に出没する野犬の影だけである。その野犬もこのところめっきり数がへったようだ。犬はいくつかの群にわかれ、それぞれ兇暴な頭目に率いられて、仲間同士、攻撃しあっているように見える。食物をねらって岩山の洞穴も襲われたことがある。洞穴の中に吊り下げた貝の乾肉や干魚が犬をひきつけたのだった。襲撃は失敗した。甲板員は洞穴の入り口を石で塞ぎ人ひとりがようやくくぐり抜けられるほどのすきまを残した。犬を撃退するのが目的ではなかった。

二度と彼を襲う気をおこさせないように手ひどく痛めつけ、できるだけ多数の飢えた犬を殺すつもりだった。

最初の攻撃に失敗すると犬たちはますます兇暴になり慎重になった。洞穴の主は幾度か首すじに飢えた犬の吐きかける熱い息吹きを感じた。彼が部落の空家でひろって着ていた古いシャツは犬の爪で引き裂かれ、海草のように垂れさがった。

犬はシャツだけでなく彼の顔にも鋭い爪痕をしるした。

（犬め、犬め……）

彼は襲撃のさなか、うわごとのようにつぶやいていた。彼は棍棒で犬にたちむかった。

激しい渇きが彼を苦しめた。汗かと思ったのは犬の爪と牙で引き裂かれた傷口に滲んだ血であった。犬たちを撃退してかなりたってからそれがわかった。何気なく顔から流れおちる温かい液体を手でぬぐったら汗とはちがったねばり気があるのに気がついた……。


日が沈もうとしていた。

島の中央にそびえる円錐形の山が夕陽に染められ青紫色の翳りを帯びた。甲板員は岩山の頂上に枯れ枝を運びあげた。闇がおりるのを待って枯れ枝の山に火を放った。山の向う側斜面に隠れているのでない限り、この火は島のどこからでも見えるはずである。

（この火があの男に語りかけることができれば……）

甲板員は風のない夜空に立ちのぼる火の粉を見て願った。新しい漂着者がこの火を望見して、火の傍に友人がいると思ってくれれば、と切実に希望した。木は音をたてて燃えあがった。火の傍にうずくまって甲板員は干魚をあぶった。よく焦げた部分を指でむしって口に入れる。水とパンの実で夕食は終った。

（明日になればあいつも腹がへって食物を乞いに来るだろう、そのとき話しあっておれが危険な人間ではないことを教えてやろう、こんなせまいちっぽけな島でおたがいにびくびくしながら生きられるものじゃない）

甲板員は山とは反対側、島の西方海面を眺めた。星が満天に輝いている。西の果て、暗い水平線上に星とは異なる色のかすかな光が認められる。星のように瞬きはするが、赤っぽい橙色のあきらかに燃える火の色である。それに気づいてから三十日あまりたつ。たしかに西の方には陸地があり、陸地には人間が住んでいるのだ。

昼間、遠望すると水平線上にうっすらと墨を引いたようにかすかな陸の影がのぞいている。二週間ほど前、甲板員は山の頂上からその陸地を眺めていて、褐色の煙が幾すじか立ちのぼっているのを認めたように思った。煙の根元にはかすかに火のようなものがちらちらと慄えている。あの陸地で何かが燃えている。街か、家か、それとも森か、いずれにせよ燃える火の傍には人間がいる、と彼は思った。

島というにはあまりに大きい影である。半島の一部かあるいは大陸かもしれない。彼は漂流するまでの船の航跡を記憶の中の海図にたどった。J環礁の位置は知っていた。低気圧の進路にまきこまれるまでは、ほぼ航行方位と速度は憶えていた。無人島の位置は正確ではないが、だいたい西南太平洋のある海域に標定することができた。

海流や風の力で遠く流されたとしてもそれには限度がある。

(島であれ半島であれ、あの陸地に人間がいることだけはたしかだ)

甲板員は自分の島と水平線上にうっすらとのぞいている陸地間の距離を目測した。十海里はたっぷりとある。もしかしたら十五海里以上へだたっているかもしれない。晴れた日でなければ陸の影は見えなかった。

甲板員は陸地へ渡る方法を考えた。泳いで行くことは不可能だ。島と彼方の陸地間には強い潮流が南から北へ流れている。手段としては筏しかなかった。木を切り倒す道具がない以上、部落の廃屋をこわして、その柱と羽目板を組合せるほかはない。

彼は水平線上に陸影を見た次の日から筏造りにとりかかった。小屋に火をつけ、燃えおちた灰の中から古釘をひろいだし、それで羽目板と柱を結合させた。柱を方形の枠に組み、枠の表と裏に羽目板を張った。一週間後、一人乗りの筏は完成した。網袋に干魚と貝の乾肉をつめ、飲料水がわりに椰子の実をつんだ。渡航は失敗した。

波しずかな入り江では筏は無事に浮んだが、いったん外海へのりだすと風の穏やかな日でもうねりは高かった。岩山から見おろしていると、せいぜいさざ波のようにしか見えない波が、筏に身を託して外海へ出てみると身の丈はあろうかと思われるうねりになって彼を翻弄した。

島を離れてすぐに筏が壊れたのはむしろ幸福だった。泳いでただちに帰還することができたから。古釘はもろいうえに焼かれてさらに折れやすくなっていた。乾ききった羽目板は水を吸って重くなり、彼の体重と筏自体の重みで海面すれすれに沈んだ。

波浪にもてあそばれて筏はあっけなく分解した。彼は島に泳ぎ帰り、砂浜に横たわって泣いた。

……………………………

岩山の上で甲板員は回想から醒めた。

(海に浮ぶだけでは充分とはいえない)

水平線上に点々とつらなる火を眺めて考えた。潮流を乗りきり一定の進路を保持して航行できる筏でなければ意味がない。古釘で結合しては波浪の衝撃にひとたまりもないことがわかった。

（藤蔓では……？）

つる科の植物は山裾の林でたやすく採集できる。藤づるを乾燥させ、縄状になって古材木を結びあわせたらどうだろう。

（ここからあの陸地の火が見えるということは、向うからもこの島が見えるということだ。おれが焚く火も……。人間がいるのならなぜ救いにきてくれないのだろう、たすけにくる余裕がないのだろうか、あの火の傍で生活している連中は自分の生きることだけで精いっぱいで、無人島に流れついたよそ者のことなぞどうでもいいことなのかもしれぬ、しかし海辺に暮しているから舟は持っているだろう、その舟を出してくれれば、その舟にモーターがついていたら一時間たらずでやって来られるはずだ、それとも燃料が欠乏しているのだろうか……）

災厄が全世界にひろがって、人間はめいめい一人ずつ生きのびるために、遠い無人島でちらつく火なぞ関心を持つゆとりはないのかもしれない。しかし、水平線上の火は甲板員を勇気づけ励ましつづけて来た。

毎日、夕暮が訪れるたびに彼は岩山の頂上にたたずみ、西の方、〝隣人〟の火を眺めた。海をへだててあまりにも遠く離れているとしても彼が隣人であることに変りはない。

突然、甲板員は躰をこわばらせた。闇の奥で枯れ枝が折れる音がした。彼は傍の枯れ木をつかんだ。一メートルほどの手ごろな棍棒である。すばやく焚火の傍から離れて岩を楯にし、音の聞えた方へ呼びかけた。

「おい、おまえはそこに隠れているな、ちゃあんとわかるんだ、おい、話をしよう、おれもこの島に流れついた船員だ、おい、聞いているのか」

また枯れ木の折れる音がした。その音は闇の奥を右から左へ、ちょうど甲板員が身を寄せている岩と同じくらいの大きさの岩がならんでいる斜面の方へ移動した。ボートの男も岩かげにひそんでいるのだ。

「喰い物はある、うまくはないがそれでどうにか生きてゆける、二人で力をあわせてなんとか島を脱け出そうじゃないか、おまえも西の方に火を見ただろう、人間がいるんだ、あそこへ行けばきっと船がある、国へ帰れるかもしれないぞ、おい、聞いているのか、なんとか返事をしたらどうなんだ」

甲板員は身をのりだした。相手は彼の語る言葉がわからないのかもしれない。ひと息ついて彼はふたたび闇の奥へ呼びかけた。

「ユー、フレンド、オーケー」

そう叫んで身をのりだした瞬間、額にしたたかな一撃をうけた。思わぬ方角からこぶし大の石がとんで来て彼の顔にあたったのだ。

彼はとっさに躰をまるめ、岩山から足もとの洞穴入り口へころがり、斜面をすべりおりた。石はつづけざまに彼の躰を追って投げられた。

「ストップ、ストップ」

(ここで挑戦に応じたら大変なことになる) うろたえながらもそれだけ考える冷静さは失っていなかった。彼は焚火の明りが届く圏外にのがれ、岩かげにうずくまって状況を考えた。

(まったく困ったやつだ、いったい何をかんちがいしてるんだろう、おれを食人種とでも思っているのだろうか)

投石はやんだ。しかし闇の奥にはこちらの動静をうかがっている者の張りつめた緊張感がみなぎっている。焚火の中で木がはじけた。甲板員は獣のように地に腹這い、勝手知った岩山をそいつのいると思われる方へにじり寄った。

(何か重大なかんちがいがある、それを正さなければ……)

そう決心した。ただ攻撃にさからってみても事の解決にはならない。そいつの背後から不意をついてとりおさえ、相手の自由を一時的に奪っておいて、事情をくわしく説明すれば納得するだろう。さもなければ未来永劫、このせまい島の中で相争うはめになってしまう。そうなったらたまったものではない。甲板員は自分の腕力に自信を持っていた。

ボートの男はきのう漂着したのなら永い漂流生活のはてに体力を回復してはいないはずだ。甲板員は左手に石を、右手に棍棒を持って岩から岩を伝い、そいつがひそんでいると思われる方へそろそろとしのびよった。

左側は急峻な崖である。その崖ぶちに沿って進めばすくなくとも躰の左側は安全なわけだ。焚火のはぜる音が耳についた。投石の方向から判断すると、そいつは岩山の頂上付近に位置しているはずだ。甲板員は地面に伏せ、星明りの下に黒々とそびえる岩山の斜面をすかし見た。動くものは何も見えない。

耳を地面に押しあててかすかな足音さえも聴きとろうとした。大地の重々しい沈黙が伝わって来た。海岸に寄せる波のざわめきが聞えた。彼は失望しなかった。なおもひたと耳を土にあてて静けさの底にひそむものの気配をさぐろうとした。

動いている者がいる。砂が崩れた。そいつの足が石を踏み、石がすべって砂の上できしった。甲板員はつと頭をあげて音の方向をたしかめようとした。見られていないという安心感があった。顔をあげただけでは心もとなく、上半身をもたげて闇の彼方をうかがおうとした。

風を切って何か重い物が彼にふりおろされた。甲板員は悲鳴をあげて仆れた。敵の第二撃はむなしく地面を叩いた。甲板員は崖の下まで砂礫と共にころがり落ちた。そいつは息をはずませて崖の向う側斜面をかけおりた。

甲板員は崖下の砂地に半ば埋もれて横たわった。意識は不意の恐怖で明澄になったが、躰は崖を落ちるときぶつかった岩による痛みで動かすことができない。さいわい石と砂の塊にほとんどおおわれているので、高みから見おろしてもすぐには気づかれないあんばいになっている。足音がした。

星明りの空を背景にそいつはまぢかの崖ぶちに立ちはだかっている。甲板員は目だけを動かしてそいつを見上げた。そいつは右手に棍棒をさげていた。棍棒の先端には三角形の石がついている。その石がすんでのところで彼の頭を割るところだった。

その男の顔は影になって黒い仮面のように無表情である。甲板員は息を殺してそいつが立ちさるのを見送った。そいつは右手の石斧でむぞうさにそここの岩かげを叩きながら岩山をおりて去った。去りぎわに襲撃者は洞穴の中からその主人がたくわえた干魚と貝の乾肉を奪っていった。

甲板員は足音がすっかり遠ざかるまで待った。恐怖がおさまると怒りが全身をかけめぐった。彼は砂の中から力をこめて腕を抜きだした。両肩がしきりに痛んだ。腕を伸ばしてつかまるものを探した。木の根が触れた。それをつかんで上体をもたげ、下半身を引きだした。打ち身の箇所がにぶく痛んだ。時間をかけて彼は自分自身を掘りだした。両手で自分の肩から腹、腰と脚をさわってしらべた。出血している傷はなさそうであった。

「あの野郎、どうするか見てろ……」

彼は唾を吐こうとしたが、口の中は砂だらけでねばっこい唾液が舌にからまるだけだ。甲板員は岩山をおりて海岸よりの洞穴に移った。このような事態にそなえて用意をしていた隠れ場所である。砂の上に足跡を残さないように気をつけた。

クナイ草の密生した洞穴入り口は外からは気づかれない。這って人間の両肩がやっともぐりこめるほどの入り口だが、内部は奥行きが深く、乾いた砂が床になっており、洞穴につきものの湿気もとぼしい。岩棚の下に海水で浸蝕された空隙である。彼は入り口を平らな石で塞ぎ、バナナの葉を束ねたベッドに横たわった。躰の節々が痛み、呻き声が思わず口をついて洩れた。

(あいつめ、どうするか見てろ……)

ボートの男が手製の武器をこしらえて持っていたことを思いだした。

(やっつけなければこちらがやられてしまう、今度こそひどい目にあわせてやる)

彼は自分がつくるはずの武器をあれこれと想像しながら眠りにおちた。

部落の中央広場、鉱山事務所前の空地からひとすじの煙が立ちのぼっている。煙のもとにボートの男がうずくまっていた。

甲板員は墓地の一角に身をひそめてそいつをみつめている。朝、洞穴を出てから島の反対側つまり北海岸の波打際まで密生した林の中を迂回して山裾をまわり、岩山とは逆の方向から南海岸の部落を見おろす墓地の丘へたどりついたのだった。

甲板員は敵と同じ石斧をこしらえて携帯していた。そのうえ、島の廃墟でひろった発動機のベルトを細工してつくった投石具まがいの武器も腰に巻いていた。

石を包んだベルトの両端に指が通る穴をあけた簡単なものである。素手で投げるより二倍も速く、遠くへ石を飛ばすことができる。

そいつはうずくまって何か焼いている。肉の焦げる匂いが風にのって流れてくる。もっとよく見るために甲板員は墓地の端、いちばん大きな十字架のかげへ身を移した。そいつは獣の脚のようなものを火であぶっていた。

さっきの場所からは見えなかったが、そいつの足もとには平べったくなった犬の屍骸があった。火はおそらく昨夜、岩山の洞穴を襲ったとき甲板員の焚火から盗んだものにちがいない。

（苦労して長いことかかってやっと手に入れた火を、あいつめやすやすと自分のものにしやがって……）

この無人島に漂着したとき、甲板員はマッチもライターも持たなかった。部落の廃墟にはどこを探しても火をつける道具はなかった。レンズも見あたらなかった。

きわめて原始的なやりかたで甲板員は火を発生させる作業にとりかかった。枯れ葉をもみしだいて細かい粉末にし、石の上で乾かす。廃屋でひろった板ぎれにナイフでくぼみをつけ、かたい木の尖端をとがらせて両手で錐をもむようにそのくぼみを摩擦した。火を得るまでに三日かかった。初めは黒く焦げてかすかにくすぶるだけで、火がつくほどにはなかなか熱せられない。七、八枚の板ぎれをぼろぼろにしてようやく赤い火の粉がちらつきだしたとき、彼はその穴のまわりに枯れ葉の粉末をおき、火が燃え移るようにした。

やがて小さな焔をあげ始めた枯れ葉の塊をわきに用意した焚木に移した。その火は四六時中、絶えることのないようにコプラの繊維を浸した椰子油の火皿に移した。彼の両手は火ぶくれでもしたように赤く腫れた。火をおこすのに木の棒をあまりに強く回転させつづけたので……。

火盗人は犬の腿をかじっている。油断なく四周に目を配っているそいつの表情はくわしく見てとれないが年齢は甲板員と同じくらいであろう。皮膚のなめらかな輝きと敏捷な身ごなしでそう思われた。腕力もほぼひとしいのではあるまいか。ひとしいか少し上か……甲板員はそいつの盛りあがった肩の筋肉を見て憂うつそうに眉をひそめた。

かもめがそいつの頭上をかすめた。とつぜん砂の上を走った鳥の影に、そいつは犬の腿をほうりだし、おびえきったかっこうであたりを見まわした。甲板員はそいつを憐れんだ。敵意が急速にうすれた。部落の荒廃した広場でおどおどと犬の骨をかじり、鳥の影にさえうろたえている男の姿を遠くからみて、甲板員は昨夜から持ちつづけた憎しみがやわらぐのを感じた。彼は自分の手にした武器をいとわしく思った。ぎょうぎょうしく腰に巻いた投石具の重さが厭になった。

しかし、武器をすてて手ぶらでその男の前に出てゆけるほどの気持にはなれなかった。

そいつは犬の始末にとりかかった。男の持っているのはガラスのかけらのようだ。それを器用にあやつって犬の皮を剝ぎ、骨つき肉を焚火に吊した籠に並べている。

(おまえ、燻製肉をつくるつもりなら塩をすりこんで乾燥させなきゃ駄目だよ)

そいつは焚火に板ぎれをくべた。火が燃えつづけるのを見定めておいて、そいつは鉱山事務所わきの倉庫に姿を消した。甲板員はこの機会を利用して墓地の丘をかけおり、部落のはずれにそびえる給水塔のかげにとびこんだ。そいつは倉庫から出てきた。空の石油罐を二つかかえて海岸へ向っている。何をしようとしているか、甲板員にはすぐわかった。

海岸には石をかまど状に積んでいる。石油罐に海水を汲み入れてかまどにかけた。煙があがった。塩をとろうとしているのだ。

給水塔からかまどまでの間にはいくつかの廃屋があり、見通しが悪かった。甲板員はボートの男が火をたきつけるのに苦心している時を見はからって小屋から小屋へ少しずつ接近した。隙をみすましてそいつを打ちのめしこちらの実力のほどを思いしらせておいて、そのうえでこれからの共存条件について協議するのがいいと考えたのだった。

鉱山事務所の前にある小屋までたどりついて、壁ぎわから海岸のかまどの方を見たとき男の姿はなかった。(…………)あわてて身をのりだし、犬の肉をあぶっていた焚火の方をのぞいた。そこにも男の姿は見えない。

不意に危険を感じ、吐き気を催すほどの恐怖にとらえられた。身をすくめて後退しようとしたとき、背後に人の気配を感じた。ものもいわずにそいつは石斧を振りかざして打ちかかった。

かろうじて甲板員は第一撃をかわした。ふたたび打ちこまれた石斧を彼は自分の石斧で受けとめた。柄を持つ手が汗ですべった。そいつは息もつかせず第三第四の打撃を加えてきた。そいつの斧は甲板員のそれよりつくりが頑丈だった。うちこまれる武器をやっとのことで支えるだけだ。反撃するどころではない。壁ぎわに追いつめられて、自分の石斧を構えようとした。石斧の柄は汗で濡れている。次に来る打撃にそなえて石斧をふりかざそうとしたとき、それは手をすべり抜けて土の上にころがった。拾おうと身をかがめたのが、結果としてはさいわいした。

甲板員の背にした小屋の羽目板が音をたてて破れた。ボートの男がそこに石斧を打ちこんだのだ。甲板員は目の前にある男の足首をつかんだ。そいつは仆れた。石斧は小屋の壁にささったままである。そいつは仆れるなり砂をつかんで投げつけた。甲板員は悲鳴をあげて目をおおった。全世界が茶と黄の輝く縞で彩られた。甲板員は目をこすり、そいつからとびすさって腰の投石具をはずした。そいつは立ちあがり、歯を剝きだして殴りかかった。

石をはさむひまはなかった。甲板員はベルトの一端を持ってふりまわした。そいつは目の前で一閃したベルトにひるんで、一、二歩たじたじと後退した。甲板員は焼けつくような目の痛みを覚えつつも、ベルトでそいつの顔を一撃しようとした。

新しい武器の正体をそいつはすぐに見届けたようであった。そいつは両手をひろげ背をまるめて充分、甲板員との間に距離をとった。もりあがった両肩に首を埋めるようにして上目づかいにこちらの動静をうかがっている。目は依然として痛んだ。

投げこまれた砂粒が眼蓋の裏でざらつき、粘膜を刺戟してとめどもなく泪を溢れさせた。ふくれあがった視界に銀色の光が滲んだ。全世界がゆらめき、敵はゆがんだガラスを通して見るようにふくれるかと思うとちぢんだ。甲板員は大きく息をつき、投石具としては用をなさないベルトをつかんでそいつの動きを注目した。

そいつは一歩踏みこんだ。反射的に甲板員は一歩さがった。薄笑いがそいつの顔に浮んだ。甲板員はベルトでその顔をねらった。すばやく首をすくめてそいつは一撃をかわした。次の瞬間ベルトは甲板員の首に勢いあまってからみついた。甲板員は両手で自分の首にまきついたベルトをもぎとろうともがいた。

そいつは甲板員の躰におどりかかった。うしろへさがろうとしたとき、足が何かにつまずいた。そこは倒壊した小屋の跡である。散らばった木ぎれに足をとられて甲板員はあおむけに仆れた。その上にボートの男がのしかかってきた。

そいつは甲板員にまたがり両手の先に自分の全体重をかけて首をしめつけようとした。しかし首にまきついたベルトがそいつの手を邪魔した。そいつは舌打ちし首のベルトを剝がしにかかった。甲板員は躰を弓なりにそらした。そいつを押しのけようとして必死に脚をばたつかせた。

太陽はほとんど真上にあった。そいつの頭上に日はまぶしくきらめいておびただしい光を氾濫させている。のどもとをしめつけられ、こめかみが破れそうに脈打った。甲板員はそいつの手首にしがみつき、もぎ離そうとした。鉄の鉤のようにその手はかたく、しきりにかきむしってもびくともしない。

息苦しさのあまり甲板員は鳥のように両手をひろげてあがいた。視界が暗くなった。何かが手に触れた。それをつかみ、うすれてゆく意識にさからって渾身の力をふるい自分の上にのしかかっている男の頭を殴った。

　にわかに甲板員の体が軽くなった。そいつは破れた砂袋のように甲板員のわきに崩れた。彼はそいつの体を押しのけ、四つん這いになってその場から逃げだした。とりもちにかかった蠅のように全身が重く、ともすれば地面に引きつけられるようである。十センチ、二十センチと這いつくばった姿勢で彼はそいつから遠ざかった。気ばかりがあせった。

　笛を吹くような音は自分ののどから洩れる苦しい呼吸だった。ふいごがたてるヒューヒューという音にそれは似ていた。

　彼は喘ぎながら給水塔の下まで這って進み、墓地のある丘のふもとでようやく板ぎれを杖に立ちあがることができた。彼はよろめきがちな脚を踏みしめて逃げた。しりあがりに恐怖がつのった。恐怖が彼の内部に充満し外へ溢れるとき喚き声に変った。甲板員は林の中を右に左によろけながら走り、おびえきった獣の声で叫びつづけた。

　夕方まで甲板員は洞穴の中で慄えていた。熱病にかかったように悪寒が全身を這いまわった。歯が鳴った。

（なぜ、あのときひっくりかえったあいつの息の根を止めなかったのだろう……）

今になってそのことがくやまれた。甲板員は洞穴の入り口を石で塞ぎ、穴のいちばん奥にもぐりこみ、そこにうずくまった。膝頭を胸にあて、両肘を折ってわきの下に添えた。胎児の姿勢に似ていた。そうしているとしだいに慄えがおさまり、悪寒もひくようである。彼は渇きを覚えた。

彼は水をためた石油罐に顔をつっこみ、舌を鳴らして飲んだ。その水に黄金色の光線がさした。入り口のわずかな隙間から夕日が洞穴内に射しこんでいる。

（あの日の沈む所に陸地があり、陸地には人間がいる……）

かつては慰めにも力にもなったこの思いが今は少しも彼を楽しませない。夕日の輝きすらまがまがしく、いまわしい色を帯びているように見えた。

（西の土地に生き残っている人間たちともここでボートの男とまじえた戦いをくりかえさなければならない……）

そんな気がした。

世界が終ろうとしている、という思いが、乾いた砂にしみこむ水のように彼の内にゆきわたった。

彼は洞穴の壁に背をもたせかけ、膝をかかえて呆然と沈む日をみつめた。

（おかしなことだ、この島にたった一人でいたときは世界の破滅を信じられなかった。新しい漂着者がやって来た今となって初めて世界の終りを痛切に感じる、そうだ、世界は水に浸った砂糖のように溶けて消えようとしている、だれが何といおうとこれは確かなことなんだ……おれはあの男といがみあい、おたがいに相手が土の上に仆れて平たくなり息を引きとるまで憎みあい、怖れあい、棍棒と石斧、裸の手と爪、歯と歯でもって息のつづく限り戦うはめになってしまった。そうなってしまったからには力の限り生きのびてやる、そうさ、生きのびてやるのだ、おれが生きるのを邪魔するやつはだれであれ容赦はしない）

甲板員は空腹を覚えた。この日、二度目の食事にしては味気なかった。彼は自分のかじっている干魚を眺めた。鼻を近づけて干魚の臭いをかいだ。生臭く腐ったものの臭いがしたからである。干魚からその臭いは発するのではなかった。海の方から吹いてくる風にのって洞穴へ運ばれてくるのだ。

彼は入り口を塞いだ石をとりのけて洞穴の外へ出た。日没後、亜熱帯に位置するこの島の夕暮は短い。夜はすみやかに島を暗くした。彼は手ごろの棍棒をたずさえて海岸へおりた。相変らず波の砕ける単調な音がする。波打際へ近づくにつれて腐敗臭はますます濃くなった。甲板員は四周に目を配り足音をしのばせて歩いていたが、砂浜にさしかかったとき、何か柔らかい物を踏みつけて思わず小さな叫び声をあげた。

大小無数の死魚が波打際を埋めている。新しい魚も古い魚もあった。すでに渚の上手では白い腹をふくらませた魚が腐臭を放っている。波が寄せてしりぞくとき砂の上に死魚の堆積をふやした。腐臭は渚に漂い、さらに沖から吹いてくる風にも含まれて流れてきた。

（この大洋いちめんに腹を上にして死魚が浮び漂い流れている……）

彼は足早に砂浜を離れやがてとぶように磯の方、彼がいつも貝を採集している海岸へかけつけた。そこにも波が死魚を打ちあげている。膝まで水につかって水底の貝をさぐった。貝は手に触れた。口をあけた貝である。水の上にとりだして貝の中身をしらべた。

肉は溶けかかる寸前の粘り気をもっていた。彼は貝を投げすて、海に手を浸して洗った。手についた粘りはしつこくこすってもなかなか落ちなかった。

（考えてみれば全世界で核爆発がおこって海の魚がどうにもならないわけはない……）

甲板員は西の陸地に点々とともった火を眺めた。

（あいつらも今ごろはきっと海の異変に気づいているだろう、さあ、これからどうする、海のものはとって喰えなくなったのだ）

風を切って何かが甲板員の耳をかすめた。

彼はその場に伏せた。間髪をいれず第二弾がとんで来た。闇の中でも正確に甲板員の位置を測定しているらしい。二番めの石は甲板員の伏せている岩にあたってそれを砕いた。甲板員は三つめの石がとんできたとき、目の前に口をあけた岩の溝に這いこんだ。

溝の底には海水がたまっている。水音をたてないように溝を伝って深みへ進んだ。波の音が彼の躰がたてる水の音を消した。彼は水にもぐって磯の外へ出た。ボートの男は海岸ちかくまで迫った林の中にひそんでいるらしい。甲板員は投石具を部落に忘れてきたことを思いだした。そいつのためにこしらえてやったようなものだ。

甲板員は砂浜に這いあがり海亀のようにじりじりと草原めざしてにじり進んだ。そいつはいた。甲板員が作った投石具に石をはさみゆるく振りながら海岸の方、さっきまで甲板員が身を隠していた岩かげをうかがっている。甲板員は足もとの地面を探した。

(木の枝か、石でもあれば……)

さっきの棍棒はどこかにおとしていた。身の丈ほどもあるクナイ草のしげみはそいつの立っている林と接している。今、甲板員の姿は草の中に没して向うからは見えないはずである。いつまでも甲板員が姿を現わさないのに不審を覚えてかそいつは林の中から磯の方へ足を踏みだし、こちらに背を向けて遠ざかりつつあった。

甲板員はクナイ草のしげみをかきわけて林の中へしのびこんだ。手さぐりで地面に落ちている木を拾いあげようとした。それは落ちている木ではなく倒木の枝だった。力を入れて引っぱったとき、それは音をたてて折れた。こちらに背を向けていたそいつがふりかえった。しかし砂浜からは林の中の甲板員を立木と識別することができない。そいつは投石具を振りまわしながら右に左に動き、林の中をすかし見た。

甲板員は部落の空地で戦ったときの疲労と恐怖から回復していた。そいつに立ちむかうだけの精力を取り戻していた。甲板員は発見されるまで待たなかった。

あくまで立木に寄りそって木の一部にでもなったかのように身じろぎもしなかったら、ついに発見されなかったろう。甲板員は野犬のように咆哮して棒をふりあげ、そいつに打ちかかった。林の外へ走りでたとき、足が蔓草にからまった。仆れたところにこぶし大の石が飛んで来た。

激しい勢いでかけだしていたから、仆れてもなおはずみがついて彼の躰は砂浜の上を敵の方へころがった。立ちむかってくると予期していても足もとをころがってくるとは思わなかったとみえて、そいつは一瞬、呆然と足もとの甲板員をみつめた。

恐怖の網がふたたび甲板員をとらえた。林の中で拾った木の棒はどこかにおとしていた。手をついて中腰になったとき、そいつのベルトが顔をねらって打ちおろされた。甲板員はそのベルトをつかんで引っぱった。そいつは奪われまいとして強く引きかえした。甲板員は急にベルトの端を手離した。そいつはベルトを持って向う側にひっくりかえった。

その躰めがけて甲板員はあらためて獣めいた叫び声をあげてとびかかった。

そいつは甲板員の胸を脚でけった。けられた方はあっけなく砂の上にあおむけに仆れた。背中で死魚がつぶれた。腐った魚の臭いが鼻をついた。汗みどろになって争っているさいちゅうに、ものの臭いがすることを一瞬不思議に思った。海の音も聞えた。

甲板員がおきあがるのとそいつが躰をおこすのとほとんど同時だった。二人は中腰になってにらみあった。投石具はそいつの手になかった。奪いあったときどこかでおとしたのだ。

甲板員は後ずさりし、男から目を離さないようにして腰をかがめ、手を伸ばして足もとの石を拾おうとした。彼が石に指をかけたとたん、そいつがとびかかってきた。二人は組みあったまま波打際に倒れた。そいつはとびかかる寸前、死魚を踏みつけてすべり、躰の安定を失っていた。だから甲板員にぶつかったとき、そいつは自分の攻撃する方向へ力を集中することができなかった。おたがいに相手を一撃する態勢ではなかった。

波が寄せてきて二人を洗った。喘いでいる甲板員の口に海水が溢れた。彼は身をおこして海水を吐いた。目にも塩水がしみた。そいつも躰を折りまげて咳きこみ、苦しそうに呻いている。ふたたび波が二人の上にかぶさった。甲板員は砂浜を林の方へよたよたと逃げた。その後をボートの男が追った。

「もう、よせ、よせったら」

甲板員は弱々しく叫んだ。ボートの男は流木をひろいあげて迫った。流木は夜目にも太く重そうである。軽々しくふりまわすことができない。そいつもかなり弱っているように見えた。甲板員は草の中へ這いこんで咳をした。高い草が彼の姿を隠した。流木を持った手が幾度かむなしく草をたたいた。

「もう、いやだ。たすけてくれ」

甲板員は草の底を這いまわり、きれぎれに悲鳴とも呻きともつかぬ声をあげた。棘のある草が彼の皮膚を引きさいた。思いがけない近さに敵は迫っていた。星明りの空を背に立ちはだかっているそいつは巨人のように大きく見えた。

甲板員は息をのんだ。そいつは得物をふりあげた。甲板員は嬰児のように躰をちぢめた。そいつは仆れている男が抵抗しないのを見てとると、いったんふりおろしかけた棍棒を持ち直し、さらに一歩近よって充分ねらいを定めて打ちおろそうとした。

仆れている男はやみくもに脚を伸ばした。その足が立ちはだかっている男の下腹部にあたった。そいつは呻き声をあげて棍棒をおとし、その場に力なくうずくまった。甲板員はクナイ草をかきわけて逃げた。林の闇が目前にあった。暗黒の影に彩られた樹木の深みがことさら優しく親しみ深く思われた。甲板員は林の中へかけこんだ。下生えの草が彼を抱きこんだ。高く張った木の根に身をひそめて草原をふりかえった。

クナイ草の茎が林の闇をすかして淡い灰色に見えた。それはそよとも動かず、ボートの男をのみこんで静まりかえっている。

（おかしい……）

甲板員は立ちどまって耳をすました。あれほど絶え間なく咆えていた犬の声がやんでいる。波打際で格闘した夜から三日たっていた。三昼夜、甲板員は洞穴にこもって出なかった。深夜、用を足すために足音をしのばせて砂浜へ出る以外は洞穴の中に隠れつづけた。

きょう、あるものの気配を感じた。世界がにわかにしんと静まりかえったような、これまでとはちがった異様な物音を耳にしたように思って外へ出てみる気になったのだった。

彼は空を見上げた。

空はいちめんに黄ばんだ光が充満している。真昼というのに太陽は見えず、夕方のように、にぶい真鍮色の微光があたりに漂っている。いつもとちがうのは空だけではない。林がすっかり葉をおとして裸の梢ばかりになっている。

彼は口を阿呆のようにあけて林をみつめた。濃い暗緑色であった木のしげみが茶褐色に変っている。彼は林の中を歩いた。

ひっきりなしに枯れ葉が彼の頭に肩に降りかかり足もとにつもった。暗い林が明るくなった。

彼は島でいちばん高い円錐状の山にのぼった。林も下生えの草も廃油の色に似た褐色に変ったため、風景は様子をかえて別の島へ来たかのように映った。胆汁を流したような光が島を包んでいる一方、海の方からは相変らず死魚の腐敗した臭いがおしよせてきた。

その臭いは三日前とは比較にならないほど濃い密度になって甲板員の鼻孔を刺戟した。海は今も砂浜に生命のなくなった屍骸をあとからあとから打ちあげている。

さきに打ちあげられた死魚は干からびてかたくなり砂の上ではや粉ごなになろうとしている。しかしその上に沖から漂ってきた死魚が重なり新たな腐敗臭を発散させた。死魚の堆積はあたかも海そのものが意志的にたゆみなくその岸辺に産みつけるものであるかのように見えた。

甲板員は山の頂上にのぼった。いただきに這いあがったとき胸が破れそうに痛んだ。

（あいつはどこへ消えたんだ……）

島のどこを見まわしても犬の影はなかった。動くものは何もない。鳥も羽搏かず虫も動かなかった。ただ海の音だけが単調に圧倒的に続いている。高みから一望した島は淡い琥珀色の光に浸って大洋に浮んだ方舟《はこぶね》のようにも見える。彼は西の水平線を眺めた。

黄色い埃のようなもやがたちこめている。西の陸影はその黄色い埃の下に隠れて見えない。雲はこくこく厚くなり、夕方のようにまわりはうす暗くなりはじめた。

甲板員は山をおりた。林には強い力が働いて、木の葉を大地が吸引しているようである。枯れ葉は褐色の斑点がひろがって縁から腐りかけている。

（このぶんでは椰子もパンの実もすぐに食べられなくなるだろう）

部落は森閑としていた。倒壊した廃屋は風化の速度を速めたようで、白茶けた小屋の壁も前よりいっそう砂の色に近くなった。あらゆるものがもろく崩れやすくなり、大地に同化しようとしている。彼は波間に漂う物に気がついた。海岸から五十メートルほどの所に方形の板が揺れている。風は渚へ吹いていた。筏はしだいに砂浜へ近づきつつあった。

彼は海へはいって筏を引きよせた。かつて彼がこしらえて西の陸地へ渡ろうとした筏の残骸だったが、彼以外のだれかによって手を加えられていた。筏の面積はひろがり厚さも増していた。板材は釘と藤づるで結合されていた。

それが一つ一つ手で動かせるほどにゆるみ全体として分解直前の状態で漂っていたのだった。波とは別に何か堅固な漂流物がこの筏を打ち砕いたものと思われる。筏の中央にはその衝撃の痕跡がある。板が割れ、木材の一部が裂けかかっている。筏のあるじは衝撃をうけたとき海に転落したのだろう。

彼は割れた板に生じたささくれの部分を無意識に撫でた。

（あいつはおれがこしらえて航海に失敗した筏の残骸を発見し、修理して海へのりだした。どこか別

の島、こことは別の天地を探そうとした。あいつだってちっぽけなこの島でおれといがみあうのは好きではなかったのだろう）

彼は波打際に沿って島をひとめぐりした。ボートの男がどこかに打ちあげられてはいないかと砂浜に目を配った。波打際には大小の流木と廃油のどす黒い膜がひろがっている。その上に新しい死魚と古い死魚が重なっている。男の姿はなかった。

甲板員は流木の間に何か白い物を見つけた。まだ新しいボートである。あのしぶとい男が乗ってきたボートでなく、それはペンキの塗りも鮮かな同型の小型ボートで、水こそたまっているが破損しているようには見えない。ボートの中には水罐と防水した非常用食糧の包みもあった。彼はろう引きの包装紙を引き剝がすのももどかしく中身をとりだし口に入れた。チョコレート色の固形物は舌で柔かく溶け、濃厚な甘さを伴って胃にすべりおちた。食糧の包みは全部で四箇あった。

夜になろうとしていた。

空は光がうすれ暗い褐色の翳りを帯びている。夕日の在りかは判らない。しかし、西の水平線上にかすかな光が明滅しているのが見えた。

彼は椰子の殼でボートの水をかいだした。オールは二本ともボートの中に固縛してあった。

甲板員は洞穴にたくわえておいたありったけの貝の乾燥肉と干魚とパンの実をボートに運んだ。椰子の実も積んだ。

彼はボートを波打際から押しだした。波の強くないのがさいわいした。胸のあたりまで海に入って、充分、海岸から離れたところでボートのふちに手をかけ自分の躰を引きあげた。波の砕ける音が遠ざかった。ボートのへさきに西の水平線がありそこに点々と明滅する火が見えた。

（あそこには人間が生きている……）

島は彼の目の前に黒々としずまりかえっている。オールのひとかきごとに確実に島は遠ざかる。背後、西の水平線上に横たわる陸地の火は三つが四つになり近づくにつれてますます増えてゆくように見える。

オールの手を休めて彼は明滅する火を見やった。

（あそこにいる人間たち……あの連中とも自分は戦うことになるのだろうか、ボートのあの男と島でいがみあったように。あの火の傍で暮している人間たちが自分を優しく受け入れてくれればいいが……）

彼はつかのま、うねりに揺られてもの思いにふけった。しばらくして西の陸影に明滅する火をめざし、力強く漕ぎはじめた。

十一月

どこがふさわしいといっても、夜のバス・ターミナルほど、無為に時をすごすのにかっこうの場所はない。

木のベンチのひえびえとした堅さがいい。ひんぱんに発着するバスの客が、せわしく行き来するから、私のまわりは彼らの声高な呼びかけや靴音でいっぱいだ。けれどもそれが夕刊を読みふける私の妨げにはけっしてならない。

ベンチからは改札口へすべりこむバスの運転席がよく見える。バスはターミナルの広場で、一度ぐるりとまわって乗降口へつくことになっている。運転手たちの癖というものだろう、せっかちに短い円をえがく者、大きくゆったりとまわりこむ者などさまざまだ。停止すれば彼らの首から背へかけて、さすがにくつろいだ和みが見てとれる。

暗い車内燈の下で、いかにもくったくありげにまだ続く夜道を眺めやっている運転手の姿は、私の似姿であると言えないこともない。

さっき、バスをおりた客の一人が時刻表の下で私を見た。その女がベンチの前を通りすぎ、外の人ごみに紛れるまで私はぼんやりと見送っていた。街路樹のかげで私の方をふりかえったようだ。そのとき初めて私は、休暇以前に親しかった女友達を認めた。そうとわかっても、べつだん感情は動かない。わざと声をかけなかったのではなかった。

今は人と別れるときおたがいに念をおしたり、さようならを言いあったりする時代ではない。「やあ、今晩は」くらい言っても良かったけれど、こうした別れもあっていい。いつのまにか馴染みの友が、見知らぬ人間に変ってしまう、ただそれだけのことだと思う。

十分か十五分ごとに出入りしていた車も、かなり間どおになった。待合室の床にたまった夜気のつめたさに驚いてベンチをはなれ、夕刊を金網籠へ投げこむ。新聞紙がそうぞうしく屑籠へ落ちた瞬間、私は今まで読んだことをすっかり忘れている。憶えているのは日付くらいだろうか。新聞の日付を見ては、機械的に残った休日を数えている。その日数もあますところ一日だけ。

明日から休暇という夜のことを思いだす。台所の隅にゴキブリの片肢を見つけた。くの字形に曲った飴色のそれがつややかに光るのを見たとき、鋭い歓びを味わったものだ。ふだんはそんな物を見ても何も感じないのに。休暇は私を変える。

夏には多くの人が休み、冬の休みもありふれている。しかし、十一月の休みとは何だろう。八月にとれなかった休みをようやくとっただけのことだけれど、一人とり残されたような変なぐあい。そのせいか、短い休みに入ったそうそう、車にはねられ、足をくじいている。軽い傷だったからいいようなものだが、ブレーキがおそかったら今ごろは病院のベッドだ。

なにごとにつけ、調子の狂っている証拠と思う。慣れない休みにはロクなことがない。さしあたって足を、目立たない程度に引きずるくらいですんだのは、ありがたいと思わなければならない。この事故にさえあわなかったら休暇は旅行にあてるつもりだった。

そのかわり街をひるひなか、なんという目的もなく歩きまわるのが日課になっている。会社へ通わなくなってから、外で見るものが妙に珍しく、それは店の飾窓にある品などではなくて、働いている男や女を飽かずみつめている。十字路の信号機を塗っている男を眺め、ついには首が痛くなったこともある。看板屋の店先にたたずんで、木を削る少年を見まもった午後もある。

昨夜は、街路に水道管を埋める土工たちの傍で、夜のふけるのを忘れていた。どうして今まで、このような仕事に惹かれなかったのだろう。きょうの昼、私は電気工たちが街燈をとりかえるのを見物していた。軽合金の組立梯子を垂直にのばして、一人の工夫が上へたどりつくと鈴蘭状の明り覆いをはずし、網袋に入れて下の仲間におろした。高みから用心ぶかく紐をたらし、同僚がそれをうけとると、彼は誰にともなく「よし」と言った。

私は彼が梯子のいただきに身を支え、ガラス球をこわさないようにおろしていた緊張感が、自分のもののようにわかる。下の男がそれをうけとめたとき、手に伝わった重みも感じられる。

休暇をくれなければ会社をやめてもいい、そう思いつめたのは九月のある午後だった。くりかえし反芻した記憶だから、そのときの情景は今もありありと目にうかぶ。まず机の端を斜めに切りとっていた陽ざしがあり、そこにたまった埃がなまなましく光っていたのも思いだされる。ぬるい風を送っていた扇風機のつけねから一すじ二すじ黒い油が洩れており、こちらに背をむけた女事務員のブラウスが汗に濡れてくっついていた。薄い胸にブラジャーをつけている、そんなことまで妙に肚が立った。

次につづく短いあいだ、私は自分が書きつらねた文字や数字が、えたいの知れないしみに変ったように思われ、口をあけて目の前にある書類を見おろした。私はペンを投げだして頭を振った。幻覚はしかし、すぐに去った。

街をうろつくのは昼間と限らない。夜のときもある。休暇の初めは明るいあいだ飢えたように眠り、日が沈むと起きて街歩きにでかけるのだった。まるで人跡未踏の異境を探検するような意気ごみで。けれども、出勤日がさしせまって来るにつれて、なんとなく夜を避け、昼をえらぶようになっている。仕事に備え躰の調子をととのえておこうという気持が、自分ではそれと意識しないうちに働いているのかもしれない。気ままに時をすごせるのも明日かぎりだ。

塗装工や電気工、配管工たちの手仕事を羨んでみても、つまるところ休暇の気紛れというもので、びっこはひきながらも会社へ戻るのは目に見えている。（しばらく考えてみたい）、そのつもりで手に入れた休みだが、得たものはぼんやりしたせいで車にはねられた足の傷くらい。だから、この一週間は私にとって何でもなかったということを、ユーウツにも認めないわけにはゆかないのだ。

家々をゆるがして大型トラックの列が近づく。長距離用のものものしく角ばった車体のあちこちに、橙やうすみどりのランプが光っている。夜の闇に車幅燈や、荷台の高さを示す小さな灯が鮮かだ。明りの数はまぢかに吟味すると意外に多く、目にまばゆいほどで、運転席は濃い闇に隠れている。車はまもなく過ぎ、私は人影のまばらな舗道を歩きだす。

トラックの端ばしにとりつけられた色とりどりのランプが、もし運転手たちの自由な選択によるとしたらすばらしいことだ。彼らはめいめいの長い夜を、自分がえらんだ小さな明りで照らして走っていることになる。

十一月は何も起らない。

そう言っていいのではないだろうか。九月は水が澄み、十月は遠くの窓ガラスがよく光る。大気には何かしら華やいだ匂いがある。しかし、十一月とは何だろう。こんなことがあった。足をいためた日、真夜中、窓を叩く者がある。五、六年まえ、同じアパートを借りていたFが、酔って壁にもたれていた。

「女房が死にそうなんだ」

眠りからまだ完全にぬけきっていなかった。私は間のぬけた表情をうかべていたに違いない。Ｆはいらだたしげに説明した。彼の妻が心臓を悪くして突然、入院したこと、手術をしても回復のみこみがないこと。私は彼に部屋へ入れとも言わず黙りこくっていた。つい二、三日まえ、街の交叉点で彼女を見かけたのを思いだし、

「元気そうだったけれど」

と言うと、Ｆは変にうわずった声で、

「いつだ、それは」

「先週の土曜日、だったかな」

「土曜日は実家へ帰っていた」

「なら金曜日だったかもしれない」

どうでもいいことを気にしたとＦも思ったらしく、今度は、

「泊りに来ないか」と誘った。「一人でいるとやりきれなくて……」

「ちょっと具合わるいんでね」

「仕方がない。外へ出て飲もう。話をきいてくれよ」

足の傷がうずくとはついに告げなかった。なぜ依怙地にFの誘いをこばんだのだろう。「これほど頼んでいるのに」とつぶやくのをきいたようにも思う。五、六年まえだったら、友人の妻が重態ときけば、一晩くらい眠らず彼の歎きに耳を傾けもしたろう。今はちがう。「そうかい、わかった」

Fは叫んだ。

「おれたちはずいぶん永く会わなかったけれど、たずねて行けばいつでも話ができると思っていたよ」

私は口の中であいまいに呻いた。

「せっかく寝ているところを起してすまなかった」

窓をしずかにしめて、私は元通り横になった。悔いは感じていない。かたくなさ、これは年齢だ。Fにはわかるまいが、このひややかさも一つの優しさと信じたい。休暇で起った唯一のできごとが、こんなつまらないことなのだ。けれども、十一月には何も起らない、というのはこのこととはつながりのないことだ。一年のうちで、この月ほど心がからっぽになる時季はないように思う。

隣りを起さないよう足音をしのばせて部屋に入り、洋服簞笥の中から革ケースを出した。手入れは怠っていないので、少しばかりの糸屑を除くと、黒光りする銃身が腕に重い。折って腔内をあらため、また戻してハンマーをおこし引鉄をおとす。旅行ができなければ鳥を撃とうということになっていた。月の初め、鴨猟が解禁になっている。河口へ下る舟の都合がつかなかったので、ややあせり気味だった。Tが休みをとれなかったせいもある。錆止めの塗料があちこちはげかかった猟銃を、ざっと布で拭ってケースにおさめた。けさ、舟をようやく手配できたとTがしらせたのだ。

雨だろうか、と思った。窓ガラスに絶えず砂があたるような音を、夢うつつのうちに聴いている。それはしかし砂の音ではなく、家々の軒にかけわたしたまま忘れられている万国旗が、夜明け前の風に鳴る音とわかった。祭りのあと、紙の旗が風にはためくのはものさびしい。私は猟銃を肩に、双眼鏡と弁当は鞄にしまって外へ出た。街はまだ眠っている。紐のきれた万国旗がたれさがっていて私の背に触れた。その乾いた音をきいたとき、私はちょうど一年まえの同じ時刻、こうしてうす暗い通りを歩いていたことを思いだした。その一年まえ、そのまた一年まえ、同じことをくりかえしていたのだ。たぶん来年も今じぶんこの通りを歩いているだろう。

川に沿って市街地を通りぬけ、半時間あまり急いで舟を用意したという川辺へおりると、うす茶色に立枯れた葦原はいちめんの霧だ。Tは砂を踏む私の足音でそれと察したか、葦の間から伸びあがるように手をふって言った。「足は痛まないか」

「大丈夫だ、すぐ出よう」

もやってある小さな平底舟に私がまず乗りうつり、竿を手にともに立った。Tは舳ちかくに坐り、鼻をひくひくさせて、朝から風があるのは珍しい、という。

「寒いな」

と私は答えた。水田の尽きるあたりから葦のしげみが深くなり、水流は入り乱れて、うっかりすると行きどまりの沼へ迷いこんでしまう。

「かわろうか」

Tが竿へあごをしゃくった。川底は泥だから、竿をとられないように軽く突いて引く、このこつがかなりむずかしい。軽すぎたら舟が進まない。私はそれには及ばないと言った。流れの中央に突然あらわれた砂州へあやうく乗りあげそうになり、舟を傾けてやりすごすと、しずくのおちる竿を引きあげて、浅瀬を見張ってくれと頼んだ。

両岸は深い葦原がつづき、私たちはすっぽり霧につつまれている。水が白く光る。舟が揺れ、舟脚が少し速くなった。本流へ出たらしい。このまま下れば河口につく。川幅が大きくなるにつれてふえる浅瀬に気をつけさえすればよい。川はいま私たちのものだ。Tがふりかえって、言う。

「なんだか、がらんとしてるみたいだ」

「うん、連中は海をまわるから川を下るのはいないんだ」

ここまで来れば代っていい。Tに竿をわたしたとき、海の方で銃声が響いた。私たちは顔を見合せた。日の出まえの猟は禁じられているから、素人の暴発か無思慮な試しうちにちがいない。このあたりの地理にくらいTが、

「こんな近くで?」

「いや、まだ遠い」

霧の粒は音をはじいて、遠い銃声もまぢかにきこえさせる。河口よりはなれた水域に、沖撃ちの舟が多いのはありがたい。夜間、上流の水田で餌をあさった鴨の群が、干潟に戻っているのを彼らは再び私たちの方へ追ってくれる。

厚く立ちこめていた霧が、布を洗うように揺れ、岸の黒っぽい水際がくっきりとあらわれ始めた。視界はさっきより開けている。日がのぞいた。最初の光線が霧をつらぬいたかと思うと、海の色がくろずんだ藍から鮮かな青銅色に変った。

「あ」

Tが低く叫んで前方をさした。葦をかすめて点々と舞うものがある。風が強いとき、鴨は高く飛ばない。私は空気に海のなまぐさい匂いをかいだ。流れには潮がまざって、緑色の縞をつくっている。見おぼえのある海苔小屋が泥に半ば埋もれている砂州へ舟をあやつった。へさきが砂を嚙むと同時に

飛びおり、二人して舟を引きあげる。

浅い水たまりはそのまま渡り、膝より上に来る所はまわり道して進んだ。銃声がつづいた。Tが立ちどまり手をあげて、

「いる」

そのてのひらで私をさえぎった。葦原が終って灰褐色の干潟に変る所にくろっぽい斑点が動いた。遠すぎる、と私は言った。

それでもめいめい身を低くして葦に姿を隠し、水際へ近づいた。鴨は目が利く。三百メートル以上から仲間を見分けるほど鋭い。用心するにしくはない。海がくさび状に沼沢へ喰いこんでいる所に、翼を休めている鴨が意外に多くいた。砂に腹這った姿勢で私は、犬が欲しいと言った。

「スパニールかい」

「ポインターでいい」

「ポインターが泳ぐかね」

「夢なんだよ、大きな犬は好きだ」

いつだったかこうして枯草のかげにしゃがんでいると、たくましい猟犬が真一文字に走りすぎた。黒い銛のような鼻と濡れた舌を忘れられなくなっている。Tは彼の銃《S・K・B》に弾丸をこめた。私もそうし

た。彼は自分の隠れ場《ブラインド》を教え、波打際の流木を目じるしに指した。

「ここを動かないでくれよな」

そう言い残して素早く葦の奥へ躰を没して行く。たぶん、湿地のつめたい空気にあてられたせいなのだろう、私はそのころようやく強くなり始めた足の痛みをもてあましながらTの銃声を待った。獲物は無数にあった。彼の一発が入江にこだました。次の一発でいっせいに舞いあがった鴨たちの一羽が、翼をひらめかして水におちた。

沖のハンターから追われてくる鴨が、上空に乱れている鴨とまざり、的を迷うことはなかった。しかし私は引金を引かず、呆然とTの銃声にきき入っている。大口径の猟銃にありがちな鈍く強い音は、まるで私の耳の傍で鳴るようだ。それは私の中で高く反響した。心のどこかにあるうつろな部分が、こんなにも響く、私はそう感じた。

おざなりに銃をかまえ、鴨の群へ一発うち、おちるのを見とどけないでまた撃ち、つづけざまに引金を引いて弾倉を空にした。こんなはずではなかった。私は猟銃をおいてあおむけになった。空は褪せた水色だ。今は何日も鴨を待ち伏せて撃ちつづけたような疲労しか感じない。

たった五発、撃ったばかりというのに、肩はこれ以上の衝撃にたえきれない。けちのつき初めは足のけがではないような気がする。もっと以前、夏の午後、自分の書いた文字がねじれた釘のように見えたときから、自分は物をちがったふうに見るようになった。ペンを机に投げだす気持と、銃を撃たずに砂におく心理はそれほどかけはなれてはいない。

晴れるかと思った空は雲が増して厭な鉛色になった。Ｔが身をひそめた葦のしげみからは、まだ慎重にかまえた銃声がつづいている。私は起きあがり、水際から遠ざかる方へ歩きだした。枯草のあいだに小さな砂丘のように見えたのは、底を上にした廃船だった。船板は朽ちかけている。

銃を舳にたてかけ、這って船底にのぼり、丈夫な箇所に腰をおろして弁当を開いた。汗ばんだ肌を海辺の風が爽かにした。私はウィスキーをとりだして口にあてる。にがく熱い液体が舌をやいて躰の奥へおちる。Ｔは砂州の向う側に引きあげておいた私たちの舟を、この入江へまわして、うちおとした鴨をひろっている。引き潮ではないから鴨が流れる気づかいはいらないのに、遠目でもＴはせわしそうだ。小舟をあやつるのに気をくだいているＴへむかって私はつぶやく。（おちついて、もっとゆっくり）。

岸へむかった彼の姿は一度、見えなくなり、今度は葦の間から重そうな肩をあらわした。私は壜をかたむけて残りのウィスキーを飲みほした。血みどろのものが追ってくるような感じだ。「おしまいか」ときくと、

「なぜ、撃たないんだ」

「撃ったよ、どれにあたったかわからないけれど」

「きょうはあんた、やる気がないね」

「ああ、そのようだ」

「考えてみてくれ、一年でおれにとってはきょうだけだよ」

Tは銃を持ちかえ、靴で砂をけった。

「海の様子や天気が絶好でも、休みがとれないときもある。おれがせっせと落しているとき、あんたが気のない顔で高みの見物ときめこむと、こちらはもう……」

「そこまでは考えなかったんだ」

「初めからおれ一人だったらどうということないさ。二人で来たのだからいっしょに撃つもんだ」

「すまない」

私は頭をたれ、船底にタバコの火をおしつけた。

「あやまれとは言わないよ」

「一羽、わけてくれ」

「いやだね。わけてやるもんか」

Tはタバコをとりだし、顔を寄せて私の新しい火を借りた。煙を吐いて、「わからない」と首をふる。

「なにが」

「あんたの撃たないのがわからない。去年はあんなに熱心だったのに」

「腕がにぶったのさ」

「うそをつけ」

「銃もガタがきたようだし」

「初めにそう言えばおれのを貸したよ」

私は眠らずに夜明けを迎えた殺人者になったような気がした。彼らに突然おとずれる告白の衝動が今ならわかる。私は夏の午さがり、目に映った会社の光景から、Ｆの誘いを拒んだこと、この数日、目にふれたことの全部を語ろうとした。

Ｔは海の方をむいて、「舟が流されないかな」と言った。軟かい泥のところどころが濡れて光り、干潟に水が溢れて海は豊かになった。潮がさしてくるところだ。

「見てくる」

私は歩きだした。Ｔがつづいた。水際の舟は翼を砕かれた鴨でいっぱいだ。満潮にのって川を溯れば、夜明けまえのように水路を迷うことも、浅瀬を気にすることもない。

「おれは海岸よりに帰るから、引きあげていいよ。ついでに鴨を持って帰ってくれないかなあ」

「そうするつもりだ。下宿のおばさんが喜ぶだろう」

昨夜、眠り足りなかったせいなのだろう。ウィスキーの酔いもくわわってもの憂い気分だ。Tはカメラを持ち、私が二人の銃と朝の獲物を積んで先に帰ることになった。

「水が来たら誰も助けに来ないから、葦の生えてない所を歩くんじゃないぞ」

夏、砂州の端でぼんやりとして、満潮の海にとりのこされたことがあった。私は竹竿で砂を押した。Tは水辺で舟を見ていた。流れの中央に出ると、彼は手を口にあてて叫んだ。

「欲しいだけ鴨はくれてやるよ」

わかった、というように私はうなずいた。彼に見えたかどうかしらない。


夕方、目を醒ました。灰色の雲からうすい光がおりていた。深く眠ったあとの無駄に冴えた目で、私はあらゆる所に白っぽい光が漂い、木の葉も人の顔も影を喪うのを認めた。きょう、休暇が終る、という思いの次に、鈍い悲哀と、会社の同僚たちの顔を見たいというこれは意外な感じが来た。窓をあけると、屋根のつづく向うに、真鍮色の尖塔が少しのぞいている。暗い空を背景にその金色の棘状のものは、変に鮮かな色に映えて私を惹いた。アパートを出ると、足はしぜんにその方角へむかっている。

そして、そこに銀杏があった。神社の軒はもう闇に浸されていたが、境内はすきまなく降りつもったいちょうの落葉で明るかった。ぎんなんの実を拾っている老人たちがおり、くみうちをしている子供たちがいた。子供たちの叫び声はかんだかく私の耳にひびいた。

やがて、そのうちの一人がゆっくりと仲間から離れ、銀杏の下に立ってしずかに両腕をさしあげた。少女は目を閉じ、かるく口をあけて梢の方へあおむいている。そのようにしばらく落葉をあびてから、厚く散りしいた地面にひざまずき、二つの手で銀杏の葉をすくいあげて頭にふりかけた。まだもつれあっている子供たちは少女には無関心で、濃い金に熟した葉は彼らにも、無心に同じ動作をくりかえすその子の上にも、たえまなく落ちてきた。

「よし」という言葉を、街燈をつけかえていた工夫のように私も言いたいのだった。また、あの少女のように動くことができたら……。境内は湿った土の匂いがした。私は身ぶるいして、にぎやかな街へ歩きだした。私はあの少女ではなく、「よし」という機会がこれから先おとずれることがなくても、明日からは仕事がある。その仕事が今はなぜか苦痛に感じられなくなっている。

私は会社の机にある自分のペンが、少し錆びたことだろう、と想像した。

ハンター

「いやな町だ」

バスを降りてわたしはそう思った。この町に初めて第一歩をしるしたときの印象がそうだった。埃っぽい風が吹いていた。路面は舗装されていたが、ところどころ穴があき茶色の土がのぞいている。つむじ風が渦をまいて過ぎ、わたしの顔に砂埃を叩きつけた。息づまる気がした。唇に当った砂粒は痛かった。

風に乗って遠くから吠える声が聞こえて来た。その声は微かだったが一匹だけの声ではなかった。曇り日のせいか町全体が沈んだ色調である。生臭い風が海の方から吹いた。駅前広場という所はどんなに辺鄙な田舎でも一応は賑やかな雰囲気を漂わせるものなのに、この町ではまるで墓地のようにひっそりとしている。

こんな有り様を予想しないではなかったが目のあたりに見るさびれた様までは思い及ばなかった。山を閉じた炭坑町さながら活気がない。通行人もまばらで、たまに見かける人間は誰もたった今、葬式から帰ったばかりとでもいうように浮かない顔つきである。

わたしはそのわけを知っていた。それにしても好きになれない町だ、と再び胸の裡でつぶやいた。

こんな土地に長居は無用だ。約束の仕事さえすませたら一刻も早くおさらばすることにしよう、と決心した。わたしの荷物は猟銃とスリーピング・バッグ、それに洗面具など詰めこんだ小さな旅行鞄きりだ。足もとに荷物を置いてわたしは町のたたずまいを眺めていた。

出迎えが現われるはずだった。広場を動かない方が良かった。わたしを呼び寄せた養鶏業者の居所は分かっていたが、初めての町で下手に動きまわると行き違いになる。急ぐ必要はなかった。わたしはあることに気づいた。人通りは少なかったが、稀に行きかう人々はほとんど女子供と老人ばかりで、若い男女はめったに見かけることがない。淋しい町という印象はそこから来るのかも知れなかった。

「久保さん、あんた久保さんじゃなかですか」声をかけられた。

後ろを見ると小柄な中年男がライトバンの運転席から顔を出している。痩せた浅黒い肌をした男で「わたしは有明ブロイラーの大山です」と名乗ったときなんとなくわたしは鶏を連想した。彼がわたしを呼んだ養鶏場の経営者である。

「良かった、わしはあんたが列車で来なさっとばかい思うて駅で待っとりましたたい、いつまで待っても見えんけん若しやバスではと思うてこっちに車ばまわしたとです。どうぞ乗って下さい」

わたしはライトバンに乗りこんだ。荷物は後部に置いて大山さんと並んでかけた。「どぎゃんですか、久保さん、町の感じは」運転しながらきく。「さびれた感じですな」わたしは正直に答えた。

会社はこの春、南九州に新しく造られたコンビナートに移転して行った。工場に通っていた人々も町を去ってコンビナートへ移って行った。

従業員が家族ともども町を出て行くと、ここは昔ながらの淋しい田舎町に戻った。工場が移転して二、三カ月後、町に野犬が増えた。従業員の家族が町を出て行くとき、それまで飼っていた犬を捨てたもので、ほうっておくうちに次第に増えて、さびれた町なかを真昼間、我もの顔にのし歩くようになった。

野性化した犬の群は工場廃墟を根城にした。そこからひんぴんと町を襲うようになった。商店がやられた。なかでも肉屋、魚屋が狙われた。スーパーマーケット帰りの買物客も狙われた。犬たちは買物籠を下げた主婦にとびかかり、中身をくわえて逃げた。群をなして市場に侵入し肉屋を荒して去ることもあった。

人々はまず警察に野犬をどうにかしろと要求した。しかしこれは保健所の管轄であった。法律を活用するということは言葉の上ではなんでもないことだが、実際にはなかなかうまくいかないものらしい。野犬がそれを食べたらコロリといくような毒入り団子を撒いたら、という案が出された。誰しも考えつくアイデアである。実行されなかった。薬殺という手段は狂犬病に対処するとき以外は、とってはならないきまりである。

自衛隊をかり出して野犬を射殺してもらっては、という案も駄目だった。狩猟法によればあらかじめ定められた動物しか計画的に射殺してはならないのだ。

ついにたまりかねた町の人々は自警団を組織し、町の要所々々で買物客の保護にあたり、女子供の夜間外出を禁じた。そうする一方、県の衛生課に要請して、野犬を捕える係の人々をありったけ町に動員した。見つけ次第、野犬を捕えて檻に収容するようにした。これが効果をあげて、一時は四、五百匹をこえた野犬の大群も十数匹にへり、市街地にすみにくくなったと見えて郊外の山中に逃げこんでしまった。

今、ライトバンを運転している人物は犬たちが隠れ棲む山の裾に養鶏場を経営していた。県下でも一、二を争う大規模のものである。飢えた野犬は早速、鶏を狙った。金網は犬の牙にかかるとあっさり嚙み破られた。わずかな隙をみつけて野犬たちは小屋にしのびこみ、鶏をさらった。

二十四時間、見張りをたてて柵の外を巡回させるのはそうしようと思えば出来ないことではなかったけれど、実際は何の役にも立たなかった。養鶏場を囲む広大な柵を一周するのは、並足でも半時間以上かかる。野犬たちは見張りが通りすぎるまで物かげにひそんでやり過ごし、それから金網を破って鶏を殺した。殺して食べていたのがそのうち無差別に殺戮するようになった。食べるのは一、二羽で、満腹したあとは鶏の皮膚を嚙み破るだけの快感に酔っているかと見えた。パニック状態におちいった鶏は卵を産まなくなった。

そのころ、町はずれの一軒家で病死した一人暮しの老人が、隣人に発見されずに四、五日放置されて、野犬に傷つけられるという事件が起った。こうなるとさすがに警察も手をつかねて野犬どもの跳梁を黙視していることは出来なくなった。狩猟法の一部に特例が設けられ、一定の期間を限ってその間は野犬を射殺して良いことになった。

わたしは職業的なハンターではない。県庁のある町で酒場に勤める通いのバーテンダーである。囲碁、将棋、麻雀、釣りなどという趣味はないかわりに、年に幾度か猟銃を持って山野を歩くのが唯一の楽しみだった。鳥や獣を狙って撃って、弾丸が当らなくてもがっかりすることはなかった。猟というものはそういうものではないだろうか。ハンティングの愉しさを本当に知っている人はわたしのいうことを理解してくれるに違いない。

養鶏場の主人は保健所に訴え、そこに勤めているわたしの友人がわたしを彼に紹介してくれたわけだった。時機が幸いした。わたしの酒場は改装ちゅうで、その間の給料はふだんの収入の三分の一しか這入らない。別の酒場で働くこともできたが実のところわたしはきまりきった客商売にうんざりしていた。渡りに船とこのアルバイトにわたしはとびついた。

「まっ黒か犬のおるとですたい、そやつが大将のごたる」と大山さんはいった。

「そいつを見たんですか」

「わしが先だって寝ずの番をしとったら、その晩に限って何事も起らんけん、拍子抜けしてしもうてな、あけがた、ついうつらうつらしとった。気がつけば鶏舎の中は大騒ぎ、いつのまにか十匹ばかり金網の下を破って」

「破って……？」

「穴を掘ってもぐりこんで鶏ば殺しよった。逃げる奴らの先頭に真っ黒か犬のおりましたたい。憎たらしかごつ逞ましか黒犬の……」

と大山さんは憤懣やるかたない表情で語った。「先頭に黒犬がねえ」とわたしはいった。そいつがさしずめ山にこもった野犬どもの首領というわけなのだろう。

「金網ばあんた、もっと太目のもんで張りかえるとしても、こげん広か柵だと何日もかかりますもんなあ、犬の声ば聞いただけでうちの鶏は怯えてしもて卵ば産まんごつなったですたい。そこで攻撃は最大の防禦といいますやろ、奴らの来るのを待たずにこっちから奴らの巣に出かけて行ってぶっ殺してもらおうと思って久保さん、あんたに来てもらったとですよ」

「なるほど」とわたしはいった。

「首尾よく大将ばやっつけられたらお礼ばはずみますたい」と大山さんはいう。

「その黒犬だけでいいんですか」

「わたしは犬の習性ばよう知っとる。大将さえばらしたらあとは烏合の衆ですたい。散りぢりですよ、決っとる。ボスがおらんごつなったら奴らもここを襲わんごとなるでっしょ。何もかもあの黒犬が先頭に立って手下を指揮しとるとです。わしはこの目でちゃんと見たとですけん」大山さんは確信ありげに断言する。

「そいつらのねぐらがあの山の中というわけですな」とわたしはいった。ライトバンは養鶏場に着いた。山の尾根にはさまれた草角の一角で、鶏舎と大山家を除いてあたりに人家は見えない。尾根の反対側に低い山があった。野犬どもの巣窟である。

「今夜はひとつゆっくりと休んで下さい。明日から野宿が続きますけん、その準備はして来たでしょうな」と大山さんはいった。して来た、とわたしは答えた。

わたしは野犬どもがひそむという山を仰いだ。標高二、三百メートルほどの何の変哲もない山である。平地からさまざまな勾配で切り立った崖を持っていた。向いあった尾根と異る点は山肌を覆いつくした雑木林である。人家は山中にないという。野犬が棲みつくには恰好の場所のようであった。

次の日、わたしは野犬の根拠地であるこの山を歩きまわった。犬のボスであるという黒犬をうちとるまでは山を降りないつもりだった。そのためには現場の土地勘をよくつかんでおく必要があった。

山の細かな地形を自分の庭のように心得ておかなければならなかった。猟銃はわざと持たなかった。大山家に残した。野性に帰った犬は異常に敏感で、自分に危害を加える人間をたちどころに見分けるものだ。

ただの気楽なハイカーを装ってわたしは山の急斜面を登った。万一のために手頃な棍棒を杖がわりに携え、ベルトに狩猟用のこれは大型のナイフを差した。地形は山裾から仰いだ印象にくらべ意外に複雑だった。養鶏場に面した山の反対斜面は二つの尾根に分れ、その尾根の中央に小さな谷間があった。

察するところその谷間の奥、小暗い椎の木に囲まれた窪地に野犬は巣くっているらしかった。わたしはそう見た。長年、猟をしている勘でそのあたりに犬の匂いを嗅いだように思った。犬も人間と同じように水なしでは生きられないのだ。雑木林に分け入ってみると木立は案外に深く、昼間でも射しこむ日光は乏しかった。落葉は湿っていた。乾いているよりその方が良かった。踏んでも音をたてないからである。

射殺許可が当局からおりた直後、大がかりな山狩りをしたということだが、そのとき撃ちとった五、六匹をめぼしい戦果にして町の人々は満足したらしい。もはや町が襲われなくなってみれば、死んだ老人が喰われても人里離れた所にある養鶏場が荒されても自分たちには関係のないことだ。それに山狩りというものは人が考えるより莫大な人数と費用がいるものである。町の人々は仕事を持っていた。野犬が残っているからといってくり返し山狩りをするわけにはいかなかった。万事終れりとした当局の気持もわたしに納得できないわけではない。町はずれの養鶏場が襲われるとしても、それは経営者が自衛手段を構じればすむことだ、そういうことになった。

わたしは野犬のリーダーであるというあの黒犬を見たかった。うまく仕止めればボーナスが出る。初めからそういう約束である。額はわたしの給料の三ヵ月分を上まわるものだった。わたしは山の頂上でサンドイッチ弁当を開いた。中食をほおばりながら山の地形をじっくりと観察した。ここがわたしの戦場になるのだ。犬どもがひそむらしい谷間は喬木に覆われてしずまり返っている。

弁当がらはポケットにしまった。犬の嗅覚は人間の五億倍といわれる。食べ滓を散らかしてこの山に侵入者があったことを犬に告げてはならなかった。遠からず気づかれるとしても、それは遅いほど良かった。わたしは尾根の稜線に沿って山の反対斜面を降り始めた。わたしの全神経は張りつめた。目は立木の暗がりを調べ、耳は自分の足音以外のどんな微かな物音も聞きもらすまいとした。しかし、聞こえるものは鳥の声と梢を渡る軽やかな風の気配ばかりである。

しばらくしてわたしは聞いた。犬が吠えている。わたしが見当をつけた谷間のあたりで。岩かげにうずくまってわたしはポケットの物を取り出した。猟銃の付属品である六倍の照準レンズを取りはずして持って来たのだ。

野犬たちは獣の死骸にむらがっていた。わたしは昨晩、隣の養豚場で仔豚が一頭さらわれたことを思い出した。鶏舎周辺の見張りがきびしくなったので、奴らはそれまで襲ったことのない養豚場に狙いをかえたのだ。

「一匹、二匹……」わたしはレンズでとらえた野犬を数えた。豚を喰いちぎり引きちぎっている犬の他に、はや満腹したらしい三、四匹がねそべったり水を飲んだりしている。いずれも骨太のがっしりした体つきだ。弱肉強食と適者生存の世界をしぶとく生き抜いて来た野獣どもである。「おかしいな、黒犬がいない」

わたしはレンズを持ち直してあちこちと草むらを探した。木立の奥も谷間の水際、岩の間も探した。突然、何か異様な物の気配を感じてわたしはふり向いた。本能的に危険を察した。なま暖かい息がわたしの首筋にかかったようだ。とっさのことで、わたしは足もとに置いていた棍棒を拾い上げることすら出来なかった。いつのまにか一匹の野獣が後ろにしのび寄り、声もなくとびかかって来たのだった。しかしうずくまった姿勢からわたしが急に立ちあがったので、わたしの首筋を狙った犬の牙はそれてベルトを引っ掻いただけにとどまった。わたしは仔牛ほどもある犬の体重をもろに受けて地面に倒れた。恐怖が鋭い錐となってわたしの全身を刺し貫くかのようだ。黒犬は第一回の襲撃が失敗したと知ってか、低く顎を地面にこすりつけ上目づかいにわたしを睨みつけて唸った。

わたしはそろそろと身を起して犬の目から視線をそらさずに手探りで棍棒を探した。それをつかむかつかまないかのうちに黒犬はとびかかってきた。わたしは満身の力をこめて横殴りに犬の頭を引っぱたいた。しかしながら折角の一撃は頭に届かず胴体に喰いこんだようだ。ゴムの塊を叩いたような気がした。犬はすさまじい唸りを発してもんどり打ち、そのまま一散に林の中へ駆けこんだ。後は再びさっきの静寂が戻った。どこからかフイゴのたてるようなせわしい音が聞こえた。しばらくしてそれはわたしの咽から洩れる喘ぎ声だと分った。

それから五日たった。

わたしは第一日目に野犬群を目撃した岩かげに野営地を定めて動かなかった。食事と用便は一日に一度、山を降りて養鶏場ですませた。野犬群はその日からあの谷間に寄りつかなくなった。不意の侵入者に身の危険を感じたのかも知れない。しかし、わたしには確信があった。人家に遠い山間で水が出るのはこの谷間だけである。市街地には今も野犬を捕える人々が巡回して獲物に目を光らせている。奴ら、黒い犬に率いられた犬どもは必ず戻って来る、とわたしは考えた。とはいえ射殺許可の期限は明日までである。それまでにあの黒犬をうちとらなければわたしの苦労と報酬はふいになるのだった。

昼と夜とでは山の雰囲気は全く一変してしまう。闇が落ちると林の鳥獣はいっせいに目醒める。昼間はあれ程ひっそりとしていた同じ山かと疑われるほどである。フクロウが鳴く。ヨカタが叫ぶ。梢をゆさぶってムササビが走る。野ネズミの集団が落葉の上を疾走する。かたときも沈黙が山を支配することはない。鳥獣の跋扈に加えて風に揉まれる木々のざわめきも激しい。わたしはそうして黒犬の出現を待っていた。寝袋にくるまって風に揺れる木の音を聞きながら自分の人生を振りかえりもした。「わたしは何だろう、アリにたかられ夜露に濡れて野犬の到来を待ち構えているお前は一体何者なのだ」。わたしは三十数年すごして来た自分の生活を回想した。トラック運転手、セールスマン、コック見習い、ガードマン、自動車修理工、精神病院の看護人、そして今はバーテンダー。どれも皆似たようなものではないか。これがわたしの人生だったのだろうか。もう少しましな生活を送ることは出来ないものだったろうか。わたしはあの黒犬と自分をくらべた。野性化したそいつの狼のように敏捷な身ごなしを思い出した。犬たちは自由だ。わたしにとびかかって来た黒犬に対して敵愾心を覚えはしたが、憎しみは感じなかった。あの黒犬はこういって良ければ充分に美しかった。動物園の檻にいるどんな野獣よりも野獣らしかった。わたしを睨んだ黒犬の目は澄みきっていて、良く磨かれた真鍮ボタンのように輝いていた。あんな目をしていて人間は生きられるものではない。

わたしの気持は沈んだ。金のために野宿して犬を待っているわたしは、鶏や豚をかすめとって生きる野犬にくらべてどこがましというのだ。この頃になってようやくわたしは眠った。昼の疲れが出て来たのかも知れなかった。

夢の中でわたしは一匹の野良犬に変っていた。親分である黒犬のために一本の骨を肉屋の店先からくわえ出し、ここを先途と逃げていた。後ろから人間たちが追いかけて来た。もうすぐ追いつかれる。間隔はつまって来た。捉まれば殺される。わたしは怯えた。犬の姿をしているがわたしは実は人間なのだ。そう叫んだときわたしは人間に戻った。しかし相変らずわたしは一本の骨を口にくわえて息を切らしながら逃げているのだった。

山の朝は早い。

葉末からしたたる朝露が顔に落ちてその冷たさで目醒めた。「きょうが最後の日だ、何としてもきょうじゅうにはあの黒犬を撃ちとらなければはるばると来た甲斐がない」そう考えた。墨色にくすんだ山腹に朝日が射すとそれは鮮かな青緑色に映えた。

夜の鳥は声をひそめた。獣たちもめいめいの巣に戻った。朝の鳥が短く賑やかに鳴きかわし始めた。日が照ると空気さえ甘く馨わしく感じられた。わたしはぐっすり眠ったので昨夜の憂鬱を忘れた。わたしにはまだこの世界が充分、生きるに値する所であるように思われた。洗面具を持って谷間へ降りて行った。

斜面の途中でわたしは体をこわばらせた。すぐ目の下にあの黒犬がいる。そいつは谷川の水を飲んでいた。ぴたぴたと水をなめる舌の音が聞こえるほどだった。わたしは驚きもし慌てもした。こんなに朝早くそいつが戻って来るとは予想しなかったのだ。黒犬はわき目もふらずに水を飲んでいる。五日間、見かけないうちにそいつはすっかりやつれ果てていた。どこをどう逃げまわっていたものか、肋骨もくっきりと浮いて見え、肉も落ち、あれ程つやつやとしていた黒い毛並もすりきれて病犬のように見える。体のあちこちに針金の輪が喰いこんだらしい傷痕も見てとれる。

これが狼のように見えたあの黒犬だろうか。ざらにそこいらをうろついているよぼよぼの野良犬と変りがないではないか。わたしは急にこの黒犬が哀れになった。わたしが仕とめるつもりで追いかけていたのはこんなに見窄らしい老犬だったのだ。仲間が一匹も傍にいないところを見れば、そいつらは市街地で町の人に捉まったか殺されでもしたのだろう。そこで一匹だけになった黒犬は、勝手知った山間の谷間に戻り、淋しく水を飲んでいるのだ。

わたしはいやになった。わずかばかりの謝礼が何だというのだ。

「逃げろ、遠くに行っちまえ、もうお前なんか殺すのはやめた、さっさとどこかに消えてしまえ」わたしは心の中でそう叫んだ。音をたてないように元来た道を戻り始めた。黒犬から目を放さずに後戻りしようとしていた。つい足もとがおろそかになった。石につまずいた。その石がいくつかの石ころを巻添えにして斜面をころがり谷間に落ちた。黒犬は頭を上げた。その目がわたしの目と合った。

わたしたちは睨みあった。

見窄らしくなった外見にひきかえ、一つだけ変っていないものがあった。それはあの純粋に輝く両眼だ。水に射す朝日が黒犬の目に照り映え、一層するどいきらめきを添えた。わたしは魅入られたようにそいつの目をのぞきこんだ。わたしは間違っていた。痩せ衰えた黒犬を見て、わたしはそいつが気力も完全に萎えていると思いこんでしまっていたのだ。ちょうど人間が落魄すると精神的にも卑屈になってしまうように。

ところがそいつの両眼にはみじんも屈した翳りはなかった。前と同じように、いや前よりも猛々しい野性がみなぎっているようだった。そいつはわたしに向って一声吠え、底力のある唸り声を発しながら斜面をじりじりと這い登って来た。わたしは黒犬を殺したくなかった。殺すまいと心に決したところだった。つい数秒前までそうだった。痩せこけたそいつが水を飲んでいるのを見守っていた間は。しかし、今は違った。

わたしは黒犬を憎んだ。澄み切った目に嫉妬を覚えたのかも知れない。骨と皮になっても燃えるように光る黄金色の目を持った野獣に、たぎるような羨望と憎悪を同時に覚えた。「俺はこいつを殺してやる……」

わたしはまわれ右をして斜面を駆けあがった。黒犬は冴えない見かけによらずすばしこかった。わたしは数回そいつの牙が足首にふくらはぎに刺さるのを感じた。

恐怖のために痛みを感じるゆとりはなかった。斜面を下の方から追いかけられる態勢が幸いした。そいつは跳躍してわたしの首筋を噛み破ることは出来ないのだ。やっとのことでわたしは山頂の岩かげ、猟銃を置いていた野営地にたどり着いた。しかし銃は夜露に濡れないようにスリーピング・バッグにくるみこんだままだ。

かがんでそれを抜き取ろうとすると、黒犬に対してさあ喰いついて下さいといわんばかりにわたしの首筋を差し出すことになる。黒犬はらんらんと目を輝かせ、真っ白な牙をむいてまぢかに迫って来た。そいつとわたしの中間に猟銃は横たわっている。

わたしはじりじりと後ずさった。にじり寄る黒犬に圧倒される思いだった。かるがると身を躍らせてそいつはわたしにとびかかって来た。一歩わたしはとびすさろうとした。しかし後ろには一本の木があった。その木にぶつかってよろけた姿勢でわたしは黒犬の体当りを受け止めることになった。

黒犬の牙は首筋をそれてわたしの肩に喰いこんだ。激痛が背筋を走った。肉体の一部が荒々しくむしりとられたような気がした。

わたしは黒犬もろとも地面に倒れた。倒れながらベルトのナイフを引き抜いてめったやたらに振りまわした。ハンターとしての落着きは黒犬に追われて山腹をほうほうの体で駆けあがっていたときに失っていた。今はこの黒犬を殺すどころか何とかしてわたし自身こいつを振り離して逃げようという考えしかなかった。わたしは痛みに耐えかねて叫び声をあげ、痙攣した手つきでナイフを前後左右に動かした。

そのナイフが黒犬のどこかをかすめたらしい。一、二箇所、突き刺しでもしたような手応えがあった。黒犬はひるみ、呻き声をあげてわたしの肩から口を放した。

わたしは地面の上をスリーピング・バッグの方へころがった。黒犬はすぐさま走り寄って、ナイフを握っているわたしの腕に嚙みついた。焼けつくような痛みが再びわたしの体をつらぬいた。

ナイフはわたしの手から離れた。黒犬はなおもわたしの腕をしっかりとくわえ、肩から喰いちぎろうとでもするように強く振りまわした。野獣の執拗な顎と歯の力をわたしは今、思い知らされた。

肩からの出血と腕に加えられた傷で、わたしはほとんど気が遠くなりかけた。恐怖ゆえに意識がかすみかけたのかも知れなかった。そのとき、無傷の腕に猟銃が触れた。苦痛と恐怖が無意識のうちに突っ張らせた腕である。その腕をいっぱいに伸ばして銃床をつかんだ。片手で安全装置をはずすのは厄介だった。スリーピング・バッグから抜き出すのにも手間どった。黒犬は深々とわたしの腕に牙を立て、勝ち誇ったように例の黄金色の目でわたしを睨みつけていた。

こうなればしめたものだ、後はどう料理しようと俺の勝手だ、とでもいうように。

わたしは猟銃の安全装置をやっとの思いではずすことが出来た。いつなんどき出くわすか知れたものではないからこそ実弾をこめていたのである。それゆえ暴発を危ぶんでかけていた装置なのだ。豆粒ほどの小さな金属の突起である。抜き出した猟銃を黒犬に向けた。そいつはいぶかしげに目をわたしの顔から銃口へ走らせた。引金を落した。

銃声がまわりの山々にこだましたのか、それともわたしの耳の中だけで反響しているのか、しばらくは何も聞こえなかった。鳥がさえずり、梢には風があった。目の前にころがっている黒犬を除いては世界に変ったことは何も起っていなかった。わたしは洗面具をおさめたケースからマーキュロの小壜を出し、二つの傷口を消毒した。その上にズルフォンアミドの粉末をふりかけ、ガーゼを当ててテープで固定した。黒犬がいた谷川に降りた。無性に咽が渇いた。草むらに一本の骨が落ちていた。どこからかあいつがくわえて来て食べるつもりだった骨だ。

壁の絵

きのう、買物籠をさげて農機具倉庫の前を通りかかるまで、わたしは阿久根猛がこの町に帰って来たことを知らなかった。

あの夏から五年経っていて、わたしは結婚している。阿久根とのことも忘れようと特に努めるほどのことも無いうちに、記憶は薄れてしまった。過去は黒板の文字のように、たやすく拭って消せるものらしい。

夕方であった。

わたしのまわりを裸足の子供たちが、白い砂埃を蹴立ててかん高く叫びかわしながら、空中に舞っている白い三角形状のものをつかもうと、蚤のように跳ねていた。空中に浮遊している白いものは、紙を折った飛行機で、子供たちはそれが地面に舞いおりてくるのを待ちかねてわれがちにとびあがり、奪いあうはずみに何度もその汗臭い躰をわたしにぶつけた。

子供たちの目は、そうしてとび跳ねながらも一様にあの農機具倉庫の二階にそそがれていて、無造作に紙飛行機をほうりだす人間の白い腕を熱心にみつめているのである。土埃で不透明になった窓のうち一つだけ開かれた暗い内部から、白い腕は不規則な間隔で、しかし空中にはいつも二つか三つの飛行機が漂っていない時は無いくらいの間をおいて次々と、時には二つの紙飛行機を一度に送りだすこともあった。

紙飛行機は夏の陽の沈んだ直後、鳥の灰色の羽毛のように柔かく膨れた空気に浮び、ゆっくりと大きく旋回しながらさしのべた子供たちの腕の列をくぐり抜けて、乾いた土の上に落ちてくるのである。

わたしは子供たちに行くてをはばまれ、仕様ことなしに立ちすくんでいて、自分の顔の方へ滑って来る一つの紙飛行機の鋭い尖端を避けようと右腕で顔をかばったはずみに、手が何気なくそれをつかんでしまった。次にしたことは、折り畳まれた紙片を手に入れた時、わたしがいつもする癖でその皺を伸ばしにかかったことである。

紙片は昭和三十三年の新型耕耘機の広告で、裏を返してみると何も印刷していない面に細かな鉛筆書きの意味の判らない符号がならんでいる。24D・Cal・50・LH5・155H×7・12GP・MG×15・2ndRL・3i、などという記号の間に隙間無く書きこまれた指紋状の絵図や矢印や凹凸のかたちは、夕暮の薄明りではもう明瞭に判別できなかった。

あたりを見まわすと、干からびた溝の底にも、倉庫わきの廃品置場の上にも紙飛行機は落ちており、その中には気紛れな子供の手で破り捨てられたのもあった。子供たちは、奪いあった紙飛行機をてんでに空中へ投げ上げるのにすぐ飽いたと見え、誰かが一声長く歌うような叫びをあげると、それを合図のように一斉に蟹の群の素早さでめいめいの家へ散って行った。わたしは、土の上に点々と白く投げ捨てられている紙飛行機を、目につく限り探しだし拾い集めた。

皺をひろげるとどの紙片も、わたしには謎めいた符号で埋められ、地図らしい絵の余白には未知の言葉が充満していた。

なぜ、この紙屑を無視してスーパーマーケットへ急がなかったのか、わたしには判らない。倉庫の二階の窓に、男の白い腕を見た時、どうしてそれが阿久根の腕だと直感したのかも判らない。わたしはただ、顔に当りそうな紙飛行機の鋭い尖端から自分を守ろうとして、ほとんど無意識の裡にそれをつかみ取ってしまっていたのである。

立ち去りぎわに見上げると、男の腕はもう現れず、しだいに濃くなってくる夜の闇が盲人の眼窩のようにうつろな窓の内部から、黒々と溢れでてくるように感じられた。

わたしは憶えていた。

あの窓と平行に阿久根の鉄の寝台が置かれてあり、毀れた脱穀機や籾摺機のたぐいが、昆虫の死骸さながら乱雑に積み重ねられている木の床の一隅に、彼の洗面道具とわずかな衣服、ペンやインク壜をおさめた手製の木箱があった。少くとも五年前の夏、最後にわたしが阿久根の部屋を訪れた時はそうだった。

　マーケットの野菜売場で、ぼんやりと思いにふけりながら胡瓜をえらんでいると、とも子が妙にはしゃいだ口調でわたしに話しかけてきた。阿久根が二日前、この売場で葱を一束買ったそうである。学生時代のクラスメイトであり、今はこの売場の係であるとも子は、両手を背中にくみ片足で子供のように跳ねてわたしの周囲をまわりながら、うきうきと告げるのだった。

「あら、あなたは阿久根さんってわたしが声をかけると、戸惑ったように瞬きして二、三度頷いたわ。きのう森田農機の主任さんに聴いたのよ。あの人は言いつけられない限り働こうとしないけれど、やれと言われたらそれは熱心に仕事をするのですって。ひけ時になって仕事がなくなっても帰れと言われなければいつまでも黙って事務室に残っているそうよ。変ね。主任さんはそれでもまじめに働く若い男は今時分ありがたいと悦に入ってたわ」

　わたしの反応を見ようとするかのように、とも子は厚化粧の目を細め、意味あり気な含み笑いを浮べてもう一度終止符を打つように片足で跳ねた。わたしはその時、道路に落ちている紙飛行機をうつむいて拾い集めているわたしの姿を、阿久根があの倉庫の暗い窓の奥から見おろしていただろうかと考えた。

　一人だけの夕食をすませて、わたしは紙片の束をあかりの下にとりだした。耕耘機の広告のほかにそれらは新聞折りこみの安売案内や肉屋の包装紙、新型噴霧器の説明書などを大判ノート大に切り揃えたもので、わたしがその順序を案じていると、螢光燈のまわりに群がっている蛾が羽搏いて、白っぽい鱗粉をふらせた。

夫が出張している留守の夜、阿久根の書いたものを読む自分に、なにがしかのやましさを感じる瞬間はあった。夫はしかし、この紙片が阿久根のものであることを知ったとしても、何も言わないだろう。無関心からである。夫に限らずこの町の住人は、たび重なる阿久根のかつての奇妙な振舞いから、彼を狂人に決めてしまっている。

紙片の右隅に記した数字が通し番号だとすれば、十七枚しかない紙片の文章から全体の内容を推測するのは不可能に近い。番号がとびとびで、ある紙片の数字が一〇一であるかと思えば、別の紙片は二七一というありさまである。判読を困難にしたのは、地図や得体の知れない符号にまざっていた多数の英単語であった。

いったいわたしは見憶えのある阿久根の角張った筆蹟に何を読みとろうとしていたのだろう。彼の狂気の正体だろうか。わたしもまた人が指でさし、もの笑いの的にした阿久根の異常を疑ってはいなかった。かといってうわべの奇態な振舞いの裏に潜むものの謎を知りたいと思わぬでもなかったのである。

平凡な日常生活をいとなむ者は誰しも、常軌を逸した行動には敏感で、また妙に憎しみを覚えるものらしい。人は狂人を嘲笑するか、無関心を装うか、死者のように忌み嫌うか、あるいは他の惑星の生物のように扱うかがおちであろう。狂人も人間であり、彼らの病んだ魂のうちに人間性の片鱗を見ようとする者は稀である。

ある時、とも子は言った。――父親がおかしかったから、あの人もあれなのよ――狂人には発狂せざるをえないある必然的な事情があるはずである。彼の論理は正常人には非合理であるけれども、当人には唯一の合理と考えられないだろうか。阿久根の異常は、永い間わたしにとって解けるものなら解いてみたい謎であった。

あるものは泥水がこびりつき、半分に裂けていたりする紙片の不揃いの数字を、一応番号順にそろえてわたしは読み始めた。その作業はやがて微かな昂奮をわたしにもたらした。考えてみると結婚以来、わたしは一冊の本も読んでいない。かつて市立図書館に勤めていた頃は、一日に三冊の割合で読みふけったものである。たとえば、朝はアフリカ探検記を、午後は蜜蜂の生態について、夜は舞台俳優の回想記といったぐあいに。

活字に飢えていたという程のことはないにしても、一つの意味を内に包んでいる文章を理解できる快い感覚はながい間わたしに無縁のものだった。阿久根の記した文字はその判り難さのためにかえってわたしを熱中させたのである。十七枚の紙片は、わたしを一挙にあの夏へ連れ戻した。あの当時、何処からかこの町に帰って来た阿久根が時折ものにつかれたように呟いていた言葉、その頃は全く気にもとめなかった単語の幾つかを紙片の中に発見し、それらの言葉が急に水に放たれた魚のように生き生きとわたしの内部で動き始めたのである。わたしは、阿久根がアメリカ軍二十四歩兵師団に従軍して朝鮮で戦ったともらしたのを不意に思いだした。

間もなく気づいたことだが、24Dとはそうすると二十四師団（Division）を示す略語と思われる。夏物一掃のチラシの裏にその正確な綴りが見られた。断片的な文章を繋ぎあわせて、もしかするとこれは阿久根が自分の戦いの記録を作ったものではあるまいかとわたしは想像した。彼に小説を書くつもりがあったとは考えられない。小説とはわたしの考えでは愉しいお伽噺めいた物語である。

阿久根の狂人もどきの振舞いと、安楽椅子の読者とを結ぶつながりをわたしは見出すことはできない。紙片の文章は幾つかの戦闘記録、通過した朝鮮の村落の描写の断片から成っている。たとえば――

〝烏山の悲劇〟と題した六月付のT・ランバートの記事を誇張してとる必要はないだろう。煎じつめればT34タイプのソヴィエト製戦車の装甲が、わが軍の二・七インチバズーカ砲弾をはねかえす程厚かっただけのことである。きょう出動命令をうけたわれわれは本国から多量に空輸された新型の三・五インチバズーカが、われわれと共に前線へ運ばれることを知っている。

悲劇はむしろぼくのように、自分の所属する大隊から意に反して引離されている状態をさすだろう。兵隊にとってその原隊は巣である。彼の最大の不幸は、同僚とへだてられていることである。ぼくが残されたのは単に事務上の手違いに過ぎないが、朝鮮からもたらされるあいつぐ敗北の情報には、いてもたってもおられぬ思いだった。出動準備は慌しかった。板付をC54が離陸したのは夜であった。滑走の振動は激しく、機体は満載した兵員と装備の重量のために浮きあがったかと思えばすぐに接地し、船酔いに似た胸苦しさが永くぼくを苦しめた。振動がやんだ時、嘔吐感もかき消したようにおさまり、同時に訪れた解放感を快く味わいながらぼくは再びこの国に帰って来ることがあるだろうかと考えた。……

この紙片には五〇年七月二十三日の日付が記してある。……次の紙片の日付は五〇年十一月二十九日である。最後の紙片には日付がない。……

なぜ戦場の夕暮は美しいのか。長津湖周辺の中国軍から蠅のように追いまくられ、夜に日をついだ撤退にあけくれた日々が思いだされる。わずか三十二マイルの道を退却するのに十二日間の血腥い戦いが必要だった。仆れた兵隊を仮埋葬しようにも凍土は堅く、降りしきる雪が死者達を覆い、高地に布陣した中国兵《チンクス》の正確な砲撃に怯えながら急いだものだ。雪の中から木の根と見紛うばかりのねじれた腕が硬直したまま突きでていた。二十発に満たない弾丸を持ち、飢えと不眠の疲労と凍傷に苦しみながらわれわれは先行の部隊が暖をとるために焼きはらった村落を通過した。

燃え粕の黒い藁屑が肩に降り、残り火の燠《おき》が廃墟を明るくした。その村はずれに一本の樹が吠える獣の声で火を噴いているのをぼくは見た。記憶の中でこの燃えさかる樹の火勢はいっこうに衰えず、その後の戦場の無為にくれた夕刻、また休暇をすごす後方基地での夜、時として目の奥に赤々と焔の舌をゆらめかして現れるのである。ぼくは火を愛した。退却の途中まだ焼かれない無人の部落があると、進んで人の厭がるしんがり部隊に加わり、背後に急追する敵の進撃を遅らせるというより火の洪水を楽しみたいだけの為に放火したものである。……鉄兜はファラオの近衛兵の……ダリウスの密集陣形……筒形……鉄兜はカエサルの兵、重装歩兵は真紅の飾りをつけた……威嚇的な槍状穂を持つオーストリア騎兵の鉄兜について、否、柔かいうなじとこめかみを守る合衆国軍制式の………………………………………………。

阿久根猛が伊佐里市の高等学校を卒業したのは昭和三十一年の春である。朝鮮戦争はわたしの記憶では中学生時代に始まり三年あまりで終っている。敗戦の年、阿久根は特殊兵器に焼きつくされる前のN市へ満州から引揚げてきてすぐに祖父母の住むこの古い城下町へ疎開してきた。父親はある鉄道会社の高級職員で、妻子を内地へ帰した当時、その地の新京に残っていたと聞いている。

彼の祖父というのは退役した陸軍大佐で、伊佐里中学の軍事教練を監督していた。貧弱な中学生が身長より長い木銃や竹槍を肩に分列行進をしたり、執銃訓練をうけたりするのを馬上にそりかえって厳しい表情で眺めていた。その意気ごみようはといえば、これらの中学生が連合軍を迎えうつ唯一の兵力で、自分こそそれを指揮する名誉の役割をになっているのだという誇りがうかがわれるほどであった。

教練が終ると老人は老いぼれ馬を駆って校庭を軽いだく足で一周するのが常だった。骨ばった背筋を伸ばし手綱を握らない左手をややうしろに引いた姿勢で、棒のように立ち並んでいる学生の見送りをうけながら、校門の外へ戛々《かつかつ》と駆け抜けてゆくのである。式典の日ともなれば、磨きあげた長靴に拍車がまばゆく、胸に飾った夥しい勲章が重たげに顎の下で揺れていた。

敗戦の年の夏は小学校でもほとんど授業がなかった。伊佐里市はその北にそびえる火見山から流れ落ちる多くの尾根が市街の背後を幾つもの丘陵で囲み、残る三方が海へ面した西九州の地峡の町であって、どことい って重要な軍事施設のある土地ではなかったが、N市の兵器工場へもS市の軍港へも通ずる鉄道の分岐点に位置していた。

連合軍の上陸に備えてわたしたちの校舎にはどこからか移動して来た一個旅団の兵隊が駐屯しており、彼らは日ざかりの校庭で二度三度跳躍しては模擬戦車の下に、乾いた叫びをあげながらころげこむ訓練を反復していた。声は年配の兵隊に似合わぬふりしぼるような力強い響きを持ち、わたしたちは校庭に溢れる彼らの間断ない叫び声の中にしばしば約束された勝利の歓声をききとったものである。

飢えと空襲に怯えた日々でありながら、わたしの記憶はむしろ歓ばしげに敗戦の夏へもどる。

伊佐里市を貫流する笹川の橋のたもとや市街の十字路では、砲弾をかかえた兵隊が将校の罵声に似た号令のまま、大砲のまわりにむらがって敏捷に装塡と発射の動作をくり返していた。弾丸は訓練用のもので砲が実際に火をふくことはなく、その砲とても今思えば旧式な小口径の山砲にすぎなかったが、当時のわたしたちは弾丸をこめる閉鎖器の精巧な仕組を、また砲身の強靭な鋼の色を、これにまさる強力な火器はないもののように感嘆してみつめたものであった。砲といえば御館山にすえつけた、これは杉材の高射砲があった。十本の丸太を砲らしく塗りたてたこけおどしの高射砲であったが、黙々とその設置に従っている兵隊を遠巻きに見物していて、わたしたちはあの木造の砲さえ時至れば正確に飛行機を狙いうつ本物に変貌することを疑わなかった。

いわばわたしたちと軍隊との間には暗黙のうちに契約がかわされてあり、今は木造の戦車にしろ高射砲にしろ、そして継布のあたった軍服をまとった老兵にしろ、アメリカ軍の上陸とともにたちまち巨大な重戦車に、鋼鉄製の高射砲に、若々しく屈強な、つまり精強軍隊ならそうあるべき姿に成り変るはずであった。だから将校の部下を鞭うつような号令は実はわたしたちと結んだこの契約を暗に確認しているもののようにわたしには感じられた。

晴天が永遠に続くように思われる日々であった。郊外の急造飛行場を離陸する複葉練習機のにぶい爆音が、日の始まりであり、市街の北を馬蹄形にかこむ丘陵をおりてくる演習帰りの兵隊のものうい軍歌が、日の終りであった。何という軍歌であったか、今は一つも思いだせないが、その最後の一節で耳に残っているものがある。兵隊は歌った。〃ほろぼされたるポーランド……〃。ポーランドという国がどこにあるか知らないでいて、ほろぼされたる……というリフレインが重要な意味を暗示しているように思ったのはわたしだけではあるまい。兵隊は他に多くの軍歌を、とくに夜ともなれば分宿した寺院の境内や校庭で合唱したのだが、わたしには彼らがただ一つの歌の一つの句、〃ほろぼされたるポーランド〃、というリフレインを歌ってどよめいていたように思われる。

わたしはだからこの句に不吉なものを感じてけっしてまねようとはしなかった。子供たちの間に流行したのは、支那事変や大東亜戦争のためにつくられた軍歌ではなく、〝水師営の会見〟であった。哀調を帯びている旋律では〝ほろぼされたるポーランド〟にひけをとらなかったが、旅順の戦いがわが方の勝利に終ったかたちでけりがついたいくさであった事が何よりも学童たちの心を鼓舞した。登場する白髭の老将軍の優しいお祖父さんという印象も良かった。〝庭にひともとナツメの木〟、というのもナツメを知らないわたしにはかくべつ美味な果実を結ぶ木のように思えて、そこが武士道をわきまえた古風な将軍たちの会見する場処として似つかわしく思えた。

防空壕の暗闇でこのバラードを始めからひとつ残らずわたしたちは歌った。……所はいずこ水師営……歌詞がそこへくるのをわたしは胸のときめきを覚えて待った。水師営、という清音を含んだ語の感じが良かった。すういしいえい、舌がこう発音する時、口蓋と軽く接触するのにある昂奮を禁じ得なかったのである。

言葉について記憶を明かにしておきたいことはまだある。

「葉桜って英語で何というか知ってるか」

不意の休暇を与えられて帰った兄が、城山の中腹できいた。頭上に繁る五月の桜が、青い穹窿のようにかぶさっていた。教えてやろう、グリーンチェリーというんだ。兄は海軍航空隊の熟練した操縦士であった。英語らしい英語をきいたのはその時が初めてであるような衝撃をうけた。わたしたちは桜並木の輝く緑色の靄に包まれて歩いていた。この言葉は新鮮であった。今も新鮮である。

　なぜならその後辞書を引いたところでは、葉桜にあたる英語は明治二十九年版のそれが、a cherry tree with fine, fresh leaves, after the falling of the flowers であり、昭和二十九年版のものは the post blossom foliage of cherry tree、最近のは young cherry blossom であってどこにも green cherry という訳語は見あたらない。兄は二日後、沖縄海域で戦って死んだから、グリーンチェリーが葉桜の訳であると信じていたのか、それとも口からでまかせに言ったのか確かめるすべは無いが、初めの長々しい訳語よりこの簡潔な言葉が葉桜の訳として最もふさわしく思われる。葉桜ときけば即座にあの五月、青い穹窿に漉《こ》された柔かい光のしずくを目に浮べ、それがグリーンチェリーという二音節の外国語に結びつくのである。兄はまたその頃、例年よりも雨が少くて地上に靄がかからず、天草や有明海周辺の上空からの眺めがいつになくくっきりと色鮮かに見えると語った。事情は伊佐里でも同じであった。

　雨が兵隊を休ませる日は無かったように思う。丘陵地帯は多くの塹壕が稲妻形に走り、尾根から尾根へ深い横穴がうがたれていた。この地方特有の代赭色の地肌は日ごと陣地構築のために削りとられて、皮を剝がれた動物の肉のように赤く、黒い棘のように丘に刺さっていた松も松根油を採るために傷つけられ、それは地表に刻みこまれた無数の亀裂とともに、自然そのものが、隠された白い素顔をあらわにしていたように思える。

戦争が終ると自然は再び厚い膜をかぶって背後にしりぞき、その本来の姿をわたしに見せなくなった。横穴は塞がれ、塹壕は雨風に崩れて今は見るかげもない。

もうすぐここは戦場になる——わたしたちはそう言いきかされていた。「〝敵〟がくるのはまだなの」——軍刀をさげた士官に行きあえばまつわりついてわたしたちは問いかけた。土色にやけた顔に生気の無いふたつの目がわたしを見、小銃も十分にゆきわたっていない兵隊の群に視線はうつって答はえられなかった。それに反して事ごとに陽気な兵隊は、わたしの問いにけたたましい笑いで応ずるのが常であった。「お嬢さん、わしらとあんたと死ぬ時は一緒だよ」目前に迫っている戦争をわたしたちは待ちわびていたのである。

八月の太陽が影を濃くしている昼の町で、石蹴りをしていて、蹄鉄が舗道をならす響きにふりむくと、老人の乗馬姿が見え、その後を阿久根が息せききって駆けてきた。あの頃から彼は背丈ばかり高い痩せぎすの蒼白い少年で、その特徴は成人の後も変らなかった。老人は阿久根の虚弱な体質を鍛えようとしたのだと思う。

体格については祖父自身、肉の薄い骨張った躰で、軍人らしい威厳の半ばはきらめくサーベルとその服装に由来したのだった。老人の姿は遠くからそれとすぐに見わけられた。走りながら関節炎の馬が発作的によろめくたびに、鐙《あぶみ》を踏んばり片腕を急激に振りあげて上体の均衡を保とうとする身ぶりからである。

馬の後をおくれまいと、阿久根が汗にまみれて走ってきた。彼の手は祖母の帯につかうらしい赤い細紐をつかみ、その一端は馬上の祖父が握っていた。阿久根の駆け方がにぶると紐が張り、祖父の怒声がとぶのである。前のめりに倒れた躰を急いで起す時も、彼の手は細紐をはなさなかった。それはいったん彼の手首に巻きつけておいて手に握らせたものらしく、あるはずみにころがったまま起きあがろうとしてもがく阿久根の躰を、そうと知らずに老人が白い砂埃をまきあげながら引きずっていたこともある。

土埃が汗にぬれた彼の顔を石膏の仮面のように白くし、彼は目を半ば閉じて苦しそうに喘いでいた。路傍で兵隊を指揮して壕を掘らせていた将校が、突然、砂塵を蹴たてて現れた陸軍大佐の制服に敬意を表わす身ぶりを示すと、老人はやおら細紐を持ちかえ、白手袋の右手を軍帽の庇にあてておうように答礼するのだった。しかし細紐が老人の手で持ちかえられた拍子に、阿久根は引き寄せられて上体を頼りなく泳がせた。走り去る馬の後に、紐でつながれた少年を見て将校も兵隊もあっけにとられたふうであった。びっこの老馬と瘠せた少年は、このように市街の方々で兵隊を驚かせながら、短い休みをおいて夏の白い陽が傾く時刻まで駆けまわるのである。

陽ざしがあまりにきつすぎたからか、それとも阿久根の疲れが甚しかったからなのか、昼間の鍛錬をやめて、夕刻、老人は阿久根を連れだすようになった。夜更け、寝しずまった家並の間をゆっくりともどって来る老人たちの足が、道路に敷きつめた細かな砕石を踏むとそれはまばらな拍手のようにきこえた。

わたしの部屋は阿久根の家の裏庭に面していたから、暗闇の中で横になったまま彼らが鞍をはずした馬を厩に曳いてゆく気配も、井戸端で水を浴びる気配も、そのつど察することができた。水のはねる音がひとしきり続いてやむと、老人と少年は敷石伝いに家へはいる。彼らの濡れた足の裏が滑らかに磨滅した敷石に触れる時、わたしは猫が水を嘗める音を連想した。戦争が終末に近づいたある日の午後、駆足にでかけた老人は間もなく失神した阿久根を抱きかかえてもどってきた。わたしは祖母のとりみだした叫び声で気づいたのである。

老人は驚いた祖母が走りよって阿久根を奪いとろうとするのを無言で拒み、裏庭の井戸端、無花果の樹蔭に彼を横たえた。馬が脚を折って道ばたの溝に落ちたのである。老人の古びた軍服は埃で白くよごれており、ちぎれた略綬はコンブのように胸にたれていた。帽子もどこかに落していたかららずくまっている老人の頭髪が顱頂《ろちょう》のあたりで禿げているのも、褐色の斑点が浮いている萎びた皮膚も、ありありと老人の年齢をわたしに告げ知らせた。

一度に老人は、サーベルと白手袋の似合う軍人から、ただの弱々しい無力な人間に変身したように見えた。阿久根のすりむいて血が滲んでいる脚や躰にこびりついている土埃を、老人は汲みあげた井戸水にひたしたタオルで丁寧にぬぐいとっていた。彼に覆いかぶさるようにしてうなだれている老人の表情は、かたわらのわたしがうかがうことはできなかったが、その唇から嗚咽にたかすかな呟きが、とぎれがちにもれるのはききとれた。

それ以後、戸外に老人の姿も阿久根も見られなくなった。やがて敗戦の放送があり、その翌朝、老人は辞世を残して腹を切った。

記憶とは奇妙なものである。

敗戦の夏のできごとは、あらゆるこまかな事物、たとえば老人の勲章のかたち、サーベルのきらめき、井戸のある裏庭に無花果の葉が落していた影の濃い色まで、記憶は鮮かに再現できるのだが、それに続く数年はおぼろな霧の世界のように、ぼんやりした輪郭しか見せない。

阿久根は成績は良いが目立たない生徒として成長した。シベリアに抑留された彼の父親が帰ってきたのは、わたしたちが中学校を終えようとするころだった。母親は既に彼を伊佐里市へ送った直後、N市の戦争災害で死亡していたので、彼は夏でも足袋をぬがない祖母と暮していた。

阿久根の世界の住人が祖母だけではなかったことを思いだす必要がある。記憶によれば県庁所在地であるＮの港に、病院船サンクチュアリイが入港したのは二十年九月十日である。六日後、ウェンシンガー大佐を長とするアメリカ軍先遣隊五百が上陸し、その一週間後、二万五千人の海兵隊が進駐している。わたしたちが中世代の怪異な巨獣を見る思いで、アメリカ軍の水陸両用舟艇を迎えたのはそのころであった。阿久根の家は古い士族の家柄とはいえ、資産が豊かにあったわけではなく、戦後たちまち生活に窮したようである。すすめられてアメリカ兵相手に売り始めたのは、何代にもわたって蒐集された日本の武具甲冑のたぐいであった。

　それをきき伝えて休日毎に阿久根家へ、伊佐里市の元海軍病院に駐屯するアメリカ兵や、Ｎ市のアメリカ兵まで古い鎧の草摺《くさずり》の一片とか鏑矢《かぶらや》の鏃《やじり》を求めてジープで乗りつけてくるようになった。まもなく彼は、そのアメリカ兵の一人と親しくなり、男はしげしげと阿久根の家へ、石鹼や菓子の包みをかかえて訪ねてきた。そう、石鹼はとも角、きらびやかな色紙で包装されたチョコレートやチューインガムほど、わたしたちの魂を奪ったものはない。アメリカ軍の宿営地にあてられた建物の塵芥捨場に群がったわたしたちは小一時間もあされば携帯口糧の五、六箇は探しだすことができた。

　何かおそらく罐詰類を梱包した外箱と思われる頑丈な木箱の厚板をなでながら、仲間の一人が感に堪えぬ面持で叫んだ。

「これこそ板だ。板とは本来こんなものをいうのだ」

まさしくそれは板というものであった。木といえば、たてられる家にも魚の小骨のように華奢なものしか知らなかったわたしたちは、ただの木箱にすら角材並の厚板を惜し気もなく使用するアメリカ的豪奢というものにたやすく感動した。そのうえここは塵芥捨場ではないか。空手の得意な中学生が、右手を振りあげて激しく木箱に打ちかかった時、胸の奥から喚いた「やあっ」というかけ声も、わたしには豊かに富めるアメリカへの抑え難い一つの讃嘆、今はほとんど憎しみにまで高められた羨望の表現と感じられた。

少年のその叫び声は、木箱を囲んで立っているわたしたちのそうした感情のほかならぬ代弁だったわけである。

伊佐里市を走りまわるアメリカ軍の水陸両用舟艇が、日ぐれがたその駐車場に落着く時、肉づきの良いアメリカ兵の一団に囲まれ、阿久根が草の上に膝をかかえて坐っていた。そのアメリカ兵は自分たちの茶色の制服を、小学生の阿久根の寸法に仕立てなおさせ、襟章も階級章もつけて彼に着せていた。なかば妬みと、なかば軽蔑とをこめて、わたしたちはアメリカ兵とたわむれる阿久根を遠くから見まもっていた。

植民地育ちの彼には、百姓や小商人の子であるわたしたちとは違った雰囲気があったのをアメリカ兵も感じたに違いない。わたしたちが彼を憎んだのはそのよそよそしく馴染まない態度よりも、都会の子らしく育ちの良い内気な口のきき方とか、無駄のない身ぶり動作のせいなのである。
彼はいつの間にかその兵士の故郷の、母音の多い柔かく鼻にかかったアメリカ語をかなり流暢に話せるようになった。駐車場の草地でハモニカに和して、アメリカ兵が甘く澄んだ声で歌った。

ru-ru-ru-ru

残りが憂いを帯びた声でそれにつづけた。

ru-ru-ru-ru

六年経ってこの時の旋律が、中学の音楽教室でくりかえされるのをきき、わたしは ru-ru と聞えたものにフォスターの歌曲もあったことを知った。彼らは歌ったのである。

Carry me back to old Virginny や、
Jeanie with the light Brown Hair を。

男たちの二部合唱にひときわ高いソプラノが加わっているのは阿久根の声である。彼が笑顔を見せるのは、日曜ごとにジープで彼を迎えにくるそのアメリカ兵にだけのようであった。彼は阿久根を朗かな声でジョニイと呼び、自分をたしかサムおじさんと呼ばせていたと思う。朝鮮戦争が始まる大分以前に、伊佐里のアメリカ軍は北九州に移動し、それでもときおり、阿久根の家に土産の紙包を両手にあまるほどかかえて訪れていたサムも、やがて見られなくなった。移動した部隊はそこから大部分が本国に帰還したという噂であった。

阿久根には友人といえるほどの友人はなかったと思う。高等学校の三年間、わたしたちは同じクラスだったのだが、彼のまわりに級友が集まってにぎやかに宿題をうつしたり、西部劇の評判をしたりする光景はついぞ見たことはない。そうかといってわたしには、阿久根が同年輩の仲間から孤立して淋しさを一人かこっていたようにも見えなかった。彼は進んで友人を求めようとはしなかったのである。

教師の声にきき入る彼の表情には、うつろな集中としかよべぬような漠然とした放心と、あるものを思いつめた状態のないまぜになったものが感じられた。授業以外のことに全く気をとられているのではないが、他の尋常な模範生がもつ目の穏かな輝きが彼には欠けているのである。

大きく見開いた目が、ひたと教師を見つめ、指は休みなく教師の言葉を書き写してゆく。しかし、その態度の核心に茫然とした空白の部分があるのをどの教師も感づいていたと思う。ある教師はいらだって、ことさら理由もなく阿久根を殴った。彼の成績はそうじて可もなく不可もないといったところだったが、英語だけは中学時代、首席の能力を持っていたにもかかわらず、高等学校では意識的に六十点以上をとることはしなくなった。

英語のテクストを故意にたどたどしい発音で朗読した理由をわたしは知っている。教師が彼の流暢な、時には過度にたくみなアメリカ風の抑揚を憎んだからである。彼を殴ったのは英語の教師であった。学生時代の彼について思いだされることは、サッカー部のフォワードをつとめていた男とのいきさつである。初めは故意にしたことでもなく、悪気もなかったのだ。

彼は廊下を歩く時、きまって片手の指でかるく廊下の腰板をなぞる奇妙な癖があった。教室でも休憩時間ともなれば、ゆっくりと壁に歩みよってもたれるのが習慣であった。気にとめる者はいなかったが、生徒たちのかたまりから一箇の人影が吸いよせられるように壁に近づくのを見ると、それは阿久根にきまっていた。その日も彼はうつむきがちの姿勢で、手で廊下の壁に触りながら歩いていて、フォワードとぶつかったのである。非がフォワードの男にあったというのはあたらない。駈けてきてわざと突きとばしたのではなく、彼もまた友人と静かに談笑しながらすれちがっただけなのである。普通の男だったら肩と肩が軽く接触しただけですんだだろう。

阿久根は衝突した瞬間、脚をふらつかせて二、三歩あとずさりした。驚いたのはむしろフォワードの男だった。このことを聞いたサッカー部の同僚が、次の日に企てたことは、いたずらにしては度がすぎていた。廊下を横にふさいで立ち並び、彼の通りかかるのを待ちうけて、すれちがいざま今度は故意に肩を強くぶつけるのである。

予期した通り彼は、前の日と同様たわいなくふらついてあとずさりした。いたずらはすぐにやんだと思う。相手があまりに張合がなさすぎたし、見かねた陸上競技部の委員の抗議もあった。阿久根は人に好かれる男ではなかったから、同情して彼のために抗議したのではない。他校との対抗競技が目前にせまっていたし、阿久根は棒高飛の有力な選手でもあった。フォワードの男が驚いたのは、ハードルやバーをたくみにこえるほどの男が肩をぶつけたくらいで脚をふらつかせたことにあった。

シベリアから帰された阿久根の父は、運送業に手をだしてそくざに失敗したあげく、市庁舎の一隅で伊佐里の郷土史を編纂する仕事を二、三人の知人の尽力でえた。家柄が家柄だけに、郷土史に提供する古文書も豊富だったわけである。

祖母が亡くなったころからたてつづけに父親は奇妙な行動をとって人を驚かせ始めた。伊佐里駅の転轍器を勝手に操作したのは、事故の発生以前に職員の発見するところとなったけれども、そうでなかったら四つの鉄道の分岐点であるこの駅で二重三重の事故は避けられなかったろう。彼の父はまた満州鉄道の運行に関する重大な〝国家機密〟と称するものを駅長にうちあけたり、ソヴィエトのスパイにつけ狙われているからというので警察へ身柄の保護を求めたりするうちに、城山の椋《むく》の木で縊死してしまった。

わたしはその年、高等学校を卒業して市街地のはずれ、城山の麓にある市立図書館に勤めることになった。いつか阿久根は伊佐里から見えなくなった。東京の下谷あたりで、自動車修理工の阿久根を見たという者も、新宿の酒場でシェーカーをふっている彼と話したと自信ありげに語る者も、トロール船にのって印度洋で網を引いていると告げる者もいたが、親しい友人はなかったから、誰も確かなことは判らなかったと思う。それに知りたがろうとする者も少なかったのではあるまいか。

ある日、人夫たちが太いロープを肩にトラックをおりて、声高に騒ぎながら無人の空家となった阿久根の家へはいっていくのを、わたしは窓格子ごしに見まもっていた。人夫たちは家の柱にロープをまきつけ、淫らな数え唄にあわせてそれを引いた。まず、瓦が一枚二枚と古びた屋根からすべり落ち、敷石の上で乾いた音をたてていくつかの破片に砕けた。瓦の落ちて割れる音が次第にしげくなると共に屋根が揺れ動き、もうもうと埃をあげて崩れるまでそれほど時間はかからなかった。

トラックが古材木を無造作に積みあげて去ると、あとには瓦礫の堆積の他は、裏庭の井戸と、そしてどういうわけか、からの厩がこわされずに残ったが、それもある冬の夜そこをねぐらにしていた浮浪者の焚火が燃え移って焼け落ちてしまった。

姿を消した時と同様、だしぬけに阿久根がわたしの前に現れたのは三年後の夏である。背の高い浅黒い人物が、図書館の入口にたたずみ、ゆっくり館内を見まわして、わたしの姿を認めると右手をあげ、頷くような身ぶりをした。

それは光を背に負っていたので、誰か判らぬままにわたしがあいまいな表情でいると、男は大股で近づいてきて——やあ、由布子さん、しばらく会わないうちに——と呟くように語りかけ、わたしの横の雑誌置場に手をのばした。閲覧室の者が顔をあげるほどぎょうぎょうしい驚きの声が、わたしの咽からもれた。もう二度と会う事はないつもりの者に会ったのである。驚きのうちには懐しさもあったと思う。

採光の悪い図書館の書庫で、失業者や年金生活の老人たちを相手に、書物の出し入れにいそしむ他は、北欧の民話やサモアのスティーヴンスンなどというものしか読まないでいると、めずらしい人間に会ったくらいのことで思わず声をあげたりする。学生の頃にはなかったことである。

阿久根は、二日まえ帰ってきて駅ちかくのある農機具倉庫の二階をかり、製材工場の夜警に就職したとやや投げやりな口調で語った。

——安い給料なのだが食べてゆける分はある——今までどこにいたの、何をして暮していたの——朝鮮に——

その口調には、人が信じようと信じまいとどうでもいいのだと観念しているひややかな響きがあった。阿久根は雑誌置場からとりあげたニューズ・ウィークを片手に、わたしの顔をまともに見つめて立っていた。三年の月日も、阿久根の例の熱をおびた放心といったものを感じさせる表情を変えてはいなかった。変化といえば少しばかり陽焼けした皮膚くらいのものだったろうか。わたしはその時なんとなくぎごちなく彼の顔から目をそむけた。彼の視線は地図でも読むようにわたしの顔の上でさまよい、何か別のものを探し求めるふうであったから。学生のころ、しばしば教師をいらだたせたのもこの焦点のおぼろな目の光であった。ひくくつぶやくような声が、朝鮮に、と言い、わたしが当惑して意味もなく笑うと彼も笑った。

その日から阿久根は午後になると毎日図書館にやってきた。

入口からまっすぐ書名目録のカードをおさめた抽出へ足をはこんで、たんねんに指でカードをくり、探している図書名を閲覧票に記入してわたしに渡す。彼の読むものは、ほとんど天井裏につみあげた古新聞や、書庫のすみで廃棄処分を待っている古雑誌類が多かったので、館長は阿久根だけに書庫を開放することを許した。彼の読むものを探すために、天井裏をはいまわり、書庫の埃と小一時間もたたかうのは館長と司書補のわたししかいない図書館の業務にさしつかえるからというのであった。

時々、本の出し入れに書庫へはいると、黄ばんだ古新聞の束を解いてせわしなくその日付を調べている阿久根がいた。彼が探しているのは、昭和二十五年初夏から二十八年までの新聞雑誌で、日本の刊行物以外にアメリカのそれもしきりに手に入れたがっていた。

伊佐里市の図書館には、N市のアメリカ文化協会から定期的に送られてくる出版物が保存してあった。その読者はめったにいなかったので、英文の新聞雑誌は、一応閲覧室に陳列しておき、期限がすぎると書庫の棚か天井裏にあげてしまう。彼は梯子をのぼっていそいそとそれらをはこびおろした。

阿久根のえらぶ読物には、先にもいったように奇妙なかたよりが見られた。朝鮮戦争の記録でなければ、ライフ、タイム、ニューズ・ウィーク、サタデー・イヴニング・ポスト、ニューヨーク・タイムズなどのアメリカの新聞雑誌に限られていた。だから閲覧室よりも書庫の中で、多くの時を阿久根は過したように思う。天窓から射す乳白色の光線をたよりに、一九五〇年版のライフにのった戦争写真を、喰い入るように見つめていた彼の痩せたうなじを憶えている。

図書館の近くの喫茶店へ誘われたのはそのころだった。昼食の時刻はすぎた時分だったが、彼は今起きたばかりだと言って、トーストとハムエッグズを注文し自分の魔法壜の濃いコーヒーを砂糖も入れずに何杯もすすった。彼の目は充血しており、駱駝の絵のついている煙草をとりだすとまゆをひそめて考えこむ表情でそれをふかした。外国製の煙草はそのころ、田舎ではめずらしかった。

阿久根は一枚の紙片をわたしに見せた。朝鮮戦争の文献を、単行本といわず雑誌といわず集めたもので〝金日成の戦略〟とか〝アメリカ軍二十四師団の戦い〟といった書名が書きつらねてあり、すでに読み終えた本は鉛筆で線を引いて消されていた。

もっとも読みたいと思っている昭和二十五年当時のアメリカ雑誌がここの書庫には少くて、それはN市のアメリカ文化協会に行けば保管してあるのを見せてくれるだろうかときくのである。確かなことは判らないが、行ってみるだけのことはあるだろうとわたしは答えた。気は進まぬながらも彼のメモの裏に、アメリカ文化協会の地図を描いてわたしは与えた。目印は協会さしむかいの特殊兵器影響調査機関の建物である。

その翌日、阿久根はN市へでかけたとみえ、図書館には現れなかった。彼が姿を見せない図書館は閑散として、なんとなくものたりなく感じられ、それは数日つづいた。

ある日の閉館後、わたしは帰りを農機具倉庫の方へまわり道してみた。通りすがりに目をあげると、閉めきった暗い窓が何よりも雄弁に彼の不在を物語っているように見えた。道はそこから製材工場の方へつづいていて、町はずれの澱粉工場を除けば、工場らしい建物が集っているのはこの一角だけである。

わたしは、製材工場の柵ごしに、整然と積み重ねられた白い板材がきょうは妙に新鮮に感じられるのに驚きながら歩みをとめた。まだ機械鋸にかけられる前の松の丸太の堆積の間、工場の敷地一面に生木の破片と樹皮が鋸屑にまみれて散乱しており、そこから風が削りたての杉やヒノキのなまなましい匂香をわたしに運んできた。

わたしの意識はむせかえるような松脂の強い刺戟に目ざめ、一日の単調な仕事に倦んだにぶい疲労もいきなり裸体に冷水を浴びせられたようにかき消えてしまった。わたしはそこここから立ちのぼる湿り気を含んだ黒い土と鋸屑の匂いを貪るように嗅ぎ、うっとりと立ちすくんでいた。

機械鋸の響きのたえた作業場はしずかであった。仕事をおえて帰りかける工場の男たちの姿が、夕闇の漂い始めた木材の堆積の向うで、影絵のように動いていた。

夜に入ると八月の昼の熱気が、あつい幕のように市街地におりてきた。眠りにくい夜のために、わたしは子供のまじないめいた一つの光景を空想することにしている。幼いころ熱中した冒険小説の一節なのである。

まず赤道付近の、とある海域、船乗りたちに無風帯として怖れられている藍色の海面に一艘の帆船をうかべる。帆船は十八世紀の古風のものでなければならない。帆布は扁平にたれさがり帆綱もたわみ、船あしは何日もとまったままである。海は凪いでおり、船腹をあるかないかの波が洗っている。風の起るのを待たねばならない。水夫たちは幾日も甲板に横たわって雲の動きを見あげてきた。しかしやがて風が起る。初めにわずかな索具のきしり、帆綱がおもむろに緊張し、檣頭の小旗が揺れはじめる。前檣の三角帆のはためきと船腹にくだける波の音、水夫たちのしだいに高まる歓声、彼らはあわただしく甲板を裸足で駆けまわる。帆が重々しく膨れあがり、舳先がゆっくり波を切り裂き始めると帆布を掠めて飛ぶ海鳥がいっせいにけたたましく啼きかわし、泡立つ海面を黒い藻が矢のように流れ去る。

わたしの耳はあほう鳥の羽搏きと風を孕んで鳴る帆布の音をきき、そしてようやく眠りがわたしを捕えて暗い淵へ沈めるのである。数時間、眠ったと思う。誰かが窓の下で執拗にわたしを呼んでいる声を聞いたように思って、わたしは目醒めた。わたしは手さぐりで乾いたタオルをとりだし、湯を浴びたように濡れている皮膚をぬぐった。腕が闇の中で白い蛇のように動いた。窓をあけて闇の底をすかしてみたけれども、暗礁のような家々の屋根と、風に靡く合歓木の梢しか見えなかったから、わたしを呼ぶ声はそら耳だったにちがいない。置時計の螢光針は午前二時をさしていた。寝しずまった町の静寂が、遠い伊佐里駅の貨車の入れかえ作業を、まぢかに聞えさせた。重量のある鉄の塊がはげしく衝突する響きの合間に、車輪が鋭くきしった。

深いトンネルの奥で叫ぶ声が、思いがけない反響をよびおこすように、それはわたしの内部で眠っていたある感覚をゆさぶった。わたしは、阿久根が出てゆき、そこから帰ってきた世界の複雑な多様さ、底の知れない深さを想像した。そうしようと思えばわたしもすべてを棄ててこの町から出てゆけるのだ。決心を促すようにその時、伊佐里駅の汽笛が断続的に鳴った。風が数滴の雨の粒をわたしの唇の上、裸の肩に落した。大粒の雨滴は冷たかった。まばらな雨が軒を打っていた。

案じた通り阿久根は、わたしがアメリカ文化協会の地図を描いて渡した日から、製材工場に出勤していなかった。

現場監督は渋面をつくって言った。──あんた、奴の友達かね、もし会ったら、馘首《くび》だと伝えてくれ。わたしに無断で何日も欠勤しやがって、仕事を何だと思っているんだ──その翌日、図書館をひけて帰る途中、わたしは思いきって農機具倉庫の狭い急な階段をあがった。木造のそれは一段ごとにきしった。登りつめた所で、待ちかねていたように扉を開いたのは阿久根だった。

彼はわたしを室内へ通すと、扉を閉じて大皿ほどもある南京錠ととりくみ始めた。その錠の鍵はどこか故障しているらしく、彼の手で押し込まれた途端、弾かれたようにとびだすのである。わたしは錠の不恰好な大きさを見、声をたてて笑った。鍵を押しこむ動作を根気よくくり返したあげく、阿久根はようやくそれを扉にかけることができた。彼は腕をあげて額の汗を拭い、わたしの笑声を咎めるような目を振りむけた。わたしの笑いは、錠のものものしさというより、実は阿久根を扉の内側に見た瞬間から用意されていたようなものだったが。西陽の直射する倉庫の二階は、暗くなってからもむし暑く、密閉された木箱の中にいるように息苦しかった。

汗がとめどもなく滲み、躰のくぼみを伝って流れ落ちる。わたしの手は阿久根の裸の背の動きを感じていた。鉄の寝台の上にわたしたちは横になっていた。

暑い、とわたしが訴えると、彼は寝返りをうって上半身をおこし、閉めきった窓に手を伸ばしかけたが、何かの折れる音を寝台の下に聞いた時、騒々しい音をたてて木の床の上にころがり落ちた。わたしといえば、とつぜん斜めにかしいだ寝台の枠にしがみついて、阿久根の躰の上にすべり落ちることからだけはまぬがれた。占領軍払いさげ寝台の脚の一つが折れたのだが、初めからそれは折れようとする寸前だったに違いない。なぜならわたしたちが横になった時以来、それはかたわの犬が走るような不規則な揺れ方をして、わたしを落着かなくさせたのだから。

彼は黙々と折れた脚に手近の木片をあてがい針金できつくしばりつけた。手の塵を払って寝台によじのぼってきた彼の皮膚には、埃の匂いがした。わたしは、半ば開いた窓に手をかけて、彼が差しだした腕を拒んだ。こともあろうに寝台がつぶれようとは。わたしは不機嫌になっていた。

夜の窓から爽かに流れ入る空気は、森の下生えと川の水藻の匂いを含んでいた。わたしは身動きもせず、口を開け閉じして空気の冷たさを味わっていた。風は絹糸の滑らかさでわたしの肩を包み、乳房を冷やした。急にわたしは、彼の腕をじゃけんに払いのけた最前の自分を恥じた。一度つけたブラウスのボタンをはずし、わたしは褐色の阿久根の胸の上にゆっくりと自分を押しつけた。微風が川のようにわたしたちの上を動いた。

製材工場の夜警をやめさせられた阿久根は、伊佐里市で仕事をみつけることができず、近くのO市やN市にでかけて職を探したが、それは容易に得られなかった。失業者が職業安定所にあふれていた当時としても、それは老人のことであって、若い男にふさわしい仕事はあったはずである。ただ、阿久根の場合、仕事を手に入れるのに必要な熱意が欠けていたのだと思う。

気まぐれに書き送ったわたしの手紙に、返事一つよこさない阿久根に腹をたてて、倉庫の二階を訪ねると扉の所には職業安定所からの通知とわたしの手紙が封も切らずに散乱していた。彼は例の寝台にもたれ、手に持った空のグラスの底を見るともなく眺めながら、君ならわかってくれると思ったのだが、どうして信じないのかなあ、と文字にすれば恨みがましくきこえようが、実は注意深く耳を寄せていなければ聞きとれない低い声で、むしろ問いつめられて不承不承、事実を語るのだというような投げやりな口調でささやくのだったが、輸血用血漿《プラズマ》も凍るある半島の冬だの、蚤の多い柳潭里とかいう村の話だの、わたしにとってはラジオの株式市況よりも興味のうすいことだったのである。

時たま雇われて道路工事の人夫になるくらいで定職は容易に得られなかった。阿久根に異常が見られ始めたのはそのころからである。彼は倉庫の自室に居ない時は伊佐里駅の待合室で、誰を待つというふうでもなく長時間ぼんやり坐っていることがあったが、そこに来あわせたアメリカ人宣教師の鞄につかみかかり、警官に捕えられたのがことの起りだった。

彼は、宣教師を昔の知合だと主張してゆずらず、流暢なアメリカ語でしきりに話しかけていたという。運良く改札口の駅員が、阿久根は鞄を持ってやろうとしたのだと、彼の弁解を裏書きする証言をしたので、事件はそれで落着いた。

しかし、彼は人々の疑惑の視線をあびる行動をすぐにとってしまった。伊佐里市の郊外に起伏する丘陵の林の中で、中学生を集めて、二群に分け、彼はアメリカ軍に扮した子供たちを率いて丘の頂に陣取る〝北鮮軍〟へ石を投げたそうである。大怪我をした者はいなかったが、額を破られた子供は双方に多かった。だいの大人が子供の遊びに加わっただけではなく、そそのかせて怪我まで負わせたのである。非難は当然阿久根に向って集中した。負傷した少年の父親は、彼の雇い主だったので、彼は即座に道路工夫の仕事も失ってしまった。わたしたちが倉庫の二階で会わなくなってから日がたっていた。

ある日、道路を弾機《ばね》仕掛の機械人形のように歩調をとってやってくる阿久根を、物蔭に避けたことがある。彼はわたしなど眼中に無い様子で、空間の一点に目をすえ、腕を前後にふりつつ足早に通り過ぎるのである。やや離れた所で、異様な声を発して廻れ右をし、木像のように直立してしまう。墨汁を流したような濃い影が、彼の足元から土の上に伸びていた。彼は以前雇われた運送会社の暗緑色の作業服の腕に、黄色い山形の布を縫いつけ、星の形に切りぬいたブリキ片を銀色に塗って胸にとめていた。子供たちが、奇怪ないでたちで硬直している阿久根の周囲をかけまわりながら、口汚く囃したて空罐や木片を投げつけても彼は身じろぎすらしなかった。

丘陵を隔てて三里あまり離れたO市の旧歩兵聯隊の兵舎に駐屯する自衛隊が、伊佐里市へ行軍してくることがあった。その隊列の後尾には、小銃の形に削った棒を肩にのせた阿久根の姿がきまって見られるのである。彼は自衛隊員の水筒の水を汲み、通信班の架線作業を助け、演習の終りともなれば図書館裏の草地に野営の天幕を張るのをかいがいしく手伝うのだった。男たちは彼の労苦をよしとして、食事のとき彼を招き、飯盒の中身を分け与えた。彼は両手に自分のいびつな飯盒の中蓋を捧げ持って男たちの間をまわり、男が罐詰のコンビーフを匙ですくってよそってやる間は、両足のかかとをそろえて立っている。

食物を与えると男はある期待をこめて目の前の狂人を見つめる。中蓋に盛られた肉の塊に気づいた阿久根は、かかとを打ち合せて敬礼する。――どこで一体そんな芸当を憶えたんだ、おい――満腹した男の一人が、彼を野営地の中央、円陣の形でたむろする仲間の方へつれてゆき、派手な号令をかけた。彼は両手を体のわきに押しつけ、号令通り忠実にまわれ右をし、敬礼をくり返した。

――右向けえみぎっ、左向けえひだありっ、まあえっ進めっ、とまれ――

ひと通りぎっくりばったりが済むと、阿久根は男に両手を差しだし、懇願の身ぶりを示す。その男は今まで手入れの油を塗っていた小銃を後手に隠し、笑いをおさえた声で阿久根の耳に口を寄せ、ささやきかけた。

――貸してやるからよ、そのかわり何かやれ――彼は白い歯を見せてうなずき、表情を引締めると自分の木銃をかかえて草の上に勢良く躰を投げだした。不恰好な木銃を胸に抱き、やにわに蛇の形で五体をのたうたせて這い進み始めた阿久根を見て、円陣の男たちは手を拍って囃したてた。

――よう、安井見ろよ、うまいもんじゃないか。お前せめてこのきちがい並に早く蛇行匍匐できるかよ――

阿久根は野営地の一隅に叉銃してあった小銃の所まで、一気に匍匐するとその一梃をかまえてだしぬけに立ちあがった。いびつな飯盒を腰に、胸にブリキの星を飾った彼は、誇らしげに本物の小銃をさしあげて男たちを招いた。――むうぶ　あっぷ――

声はよく通る厚味を持ったもので、それは布を拡げるように男たちの方へ届いた。彼は腕を大きく城山の森、夕闇が既に暗くしている木立の奥へふった。不意に張りつめた沈黙が男たちを支配した。数人の男が立ちあがってかけてゆき、彼の手から銃をもぎ取ろうとした。叫び声をあげてのけぞった男は、阿久根のふりまわした銃の床尾板を頬に受けたのである。再び、阿久根は叫んだ。

――むうぶ　あっぷ　ぼおいず　どおんとすていひや、れっつむうぶ――

彼の顔はその時、別人のように晴れやかに輝いた。総立ちになった男たちの向うからかけてくる上級者らしい者の姿が見え、たちまち彼は組伏せられてしまった。それでもしばらくは、男たちにくみふせられた阿久根のしわがれた叫び声が続いた。この事件以後、彼は自衛隊員にとって愛すべき狂人ではなくなった。相変らず隊列の後を、正確な歩調をとってついてくるのだったが、野営地の中にはもう入れてもらえなかった。

歩哨が木銃をかかえた阿久根に言いきかせているのを、ある夕刻、閲覧室の窓ごしにきいたことがある。――飯が欲しかったらやるからよ、あっちへ行けというのにききわけの悪い奴だな、お前には手製の木銃で沢山だ、本物でもって、むうぶ　あっぷ（阿久根の口真似をして）やられちゃいやな気分なんだ、さあ罐詰をやろう、もう来るな――

しかし、小部隊の狭い野営地を警戒できても、県外の幾つかの部隊が合同して催したその年の秋の演習から彼をしめだすことはできなかった。演習の最後の日、自衛隊の救急車で市民病院へ運ばれてきた阿久根は、脚を小銃弾で貫通されていて、傷の手当をした医師は、自衛隊員と寸分違わない服装を整えていた阿久根に驚いたという。

運送会社の暗緑色の作業服は、形といい生地といい自衛隊員のそれとそっくりであったし、鉄帽は彼が時々雇われた道路工事の人夫としてつける安全帽に緑色の塗料で彩色したものであった。その上をシダや栗の葉で偽装すると見分けがつかなくなるのも無理はない。その日彼は賢明にもあのブリキの徽章をとりはずしていた。彼がまぎれこんだのは、顔を知られていない県外の部隊なのである。

つきそいの看護婦はわたしの知人だったので、ある程度事情をきくことができた。病院の医師と警察官にことの次第を説明する自衛隊の幹部は苦りきっていたという。一般隊員は銃を持たない阿久根を、連隊本部の幹部だと思い、幹部の方は演習の混雑の中で彼を他部隊の連絡員だとかんちがいしてめいめいの任務に追われ、注意を払わなかったらしい。それほど、阿久根の動作は兵隊らしくわきまえた態度で自然に見えたのだろう。彼は演習地にあてられた伊佐里の背後のゆるやかな起伏をなす丘陵をうろついて、壕の中の隊員に、偽装が足りないとか、姿勢が大きいとか、もっともらしい注意を与えていたそうである。日ぐれがた、最後の突撃訓練が終りかけた頃、目標の台地のかげ、草でおおわれた窪地の底に仆れて呻いている阿久根が発見された。彼は突撃の目標がこの台地で、自分が実弾の的になる可能性については、全く考えても見なかったに違いない。

彼が箸を握って仆れていた土の上には、ひしゃげた飯盒と白い飯粒がこぼれていた。演習をしばらく離れて、空腹をいやそうとしたのだと思う。この事件は表沙汰にはならなかったから、新聞で詳細を読むことはできなかった。傷はほどなく癒えたようだったが、歩調をとって歩くことは阿久根にはできなくなった。彼の右脚は負傷以後奇妙にねじれ、まっすぐ立っていても彼の上半身を不自然に右へ傾けるのである。自衛隊の行進にも訓練にも、彼は興味を示さなくなり、たまたま道路で行きあって彼らをやりすごす間、路傍に身をよせて隊員の足元にぼんやり目を落している阿久根の表情には、見知らぬ町で道に迷い途方にくれている子供の不安があった。彼は市の塵芥焼却場で半年働いた後、再びこの土地を出ていった。

きょう、阿久根の紙片の残りを手に入れた。昼間は倉庫からかなり離れた本店で、農業機械の運搬をしていることをたしかめておいて、昼すぎわたしは五年ぶりで倉庫の狭い急な階段をのぼった。扉は押されると過去そのもののようにきしみながら開き、見覚えのある南京錠がこわれたまま赤錆びてさがっていた。何もかも以前の位置と同じ所にあった。鉄の寝台の折れた脚は、針金と農機具の部品で更にかたく補強してあり、糊のきいた青色木綿のシーツがマットレスを包み、灰色の毛布は長方形にたたまれて足元にそろえてあった。しかし、この寝台や、洗面具を並べた林檎箱の中身が、あのころより整頓され、木の床ははき清められて埃のあともなく、万事小綺麗に片づいているのを見ても、全体としてうっすらと埃をかぶったような、たとえば古い壁土が剝落してゆくのを見るような荒廃した印象をうけたのはなぜだろう。

人間が生活している部屋に生臭くこもる匂い、着古したシャツとか牛乳の空壜、ひからびた食器も書きかけの手紙も、手紙——それは、前略、と書いたままテーブルの上にのっていて宛名は無かった。——すべてそろっておりながら若い男の住む部屋にしては生気のない雰囲気を、扉を開いて室内に足を入れた時からわたしは感じていたのである。

寝台の下にも壁ぎわにもあのころは見なかった雑誌類が百冊近く、ライフ、タイム、コリヤーズ、ルック、ニューズ・ウィーク、アトランティック・マンスリー、リーダーズ・ダイジェスト、ホリデー、ベターホームズ、サタデー・イヴニング・ポスト、ニューヨーカーなどの古いものが重ねてあり、壁によせてある木箱の中には、クラウゼヴィッツの〝戦争論〟を始めとして、フォッシュやモルトケの評伝、旧日本軍の作戦要務令、歩兵操典、〝軍事的に見た朝鮮戦争〟〝アメリカ敗れたり〟〝朝鮮戦争秘史〟〝人民軍従軍記〟〝朝鮮戦争の謎〟〝火を噴く三十八度線〟という表紙も色褪せ背文字は消えかけた本が埃にまみれてつめこまれてあった。そういえば埃が分厚くつもっているのは阿久根の部屋のこの一隅だけである。

わたしは、木箱の中の〝金日成の戦略〟と〝悲劇の三十八度線〟の間に、陸上幕僚監部編・新入隊員必携という小豆色の小型本を見、抜きだして何気なくページをめくった。本に付着していた埃がページを繰るにつれておびただしく舞いあがり、はさんである二つ折りの名刺大の紙片が足元に落ちた。

拾いあげてみると紫色のインクで、第〇〇九大隊三中隊給食カードと印刷してあり、阿久根猛の姓名と二等陸士の階級が楷書体で記入してあった。カードの内側には昭和三十三年七月一日から三十一日までの三食分の方形の枠が引いてあり、食事を支給したしるしに丸い朱印がうってある。阿久根がわたしの前に現れたのは、その年の七月の終りであった。朱印は七月二十一日の朝食で切れている。〝必携〟のページには、更に二枚の写真がはさんであって、その一枚は暗い空の下の広大な雪原、もう一枚は白い防寒外套を着こんだ十人の自衛隊員がうつっており、右端の背の高い男が阿久根に似ていないこともなかった。

わたしは窓の近くに落ちているきのう折りかけた紙飛行機をひろい、一九五二年版のライフの上にのっているハトロン紙の封筒をのぞいて、そこに阿久根の紙片の束を発見した。彼は、東京渋谷のある洋書専門の古本屋から、これらのバックナンバーをまとめて買ったらしい。ハトロン紙は雑誌を包装した用紙であった。

床のすみに落ちていた数枚の紙片を集めてハトロン紙の封筒にしまうとそれで阿久根の書いたものはぜんぶだった。その時、初めて気づいたのだが、周囲の板壁はこれらアメリカの古雑誌から切抜いた大小さまざまの戦争写真によって、隙間なく埋めつくされていたのである。それは最近鋲でとめたものではなく、長い年月を経過した証拠に、みな色褪せて黄ばんでいた。写真はほとんど朝鮮戦争当時のアメリカ兵を撮ったものだったが、所どころにニューメキシコのスペイン風教会、サンアントニオの鼓笛隊、ルイジアナの農場を説明した色彩写真が、他の陰鬱な戦場風景とそぐわない鮮かさでまざっていた。

写真はぜんぶ上端の一箇所を鋲でとめてあったので、板壁の隙間から風が吹きこむたびにめくれあがり、いっせいにそよいだ。すると、手榴弾を投げた姿勢で静止している兵士（空中にそれらしい黒いレモン状の物体が浮んでいる）、壕のふちに身をのりだしている兵士、煙を吐いて擱座している戦車、道路にひしめいている群衆をかきわけてゆく兵隊の列、炎に包まれた部落と燃える樹、丘のふもとに散開してのぼりかけた兵士たち、銃を落して仆れる寸前の男、それらの写真が隙間風にあおられ、人が呟くようなかすかな音をたてながら、葉裏をひるがえす熊笹の繁みのように壁の上でふるえるのである。その瞬間、光りのような何かが走った。わたしは写真の中ですべての影が水に落した絵具のように滲み、輪郭をぼやけさせては再び濃い鮮かな形に戻って揺れるのを見た。

ある兵士は壕の外に躍りあがり、ある兵士は地に伏せ、手榴弾は弧を描いて飛び、焔は更に高くゆらめき、砲弾は炸裂して燃える戦車の砲塔をゆるやかに噴きあげ、焔の衣でくるまれた乗員がこぼれ落ち、丘をのぼりかけた兵士たちは苦痛の叫びもなく斜面をころがりおちるのである。

戸外には夏の午後の光りが砂金の微粒子の色で氾濫していた。わたしの前を白い捕虫網をかついだ少年が、はずむ足どりでかけてゆき、楠の木蔭を通りぬける時、青葉を透してふりそそぐ陽ざしに染められて、つかのま、緑色の昆虫に化身したかのように見えた。ここでは、女たちの日傘に、ひるがえるスカートに、あらゆるものに色彩があった。

わたしは、阿久根をかこんでいる黒白写真の世界を思った。夜、あの切抜きが魚鱗のように壁に充満している部屋で、彼はどんな眠りを眠るのだろう。壁にとめた写真も木箱の本も、おそらく彼は自分がなぜそこにとめ、なぜ蒐集したか忘れてしまっているはずである。

風が吹きこむ時、写真はお互いにこすれあってかすかなざわめきを部屋に起こすだろう。それは無数の黒い蝶が、壁に休んでゆっくりその翅を開閉させている状景に似ているだろう。自分が熱心に蒐集し、今棄て去ろうとしている写真や雑誌にとりかこまれ、阿久根が電燈のない部屋の寝台の上で黙然と天井を見上げて横たわっている光景を想像し、わたしはすぐにそれを考えまいとした。

わたしの世界では、川の堰堤をほとばしり流れる水の音があり、泳ぐ子の周囲に銀色の輪のようにきらめいてひろがる波紋があり、水面で跳ねる魚の白い腹があり、すべてに音と光りと生命が満ちていた。無断で阿久根の書きものを持ちだしてきた以上、盗みをはたらいたわたしを正当化する理由はない。棄ててかえりみない紙片であるにしろ、他人の部屋にしのびこんでわたしの物にして良いという口実はないのだが、うしろめたさは感じていなかった。倉庫から家へ急ぐ途中、農業協同組合の建物の前で、わたしはうしろ向きに荷箱をかかえて現れた阿久根にぶつかってしまった。

彼はわたしが軽い叫び声をあげてとり落した例のハトロン紙の封筒に目をとめ、自分の荷箱を地面に置き、ゆっくりと袋を拾いあげると丁寧に埃を払ってわたしに返した。

「すみません奥さん、気がつかなかったもので」

わたしはうろたえて彼の手からハトロン紙の封筒をひったくるようにうけとり、二言三言、自分では礼のつもりの、多分意味をなしてはいないだろう言葉をつぶやいて逃げるようにその場を離れた。しばらく離れてから振りかえると、トラックの荷台に荷箱を工合よく積みこもうと工夫している彼の姿が見えた。

紙片の整理は忍耐の要るものだった。右隅の数字をたよりに、紙片の順序を定めることができたが、ある時期以後、それは何年何月と正確に推定することは不可能であるけれども、多分丘陵の演習地で脚を撃たれたころと思う、彼はこの書きものから全く興味を失ったらしい。最初の数十枚は完全に脱落し、途中も百枚ほどぬけている。記述が混乱して判読できない箇所があり、英文で綴った三十二枚の報告はわたしには読解できない。

それでも残された紙片の言葉から、わたしは阿久根の生きた世界、少くとも生きようとした世界は、垣間見たように思った。彼が時々学校を休んで、アメリカ軍が朝鮮へ向う港のあるS市で発見されたことをわたしは思いだす。知合いのアメリカ人をさがすために基地にしのびこみＭＰに捕えられた事件は一度ならずあった。異常な行動をくり返していた彼に、小説を書くだけの余裕があったとは考えられない。おそらく彼は、自分だけに明白な想像の世界で、二十四師団の一員として自分の戦いを戦ったのだろう。

彼はしばしば文中に英語を用いている。C・company, 3 Battalion, 7 Regiment, 24 Division とは彼の所属する部隊である。すべての言葉を解読できたとは限らなくて、ＧＩの隠語のようなもの、朝鮮の地名をローマ字で表記したもの、兵器の名称のあるものなどはついに理解できなかった。文中に何度か登場するサムという兵士は、敗戦の年、阿久根をマスコット代りに愛した兵隊の名である。曲った鼻の下の反りのある上唇と茶色の口髭を阿久根は克明に描写している。朝鮮戦争の以前から二度と現れなかったこの人物を、彼は紙上に詳しく再現していた。

一連の物語めいた筋はここにはなくて、断片的なメモ風の記録がすべてである。アメリカ軍の忠実な兵士として、彼が活潑にかけている朝鮮の荒廃した風土描写は、どこか敗戦の夏の伊佐里周辺を思わせる。

——退却する軍隊には陰惨な詩がある。しかし兵隊はその詩を味わう立場にいない。

——という師団長の言葉に彼は反問している。

――そうだろうか、問題は戦場をどの立場から見るかということだ。

――阿久根はまたアメリカ軍小銃M1ライフルの性能を絶讃し（戦史上歩兵に与えられた最良の武器、だそうである）燃えさかる市街の廃墟を目でむさぼったとも書いている。

彼は人がそうと見なしたほど不幸では無かったのではあるまいかという疑問が、ふとわたしに湧いた。他人の幸福をはかる尺度はない以上、途方もない想像だが、ある瞬間、わたしはただ阿久根の話を信じかけていたのである。以下は彼の書いたもののうちで、筋が比較的よくたどれる部分である。

《阿久根猛のノート……一》

夜間飛行は一時間たらずで終り、釜山北方を走る汽車に乗りこむとすぐに、われわれは沿線に出没するゲリラに応戦するため、各自の火器に弾丸を装塡した。不用意にもこの操作中、安全装置をかけ忘れた者がいたらしい。鋭い銃声が闇に走り、悲鳴をあげて一つの黒い影が床に崩れた。誰が小銃を暴発させたかは、総立ちになった兵隊の次にひきおこした混乱にまぎれて解らなくなった。負傷者は初めのうちは大声で泣き喚いて加害者を責めていたが、その声も次第に弱々しくおとろえ、やがてすっかり途だえた。言い合せたようにめいめいの安全装置、引金部分の小突起にふれて確めはしたもののの、われわれは不運な兵隊の呻き声をきき流して無言であった。ぼくは闇の中で膝の間に小銃をかかえて身じろぎもせず、床から匂う死者の体臭を嗅ぎながら眠りに落ちた。窓を板片で封じた車内の暑さは耐えがたく、その上闇が床に溢れた血のために一層濃く、一層生臭く感じられた。五、六時間眠っただろうか、前触れもなく汽車は何かに躓くように急停車した。われわれは芋畑の中を百ヤードほど離れた道路に待っている輸送隊のトラックへ走った。砂利を踏む靴音に装具の触れ合う音がまざり、点呼の鋭い声や命令を伝える緊迫した叫びが交錯して、兵隊の眠りを完全に醒ましたようであった。

大隊全員がトラックに乗り移った頃、われわれは後退してゆく汽車の吹き鳴らす汽笛が別れを告げる挨拶のように長々とこだまするのを聞いた。あけがた、トラックは金泉の二十四師団本部へ着き、大隊は大田方面から浸透してくる北朝鮮をさえぎるために休む間もなく進んで行った。ぼくは幾日も髭を剃っていない情報将校が面倒そうに地図を拡げて三大隊の位置を捜してくれるのを待った。

半島の地図は赤と青の錯綜した線で塗りつぶされていて、その中を三本の矢印が貫き、半島を徐々に南下している。前線の混乱は将校のやつれた頬や充血した目にあらわれていた。わが軍は圧倒的多数の北鮮軍による包囲攻撃をうけて各処に孤立しているので、正確な位置がつかめないらしい。一昨日の防衛線は金泉、成昌間にしかれていたという。三大隊からの最後の情報では、金泉北方のサンチュまで後退してそこに展開しているそうである。

ぼくは地図を研究してサンチュへ至る道路周辺の地形を暗記しようとした。その間も野戦電話は強制するように、また哀願するかのようにせわしく鳴り、憔悴した表情の将校たちが早口で喚くように応答していた。ぼくは大隊へ向う補給トラックのある事を知らされ、しぶる黒人兵の運転手に無理に頼んで便乗させてもらった。それは無人の金泉を出て五分も走らぬうちに、道路を埋めている密集した避難民の群と潰走する韓国軍に停止させられてしまった。

黒人兵はライトを点じた。

避難民がまき起す土埃のために道路は茶色の霧にとざされ、砂塵の奥から黒い人影が現れては再び暗い土埃の幕の中へ没して行くのである。ぼくは銃口を空に向けて弾倉が空になるまで引金を引いた。トラックは動いたかと思えばすぐに止った。警笛をひっきりなしに鳴らし続けながら、トラックは揺れながら走り始めたが、ものの百ヤードと進まぬうちに、またも前より厚い避難民の壁にさえぎられ、そのたびに黒人兵が口汚く罵りながら新しい弾倉を投げてよこし、ぼくが威嚇射撃をし、群衆が押し合ってわずかな道を開くという事を午後二時頃まで繰り返した。これでは激流をゴムボートで遡航するようなものである。

ぼくはトラックをおりた。鋭利な斧が枯木を裂くように、ぼくが難民の群へわけ入ると彼らは自然に左右に分れた。北へまっすぐに伸びる一筋の道が前に展けたのである。あらゆる者が南を目指して急いでいる中で、北上するのは自分一人に思えた。群衆の中には部隊番号も師団記章も雑多な韓国軍がまざっており、注意して見ると彼らの装備は貧弱なもので旧日本軍の三八式小銃がほとんどであった。彼らを普通の難民とわかつものは、色褪せたアメリカ軍の作業服だけである。鉄兜の偽装に用いた芋の葉は七月の暑熱に萎れきっていて、彼らの沮喪した士気の象徴のように見えた。

やがて砂塵の向うからあらわれた一団の人影が、負傷して後退してくるアメリカ兵だと判った時は救われた思いだった。彼らは二十四師団と交替した第一騎兵師団の所属もまちまちな兵隊だったが、三大隊の消息は知っていた。位置をきくと片腕を吊った伍長が、埃の中では見通しが利かないので、道路わきの土壁の上にぼくをのぼらせ、遙か右前方の見えるか見えないかの青い線である低い丘陵をさし、ゆうべまではあの丘で北鮮軍とやりあってたが今はどうかね、と肩をすくめた。

伍長は裸足だった。靴を穿いているのは十三人のアメリカ兵のうち二人しかいなかった。裸足のままの兵もおれば、裸足に野戦服を裂いてまきつけている者もあった。いずれも長い悪路を急いできたらしく、足を包んだ布切に血が滲んでいる。武器を携えている兵は一人も見えなかった。その時、一人の韓国軍騎兵将校が難民を蹴散らしながらかけてき、われわれの傍で鐙《あぶみ》を踏んばると叫んだ。

——Tanks, coming——

恐怖が兵と難民の間に生じた。負傷したアメリカ兵は生気の失せた表情で、〝戦車〟を連呼して逃げまどう難民を見送り、ある者はその場にしゃがんで、北鮮軍は投降兵をどう処置するだろうかと相談し始めた。

ためらいの意味するものは死しかないだろう。伍長が教えた大隊の丘の方角を見定めておいて、ぼくは一気に道路をかけおり、にわかに背後で高まった激しい銃声をききながら玉蜀黍の葉をかきわけて走った。玉蜀黍畑はやがて芋畑に、芋畑は茅の密生した草原に、草原は黒松の疎林にかわった。疎林とはいえ黒松をぬって歩くのは気ばかりあせって一向に道のりははかどらない。地面に露出している松の根は、ともすれば足をとろうとし、ねじれた枝は敵意あるもののように顔を払うのである。林の中よりも開豁地の草原は歩きやすかったが、そこでどこからともなく飛来した弾丸が、水筒をつらぬき貴重な水を奪ってしまったこともあった。結局ぼくは林と草原が境を接する所をえらんで歩く事にした。そうすれば、根に足をとられる事もないし、ゲリラの目からも比較的発見され難かろうというものである。いざとなったら林の中へ逃げこめばいい。疎林はしかしすぐに尽きて、つま先あがりの赭土の斜面があらわれた。

いくどか滑ったと思う。ぼくを苦しめたのは空腹よりも灼くような咽の渇きだった。唇は革のように乾き、火ぶくれでもしたように舌が呼吸を苦しくした。ぼくは今朝の地図を思いだそうとした。金泉のやや東方に洛東江の支流が流れてはいなかったろうか。乱暴に書きこまれた部隊と戦場を示す網目模様の隙間に、淡青色の一筋の川の流れを見たように思う。

もしそれが情報将校の気紛れな青鉛筆のあとでなければ、この赭土の丘を登りきった頂から東の方に水を発見できる可能性もあるわけだ。粘土質の崖で時々もとの所までころがり落ち、ようやく泥まみれの躰を頂へ運びあげ、喘ぎ喘ぎまわりを見まわした時、滲みでた顔の汗が目の中に流れ入って視界はまぶしくかすみ、それでも丘の彼方、予想した地点に細長いガラスの破片状の水流が誘うように光っているのを見た。

同時に鋭い銃声を間近に聞いて、ぼくがかたわらの狭い地溝にころげこんだのは、ほとんど反射的な動作だった。狙撃者は最前ぼくの水筒に穴をあけて以来ずっと執念深く後をつけてきたらしい。銃声は再びさぐるように鳴り、頭上の栗の枝を裂いた。この狙撃が一時的にも先ほどの渇きを忘れさせ、三発目の銃声が数枚の栗の葉を降らせる前にぼくは兵隊の本能をとり戻していた。

わずかに頭をもたげてぼくは四周の地形を素早く視野におさめ、狙撃者のひそんでいるらしい地点を点検した。この地溝に沿って走れば、丘の稜線に姿を露見させないで反対側の斜面におりる事ができる。地溝をかけくだるぼくの前後でつづけざまに土煙があがり、やんだ。丘の裾からかなり離れた地点まで、息の続く限り走り、つまずいて仆れた所に茶色の水たまりがあった。

ぼくは這い寄って顔をひたし、心ゆくまで水を飲みほした後、あお向けになって上空にさしかかったB29の編隊を見あげた。百機以上はあったと思う。先頭から順に数え始めて十七、八機目になると数があやふやになり、再び先頭機に戻って数え直すうち、爆撃機の群は濃い青空を背に繭のように白く、あるいは離れ、あるいは近づいた。

飛行機群が頭上を過ぎ去らぬうちにぼくは眠りに落ち、冷気に驚いて目醒めた時は夜であった。狙い撃ちにあってあわてふためいたために、大隊の丘の方向感覚がすっかり狂ってしまっている。ぼくはひとまず道路にでる事にした。一人か二人のアメリカ兵はそこをさがっているだろう。芋畑の中のただ一人の兵隊である自分を、心細いというよりこの上なく惨めにぼくは感じた。月のない夜だったが、満天に輝く無数の螢光色の斑点が、地平を仄かにうす明るくしている。

昼、あれほど雑踏していた道に今は難民の影一つ見えず、彼らが棄てた鍋や割れた皿がころがっている。ぼくは歩きながら靴先で、嵐の朝の海辺にうち寄せられた漂流物に似ているそれら遺棄物をけとばしていた。陶器の破片やアルミニウムの皿は、白っぽい道をころがって草の中へ落ちては虫のすだくようなかすかな音をたてた。

前方で動く人影をアメリカ兵だと識別できたのは、彼らのヘルメットの形である。彼らは壕を掘っているらしく、ショヴェルが石とかち合う音が聞えた。ぼくは撃たれないように大声をあげて歩哨の注意をひき、頭に両手をのせて彼らの中へはいって行った。ぼくを捕えた歩哨は身分証明書を星明りにすかし声をあげて読んだ。

——アメリカ合衆国一等兵・ジョン・スミス、十八歳、オーライ、ジョニイ、われわれがお前の捜している三大隊だ。これでも大隊といえればだな、C中隊は線路の方だ——

ぼくはレールに沿って黙々と壕を掘っている兵隊をかきわけ、サムの名を呼んだ。肩を叩かれて振向くと、サムがそこに信じられぬものを見た驚きの表情で立ちすくんでいた。

自分が本来所属する所についに辿りつき、身を落着けることができるのは何という深い安息を人にもたらす事だろう。二週間足らず離れていただけで、ぼくは自分の中隊が永い旅行の終りにようやく帰り着いたわが家のように感じられた。住みなれた家、坐り古した椅子のように、ここは居心地が良いのである。ぼくは涙を仲間から隠してくれる闇に感謝した。

まわりに集った彼らが口ぐちに語るのをきけば、昼間片腕を吊った伍長の告げたことは正しかった。大隊があの丘を維持していたのは昨夜までで、払暁、T34戦車の側面攻撃をうけ、重火器を破壊する暇もなく丘を放棄したそうである。いま戦える兵隊は大隊の五分の一に満たず、この抵抗線も本格的な攻撃をうけたら半時間ともたないだろうという。しかし、眼前にさし迫った危機も、本隊に戻った嬉しさにくらべると何ほどの恐怖も感じさせなかった。

ぼくはサムの説明を上の空でき流し、ビスケットをかじっては冷えたコーヒーとともにのみこんだ。自分の壕をサムの隣に掘り終えた頃、指揮班の兵が、これで全部だ、むやみに撃つな、と念を押して一人あて四箇の手榴弾と八十発の小銃弾を配って歩いた。大隊はこの三日間、まったく補給をうけていないと聞く。ぼくは壕の内側を銃剣で掘りくぼめて棚を作り、自分の弾帯からとりだした挿弾子の全部を支給された弾薬と一緒にきちんと並べた。

本部の伝令が壕にうずくまっている兵隊にくどくどと、敵を確認するまで発砲するな、といましめている。この付近は払暁いらいちりぢりになって山中に逃げこんだアメリカ兵が多く落ちのびてくるそうである。ぼくは撃ち易いように、壕の前に生いしげっている雑草をなぎ払うと、壕のうしろにもたれ、満腹した獣のように満ち足りた思いで目を閉じた。夜明け前、甲高い笛の音を聞いたかと思うと、真昼の明るさがみなぎり、そら来た、と兵隊が喚いて狂ったように発砲し始めた。

照明弾は休みなくうちあげられ、頭上で陽気な音楽のように鳴り、二百ヤードの彼方に伏せもせず進んでくる北鮮軍の夥しい群を照しだした。ぼくは、銃の安全装置をはずして、彼らがもっと近づくのを待った。……………………………………………………………………………………………

（阿久根の紙片は、この後大部分が失われているが、とびとびに残っている断片から、そのあけがたの短い戦闘と、混乱した退却、サム軍曹の死などが判読できる。

彼はその後、洛東江を隔てて永い陣地戦を戦い、九月中旬、北上を始めて西海岸で三十八度線を越え、十一月二十一日、鴨緑江上流の山間の町、恵山鎮にさほどの抵抗もうけず到達した。

その日は、華氏二十度、青空に雲も見えずかなり暖かく感じられる日であったと書いている。反撃は一週間後に始まるのであるが、戦場に現れた中国軍を、彼は憎々しげに〝チンクス〟と呼んでいた。長津湖西北岸の寒村である柳潭里では、十一月二十八日、二個連隊のアメリカ軍が三個師団以上の中国軍に包囲され、五日間のうち二昼夜は雪以外のものを口に入れずに戦ったと書いている。

比較的まとまった文章が始まるのは、三七一という数字が記された紙片からで、日付はおよそ二年後の一九五二年十月二十日を示している。三十八度線中部山岳地帯の詳しい地図が、数多く描いてあり、金化、鉄原、平康、の三つの土地を阿久根は赤鉛筆の太い線でむすんでいた。彼がただの虚弱な、足元もおぼつかない人間ではなかった事は、棒高飛びやハードルごえのたくみな学生であったことから理解されるだろう。

彼が、走った――と書けば、わたしには放課後の校庭で、彼がのびのびとハードルをまたいで疾走していた姿が浮ぶのである。彼が――跳んだ――と書けば、わたしには彼がバーに挑む姿が見える。夕陽の逆光線をあびて彼の躰が何かに手繰られるようにのびあがり、バーの上で一瞬停止したかのように躰をひねり、その時棒が手から離れて落ちる、腕を喝采するように頭上に開いて着地する。

雨の日でなければ、校庭の一隅で必ず見られた光景である。一人でいる時は水をその縁までたたえている甕のように彼は自足していた。あえていえば、一人でいる時ほど愉しんでいる時は無いようだった。彼は個人的なスポーツにすぐれていただけでなく、愛していたのだ。

授業終了後、一人で運動用具の倉庫とトラックの間を往復して、ハードルを置きならべ、ひと休みする間もなくかけだすのである。にわかに彼の筋肉は強力なばねをしこまれたかのようであった。彼は力強く土を蹴って、ハードルからハードルへ軽々と跳躍した。ひと跳びごとに激しくつきだした右手は、目の前に垂れ下っている見えない縄を払うかのように横に動く、ハードルが倒れる事は少なかったと思う。トラックは校舎と離れた位置にあったので、夕闇が漂う時、彼が波乗りを愉しむように一人きりのハードル競走にふけっているのを見ると、上下とも白い運動着に着かえた姿は、白い旗を振るように見えた。

対抗競技は彼の好むものではなかった。無理強いに出場させられた競技で得たトロフィーがあったが、それは新聞紙にくるまれて教室の机の中に押しこんであったのを知っている。他人から邪魔されずに一人でいる時、彼は自由であるように見えた。わたしは「戦争」を読んだのだろうか。彼の書いたものをたどりながらわたしが思い浮べていたのは、薄闇の校庭を疾走する彼の姿であり、弓なりにしなった棒の先端でバーをかすめる彼の影であった)

《阿久根猛のノート……二》

谷間の底、中隊本部の天幕前に初めは当番兵が雨空を見上げてたたずんでいただけだったが、情報えたさに立寄る兵がふえ、指揮所から中隊長がもどるころには雨外套をつけた中隊全員が黒々と揺れていた。何度失望しても彼らは休戦会談成立の吉報を聞きたがっているのである。彼らの記憶には、昨年十一月の事件が、まだ生々しく残っている。

二十七日午後十一時二十九分、戦闘停止協定が正式に発効する。発砲は自己防衛のためのやむをえぬ場合を除いて禁止する、という師団本部からの通達なのである。兵隊は奇声を発して鉄帽を投げあげ、ウィスキーの空罎を岩に叩きつけて粉々にした。——こいよ、みんな、グックスを横穴から引きずりだして乾杯しに行こうじゃないか——彼らは付近にころがっていた衛生兵用の発煙筒をほうりあげ、カービン銃で狙い撃った。

白煙がほとばしり、兵隊をその中に包み隠し、歓声がひとしきり煙の渦から高まって次第に遠のいていった。悪寒はあながち、岩の裂目に構築した機銃座の底の冷たさだけからきたのではなかった。ぼくは急に重たく感じられた鉄帽をぬぎ、うなだれて熱病患者のように呻いた。彼らは自分の土地を持っている。彼らには帰還の日が約束されている。

いくど彼らは、夢見心地に、その日を語った事だろう。敵襲の怖れよりは厳しい寒さのために一睡もできなかった多くの塹壕の夜、彼らは帰郷の日の光景について語り、飽く事を知らなかった。ぼくもまた彼らに話をせがんだものである。どんなに不機嫌な時も自分の土地の話となると彼らは表情を和ませずにはいなかったから。

――それでは話すことにしようジョニイ、わがスプリングフィールドでは、男たちは馬の話とワールドシリーズの賭しかしなくて。……

それではきいてくれジョニイ、お前に七年まえのカンサスシティがＶＪ記念日にはどんなにわいたか見せたかったよ。ヨーロッパから帰ったばかりの兵隊が町の大通を分列行進しおれは少年鼓笛隊の一人だった。街路は一面の紙吹雪なのだ。ホーンの中に降ってきた紙くずがつまって鳴らなくなったのには弱ったね。整然とした列がいつの間にか熱狂した市民の波にまきこまれて、肩を叩くやら女たちが抱きついて接吻するやら、兵隊は女を両わきにかかえて歩いていた、ああお前に見せたかったよジョニイ……

続けてくれアル、さあそれから……

おれはこう思うジョニイ、こんなに躰をしめつけるごわごわした野戦服を、ゆったりとした軽い背広に着かえて、どこかの街角で、やあハリイ、しばらく会わないうちにふとったな、とか、やあスタン元気なんだろう、とか、そうすると相手は、やあアル、お前はコリアにいるとばかり思っていたのにいつ帰ったのだね、と言うから銀星章はもらいそこねたがとも角一杯やる事にしよう、と誘うのさ、そうだジョニイ、重要なのはこうしたやりとりを何気なく会社の帰りに会う時のように、日常のありふれた、そうだ、どことなくもの憂い、そして気軽な口調で話すのが肝腎なんだ。何日も前からくり返しているのであきあきしたという風に。そうだ一杯やる事にしよう、何を飲むかね、と言う、俺はこのやりとりを考えただけでぞくぞくする、いつかこう言えるものならジョニイ、片手をくれてやってもいいよ。

そうだ、たとえば白い紙くずが頭上に撒かれて蝶のように舞い、花模様の晴着をつけた女たちが接吻し、子供はそのまわりで賑やかに踊るだろう、町の住民は教会の鐘を鳴らして朗らかに凱旋を祝福し、シンバルの音も高らかに鼓笛隊が歓迎の行進をする。しかしぼくの帰る土地、両手をひろげてぼくを迎える土地は地上にあるだろうか。あるはずがない。

兵隊が喜びさわいだ翌々日、部隊は現在地のシュガーローフヒルを離れてはならないという師団命令が伝えられ、その翌日にはヴァンフリート司令官の名で、前線部隊の指令誤解は遺憾であるという発表がつけ加えられた。お偉がたはこうしてしばしば誤りの指令を与えておきながら、それを前線指揮官の錯誤にしてしまう。

今、中隊長はジープをおりて分隊長の集合を命じた。兵隊は一切をさとって待ちうけている死の前に少しでも多くの休息の時を過すために重い足どりで散って行った、七十九名にへった未補充の中隊が、他の二個中隊と協力して一昨夜放棄したばかりのスナイパーヒルをうばい返す事になった。われわれは砲兵の支援射撃を期待できる。

中隊長は指揮所で配られた空中写真をさして説明した。馬蹄形をしたスナイパーヒルの三つの主要陣地のうちエル5の写真偵察によれば最も銃座の密集したパイクトップの正面をわがC中隊が、左側のラッセルトップをB中隊が、右側の、これがいちばん手薄だと判断されているフィンガートップを、実質三箇分隊ていどのA中隊が攻撃する。われわれは質問しなかった。

午後六時、持てるだけの弾薬と食糧を携帯してわれわれは出発した。ふだんは弾薬はとも角食糧まで背負って戦うことはないのだが、雪と氷が浸蝕した複雑な地隙の多いこの前線は、鋸の目のように相互に嚙み合っていて、物資の空中投下を許さないのである。砲撃は出発と同時に開始された。

弾着を示す薄桃色の炎がスナイパーヒルの斜面で明滅しているのが見える。霧が夕闇を白くした。われわれはいったんスナイパーヒルを左に見て谷底の狭い河床へおりた。そこに武器修理班がわれわれを待ちうけており、出発前の点検で故障のわかった無反動砲の一つを五〇口径の機関銃と交換した。槓杆《ボルト》の作動不良が気づかわれるライフルも同時にとりかえ、バズーカ班は予備の砲を一セットずつ携行する事になった。谷底に漂う乳色の霧にわれわれの吐く息が溶けた。われわれは無言であった。犀の背に似ている目標の丘は、隊列が一つの屈曲部を過ぎるたびにわずかずつその向きを変えた。われわれの頭上に迫っている山の稜線に、アメリカ兵が一列に並び、灰色の空を背に谷底の兵隊、死にゆく同僚の行進を見おろしている。空には青い旗のような裂目が所どころに残っていた。われわれの靴の下で氷が割れた。まだらに雪が残っている谷間の道は暗かった。なぜ、戦場の夕暮は美しいのか。

初めて戦闘に加わった金泉北方の壕でぼくが見たものは、照明弾に照しだされ、それ自体宝石のような光を孕んでふるえている野の草の、不思議に鮮かな緑だった。草の葉の鋭い影がマグネシウムの光のもと、突き刺すような輪郭を見せてしげっているのを異様にたかぶった意識で見つめていた。それは数秒後に近づいた戦いのもたらす昂奮にちがいなかったが。〝草の緑〟と呼んだこの快い感覚はその後かたちを変えてぼくに訪れた。それはある時は戦闘直前の異様に濃い空の青であり、廃墟の奥で瞬く熾火《おき》であり、寒さが一睡もさせなかった塹壕で迎える夜明けの白い光であった。それらは女の豊かな胸に顔を埋める快感を与えるのである。

戦いと破壊は日々の糧であった。間近に迫った死の予感だけが世界を美しくする。兵隊にとって死が何だろうか。戦いから離れて休暇を後方基地ですごす日々、ぼくは濡れた靴下のように意気沮喪し、手持無沙汰になる自分を感じた。

われわれはまだしきりに砲弾が落下しているスナイパーヒルのふもとに着いた。エイブル中隊のホオ少尉とベイカー中隊のエリオット中尉が、われわれの中隊長と破壊された給水車の蔭によって、二言三言ことばをかわし、手をふって別れた。攻撃がこのように無謀きわまるものだと、いまさら相談する事も無いと見える。午後九時、砲撃の最後の一発が丘の頂で炸裂した。中隊長が手を左右に振った。われわれは散開した。三時間の砲撃の余燼が丘の斜面にくすぶっていて、熱い土の焦げた匂いが、いがらっぽい硝煙と共に咽をせきこませる。大小の漏斗状の穴がわれわれをつまずかせる。昼の失敗した攻撃の名残りなのだろうか、三輛のシャーマン戦車が擱坐していて、その破孔から細い火の糸を噴きあげている。一昨夜、頂の壕の中に置き去りにした石油ストーヴはどうなったろう、とふと思う。ぼくは丘の頂のクモの巣状に掘りめぐらした壕の形をそらんじている。三時間の砲撃も、中にひそむ北鮮兵をいためつけはしなかったろう。たのむところは歩兵の突撃しかあるまい。

ぼくは上衣にさげた六箇の手榴弾に一つずつふれてみて、それが夜霧をあびて濡れているのを知る。掌の柔い皮膚が、紡錘形の黒苺に似た弾体の刻み目を感じ、その重量を快く量る。前の斜面に銃をついてうずくまっている影はショオだった。苦しそうに肩で息をしている。

——なんだショオ、お前防弾チョッキを着こんでいるじゃないか——いけないかね——そんな物役に立ちはしないぞ、ぼくを見な、ほら、着ている奴は一人だっていやしない――。ショオはぼくが上衣を叩いてみせると安心したように自分のを脱いだ。

――大丈夫かな――大丈夫だとも。身軽になった方が少なくともチョッキのせいでもたついているより安全だ。ヒューズは着ていても一発でやられたよ――

初めて自信たっぷりの照明弾が丘の頂からうちあげられ、続いて数発のマグネシウムの星が輝き、揺れながら落ちてくる。われわれはまだ丘の中腹にたどり着いたばかりである。最初の迫撃砲弾の斉射が、無反動砲班の右に落ち、左に落ち、やられる、と思った瞬間、彼らを三度目の斉射が包んだ。暗く沈黙していた丘の稜線は今や一面の火の帯である。撃たれたアメリカ兵が丸太のように斜面をころがり落ち、その後を追うように彼の鉄帽が軽くはずみながらついてゆく。中隊長の声をかぎりの叱咤にもかかわらず、弾痕の底にひそんだ兵隊は応戦すらしない。

もし防備が手薄だと判断されたフィンガートップをやすやすとA中隊が確保しているのなら、われわれもこの丘の中腹を迂回してA中隊と共にフィンガートップからパイクトップへ稜線伝いに攻めのぼることができる。しかし丘の両端に展開したA・B両中隊の方角からは最前、散発的に銃声がおこり、すぐやんだのをわれわれはきいている。

まさかとは思うが間違った目標を攻撃しているのではなかろうか。その可能性もなくはない。複雑な襞をたたんだ地形だから、そんな錯誤もあるわけだ。銃火はますます激しくなり、遮蔽していても一人二人と負傷者がふえてくる。間断なくうちあげられる白銀と菫色の照明弾が斜面を白昼同然にし、敵の照準を的確にする。銃眼を狙って三発目を発射しないうちにバズーカ班の周囲を、八十一ミリ迫撃砲の斉射が包み、バズーカが沈黙するとじりじりと左の機関銃の方へ弾着を修正してゆく。

晩かれ早かれこのままではチャーリー中隊は全滅する。動かねばならない。しかも前へ。とどまってはならない。

〝むうぶ　あっぷ〟

中隊長が残り少なくなった中隊の人影をうろうろと目でさぐって喚いた。三人の兵が立ちあがり、待ちかねていたような機銃の集中射撃をうけてころがった。――わたしの部下はどこへ行った。わたしの男たちを返してくれ――仆れた男はいうまでもなく、一人として応戦しようとしない兵隊の間を駆けまわり、中隊長が叫んだ。一方兵隊は這いずって窪地を探し芋虫のように身を縮めて弾丸からのがれるのにけんめいである。敵には動く兵が恰好の標的になる。狙撃銃は正確に一発で嘲るように仕止めてしまう。

中隊長が部下を呼ぶ。

――ラッセル――

返事が無い。――マレイ――

遠くからやられた、という声がかえってくる。――ヴィッキー、ロス、アンドリュー、マリオ、グレゴリイ、ヒューズ、スタン、ウォルター、コバルスキー――

応答が無い。大なり小なり負傷はしても、多くの戦いに生き残ってきた伍長や軍曹の名を呼ぶ声が、空しく闇にのまれる。女のように甲高い声で叫びながら人事係伍長のミューラーが斜面を駆けあがろうとしたが、銃声が彼をめがけてせわしく鳴り、すぐにやんだ。

――こうなったらどうにでもなれだジョニイ、行こう、さあ――

ショオが軽機を構えて傍に立っている。右手は負傷したらしく力無くたれていた。届くかどうか判らないがぼくはありったけの手榴弾を投げた。敵の銃声がややひるんだように感じられる。

――むうぶ　あっぷ　れっつむうぶ　あっぷ、どおんとすていひや。ぼおいず――

ぼくは仆れた兵の躰から手榴弾のフックをはずして集めた。つりあがった巴旦杏の形である目の、反歯の、低い鼻の黄色い東洋人をそれは砕くだろう。腕時計の針が十一時を指してとまっている。両翼の中隊は撤退したか全滅したらしいと通信兵が告げたのも十一時だった。撤退の命令は聞いていない。ぼくは中隊長がうずくまっている弾痕に這って行った。聞けば、いま連隊から攻撃を成功させるために、三十五名の予備隊が出発したという。中隊長の考えではしばらく攻撃を中止して援軍をさらに要求し、中隊を再編成の後攻撃を始めるしかないという。彼の声は犠牲の多さに動顚してか、ミューラーのようにヒステリックにふるえている。

臆病者の逃口上でなければ気違い沙汰だ。かりに中隊長にしたがうとしても、予備隊が着くまでには夜があけ、両中隊の撤退を、あるいは全滅を敵は確認してしまう。今のところ彼らはわれわれの次の出かたを見まもっているのである。われわれの訓練は、寝て皆殺しを待つためのものではなかった。ぼくは中隊長をゆさぶって決心を促した。残存の兵をかき集めてパイクトップの左翼瘤形陣地を奪取しよう。でなければグックスは丘をおりてわれわれの咽をかき切るだろう。

あの死角、パイクトップの左に孤立している突角地は敵も利用したものだった。一昨夜あんなにもやすやすと丘を奪われたのは、あの隙を利用して接近されたからだ。「黙れ伍長、命令するのはわたしだ」声高に中隊長は拒絶した。通信兵が中隊長の太腿を繃帯で巻いている。負傷はとかく人を臆病にし、臆病者ほど喚きたがる。中隊長はそれと感じられるほど怯えているのである。攻撃中止を見てとったのか照明弾は溜息をつくように間遠になった。

分散している兵を集めなければならない。銃声のやんだ丘はいたる所、負傷兵のすすり泣き。勝利を誇る口笛の音で、空に閃く照明弾が枯木のように仆れている兵たちを浮びあがらせる。軽傷の兵は鉄帽で身を隠す窪みをつくるために凍土を削っている。そうだ、鉄兜について語ろう。

ファラオの兵の円錐形のそれでなく、ダリウスの兵の筒形のそれでなく、カエサルの重装歩兵の真紅の鶏冠を飾ったそれでなく、オーストリア槍騎兵の威嚇的な槍状飾をつけたそれでなく、イギリス陸軍の鍋形のそれでなく、アメリカ合衆国陸軍の制式鉄帽について語ろう。うなじをおおい、こめかみを守り、その目庇が猛禽類の鋭い嘴の形を模して彎曲し、鋼よりも硬い楕円形のふくらみは見る位置を変えると少しずつ微妙な陰翳を帯びてさまざまな形に変化するのを人は知っているだろうか。鉄帽を見ると気力がふるい立ち、躰が熱くなる。「不死身のジョニイ」仲間は羨望のあまりぼくをそう呼んだ。ひそかにぼくは微笑んでいる。鉄兜への愛、鉄兜の魔術によってぼくは不死身になった。

手の届く所に仆れているトニイ、興南港に陸揚げされたわが軍の新式シャーマン戦車を敵手におとさないために二十輛爆破した時は、彼と一緒だった。丘のすぐ向うには南下するチンクスの大部隊がいた。ニューメキシコの農場労働者である彼の仕事は、唐辛子の赤い実を地面に撒いて乾燥させるのだという。花模様のドレスの似合う妻があって、彼は日曜の朝教会の鐘を半ば睡りながら聴く。午後は町をあるき、映画館のスティール写真をしさいに点検して見るだけのことがあるだろうかと迷う。

そうだ、迷う事、映画館の前で、カードテーブルで、あるいは酒場のカウンターで、ジンにしようかウィスキーにしようか、それともビールだって悪くないと迷う事は、生きている人間のあかしではあるまいか。結局、映画も見ず魚釣にも行かず、家近くの教会に戻り、誰もいない椅子の一つにもたれて眠る。祭壇にはろうそくが燃え、その焔は黄色く熟した麦の穂に似ている。

それからアル、半年前の補充兵、彼はサンアントニオからきた。異国風の人を魅する街の名をアントオニオと三拍目に強勢をおいて発音する事を彼は教えた。家々の上は曇る事を知らない空、その琥珀色の陽について彼はくり返し語った。凱旋の日、選ばれた少女がつま先だって帰還兵に花輪を捧げる。その瞬間、楽隊の指揮者がタクトをかざして演奏の合図をする。群衆のどよめきが期待をこめてしずまる。音楽家たちは吹管に一斉に唇をあてる。

シンバルのひとうち。

トランペットとコルネットにトロンボーンが加わって最初のモティーフを奏でる。ブラスバンドは金色の矢の束である。スライドがめまぐるしく往復し、金色のさざなみが波紋を描く。さざなみの中央にシンバルが輝く。ぼくは兵隊に生き残りたければあの瘤陣地をとれと言う。あれは突撃の最大の障害になっているが、側面の急峻な崖まで行き着けば、死角を利用してパイクトップの方も攻撃できる。

伏せている兵の一人一人に状況を説明すると彼らは納得したようである。「やってみよう、夜明けには間が無いからそれも今すぐに」と言う。照明弾が燃え落ちた短い間隙の闇を利用して二、三人にわかれ、瘤陣地の側面、切り立った崖の内がわにかけこむ。傷ついた者、死者と見えた者もぼくが指で触れ息を吹きかけると逞しく身をもたげる。すべての死体に今生命が甦る。彼らは力に溢れ、銃に新しい弾丸を装塡し、しなやかな身ごなしで闇を縫って走る。

硝子色の夜明けの空気、雲母がはがれるように闇がうすれる。鳥の短いさえずり。猶予はならない。――むうぶ　あっぷ――喊声をあげて中隊はかけあがる。うろたえた銃声がにわかに斜面で沸き立った。四周の丘の稜線が黒く際立ち、東方に白雲母の断片に似た雲が浮いている。火線の濃い赤が次第に桃色に褪せ始めた。みよやあさのうすあかりに、たそがれゆくみそらに、うかぶわれらがはたせいじょうきを、

シンバルのひとうち。

指揮棒のひらめき、音はそのまま金色のしずくとなり群衆の上にその飛沫をあびせる彼らの歓声勇士達は進むみよやあさのうすあかりに……花模様のドレスをひるがえして一人の少女が駆け寄りハイビスカスの花輪をかけてくれた人は窓に身をのりだして細かくきざんだ白紙をふりまき太陽は眩しく照り蜜色の焰でわれわれを包むそのとき楽隊はきらめく金色の矢の束であるどうどうたるせいじょうきよおおわれらがはたあるところじゆうとゆうきとともにあり瘤障地を選んだぼくの判断は正しかったうん正しかったともとショオが言う一人として敵の銃火に仆れる者はいない確固とした足どりで兵士らは進む屈せずくじかれず鉛のように重く不死身のジョニイとぼくは呼ばれたひそかにぼくは微笑んでいる猛禽の鋭い嘴の形である鉄兜の目庇のもと兵士らの目は夜明けの空を映して水のように澄みみ

よやあさのうすあかりにたそがれゆく日曜日ぼくは午後町を散歩して映画館の写真を眺め切符を買おうか買うまいかと迷う事は愉しいそれともケリイの店でビールを飲もうかそれともおいジョニイと肩を叩かれるのでやあハリイ今度のワールドシリーズにはいくら賭けるかね結局教会にはいって木の椅子のひえびえとした背板にもたれ目を閉じると祈禱室で牧師の祈る低い呟きが子守歌のように眠りへ誘う攻撃は成功するだろうひるむ事なく彼らは進み銃眼を一つずつ沈黙させる数箇の手榴弾が黒い抛物線を描き頂で炸裂したシンバルのひとうち奔流のように溢れる熱い音楽曇る事を知らない青空人は身をのりだしてぼくをさしジョニイが帰ってきたわまああれはジョニイが死んだと思ったのにコリアからまあという仄かな夜明けの前触れ掩蓋を越えて壕の中へ入る兵士らの影が鮮かに浮ぶ薄明の空のもと今や銃眼の閃光はたえたみよやあさのうすあかりにたそがれゆくみそらにやあジョニイとかたをたたかれるからきがるにふりかえりかんじんなのはなにげないくちょうでやあハリイしばらくあわないうちにふとったなやあキースやあジョニイとまちかどでてをふるからやあロスやあとうなずくやあそこにいるのはアンドリューしばらくあわないうちにやあヴィッキーやあラッセルやあローズマリー

……トニイ…………アル…………やあサム。

女にとっても最も遠い関心事は戦争であろう。ある箇所で阿久根は書いていた。〃問題は、戦場をどの角度から見るかという事だ〟たしかにそうだ、視点を変えれば、どのような戦場の断片でも、巧妙な外科医のように縫合して再構成し得る。ただわたしの場合、彼の見た角度から戦場は見えなかっただけのことである。見ようとする者には昼の星さえ見えもしよう。わたしは紙片を調べて読み残したものの無いことをたしかめた。全部終った。

わたしは彼の〝戦争〟を読む時、銃声を聴かず喊声をきかず、そこからただひとつの声が立ちのぼるのを耳にしていた。

敗戦の年の秋、伊佐里にまだアメリカ軍が駐屯していた頃である。阿久根は毎晩のように占領軍の営舎から夜遅く帰って来た。上気した頰を冷やすのか、すぐ家へはいらないで裏庭の井戸に腰かけ、あるいは無花果の樹のまわりをぶらつきながら、習いおぼえた歌を果しなく口ずさんでいたのである。ru-ru-ru-ru とそれは聞えた。読み終えた時、歌声もやんだ。彼が歌うことはもう二度とないだろう。なぜかわたしにはそう思われた。あの秋の夜のように抑えかねた喜悦がその声をふるわせ、それでも声高に歌うのではなくて、人に聴かれるのをはばかるように低く、次から次へと歌うことは無いだろう、とわたしは考えた。

諫早探訪

――野呂さんのおもかげを求めて――

野呂邦暢というひとりの作家をいつしか私は胸のうちで「野呂さん」と呼ぶようになっている。生前にはお会いしたこともない作家にそんなふうに親しみを感じるのは、彼が住んだ諫早という土地へのなじみがある。長崎で暮らしている私には諫早はとなり町で、小学生のころには諫早の中心部を流れる本明川で釣りをしたこともあった。昭和四十三、四年のころになるのだろうか。あのころは野呂さんは諫早にいたはずだ。もしかしたら川で遊ぶ子どもたちの姿をながめていたかもしれない。

野呂さんのおもかげを求めて久しぶりに本明川沿いを歩いた。四月、空は晴れて岸辺には新芽がふきだし水音もここちよい。あたりを流れていく雪のような綿毛は川岸に植えられた柳の種で、護岸のコンクートの根もとには吹きこぼしの泡のようにたまっている。一羽の鳥が川面をかすめて岩にとまった。青と臙脂《えんじ》の二色がちらちらと見える。カワセミだ。嘴には光のしずくのような銀色の小魚をくわえている。眼を凝らしてもっとよく見ようとした次の瞬間にはどこかに消えてしまった。

野呂さんはずっと諫早にいたのではなかった。昭和十二年、長崎で生れて七歳まではそこで育った。昭和二十年、家族は諫早に疎開する。まもなく長崎には原子爆弾が投下されて十五万人もが死傷、市街地は破壊されて、野呂さんの同級生の子どもたちも多くが亡くなったという。高校を卒業して予備校に通うために京都に住む。以降、諫早に帰ったり、東京に移ったり、自衛隊に入隊したりと十代の終わりの二年間ほどは腰が落ち着かないひとときがあった。自衛隊に入隊してまもなく諫早は集中豪雨に襲われ、本明川は氾濫、七百棟あまりの家屋が流失全壊、諫早市内だけでも五百三十九人が亡くなった。野呂さんの家も全壊した。原爆と水害とふたつの破局から彼は偶然に逃れたといってもいい。自衛隊を除隊してからは、もう諫早を離れることはなく、成人してからはしだいに文学の世界に踏みこんでいく。

本明川の岸辺をはなれて上山公園に向かって歩く。野呂邦暢文学碑があり、毎年、五月には「菖蒲忌」もここで催されている。さらに山道をたどり、諫早が一望にできる展望台まで登ってみた。市街地のなかの赤と白の電波塔の向こうに大きく蛇行して流れる本明川が見える。おだやかなあの川が氾濫して、全域が泥水につかるなどとても思えないのどかな春の景色である。河口あたりがかすんでいるのは黄砂のせいなのか、諫早湾の巨大な潮受け堤防は見えなかった。

野呂さんは諫早の地をこよなく愛したが、その美しさばかりを書いたのではなかった。自然がどこかで狂い始めたことを告げる迷い鳥についても小説に書いた。初々しい少女の眼で明治という新しい時代を前にした諫早藩の人々の姿を小説にしただけでなく、戦国時代、諫早を治めていた西郷氏一族が責め滅ぼされていく姿も書いた。戦争や兵士、古代史や自然保護といった関心のひろがりも、原爆と水害というふたつの破局を経験して、『世界の終り』をどうしても考えないではいられない想像力に源流があるのかもしれない。文明には終焉がある、人間も滅びる……、そんな深い諦念のようなものをどこかにかかえこんでいたようにも思える。むしろ、そうした滅びの予感が、彼の眼に映る諫早という小宇宙をひときわ輝かせたのではなかったか。

上山公園からふたたび市街地にもどり、商店街の近くで洋装店をいとなむ西村房子さんを訪ねた。西村さんは野呂さんの高校の先輩にあたり、野呂邦暢の文学の魅力を伝える「諫早通信」を発行されている。「諫早通信」には野呂さんの随筆のほか、編集者として彼を世に送り出した豊田健次氏や、本書の解説を書かれている中野章子氏、生前親しかった人々や野呂文学の魅力を知った若い人たちなどが寄稿した文章を読むことができる。野呂邦暢文学のいわばファンクラブ会報といってもよく、私が「野呂さん」と親しみをこめて呼ぶようになったのも、なによりもA３版を二つ折にしたこの通信によるところがおおきい。

西村さんを訪ねたのは野呂さんが住んでいた仲沖町の住居跡を教えていただくつもりだった。西村さんは、五十二年間、営んできた店をまもなく閉められるということで忙しそうだったが、住居跡まで案内してくださった。当時はまだ舗装されていなかった店の前の道路を彼は自転車で行き来していたという。「諫早通信」第三号には前山五竜氏が「野呂さんが自転車で行く春うらら」という自作の句を披露されている。地元の人々の記憶のなかで野呂さんが今もそんなふうに自転車に乗っていると思うと胸があたたかくなる。

仲沖町の住居跡まで遠くはなかった。「野呂邦暢　終焉の地」と題された説明板が設けられている。『諫早菖蒲日記』の砲術指南の一族のモデルとなった人々が住んでいた武家屋敷跡でもある。笹垣にかこまれて、石造りの玄関から敷地に踏みこむと春の草花がいっぱいにおおい、石灯籠と古い井戸も新緑に埋もれていた。裏手にまわるとすぐに本明川の川岸にたどりつく。野呂さんも夕暮れの光に照らされて川岸を歩いたことがきっとあったはずだ。

川面をかすめて飛んでいくカワセミの姿をふたたび見た。鳥が消えた方向には河口が広がっている。野呂さんの記憶をたどり、ほんとうはずっと河口の干潟まで歩いてみたかったが、春の日はあまりに短かすぎた。

（青来有一）

解説

西九州の諫早の町で静かだが確かな文学世界を築いた野呂邦暢が亡くなって三十三年になる。透明で簡潔な文体、詩的イメージに満ち、抑制のきいた文章には端正なたたずまいがあった。四十二年の生涯に、小説のみならずエッセイ、評論、音楽・映画・美術評、古代史、戦記などと実に多彩な仕事を遺したが、野呂の仕事には大きく分けて三つの流れが見られる。

一つは自己の自衛隊体験を含む過去の戦争をテーマとしたもので、代表的な作品に「草のつるぎ」「砦の冬」「丘の火」、戦争文学試論「失われた兵士たち」など。もう一つは私小説ふうの現代もので、「棕櫚の葉を風にそよがせよ」「一滴の夏」「海辺の広い庭」「猟銃」「馬」など。残る一つが諫早を始め九州を舞台とする歴史もので、「諫早菖蒲日記」「落城記」「田原坂」などがある。また亡くなる前には雑誌「季刊・邪馬台国」の責任編集者を務めるなど、古代史への関心には並々ならぬものがあった。いくつもの顔を持ち、幅広いジャンルに仕事を成したが、初期の作品にある輝きが最後まで失われることはなかった。

この巻には初期の作品が収められている。戦争、自衛隊体験、故郷喪失者、故郷回帰、父と子という初期のテーマが繰り返し描かれているが、「白桃」や「十一月」などの短編は詩的イメージに満ち、ほとんど散文詩の趣がある。青春を描いた作品からは、若者がもつ不安と憧れ、明日は今日とちがう日になるという故もない予感、自分は何者か、どこから来てどこへ行くのかという根源的な問いかけを読み取ることができるだろう。

野呂はすぐれた青春文学の書き手でもあった。小説「一滴の夏」の中に、列車の窓から干潟の海を行く少年を見やるシーンがある。水辺の少年は沖から帰ってくる父親を迎えるために泥の下の岩脈の上を大きく迂回しながら父親に近づいていく。その姿を見て主人公は「ああいう近づき方もあるものだな…そこへ達するのにまず遠回りをしなければならない場合もある」という感慨を抱くのだが、それは野呂自身の青春の軌跡を語っているようでもある。

野呂文学を育んだ二つの故郷

野呂邦暢を語るとき長崎と諫早という二つの町を忘れることはできない。七歳までを過ごした生地長崎と、終焉の地となった諫早である。作家としてデビューしたあと東京移転を勧められるたびに、「人間も木と同じ。風土の合わない所に移植しても枯れてしまう」と言い、「小説と言う厄介なしろものはその土地に根をおろして土地の精霊のごときものと合体し、その加護によって産み出されるもの」だとして、その言葉の通り、地方を舞台に普遍の世界を描き続けた。現在、地方はもとより海外に住んで執筆活動をする作家は珍しくない。だが四十年前、野呂が「草のつるぎ」で芥川賞を受賞したとき、九州に住む芥川賞作家は野呂ただ一人であった。

野呂は昭和十二年、長崎市に生まれた。本名は納所邦暢。昭和二十年三月、土木業を営む父親が応召したため、母親の実家がある諫早へ疎開。その五か月後、長崎に落とされた原爆で生家は焼失、小学校の同級生のほとんどが犠牲となった。帰る家を失くした一家は戦後も諫早に住み続け、野呂少年は自然豊かな諫早の地で成長する。明るく開放的な長崎の町は幼い野呂少年の好奇心を育み、豊かな自然に恵まれた城下町諫早は自然と一体化する幸福感というものを野呂に教えたのではないか。野呂の作品には日の光や降り注ぐ水に瞬間恍惚感を覚えるというシーンが頻繁に出て来るが、それはこのころの体験が基になっていると思われる。

野呂は昭和三十一年の春に高校を卒業、京大受験に失敗したあとしばらく京都で下宿生活を送っている。親には予備校に通うと称して、実際は古本屋と音楽喫茶、映画館に通う毎日だった。この短い京都時代に古本屋通いの愉しみを覚えたのであろう。このころのことはエッセイ集『小さな町にて』（文藝春秋）に詳しい。しかし父親が事業で失敗し病気で入院したため帰郷。郷里で仕事を探すが不景気な時代に思うような仕事はなく、秋には友人を頼って上京している。いくつかの仕事を体験したあと、月給六千円でガソリンスタンドの店員となり、わずかな休日を古本屋、音楽喫茶、映画館巡りに費やしている。

希望を抱いて上京したものの、東京での生活は心身を消耗させるものだったようだ。ガソリンスタンドの社長は「お前たちの代わりはいくらでもいる」と言い、客は代金を車の窓から放ってよこしたりした。そのような屈辱に耐えることができたのは、十九歳の野呂に「いまの自分は仮の姿だ」という気持ちがあったからではないか。自分は何かを創造する者になろう、という芽生え始めた夢が彼の矜持を支えたと思いたい。しかし野呂の東京暮らしは半年しか続かなかった。再び諫早に戻った野呂は自活を迫られ、迷った末に自衛隊へ入隊する。眼の覚めるような体験、肉体を酷使しつくしてその後に残ったものがあるとすれば、それが本当の自分ではないかという認識。苛酷な場所であっても新しい世界で自分を試してみたいという若者らしい思いが後押ししたのだろう。

昭和三十二年六月に入隊した野呂が佐世保で教育を受けているとき、諫早に大水害が起きた。五〇〇名もの死者行方不明者を出した諫早大水害である。氾濫した本明川沿いにあった自宅は冠水し半壊、野呂が親しんだ諫早の町は一夜にして消失した。生まれ故郷は原爆で焼失、育った諫早の町は水害で流失した。二十歳になる年に野呂は再び故郷を失うことになった。長崎と諫早、生涯愛してやまなかった二つの町の失われた風景を再現するために野呂は小説を書き続けたのではないか。翌年の春、除隊して帰郷した野呂は、その後の一年間を徹底して観る人として過ごしている。スケッチブックを片手に町のすみずみを歩きまわり、見たものを文字に写した。「言葉による風景画家」(川村二郎)の誕生である。これが『地峡の町にて』(沖積舎)で、のちに書かれるいくつもの作品のパン種となった。

洪水の傷跡が残る町は、以前親しんだ町と違って見えた。ここではないどこかを求めて遠くへ行ったが、自分が探していた世界が身近にあったことに気付くのにそう時間はかからなかった。二年の不在の時間が野呂に自分の町を見直す余裕を与えたのかもしれない。故郷喪失者の野呂はいま自分がいる場所こそ世界のすべてと思い定めて、ここを根拠地として何かを創造していこうと心を決めた。そのきっかけとなったのは同郷の詩人伊東静雄の「帰郷者」という詩にあった。「伊東静雄は故郷を捨てることで詩人になった。しかしまた現実の故郷と和解することで詩人として成熟した」(「伊東静雄の故郷」)という言葉に野呂の姿を重ねることができる。野呂は自らも詩を書き、やがて思いあふれるように散文へと移っていった。

四歳のころから文字を読み、六歳のころは父親の書棚から有島武郎や夏目漱石全集を取り出して読んでいたという野呂少年は、同居する若い叔父に読書のてほどきを受け、無類の本好きに育っていた。作家になったあとも「趣味は読書」といってはばからない本の虫であった。その野呂の文章が初めて活字になったのは昭和三十七年十月、日本読書新聞に掲載されたルポルタージュ入選作「兵士の報酬―第八教育隊」である。選者は作家の杉浦明平で、「野呂邦暢の『兵士の報酬―第八教育隊』は群をぬいていた。そこにはいくらかの気張りと気どりも残っているが、じぶんの文体ができあがりつつあるように見える。自衛隊内での生活はかなり複雑多様であって、あるいは一冊の本をみたしうるかもしれないが、それがだいたい十枚の中におさめられていて、空隙がほとんどなく、デテールの一つ一つが記録性をもってあらわれている。きわめて要領がいいのである」と評した。

戦争、自衛隊体験、故郷喪失者、若者の故郷回帰、何を書くかは決まっていた。野呂はいかに書くかのモデルをアメリカ文学に求めたようで、初期の作品にはアップダイクやサリンジャーに通じる青春の彷徨が描かれているが、最も色濃く感じられるのはフォークナーである。「私は小説を書こうと決心したとき、フォークナーの諸作品をくり返し読んだ」（「作家の眼」『王国そして地図』）という野呂は、アメリカ南部の作家に自分と共通するものを見たのではないか。フォークナーの故郷ミシシッピ州オックスフォードは南北戦争で敗北した南部にあった。フォークナーは第一次戦争に志願して兵士となっており、除隊後はほとんど故郷に住み続けて作家としての生涯を送っている。敗者の哀しみを知る元兵士が故郷である地方に住み続けて表現者となったという姿に自分を重ね合わせたのであろう。ただし野呂の作品にはフォークナーにある土着性や野性的な荒々しさというものはない。むしろ野呂の場合、地方を舞台にしてもつねに都会以上に都会的という印象を受ける。作風は全く異なるが、野呂がフォークナーに惹かれたのは間違いない。「兵士の報酬」や「棕櫚の葉を風にそよがせよ」「日が沈むのを」「八月」などという題名から、フォークナーの「兵士の報酬」「野生の棕櫚」「あの夕陽」「八月の光」などを連想するのは滑稽なことだろうか。

諫早に戻った野呂は観察者としての日々を過ごしたあと、家庭教師で生計を立てている。昼間は図書館へ通って発表のあてもない原稿を書き、夜、子どもの家に出向いて勉強を教えるのである。小説が初めて活字になるまでの七年間を、野呂は定職をもたぬまま、いまでいうフリーターのように過ごしている。家族と離れ、身近に語り合う友人を持たない孤独な若者を支えたのは文学への熱い思いだった。このころ野呂は遠くに住む友人たちに毎日のように長い手紙を書いている。

作家・野呂邦暢の誕生――初期の作品から

野呂の作品が活字になって文壇へのデビュー作となったのは「或る男の故郷」である。昭和四十年「文學界」新人賞の佳作に入選、十一月号に作品が掲載された。野呂は佳作入選の知らせを二十八歳の誕生日に受け取っている。諫早に帰郷してから七年後のことであった。野呂の初期の作品には繰り返し故郷喪失者が登場するが、この作品の主人公も例外ではない。故郷を失い現在居る場所を自分の居るべき場所と思えない男が、ある事件をきっかけに、ここそ自分の場所と思い定める話である。帰郷者である野呂は諫早こそ自分の場所と思い定めたとき、自分が描くべき世界を手中にすることができたのだろう。

宮沢賢治は詩を作ることで岩手の辺地にありながら宇宙の中心に存在することができた——彼が意志的に岩手県を生活の本拠にえらび詩を書いていなかったら、あれほどの凝集力と完成度は持ちえなかった。（「イワテケン」『古い革張り椅子』）

という言葉はそのまま野呂にあてはまるのではないか。諫早を本拠地に自分がよく知る風景を舞台に普遍的な小説世界を描く、という心持が伝わってくる。

発表は後になったが、野呂の処女作は「壁の絵」である。昭和四十一年「文學界」八月号に掲載され、初めて芥川賞候補作となった。この作品の主題は野呂にとって終生のテーマであった戦争である。敗戦時七歳だった野呂には戦場の経験はない。だが帰還した兵士たちが語る戦地での体験談を父親やまわりの大人たちから聞いて育った。

私は小学二年で敗戦を迎えた。私の精神形成はそのままわが国の戦後の荒廃と復興とに並行して行われたと思う。一つの帝国が瓦解し、もう一つの新しい国家が成立するのを私は少年時代に目撃した。時代の奉じる価値がいかにやすやすと捨てられるかも知った。すなわち七歳の子供の心にも、敗戦はこういってよければ深い傷痕をしるしたといえる。(「あとがき」『失われた兵士たち』)

昭和二十年八月九日、長崎に原子爆弾が投下された日の夕刻、諫早の西南にかつてない夕映えがひろがった。血のように濃い不吉な太陽を私は終生忘れない。一つの都市が炎上する色である。長崎は私の故郷であった。(中略)帝国の崩壊をこうしたかたちで目撃した少年に、戦争は重要な主題でなければならなかった。敗戦後、私たちはながくアメリカの影で生きてきた。「壁の絵」は私の内なるアメリカを描いたものでもある。(「あとがき」『十一月　水晶』)

戦争ほど人間の本質をあらわにするものはない。文学が「人間とは何か」を追求するものならば、野呂にとって「戦争」は重要な問題であった。戦争で野呂の境遇は一変した。父親は無力となり家庭から明るさが消えた。聖戦を信じる皇国少年だった野呂にとって、世の価値観があっさりと逆転したのも衝撃だった。現実の世界はあてにならない、という認識が小説を書く動機の一つになったのではないか。「敗者は敗北の屈辱を代償に、表現という手段を通じて世界を手に入れる。平たい言葉でいえば、敗けた者は、地獄を遍歴した目で、自他の現実に生きる姿を、勝者よりも明らかに見ることができるのである」（『失われた兵士たち』）とは無名兵士によって書かれた戦記について語ったものだが、野呂の作家としての覚悟を示す言葉でもあるようだ。

「壁の絵」の語り手は主人公のかつての恋人だったという女性である。女性を語り手にしたときひときわ精彩を放つ野呂の作品の中で、唯一この作品からはあまり女性の匂いが感じられない。また朝鮮戦争に従軍したという幻想を抱く主人公が綴る戦場の記録は作者の創作である。野呂は最後の長編小説となった「丘の火」でも戦記を創作している。作家の処女作と最後の作品のテーマは、ともに戦争であった。「人間とは何か」を追求するとき、野呂のそばにはつねに「戦争とは何か」があったと思われる。

「野呂邦暢小説集成」の監修者である豊田健次氏は「文學界」の元編集者で、長く野呂の担当者だった人である。「壁の絵」を読むや作者に惚れこんで世に出すことだけを考えたという。編集者にも作者にも記念すべき作品といえるだろう。

「狙撃手」（昭和四十一年）、「歩哨」（昭和四十二年）はともに自衛隊での体験をもとに書かれたもので、いずれも緊張を強いられる場面で迷いが生じ、しばし現実から遠ざかるという幻想的な瞬間を描いている。「狙撃手」は野呂自身の言葉によると、「人間であるためにあえて、神に、超越的なものに無益な挑戦を企てる兵士がテーマ」（『野呂邦暢・長谷川修往復書簡集』）である。一方、「歩哨」の主人公は侵入者への誰何に迷う。優秀な射手が撃った最後の一発はどうなったか、歩哨は「止まれ」と言ったか、どちらも読者にその結果は知らされない。もしかするとどちらも幻覚ではないかとさえ思われるような描き方なのだ。しかし描写はあくまでリアルでくっきりとしている。

野呂は自衛隊で砲兵となり教育を受けて測量手となっている。方向と距離に対する感覚や地形を見る眼をここで養ったのだろう。帰郷後は町を歩き、風景を言葉でスケッチするのを専らとした。精巧なカメラアイを持った野呂の文章には具体的で鮮やかな風景描写はあっても、抽象的な心象風景はみられない。また野呂は幼いころから近所の店先で職人の手仕事をみるのを日課のようにしていた。対象を確かな眼でとらえる技は職人のそれに近いといえるだろう。二つの作品は自衛隊が舞台だが、野呂の眼はあくまで優秀な射手と歩哨にだけ向けられている。自衛隊の是非云々は作者の脳裡にはない。野呂は自分の体験をもとに、若い隊員を襲った予期せぬ揺らぎの瞬間を写した。対象を的確にしかもありのままに描くと言う技法には、職人の仕事ぶりを思わせるものがある。また、この作品には「丘」や「地形」など、野呂の好みが既に表れて、のちの「草のつるぎ」や「丘の火」につながる予感がある。

「白桃」は昭和四十二年「三田文学」に発表されたわずか三十枚ほどの短編だが、再び芥川賞の候補作となった。敗戦後、それまでの価値観が逆転し人間のエゴイズムが露わになった時代の雰囲気が伝わる好短編。時流にうまく乗れなかった父親と、両親の愛情を兄と張り合う少年の微妙な心情が描かれている。ここには批判や批評はない。憐憫も同情もない。終戦直後の一日が淡々と映し出されているだけである。自分に対する父親の気持ちを忖度する少年の姿は以後の作品にもたびたび登場する。夜の光や木犀の香りが効果的に用いられ、簡潔な会話によって情景が鮮やかに浮かびあがる。微妙に揺らぐ少年の心の襞が細やかに描かれ、短篇の名手としての野呂の文体と技法がよく窺える作品。

「棕櫚の葉を風にそよがせよ」は昭和四十三年「文學界」六月号に掲載された自伝的要素の強い作品。ここにも戦記、帰郷者、病む父親など野呂らしいモチーフが出て来るが、細部の描写には目を引かれるものがあり、印象的な青春文学となっている。入院中の病んだ父親は「白桃」の父親のその後の姿であろう。敗戦後、失意からなかなか立ち直れない父親の姿は少年だった野呂の心に暗い陰を落としたようで、無力な父親の息子である苛立ちや葛藤、父親に対するアンビヴァレントな心情が作品にしばしば描かれている。ありのままの父親を受け容れるのは「海辺の広い庭」でのことで、ここでようやく主人公は老いた父親への労わりを示すのだ。

またこの作品には、野呂文学の原風景ともいうべき本明川の河口風景が印象的に描かれている。干潟と葦のしげみが一面に広がる諫早湾の、荒涼と豊穣が同居する原初的風景で、のちに「鳥たちの河口」の舞台となった。「河口の雰囲気はわたしに小説を書かせる力の源泉である」(「筑紫よ、かく呼ばへば」『王国そして地図』)という野呂は、本明川下流にある自宅から河口までの散歩を日課としていた。野呂をこの地に引き留め、数々のエッセイに語られた風景である。

野呂はこの作品のあと、「海辺の広い庭」「竹の宇宙船」「一滴の夏」などの自伝的要素の強い作品を書いている。「棕櫚の葉……」で体験を創作に取り込むことに成功した野呂は、自己の青春を反映した若者の姿を描いた。野呂にとって苦悩する青春は繰り返し語るに値するものだったのだろう。

「竹の宇宙船」は昭和四十九年「季刊藝術」一月号に掲載された。主人公の名前は海東光男。「草のつるぎ」「砦の冬」「海辺の広い庭」の主人公の名である。作者が意識的に名付けたとしたら、これらの作品は一続きのものと読める。光男の年代的にいえば「砦の冬」のあと、「海辺の広い庭」の少し前ごろにあたる。ここには自分のアイデンティティを探る若者の姿がある。自分の父祖の家系や経歴にまつわる話は「海辺の広い庭」にも登場する。野呂は同じモチーフを何度も用いているが、組み立て方の巧みさゆえ、読者には毎回新鮮に映るのだ。主人公が兄の病気や失いかけている恋人のことを無意味だと思うシーンがある。もしそうであるならば無意味な事のために苦しむことはないのだとして主人公は自分を取り戻すのだが、問題が深刻なわりには切実さが希薄という印象を受ける。この淡さは作者の、何事も生の言葉では表現しないという手法によるのだろう。一見傍観者的ともとれる、主人公が現実に向き合うときの他者的な距離感は、野呂の作品の主人公たちに共通のものである。

初期の短編の中で野呂の文学的資質をもっともよく表していると思われるのが「十一月」である。これは昭和四十三年「文學界」十二月号に掲載された。季節外れに休暇をとった男の、なんということのない一週間をスケッチしたもの。日常から離れた男の目に映る風景だけを描いたもので、純粋培養のような透明さに満ちている。この作品が生まれたきっかけを野呂自身に語らせてみたい。

「十一月」ではまず長距離トラックのイメージがあった。暗い高速道路を不規則な間隔をおいて疾駆する大型トラックには惹きつけられた。深夜の情景である。なぜか分らない。なぜか分らないが私自身に訴えかけるイメージである。トラック車体のはしばしにとりつけられた大小色とりどりの豆ランプには目を奪われた。（「クロッキーブック」『王国そして地図』）

光と闇、そして水、葦原と干潟という野呂の作品に通底する言葉が、この作品にもあふれている。それらの言葉に喚起される視覚的イメージによって主人公は蘇生するのだが、このイメージをコラージュしていくという手法が野呂の短編の特徴であろう。その場合、ストーリーは不要、描写がすべてなのだ。このイメージを捉えるために野呂は町を歩き、日ごと河口にたたずんだのである。

「世界の終り」（昭和四十七年）は野呂には珍しく「核」を扱った作品。南の海上で核戦争の始まりに遭遇した男が、漂着した無人島で不毛の争いを展開するという話。野呂は七歳の夏、疎開地諫早から長崎の空に原爆の光を見ている。少年時代に世界の終りを目撃した野呂が二十七年後にその終末的イメージを小説化したものといえる。この作品は寓話的に書かれているが、二〇一一年の原発事故を体験したあとに読むとリアリティがある。図らずも文学が未来を先取りする形となった作品。

さいごに

中野章子

先に諫早湾の河口風景が野呂文学の原風景だと書いた。野呂にとって干潟と葦原の広がる河口風景が小説を書かせる力の源泉であると。干潟の海を見て「ここには何かがある」と思う、その曰くいい難いものが何であるかを十全に表現できないうちに諫早を去るのは後ろ髪引かれる思いだ——と野呂は書いた。(「鳥・干潟・河口」『王国そして地図』)。「初めに言葉ありき」というが野呂の場合は「初めにイメージありき」で、そのイメージを定着させるために言葉があった。野呂の詩的イメージには曰くいい難いものから生まれたものが少なくないが、文章はあくまで鮮明だった。

私は以前諫早に住んでいたことがある。芥川賞を受賞した野呂が一挙に活躍の場を広げ、数々の作品を生み出していくのを同じ町にいて見ていた。文字通り見ていただけで作家と個人的な面識はない。自転車で行く姿や図書館で本を探す姿をよく見かけたが、声をかけるのは躊躇われた。野呂が描く諫早の風景は私にも親しいものであったから、どの作品をも深い共感をもって読んだ。時折読書感想文のようなものを送ると、そのたびに丁寧な手紙が返ってくるので、仕事の邪魔になるのではないかと案じたものだ。会ったこともない読者からの手紙に律儀に返事を書く作家がいるものだろうか。

野呂が手紙魔だと知ったのは亡くなった後のことである。
野呂は実に多彩で多量の仕事を遺している。その大半は芥川賞を受賞してから亡くなるまでの六年余に成されたものだ。短い期間にこれほど多様な仕事ができたのは野呂に充分な蓄えがあったからだろう。彼の引き出しにはまだ多くの仕事の種がしまわれていたはずだが、早すぎる死によってそれらが芽吹くことはなかった。野呂の作品が持つ瑞々しさは時を経ても色あせることはない。「野呂邦暢小説集成」に収められた作品の数々がそれを証明してくれることだろう。

（中野章子）

初出一覧

棕櫚の葉を風にそよがせよ	「文學界」	一九六八年六月号
或る男の故郷	「文學界」	一九六五年十一月号
狙撃手	「文學界」	一九六六年十二月号
白桃	「三田文学」	一九六七年二月号
歩哨	「文學界」	一九六七年九月号
ロバート	「月刊ペン」	一九六九年五月号
竹の宇宙船	「季刊藝術」	一九七四年冬号
世界の終り	「文學界」	一九七二年六月号
十一月	「文學界」	一九六八年十二月号
ハンター	「青春と読書」	一九七四年三月号
壁の絵	「文學界」	一九六六年八月号

執筆者・監修者紹介

青来有一

一九五八年、長崎市生まれ。長崎大教育学部卒。作家。長崎を舞台にした「ジェロニモの十字架」で、一九九五年、文學界新人賞を受賞。二〇〇一年「聖水」で芥川賞受賞。二〇〇七年「爆心」で谷崎潤一郎賞と伊藤整文学賞をダブル受賞。長崎市在住。

中野章子

一九四六年、長崎市生まれ。エッセイスト。著書に『彷徨と回帰　野呂邦暢の文学世界』（西日本新聞社）、共著に『男たちの天地』『女たちの日月』（樹花舎）、共編に『野呂邦暢・長谷川修　往復書簡集』（葦書房）など。

豊田健次

一九三六年東京生まれ。一九五九年早稲田大学文学部卒業、文藝春秋入社。「文學界・別冊文藝春秋」編集長、「オール讀物」編集長、「文春文庫」部長、出版局長、取締役・出版総局長を歴任。デビュー作から編集者として野呂邦暢を支え続けた。著書に『それぞれの芥川賞　直木賞』（文藝春秋）『文士のたたずまい』（ランダムハウス講談社）。

＊今日の人権意識に照らして不適切と思われる語句や表現については、
時代的背景と作品の価値をかんがみ、そのままとしました。

棕櫚の葉を風にそよがせよ　野呂邦暢小説集成 1

2013年6月1日初版第一刷発行

著者：野呂邦暢
発行者：山田健一
発行所：株式会社文遊社
東京都文京区本郷 4-9-1-402　〒113-0033
TEL: 03-3815-7740　FAX: 03-3815-8716
郵便振替：00170-6-173020

書容設計：羽良多平吉 heiQuiti HARATA@EDiX+hQh, Pix-El Dorado
本文基本使用書体：本明朝小がな Pr5N-BOOK
印刷：シナノ印刷

乱丁本、落丁本は、お取り替えいたします。
定価は、カバーに表示してあります。

　ISBN 978-4-89257-091-9